诗歌
分册 三
叶开主编

这才是我想要的语文书

天地出版社 | TIANDI PRESS

自序

诗歌打破事物与事物之间的藩篱

中国诗歌历史悠久,从《诗经》《楚辞》到唐诗、宋词、元曲,诗歌一直是中国文化的精髓,也是中国人文生活的基础。

五四运动后,诗歌分成了旧体诗和新诗。

旧体诗中,诗、词、歌、赋、曲,多有鲜明的格式,有复杂或严格的韵脚。我们一想到诗歌,就会想到押韵,想到整齐的诗行。但旧体诗中,也有不整齐的歌行体。因普通话和拼音的简化处理,当代汉语去掉了很多复杂声调,唐诗宋词一些篇章读来不再押韵。不过,整齐诗行和押韵,是普通读者对诗歌的共识。

中国早期韵文如汉赋等也押韵,读起来朗朗上口。押韵、对仗等规则,使得韵文的创作只能戴着镣铐跳舞,到后来,人们突破韵文的约束,开始创作自由体的散文,从而突破桎梏,更能直抒胸臆,写人状物。唐宋时的古文运动反对赋体类的韵文,作者则摆脱了限制,从空泛抒情到表达真情实感,这一时期散文大家辈出,因而最为鼎盛。押韵的诗歌和不押韵的散文,在唐宋时期各走向自己的巅峰。

诗与文也常常是互为咏叹的。唐代大诗人王维在19岁时就写出了长诗《桃源行》,对应陶渊明的散文名篇《桃花源记》,而陶渊明自己就另有名诗《桃源行》诗文相配。天才诗人王勃去南方交趾(今越南)探望父亲途中经过江西南昌,参加当时洪州牧阎伯屿召集的滕王阁诗会,以一篇《滕王阁序》和一首《滕王阁诗》的绝配,冠绝群伦,千古流芳。

文章体裁的变化,随时代和现实而变化。在格律、押韵无法满足表达需求的前提下，自由体的散文和小说都出现了，而突破整齐行列的词曲，也在有规律押韵的前提下，调整句式为"长短句"。这些都是文学体裁随时代现实而流变的例子。今日读者不必太拘泥于成见，认为诗歌一定要押韵，一定要行列整齐。古人都能突破，以新态度和博大的胸怀来拥抱变化，今人更应该胸怀宽阔，广泛容纳。

王国维先生说，"一代有一代之文学"。

唐诗、宋词、元曲格律鲜明，有明显的规则，短小精练，便于记诵。但格式和韵脚有些不自由，跟日常话语脱节，从而渐渐失去活力。明清以后，小说类语言更为通俗贴切，成为日常生活的最重要表达。

五四运动之后兴起的新诗，至今已经百年。摆脱韵文约束的新体诗，虽历经种种磨难，仍取得很高成就。新诗从精神内核上与旧文化割裂，体质尚弱，艰难前行，以胡适之先生为代表的一批先驱者的最初创作实践，还都不太成功。闻一多、徐志摩等著名诗人的尝试到20世纪20年代末才逐渐成熟。相比之下，与传统文化有直接精神传承的新散文最早取得突出成就，而新小说在第二个十年间也出现了较优秀的作品。新诗是自由体，从传统文化中无法获得合适的能量，一直很难找到自己的位置。到"五四"之后的第三个十年，因穆旦等新一代诗人的出现，新诗开始有了新气象。此后它们被中断了30年，20世纪80年代初才重新得到认识。而这个时候，更新一代的诗人，正在萌芽中生长。

新诗虽然没有严格的格律、韵脚，但在长期的探索中，也形成了独特的美学品格。诗歌的语言运用，把各种繁复意象、多变情感，交错在精练、想象力丰富、情景还原力突出的诗句里。在拓展汉语表现力上，在语言表达新时代中，新诗有着卓越的贡献。

新诗题材丰富多变，语言运用自由，意象磅礴充沛，而在评价上很难整齐划一，因此，新诗流派琳琅，当代诗人之间分歧巨大，呈现出巨大的差异性和丰富性，这本来是好事，也是诗歌创作力的体现。但这些成就，却无法在现行语文教材中得到体现。

语文现行的主要教学方式之一，要求教师"教透"课文，要求学生"读透"

课文，对一篇课文的字、词、句、段、节、章，无所不至地"过度"阐释，把作家、诗人可能根本没有想到、根本不曾表达的意思，额外地硬加在作品上，从而用"完全消化"的模式来加以"寻章摘句"，来加以考试和评测。这种教法和学法破坏了文学作品，尤其是诗歌特有的完整性，遮掩了唯有这种完整性才能散发出的语言和思想的辉光。无法被教师和学生在课堂"读透"的、其美学品格和诗意空间丰富层叠、思想取向复杂多变的当代优秀诗歌因此无法进入语文教材。正在学习黄金时代的中小学生，与当代诗歌也几乎无法接触。

中小学教师和学生对当代诗歌缺乏有效的阅读经验，这对当代诗歌的学习比较困难，很多人一说到当代诗歌，第一反应就是"读不懂""不明白"。有一次，我在一个教师群里贴出诗人西川的一首诗《不要剥夺我的复杂性》，一位语文老师跟着就说，当代诗歌都是垃圾！语文名师樊阳私信里跟我说，他不同意那位老师的观点。于是，他带着这首诗去了学校，在自己的人文阅读班上做实验，看那些初中生们能不能读懂这首诗，排斥不排斥这首诗。第二天，他给我回信说，班上有30名学生，除了两个孩子不知所云，大多数都能说出一点感想。有七八个学生，还能说得很深刻。孩子们的认识都是：人是复杂的，爸爸妈妈不要剥夺我们的复杂性，老师不要剥夺我们的复杂性。

我接到这个回信，感到很温暖。阅读当代诗歌，不要想着"读透"，而是要先读起来，读到一定的量，获得基本的认识和基本的语感。经过一定量的阅读积累，你就会对当代诗歌有一种直接的、细腻的感受。

阅读有三个层次：第一层，直接阅读，不要深究；第二层，多次阅读同一部作品并感受作品的用词、结构、人物、叙事的特殊魅力；第三层，深入研究同一类作品并查找、学习、研究、对比各种不同的资料，形成整体的把握和感受。

第一层是普通读者阅读，第三层是专家阅读，第二层则是打通普通读者和专家之间屏障的最重要阶段。

不应苛求每个人一开始就做专家阅读，否则会对尚未养成阅读习惯，尚未积累足够的阅读材料的普通学生造成压力，甚至让他们感到乏味。

今天的教师和家长，都太忽视学生的理解力，甚至打压他们的理解力，总以为他们这也不懂、那也不懂。但孩子们的理解力永远超过我们的想当然。他们也许缺乏足够的经验，但只要我们不打压他们，他们就能磨砺自己的认识，拥有自己的独特思考。

要改变对新诗的"读不懂"和"不明白"，就需要有效地阅读积累，要先读起来，从具体的语言、意象中，慢慢地感受那跳动的语言和丰富的意象冲击。不要专门去抓一个所谓"准确"的理解，也别试图得出标准答案，更不要用"读不懂"作为借口，让自己远离诗歌。从语言上讲，远离诗歌者，就会远离梦想，远离语言的乌托邦。

40年来，新时期的当代诗歌取得了杰出的成就。遗憾的是，这种成就在中小学语文教材中鲜有提及。中学毕业后，千百万新人类怀着对当代诗歌无知且轻蔑的态度，走进了泥潭般的成人世界。

认为当代诗歌毫无价值，是中小学语文教育带给老师和学生的最大成见之一。

语文老师最通常的态度是：读不懂！最激烈的态度是：当代诗歌都是垃圾！最不可理喻的态度是：没有押韵算什么诗歌？

这三种态度如浓重的雾霾一样，遮蔽了当代诗歌创作的光辉。

容我一条一条地与各位读者交流，为此我要付出好几年的时间来精读和细评。而你们，你们只需要报以积极的、开朗的态度：不要事先排斥，以开放的态度、宽阔的心胸来接纳，要相信交流的力量。

首先做一个小测验：世界上最短的诗是谁写的？

不要看答案哦。

好吧，时间到！

这首诗叫作《生活》。作者是北岛，原名赵振开，大多数人只知道他叫北岛。用"北岛"这个名字，赵振开几乎走遍了世界——他和他的诗歌形影相随，前后跟脚，在北欧，在美洲，用诗歌播种下汉语的种子，等待有一天发芽开花。

北岛写过很多诗歌，还写过几个短篇小说，出过几部散文集。

但北岛最厉害的,是创作出一首古今中外最短的诗。

好,谜底揭晓了:

生活
网

读到这首诗,读者可能立即分为两批:一种敬畏,一种不屑。

不屑者大概会立即反应说:这也叫诗?如果这也能叫诗,那我也会写!生活:虫。生活:土。生活:谷。生活:牛。生活:空……好吧,你可以无限地列下去,而叫作"生活:网"的这首诗的作者只能有一个:北岛。是他先把这两样东西联系在一起的。所有其他的模仿,都是跟屁虫。

2012年,诗人乌青的一首"神作"《对白云的赞美》在网络上流行:

> 天上的白云真白啊
> 真的,很白很白
> 非常白
> 非常非常十分白
> 特别白特白
> 极其白
> 贼白
> 简直白死了
> 啊——

无数从来不读诗的网民都被这首诗激怒了,网络上对这首诗一片讨伐。

"这也叫诗?""诗可以这样写?""这样的诗我一天可以写一百首!"

在这铺天盖地的网络泡沫中,诗人乌青爬上了高高的枣树去掏鸟蛋——鲁迅家院子的门前有两棵树,一棵是枣树,另一棵也是枣树。你们可以继续想下去:一棵枣树上什么也没有,另一棵枣树上有一个鸟窝,以及鸟窝下的一个"鸟人"。

鲁迅这个广为传播的名句,近一百年来,挑战了几乎所有专家的忍耐力。

有没有人去质疑鲁迅呢?现在没有,过去很多。现在很多人崇拜,过去很多人批评。现在很多人分析,过去很多人不屑一顾。这样的句子,我们一天可以写出一百句:我家门前有两块石头,一块是鹅卵石,另一块也是鹅卵石。诸如此类。很抱歉,你写一万句,你也不是鲁迅。同样很抱歉的是,在乌青写出这首诗,写出这些句子如"非常非常十分白/特别白特白/极其白"之前,你一句也写不出来。为什么呢,因为你从来不敢挑战语言的等级秩序,你不敢冒犯那些石头的尊严,不敢得罪语言稽查官。乌青帮你干掉了这些语言的看门人,你才发现,原来那个神秘、恐怖、威慑的庄园可以长驱直入。

不过,在你们长驱直入时,先驱者乌青爬上了枣树。如果他不爬上去,就被你们踩扁了,被你们踩成白色的肉酱啦。语言的暴徒和语言的魔术师,差别就在这里。

你可以不喜欢《对白云的赞美》,但别吹牛说你一天能写出一百首这样的诗。实际上,到现在为止,你们仍然一首都没有写出来。

人们之所以感到被乌青这首"口水诗"冒犯进而愤怒,是因为他们对诗歌拥有一种顽固的"偏见"。人们会把一些固定的看法强加给诗歌,例如这些词汇:庄严、高雅、严肃、悲愤、忧伤、大气、祖国、歌颂等,形成对诗歌整体的"顽见"。一些过于严肃的诗人,也把自己对诗歌的一些腐朽的见解强加到诗歌上,强迫所有诗歌都要"严肃""庄严""高雅"——而在所有这些强有力的严肃词汇面前,戏谑的、不严肃的诗歌们,撒了一泡尿之后,走了。

乌青就是这样的人,他的诗歌就是对着"庄严"撒了一泡尿。

如果读者认真读,就会发现乌青对诗歌的分行非常"狡诈",他选择的词汇也极其"坏蛋",这样一些"贫乏的复沓",撕下了严肃者的面皮,讽刺了虚伪者的言语,而让他们感到疼痛。从写诗的角度,我认为是很成功的。不知道是谁规定诗歌必须优雅、庄严、肃穆的,诗歌为何不能游戏呢?

虽然谁也不愿意把乌青跟鲁迅先生放在一起比较，但他们写出这些带着轻蔑和冒犯的句子而遭到唾骂的现象，是有极大相似性的。乌青可能永远得不到鲁迅先生这样的名声，但他写出的诗歌所激起的愤怒，与鲁迅先生的句子对当时语言体系造成的"伤害"是一样的。

乌青用如此"贫乏的语言"——敏感的读者肯定立即就想到不久之前那些更加贫乏的"革命话语"，而乌青这首诗也是对这些贫乏的革命话语的有趣反讽——激发了读者的各种情绪，这就是语言的力量。

且不管是哪一种能量———正能量或负能量，就此诗所激起的反应来看，可以看到语言运用的威力。如果深入地思考诗歌、语言和社会互动的力量，从这首或许语言有意"贫乏"的诗歌中得到启发，我们也可以这么想：难道这不正是对我们贫乏的日常生活、无趣的精神世界的深刻反讽吗？

诗歌语言，或者说诗性语言，就像一把梯子，让普通人可以从地板爬到阁楼上。让不同距离的事物，在瞬间就被连接到一起。

一旦拥有了梯子，你立即可以爬上很多高处。

但鸟有翅膀，对此不屑一顾。

从鸟的视角看，人是多么愚笨啊。连爬上一堵墙，都需要一架梯子。过一条小河，都需要一座桥。爬一座小山，也要开一条路。而飞鸟，只要张开翅膀，整个天空都是道路。

好吧，我不小心把"天空"和"道路"这两个事物联系在一起了。人类模仿鸟儿飞翔，以现代科学技术创造了金属的飞机，用各种不同金属制造，通过螺旋桨、喷气发动机推动、展开僵硬的翅膀爬行在空气上的飞机，是一种没有生命的假鸟——但假鸟的身体里，却藏有许多人类。

这样想想，也真的很有趣。

这个世界太复杂了，只有诗歌才能打破复杂事物之间的藩篱，只有优秀的诗人才能自由穿行各种事物的边界，才能打破成见的障碍，如同飞鸟在空中飞翔。飞鸟如同一枚有魔法的缝衣针飞来飞去，把天空、白云、风、森林、河流、草地，全都缝在了一起。

诗歌，是一种语言魔法。

但在一个麻瓜世界里，人们不懂魔法、不知道魔法、不相信魔法，甚至讨厌魔法。

这石化的心灵，是无法接受新鲜事物的。

"麻瓜"这个词出自《哈利·波特》系列，专门指那些没有魔法能力、不懂魔法的普通人。这些普通人自以为是、无知无畏，内心和身体跟神奇魔法都无缘。他们就像一块顽石，永远都不可能开窍。但普通家庭偶尔也会生出一位有特殊魔法能力的人，小说里女学霸赫敏就是这样一个"家庭出身不好"的女巫师。赫敏热爱学习到了疯狂的程度，有一个学年征得麦格教授的同意，她借来了时间转换器，在同一时间听了三门课。

生而为麻瓜不要紧，出生在麻瓜家庭也不要紧，关键是要有开放的心灵，要有接受新生事物、感知未知事物的能力，对自己不懂的魔法要有好奇，要敬畏未知世界。

天生不懂魔法的普通人，如何通过一堵墙的阻隔？在我们这个平凡的物质社会，人与人之间，门与门之间，都隔着一堵很大的墙，连门也都是一扇墙，阻隔的功能大于通行功能。

有一天早晨上班，我发现自己忘记带钥匙了。

站在门前，盯着门上的钥匙孔，我想尽办法仍不得而入。站了一阵，忽然觉得整件事情很荒谬。如果懂魔法多好，我只要对这把锁说：芝麻开门！它就开了。或者像赫敏那样来一个"阿拉霍洞开"①。带钥匙多麻烦啊！阿拉伯故事集《一千零一夜》里，阿里巴巴只是说了一句"芝麻开门"，就进入一个堆满稀世珍宝的山洞。如果我也能用一个口令就打开房门该有多好。

接着我开始联想，在冬天，那些被关在什么地方的花朵，是听到谁的口令，

---

① 《哈利·波特》系列中的开锁咒语，首次出现在第一部《哈利·波特与魔法石》中。

全都开放的呢？是春风的指令，还是基因的决定？这些思考跳脱了事物的限制，应该都算是诗的意境了。于是，4月14日被门挡在门外的这一天，我写了一首小诗。其中一段如下：

> 什么口令可以瞬间解开
> 被冬日禁闭着的枝叶
> 在春天的每一个早晨
> 所有树木花草都听到了
> 整装待发的命令

我们通常认为，树木花草是不会听什么"整装待发的命令"，但谁真的明白万事万物的核心秘密吗？植物们一定听到了我们听不到的某些声音，有耳朵听到的，不用耳朵也能听到。不用耳朵听到的，有耳朵不一定能听到。

"整装待发"通常形容列队出发的队伍，但我们可以用来比喻植物的生长。

这是一种词语让不同事物互通的简例，也是词语之间直接转换的简例。

好吧，不让我进，我就转身走开，去延安路绿地散步。在汽车飞驰噪声轰鸣的高架路路边，我看到了一树的白花，正旁若无人地开放。让我们几乎无法忍受的巨大噪声，对这些花似乎毫无影响。它们就这么自然而然地开了，跟春天有关，跟雨季有关，但无关噪声，无关高架路，一棵树有自己的秘密。这些秘密，就是诗，是诗意，是诗歌。当你对这样的秘密产生好奇，诗歌就诞生了。

诗歌是好奇心的甜美果实。

所以，读者也应该保有好奇心。

而你也可以说，语言、词语、句子，这些组合的文字游戏，也可以是很有意思的诗。例如"平仄"这个很普通的词，在诗人张小波2011年7月写的一首极短诗《献给平》里，产生了新的意义：

仄
仄仄仄仄
仄仄仄仄仄仄仄
仄仄
仄仄仄
仄仄仄仄仄仄仄仄平仄
啊，平。

好吧，别着急，别那么着急。诗人写这首诗是"献给平"的，他在"仄"的节奏里，发现了"平"的秘密。可以说，"平"的意义，是通过这一连串长长短短的"仄"的铺垫呈现出来的。"平"的出现，可谓"千呼万唤始出来"。如果你是一个女孩，如果你是"平"，那该多好——仄仄仄仄仄仄仄仄平仄／啊，平。——这就是节奏感，这也是语言的秘密。

20世纪90年代以来，随着社会的变化，当代诗歌也产生了巨大变化，由此前第一第二代诗人关心宏大主题，例如国家、民族、土地之类，转向小世界，如个人、内心、私事。小叙事、日常生活进入了诗歌叙事。语言选择上，更加中性，更加平静，而不再采用色彩浓烈的词语，如"热爱""奉献"等。这跟中小学语文里的一些"诗歌"的趣味，几乎完全相反，从这里，我们开始进入阅读。

最后，请允许我引用著名诗人顾城的一首诗作为结尾：

黑夜给了我黑色的眼睛
我却用它寻找光明

2014年4月29日初稿
2014年7月24日修改
2019年12月4日再改

目录

第一编 时间与季节

一　穆旦·四季组诗　007

二　林徽因·你是人间四月天　021

三　徐志摩·残春　038

四　李金发·下午　040

五　闻一多·静夜　043

六　杜运燮·秋　046

七　北岛·日子　052

八　多多·春之舞　058

九　海子·五月的麦地　063

十　张枣·深秋的故事　073

十一　宋琳·秋天的散步　076

十二　师涛·十月之歌　079

十三　余秀华·哦，七月　081

十四　孙苜蓿·八月　086

诗的真实与诚意　089

第二编 风景与景物

一　徐志摩·常州天宁寺闻礼忏声　095

二　戴望舒·雨巷　098

三　林徽因·十一月的小村　105

四　周作人·小河　109

五　闻一多·死水　113

六　朱湘·雨景　115

七　冯文炳·雪的原野　117

八　孙毓棠·河　121

九　杨炼·诺日朗（组诗）　127

十　海子·麦地　136

十一　李亚伟·河西走廊抒情　144

十二　宋琳·旭日旅馆　150

十三　于坚·怒江　154

十四　小海·北凌河　158

十五　红土·有一些时间是安静的　162

一座人文的山　167

第三编
亲爱的动物们

一　闻一多·黄鸟　175

二　徐志摩·杜鹃　178

三　戴望舒·夜蛾　181

四　穆旦·苍蝇　184

五　孙毓棠·宝马　187

六　郑敏·愤怒的马匹　204

七　海子·祖国，或以梦为马　208

八　于坚·一只蝴蝶在雨季死去　211

九　张枣·蝴蝶　213

十　宋琳·孩子，红鹿，水壶　216

十一　张文质·没有一匹马住在我怀中　218

十二　旺秀才丹·一只从世俗走向真理的虎　222

十三　周熙·猛虎　228

直入人心的力量　230

第四编　花树与果实

一　林徽因·一首桃花　238

二　闻一多·红豆　240

三　陈梦家·一朵野花　243

四　郑敏·金黄的稻束　245

五　海子·幸福的一日　249

六　蓝蓝·野葵花　251

七　于荣健·无花果　254

八　安琪·油菜花开　256

九　余笑忠·种豌豆　258

十　唐果·悬崖上的树　260

十一　郎启波·一枚冬天的果子　263

将诗意安放于田园　265

第五编　火车与旅行

一　李金发·里昂车中　276

二　徐志摩·火车擒住轨　279

三　曾卓·没有我不肯坐的火车　283

四　食指·这是四点零八分的北京　286

五　北岛·旅行日记　289

六　顾城·我们去寻找一盏灯　291

七　宋琳·长途车　294

八　向以鲜·看火车　299

九　韩东·爱的旅行　305

十　余秀华·我身体里也有一列火车　308

十一　聂广友·火车开过的时候　310

十二　吴晨骏·车站　313

十三　楼河·火车站即兴曲　315

十四　冯娜·远路　318

十五　罗霄山·倒退的火车　320

诗歌是童年记忆的煤　323

第六编 梦想与人生

一　翟永明·菊花灯笼漂过来　329

二　欧阳江河·傍晚穿过广场　338

三　李笠·五个中秋（组诗）　346

四　海子·思念前生　353

五　张枣·梁山伯与祝英台　357

六　陈先发·前世　361

七　柏桦·在清朝　364

八　宋琳·雪夜访戴　367

目录

九　安琪·白蛇传　373
十　汤养宗·六和塔　378
十一　余弦·啊，美梦破碎的城市　381
十二　师涛·人到中年　384
十三　郑洁·兜风无时节　386
让诗的光束照亮世界　388

第七编 致敬与献诗

一　林徽因·哭三弟恒　394
二　穆旦·森林之魅　398
三　韩东·西蒙娜·薇依　403
四　宋琳·致埃舍尔　405
五　海子·给萨福　412
六　麦城·倾向上的一种练习　417
七　张文质·晨起读狄金森　420
八　李南·为什么相逢　422
九　余弦·大师　425
在致献中寻找自我　428

新编后记　430

第一编

时间与季节

时间与季节是人类对世界最感迷惑也最感兴趣的现象，也是中国经典诗歌中经常咏诵的主题。如《诗经·豳风·七月》："七月流火，九月授衣。一之日觱发，二之日栗烈。"

　　《诗经》研究专家程俊英教授对这句诗的白话翻译很有意思："七月'火'星偏西方，九月女工缝衣裳。十一月北风呼呼吹，十二月寒气刺骨凉。"

　　唐代最辉煌的诗篇之一、被闻一多称为"孤篇横绝"全唐的张若虚的长诗《春江花月夜》，是一首宏大宇宙与永恒时间有关的诗歌："江畔何人初见月，江月何年初照人？"

　　宋代文学大家苏轼的名词《水调歌头·明月几时有》更是谈到了时间相对论的深奥问题："明月几时有，把酒问青天。不知天上宫阙，今夕是何年？"

　　这种疑问，并不是苏轼特有的，一千多年前，屈原在不朽诗篇《天问》里就有：

　　　　天何所沓？十二焉分？
　　　　日月安属？列星安陈？
　　　　出自汤谷，次于蒙汜。
　　　　自明及晦，所行几里？
　　　　夜光何德，死则又育？

　　《楚辞》比较难懂，我这里引用一个现成翻译：

　　　　天在哪里与地交会？黄道怎样十二等分？
　　　　日月天体如何连属？众星在天如何置陈？
　　　　太阳是从汤谷出来，止宿则在蒙汜之地。
　　　　打从天亮直到天黑，所走之路究竟几里？
　　　　月亮有着什么德行，竟能死了又再重生？

　　在名篇《前赤壁赋》里，苏轼对时间的奥秘、对生命的无常也有自己的思考："客亦知夫水与月乎？逝者如斯，而未尝往也；盈虚者如彼，而卒莫消长也。盖将自其变者而观之，则天地曾不能以一瞬；自其不变者而观之，则物与我皆无尽也，而又何羡乎？"

"逝者如斯，而未尝往也"可以看作是对时间永恒流逝而无法逆反的思考，"盈虚者如彼，而卒莫消长也"则是对能量守恒的一种思考。从时间和能量两个大问题出发，苏轼引出了"变"与"不变"的两个重要问题。他认为，从万物变化的角度看，人生与宇宙天地都只不过是短暂的"一瞬"；而从"不变"的角度来看，我们的人生和"游览赤壁"这次愉快的活动，都可以说是永恒的。

从现代物理学的角度看，可以说苏轼是在思考"运动"与"静止"这两个基本概念。

类似的感慨、畅想，在古代诗文中不计其数，对于天气、气候、时间的敏感，是古代文明的核心思想之一。

在整个宇宙中，时间是最为神秘的事物。几千年来，哲学家对着茫茫天穹沉思；几百年来，科学家穷尽一切技术手段试图捕捉。时间仍然在那里，看不见，摸不着，说不清，道不明。时间流过我们的身体，流过我们的记忆，流过我们的世界，流过我们的未来。而万事万物，一切的一切，都将属于时间之神。

古代哲人常用河流来比喻时间，且从河流中观察到了时间不可逆的特性——"子在川上曰：逝者如斯夫，不舍昼夜。"——看到河流的不间断运动，孔夫子大发感慨，把可见的河流和不可见的时间联系起来。这是一种物与物之间的隐喻——让可见的比喻不可见的，是常用的诗歌技法。在这个比喻中，两种事物比较容易把握的共性，是河流与时间都不停地流动。还有一个特殊属性，就是都不可逆向流动。圣哲与诗人，都不由得感慨河流，想到人生，对生命、对世界，不断地深入思考。

观察天象，感知季节，是人类从狩猎时代走向农耕文明的一个很重要的行为。

在狩猎时代，人们对季节变化不那么敏感。他们既可以在烈日炎炎中捕猎，也可以在千里冰封的世界中追逐。考古界认为，北美原住民的祖先，是冰河时期从西伯利亚追逐猎物而走过干涸的白令海峡的蒙古种系猎人。狩猎时期，人们往往住在山洞里，甚至可能就是露宿。他们没有建造房屋，没有形成城镇，只是形成一个小部落。强有力的头领带着自己的部落亲属，在茫茫草原上狩猎，在郁郁苍苍的森林里采摘果子，自然而自在地生存，走到哪里活到哪里，走到哪里，哪里就是家乡。他们没有现代人的家乡观念，大概也不会得什么思乡病。经过上万年的生存、繁殖、散居、蔓延，从西伯利亚走过白令海峡、从北美阿拉斯加沿着海岸南下，来自亚洲的猎手在几千年间遍布了北美洲、中美洲和南美洲的广袤世界，形成了无数的印第安人部落和各种各样的印第安文化。

人类的这种繁殖和迁徙，是狩猎时代也是后来游牧时代人类的生存方式。

到了农耕文明时代，要想让农作物得到更好的收成，就必须观察和遵从季节的变化：春种、夏耕、秋收、冬藏，这是每年一度的生活节奏，也是每年一度的生存仪式。这种观察可以促进农业生产的需要，促使早期农耕部落的智者开始观测天象，研究季节，制定历法，指导农耕。中国的农历就是这样诞生的。这部以月亮为主题的阴历历法，几经修订，是中国三千多年来历代智慧的结晶，甚至在元明时代得到过欧洲学者（传教士）的帮助，重新测定并颁布更准确的历法，而成为农业文明中国的核心文化。长期以来，清明、谷雨等二十四节气，成为农业耕种的法则，也是历代文人知识分子和农民感知时间与年代变化的超级密码。

中国历代帝王祭祀天地，求的主要是风调雨顺，谷物丰收，然后顺便地，求天地保佑子孙万代，永葆江山稳固。几千年来，中国的核心问题，就是粮食问题。粮食问题的一个主因，就是气候问题。

而最早出现在商代的甲骨文，也从观测天象、占卜命运的人类活动中开始。

中国历代诗歌中，咏叹时间与季节的不计其数。

现代诗歌虽然打破了传统诗歌中的格律、押韵等的限制，但在题材上，与传统诗歌仍有着难以割舍的关系。对时间和季节变化，现代诗歌同样十分关注。

本编开始，仍然用很传统的方式，先选择一些写时间的现代诗歌，来进入我们的现代诗歌之旅。

说到时间与季节，我不由得想起奥地利大诗人里尔克的一首著名诗歌《秋日》（北岛译）：

主呵，是时候了。夏天盛极一时。
把你的阴影置于日晷上，
让风吹过牧场。

让枝头最后的果实饱满；

再给两天南方的好天气，

催它们成熟，把

最后的甘甜压进浓酒。

谁此时没有房子，就不必建造，

谁此时孤独，就永远孤独，

就醒来，读书，写长长的信，

在林荫路上不停地

徘徊，落叶纷飞。

《秋日》这首诗，冯至先生译为《秋天》。

这首诗写道，夏天已经过去了，秋天还没有完全来到，那是一个多么微妙的时刻——"让枝头最后的果实饱满；/再给两天南方的好天气，/催它们成熟，把/最后的甘甜压进浓酒。"简短四句，季节变换，景象生动，如漫步在奥地利山野，看枝头上果实逐渐饱满，动静皆宜。季节变化具体落在了果实的充盈上，多么的细微，多么的感性。这是很明朗的比喻——通常来说，"果实"跟"秋天"是可以直接对应的。我们都学过"秋天是收获的季节"这类比喻，很容易就能理解里尔克运用"果实"来指代秋天的意味。跟大多数文明的典型隐喻一样，里尔克可能也把四季跟人生的几个阶段加以一一对应了：

春天→少年，夏天→青年，秋天→中年，冬天→老年。

对应秋天的中年人，从文明的角度来说也成熟了。

这只是其中一种对应，不必过分"通透"地强行解释。现代诗歌总是要保持足够的丰富性、暧昧性，以容许不同的读者有不同的感受。

人格化地表达季节，也可以这么写：一个老人在播撒着自己人生的雪。

朱自清的散文《春》里把春天的景象罗列了一遍，是一种比较"笨拙"的方式，但也很有效地告诉小学生，写作时，不要直接描写抽象的春天，可以用春天时特有的事物将春天具象化：发芽、融冰、竹笋、燕子等，更好地传达意境。

具象化，也是诗歌表达的基本手法。

南朝大诗人谢灵运有一句名诗："池塘生春草，园柳变鸣禽。"写的也是春天的动静交错，光影互动，非常生动，活灵活现。王国维先生在《人间词话》里对这两句诗赞不绝口。

据说，谢灵运是偶然捕捉这两句的。春天时打盹，梦见友人，醒来时他一眼看到了园中春天来临的生动景色，心里欣然，了然有悟，遂直接描摹下来，成为千古称赞的名句。

唐代大诗人杜甫的《春夜喜雨》也是写春天，但他舍全面，取局部，捕捉了"春雨"这个特殊的事物："好雨知时节，当春乃发生。随风潜入夜，润物细无声。"

这样从具体事物描写出发，从一个侧面切入，忽然就出现了一种哲学思想：润物细无声。

大诗人在写季节时，多采用具体的意向。

写抽象事物时，用具体的对应事物呈现会更加生动、可感、自然，也更容易引发读者共鸣。

一　穆旦·四季组诗

作者简介

穆旦（1918—1977），原名查良铮，出生于天津，祖籍浙江海宁，与金庸（原名查良镛）同一家族。著名诗人和翻译家，"九叶派"成员之一。穆旦先生中学时期就显示出了诗歌方面的杰出才华，后来他徒步千里，来到西南联大求学，曾受教于英国著名诗人、文学理论家燕卜荪先生。在燕卜荪的指导下，穆旦和他的同学们读到了英国杰出诗人奥登等人的作品，并在他们的影响下写作。穆旦还参加了悲歌壮阔的中国入缅远征军，并随部队撤退，经过野人山等人迹罕至的原始森林，向印度进发，有过惨痛的、九死一生的经历。他曾留学美国，20世纪50年代初回国，任教于南开大学，但不久就遭到了批斗，在"反右"和"文革"中，身心遭受了惨痛的折磨，但穆旦先生仍然坚持不懈地从事翻译工作，成为普惠后辈的翻译大家，译介了普希金、拜伦等俄罗斯、英国大诗人的作品。在20世纪70年代中期，穆旦先生又开始写诗，那些杰出的作品在朋友们中暗暗流传。1976年他因摔倒而骨折，1977年在医院治疗时因突发心脏病去世。新时期文学爆发之后，以穆旦为代表的"九叶派"诗歌纷纷被重新发现，穆旦的天才诗作，更是被后来的诗人所敬仰，很多学者推其为"现代诗歌创作第一人"。后来的学者整理出版了《穆旦诗选》（人民文学出版社1986年出版）、《穆旦诗全集》（李方编著，中国文学出版社1996年8月出版）等。

春

春意闹：花朵、新绿和你的青春
一度聚会在我的早年，散发着
秘密的传单，宣传热带和迷信，
激烈鼓动推翻我弱小的王国；

你们带来了一场不意的暴乱，

把我流放到……一片破碎的梦；
从那里我拾起一些寒冷的智慧，
卫护我的心又走上途程。

多年不见你了，然而你的伙伴
春天的花和鸟，又在我眼前喧闹。
我没忘记它们对我暗含的敌意
和无辜的欢乐被诱入的苦恼；

你走过而消失，只有淡淡的回忆
稍稍把你唤出那逝去的年代，
而我的老年也已筑起寒冷的城，
把一切轻浮的欢乐关在城外。

被围困在花的梦和鸟的鼓噪中，
寂静的石墙内今天有了回声
回荡着那暴乱的过去，只一刹那，
使我悒郁地珍惜这生之进攻……

1976年5月

简评

　　诗歌中关于春天的各种写法，最简单、直接的就是从自己的经验出发，写自己的切身感受。

　　穆旦先生这首诗作于1976年5月。那时"文革"还没有结束，国内的政治和社会气氛仍非常压抑，各种情绪涌动到了一个微妙关头。这个时候谈到春天，会暗含着特殊意义。这年春天，国务院总理周恩来去世了，民众聚集于十里长街告别,葬礼极其隆重,也催生了天安门"四五事件"——这是一次以诗歌勃发来纪念周恩来总理的民间运动,很快就变成了一种强烈的政治诉求。然而,思想如春天一样,已经来到了人间,无法逆转了。

春天本该是很美好的,是诞生美好事物的季节,是各种新生力量经过漫长冬季的积蓄之后,渐渐萌发的季节。但在这个特殊的年代,春天需要关心的事情太多,超过了春天的职责。

诗歌开头化用宋代宋祁的名句"绿杨烟外晓寒轻,红杏枝头春意闹",写年轻时的感受:"花朵、新绿和你的青春/一度聚会在我的早年",但时代残酷,人生颠沛流离,历经苦难。诗歌很快就写到"把我流放到……一片破碎的梦",这青春和春天甚至有"对我暗含的敌意",直接压缩了诗人1953年回国后经历20余年苦难的复杂感受。诗人简短回顾人生,进入命运中:"而我的老年也已筑起寒冷的城,/把一切轻浮的欢乐关在城外。"

在那样一个风雨如磐的时代,诗人冷静地让自己脱离喧嚣,避免口号,回到自身和自我,让诗歌拥有了超越时代的优质语言,让那个时代的中文变得更饱满、更有弹性。

夏

绿色要说话,红色的血要说话,
浊重而喧腾,一齐说得嘈杂!
是太阳的感情在大地上迸发。

太阳要写一篇伟大的史诗,
富于强烈的感情,热闹的故事,
但没有思想,只是文字,文字,文字。

他要写出我的苦恼的旅程,

正写到高潮，就换了主人公，
我汗流浃背地躲进冥想中。

他写出了世界上的一切大事，
（这我们从报纸上已经阅知）
只不过要证明自己的热炽。

冷静的冬天是个批评家，
把作品的许多话一笔抹杀，
却仍然给了它肯定的评价。

据说，作品一章章有其连贯，
从中可以看到构思的谨严，
因此还要拿给春天去出版。

1976年6月

简评

  一首好诗在表达上，起码要有两层含义：外层是语言直接表现的景象，内层是隐藏在语言之下的微妙情感——1976年是个特殊年份，需要更隐晦地表达才能保护自己。表面看起来，夏天的"绿色""红色的血""太阳"都是普通意象，读者却可以想象那个时代话语的喧嚣、社会的混乱。

  "太阳"可喻领袖——通过长期形成的意识形态，"领袖"跟"太阳"已经构成了互文性，人们一想到"太阳"就想到"领袖"，反之亦然。因此，诗人在择词时要非常谨慎、极其敏感地做摘除手术。在本诗中，表面上一定要让"太阳"看起来跟"领袖"没有直接关联，真的只是一个悬挂在天上的太阳。太阳，必须还原成物理学层面上的那个巨大的物，而不是文化精神层面的象征，这样，才能直接烘托出质朴的情感。

诗歌语言具有丰富的多义性,如一枚导弹带着多个弹头一样,可以指向不同事物,包含多重含意。"太阳"先生是这样的,他"要写一篇伟大的史诗,/……他要写出我的苦恼的旅程,/……他写出了世界上的一切大事",这整个夏天,"太阳"是社会、政治、文化和诗歌的主角,也是一个唯一故事的讲述者。

但诗歌在末尾突然提到"春天",这是一种含义丰富的指向,读者可以做丰富的联想。

秋

1

天空呈现着深邃的蔚蓝,
仿佛醉汉已恢复了理性;
大街还一样喧嚣,人来人往,
但被秋凉笼罩着一层肃静。

一整个夏季,树木多么紊乱!
现在却坠入沉思,像在总结
它过去的狂想,激愤,扩张,
于是宣讲哲理,飘一地黄叶。

田野的秩序变得井井有条,
土地把债务都已还清,
谷子进仓了,泥土休憩了,
自然舒了一口气,吹来了爽风。

死亡的阴影还没有降临,

一切安宁，色彩明媚而丰富；
流过的白云在与河水谈心，
它也要稍许享受生的幸福。

2

你肩负着多年的重载，
歇下来吧，在芦苇的水边：
远方是一片灰白的雾霭
静静掩盖着路程的终点。

处身在太阳建立的大厦，
连你的忧烦也是他的作品，
歇下来吧，傍近他闲谈，
如今他已是和煦的老人。

这大地的生命，缤纷的景色，
曾抒写过他的热情和狂暴，
而今只剩下凄清的虫鸣，
绿色的回忆，草黄的微笑。

这是他远行前柔情的告别，
然后他的语言就纷纷凋谢；
为何你却紧抱着满怀浓荫，
不让它随风飘落，一页又一页？

3

经过了融解冰雪的斗争，

又经过了初生之苦的春旱,
这条河水渡过夏雨的惊涛,
终于流入了秋日的安恬;

攀登着一坡又一坡的我,
有如这田野上成熟的谷禾,
从阳光和泥土吸取着营养,
不知冒多少险受多少挫折;

在雷电的天空下,在火焰中,
这滋长的树叶,飞鸟,小虫,
和我一样取得了生的胜利,
从而组成秋天和谐的歌声。

呵,水波的喋喋,树影的舞弄,
和谷禾的香才在我心里扩散,
却见严冬已递来它的战书,
在这恬静的、秋日的港湾。

1976年9月

简评

在本编序言里,我引用了奥地利大诗人里尔克的名作《秋日》,谈到一年的不同季节可以跟人生的不同阶段相互隐喻,这是文艺创作中普遍的写作方法。在自然作物的生长上,不同季节也展现出不同的景象。因此,人们对这些不同季节的景象,会有不同的情感与期待。

秋天总是跟"收获"联系在一起,主打色是"金色"。跟秋天联系在一起的还有"果实""成熟""理性"等。在《秋日》里,"秋天"跟"果实"联系在一起,也跟"成熟"发生了直接联系。细读后会发现,里尔克笔下的秋天是初秋,夏日刚过,还需要几天"南方的好天气",才能让果实真正成熟。而在人生的"中年"阶段,"成熟"是一种自然的状态。人到中年,可以比作季节到了秋天。这个时候,狂热的夏天、秩序混乱的世界,都开始收敛了,"天空呈现着深邃的蔚蓝,/仿佛醉汉已恢复了理性"。而反思自我,诗人也颇有感慨:"攀登着一坡又一坡的我,/有如这田野上成熟的谷禾。"然而,我们也可以把这首诗整体的叙事,看成是对政治、社会的含蓄隐喻:"在雷电的天空下,在火焰中,/这滋长的树叶,飞鸟,小虫,/和我一样取得了生的胜利,/从而组成秋天和谐的歌声。"

"树叶""飞鸟""小虫"是自然中普通乃至卑微的事物,但这些事物顽强地存在着,取得了"生的胜利",呈现着生的价值,抒发着生的喜悦。

联想到诗歌创作时的特殊年份,作者难免会把普通人在社会艰难生存的情况,作为潜藏叙事的一个并行线。因此,这些诗的背景知识很重要,对辨识诗句的真意,有很大的帮助。

冬

1

我爱在淡淡的太阳短命的日子,
临窗把喜爱的工作静静做完;
才到下午四点,便又冷又昏黄,
我将用一杯酒灌溉我的心田。
多么快,人生已到严酷的冬天。

我爱在枯草的山坡,死寂的原野,
独自凭吊已埋葬的火热一年,

看着冰冻的小河还在冰下面流,
不知低语着什么,只是听不见。
呵,生命也跳动在严酷的冬天。

我爱在冬晚围着温暖的炉火,
和两三昔日的好友会心闲谈,
听着北风吹得门窗沙沙地响,
而我们回忆着快乐无忧的往年。
人生的乐趣也在严酷的冬天。

我爱在雪花飘飞的不眠之夜,
把已死去或尚存的亲人珍念,
当茫茫白雪铺下遗忘的世界,
我愿意感情的激流溢于心田,
来温暖人生的这严酷的冬天。

2

寒冷,寒冷,尽量束缚了手脚,
潺潺的小河用冰封住了口舌,
盛夏的蝉鸣和蛙声都沉寂,
大地一笔勾销它笑闹的蓬勃。

谨慎,谨慎,使生命受到挫折,
花呢?绿色呢?血液闭塞住欲望,
经过多日的阴霾和犹疑不决,
才从枯树枝漏下淡淡的阳光。

奇怪!春天是这样深深隐藏,

哪儿都无消息，都怕峥露头角，
年轻的灵魂裹进老年的硬壳，
仿佛我们穿着厚厚的棉袄。

3

你大概已停止了分赠爱情，
把书信写了一半就住手。
望望窗外，天气是如此肃杀，
因为冬天是感情的刽子手。

你把夏季的礼品拿出来，
无论是蜂蜜，是果品，是酒，
然后坐在炉前慢慢品尝，
因为冬天已经使心灵枯瘦。

你拿一本小说躺在床上，
在另一个幻象世界周游，
它使你感叹，或使你向往，
因为冬天封住了你的门口。

你疲劳了一天才得休息，
听着树木和草石都在嘶吼，
你虽然睡下，却不能成梦，
因为冬天是好梦的刽子手。

4

在马房隔壁的小土屋里，

风吹着窗纸沙沙响动，
几只泥脚带着雪走进来，
让马吃料，车子歇在风中。

高高低低围着火坐下，
有的添木柴，有的在烘干，
有的用他粗而短的指头
把烟丝倒在纸里卷成烟。

一壶水滚沸，白色的水雾
弥漫在烟气缭绕的小屋，
吃着，哼着小曲，还谈着
枯燥的原野上枯燥的事物。

北风在电线上朝他们呼唤，
原野的道路还一望无际，
几条暖和的身子走出屋，
又迎面扑进寒冷的空气。

简评

季节作为人生的隐喻，在《冬》这首诗里表现得最为鲜明：冬天→晚年。人生来到了暮年，犹如季节来到了冬天。从阅读感受来看，第一节每一段的末尾，我觉得都可以连起来读，从而更深入地理解诗人对人生到了"冬天"的递进理解："多么快，人生已到严酷的冬天""呵，生命也跳动在严酷的冬天""人生的乐趣也在严酷的冬天""来温暖人生的这严酷的冬天"。虽然已经到了冬天，但生命仍在跳动，还有乐趣，诗人通过对故人、亲友的回忆，来感受人生的温暖。

冬天的肃杀，常常被用来比喻政治、社会严酷的现状。

诗的第二节，这个时候春天连一点消息都没有，而"年轻的灵魂裹进老年的硬壳，/仿佛我们穿着厚厚的棉袄"。这种连生命的激情都不再的世界，是令人感到苦闷的。

在第三节，诗人继续对冬天和冬天的世界进行思考，我们还可以把每段的末尾行连在一起读："因为冬天是感情的刽子手""因为冬天已经使心灵枯瘦""因为冬天封住了你的门口""因为冬天是好梦的刽子手"，可以因此看到冬天给人带来了多么可怕的感受。这个冬天，不仅是自然界的冬天，更是人身处其中的社会、政治状况的冬天。

第四节不再谈论冬天的肃杀，而是描写了一幅犹如俄罗斯画家笔下的自然生活景象。虽然冬天来了，人们的生活仍然是那样自然、有序。诗人不喊口号，他对语言的洁净有自己的敏感和高要求，对诗性更加尊重。因此，他选择对自然进行叙事，避免了那些空洞的词汇，以及那些词汇带来的思想的苍白。

▌ 阅读与理解

穆旦创作的诗歌，是现代汉语诗歌走向成熟的标志之一。20世纪30年代末，穆旦已经成为当时的优秀诗人。经历过时代灾难、个人困苦，人间正道沧桑都沉淀在诗人心中，结而为珠，化成诗里的精妙句子。这些诗歌在创作时还不能发表，只是表达了诗人内心直接而质朴的感受。"文革"结束，这些诗歌可以发表时，穆旦先生已经去世了。在政治口号和政治术语成为日常生活话语的特殊时期，穆旦先生仍然能够以独特的语言锐感，让这些诗避开了这些陈词滥调的暗礁，保持着卓越诗人人格的独立与尊严。对比当时的万马齐喑，语言虚假混乱，穆旦先生这种敏锐的创作所带给诗歌的尊严，尤为值得我们后辈读者的尊敬。

穆旦原名查良铮，祖父为清末官僚，家中藏书多为清初大儒查慎行所著。穆旦6岁发表习作，11岁考入南开中学并开始诗歌创作。他将"查良铮"中的"查"姓上下拆分，得"慕旦"或"穆旦"之名，16岁第一次以"穆旦"为名发表随笔《梦》。

1938年2月,在闻一多、曾昭抡、李继侗等教授的带领下,穆旦与200多名师生组成"步行团",历时69天,穿越湘黔滇三省抵达昆明。1942年2月,穆旦参加了中国远征军,随杜聿明将军的军队前往缅甸战场,担任翻译官。经过残酷战斗之后,第五军被迫退入野人山,亡命热带雨林,一路上忍受饥饿,最后抵达印度。穆旦本人也差点因"饥饿之后的过饱而死去"。

参加入缅远征军的这段艰辛经历在穆旦的人生中留下深深的烙印。穆旦先生曾写下长诗《森林之魅——祭胡康河谷上的白骨》,对那次残酷的远征战争进行拜祭。这首诗把自然与人进行对比,那亘古沉寂的自然,因为人的来临而被惊动了。这些人不是来森林里成为森林之子的,而是从遥远之处来到这里,成为杀戮者和被杀戮者。后面这句"森林之语"令人震撼:"欢迎你来,把血肉脱尽"。这首诗太壮烈了,以至于诗句也到了无声的惨烈地步。

但对于历经苦难的穆旦来说,真正的苦难尚未开始。1949年,穆旦由曼谷赴美国留学,在芝加哥大学研究生院攻读英美文学、俄罗斯文学。1949年12月23日,穆旦与在芝加哥大学攻读生物的周与良结婚。1953年,夫妻二人从国外回来。穆旦的岳父周叔弢是当时天津市的副市长,穆旦回国后在南开大学外文系任副教授。1957年,穆旦发表诗歌《九十九家争鸣记》,并进行检讨。1966年,"文革"开始,穆旦全家被"扫地"到农场接受劳动改造。1968年,穆旦进"牛棚",夫人周与良也因"美国特务嫌疑",被隔离审查。1969年,成为"牛鬼蛇神"的穆旦,曾跑了几十里路去看望同为"牛鬼蛇神"的妻子周与良。

1972年,穆旦暂时被"解放",回到南开大学,继续埋头于新的翻译及修改旧的译著。1976年7月,穆旦先生因摔倒而引起右腿股骨颈骨折,忍痛继续从事普希金诗歌的翻译和诗歌创作,1977年在医院治疗时因突发心脏病去世。去世前,穆旦作了一篇《冥想》:"但如今,突然面对着坟墓,/我冷眼向过去稍稍回顾,/只见它曲折灌溉的悲喜/都消失在一片亘古的荒漠,/这才知道我的全部努力/不过完成了普通的生活。"

史家来新夏说,穆旦先生自美国归来20多年,"几乎没有一天舒心日子,主观的向往和客观的反馈，反差太大，不论做什么样的诠释，穆旦终归是一个悲剧人物"。

本编所选穆旦的四首诗是他创作于暮年的作品，他写完这些诗，就去世了。

读这组《季节组诗》，我们能真切地感受到一名卓越诗人内在的顽强。在那样一个特殊时代，他的诗里没有一句陈词滥调，没有一句政治口号，不高呼，不效忠。一名卓越诗人，即便经历了非人的世界，唯一效忠的仍是诗与内心。

从春天开始的季节描写，是这一组诗的特点。我们不妨看成是诗人自己一生的总结，也不妨看成是整个时代变化的痕迹。但诗歌仍然允许读者从不同角度理解和阐释，它的魅力也在于此。

▶ 思考

季节作为一个抽象之物，又作为自然中最鲜明的意象，很多诗人都反复写过，但很难写好，往往很容易流于空洞抒情。如果能结合自己的人生经验，把具体的意象注入抽象的世界中，让诗句充满血液与张力，则更可能引起读者的共鸣。也有诗人会把"肃杀"的冬天写得晶莹可爱、洁白纯净。诗的视野需要变化，情感也需要变化。如果有人写雾霾笼罩的春天呢？那就不会是"池塘生春草，园柳变鸣禽"了。

写诗也一样：结合个人真正的感受，用鲜活的语言表达。

二　林徽因·你是人间四月天

作者简介

林徽因：（1904—1955），女，汉族，福建闽侯（今福州市区）人，出生于浙江杭州，中国著名女诗人、作家、建筑学家。林徽因出身福州名门林氏家族，其父林长民早年留学日本早稻田大学，是清末民初的风云人物，著名教育家、政治家、社会活动家，创办福建政法专门学校（福建师范大学前身之一）和福州二中。林长民的堂弟林觉民是著有《与妻书》的民国烈士。林徽因少女时代就跟随参加巴黎和会游说团的父亲来到英国伦敦，并在伦敦结识了风流倜傥、才华横溢的诗人徐志摩，深受对方的赏识和爱恋，后奉父亲之命嫁给了大学者梁启超之子梁思成，为门当户对、情深义重之伉俪典范。20世纪30年代初，林徽因与丈夫梁思成一起用现代科学方法研究中国古代建筑，成为这个学术领域的开拓者，后来在这方面获得了巨大的学术成就，为中国古代建筑研究奠定了坚实的科学基础。文学上，著有散文、诗歌、小说、剧本、译文和书信等，代表作有《你是人间的四月天》《莲灯》《九十九度中》等。

你是人间的四月天
——一句爱的赞颂

我说你是人间的四月天；
笑响点亮了四面风；轻灵
在春的光艳中交舞着变。

你是四月早天里的云烟，
黄昏吹着风的软，星子在
无意中闪，细雨点洒在花前。

那轻，那娉婷，你是，鲜妍

百花的冠冕你戴着，你是

天真，庄严，你是夜夜的月圆。

雪化后那篇鹅黄，你像；新鲜

初放芽的绿，你是；柔嫩喜悦

水光浮动着你梦期待中白莲。

你是一树一树的花开，是燕

在梁间呢喃，——你是爱，是暖，

是希望，你是人间的四月天！

简评

　　林徽因这首诗流传甚广，其纯美、活力、干净、直接，直达人心。"四月天"现在已经变成了一个特有的词。对那些美好，以及美好到无以名状的事物，这样说是很纯美的。相比之下，"五月天"就略乏柔性，走向刚猛一路了。

　　四月天，有各种美好的事物诞生，而且都是刚刚好的，已经长得有型有样，有热情有温柔，不像三月那么嫩、那么弱，也不像五月那么完整，以至于缺乏想象空间。林徽因抓住了"四月天"这个特殊的时期，用了各种美好的事物来不断吟诵四月天，如"轻灵""光艳""云烟""娉婷""天真""鹅黄""新鲜""放芽""白莲""呢喃"等，这种直接堆叠的手法，通过繁复意象来实现诗人心中畅想的美好世界。这世界是理想的，是诗人心情极佳时写出来的。假设在忧郁的心情下，四月天又可能是另一种样子了。比如英国大诗人艾略特在长诗《荒原》里写道："四月，是残忍的季节。"

　　这就是诗人在不同心境下的不同表达。

　　林徽因写的这首诗，是追求工整美的。三句一段，结构工整，一韵到底，读来朗朗上口。

对一首诗有多方面的理解,这首诗可以理解为对爱人的赞美,也可以用来赞颂可爱的孩子。

八月的忧愁

黄水塘里游着白鸭,
高粱梗油青的刚高过头,
这跳动的心怎样安插,
田里一窄条路,八月里这忧愁?

天是昨夜雨洗过的,山岗
照着太阳又留一片影;
羊跟着放羊的转进村庄,
一大棵树荫下罩着井,又像是心!

从没有人说过八月什么话,
夏天过去了,也不到秋天。
但我望着田垄,土墙上的瓜,
仍不明白生活同梦怎样的连牵。

▶ 简评

写过"四月天"之后,林徽因又写了"八月天",女诗人对季节与时间的敏感,原与别人不同。她抓住的都是季节在变化中的特殊时刻。从"四月天"的明净与欣悦,到"八月天"这个关键时刻,就要被一种美好事物即将消逝的愁绪渐渐笼罩了。八月是盛夏,在暑热天气中,各种作物都走向自己的顶点：庄稼、瓜果都在成熟——盛极而衰是敏感的诗人感知到的规律，也是历代诗人长期咏叹的特殊现象。"水塘""高粱""山岗""羊""树荫""田垄""瓜"这些事物和景物，都是八月的独特呈现，都是巅峰景象。对比里尔克的《秋日》可知，不同诗人对同样季节的感受也不同。在里尔克笔下，初秋的葡萄过几天就要成熟了，"再给两天南方的好天气，/催它们成熟，把/最后的甘甜压进浓酒"。这是诗人对季节变化的顺应，带着淡淡的欣悦，并不过于悲伤或欢快。

林徽因是现代文学中最重要流派之一"新月派"的重要成员。"新月派"提倡超功利、表现自我，提倡健康与尊严的"纯诗"写作。"新月派"的领袖闻一多曾归纳新诗要达到三种美：音乐的美（音节）、绘画的美（辞藻）、建筑的美（节的匀称和句的均齐）。在这首诗中，林徽因采用了与上一首不同的押韵方式，每节都是一、三押韵，二、四押韵，竟然还加上了平仄对比，从而让整首诗在节奏上朗朗上口。

秋天，这秋天

这是秋天，秋天，
风还该是温软；
太阳仍笑着那微笑，
闪着金银，夸耀
他实在无多了的
最奢侈的早晚！
这里那里，在这秋天，
斑彩错置到各处
山野，和枝叶中间，
像醉了的蝴蝶，或是

珊瑚珠翠，华贵的失散，
缤纷降落到地面上。
这时候心得像歌曲，
由山泉的水光里闪动，
浮出珠沫，溅开
山石的喉嗓唱。
这时候满腔的热情
全是你的，秋天懂得，
秋天懂得那狂放，——
秋天爱的是那不经意
不经意的凌乱！

但是秋天，这秋天，
他撑着梦一般的喜筵，
不为的是你的欢欣：
他撒开手，一掬璎珞，
一把落花似的幻变，
还为的是那不定的
悲哀，归根儿蒂结住
在这人生的中心！
一阵萧萧的风，起自
昨夜西窗的外沿，
摇着梧桐树哭。——
起始你怀疑着：
荷叶还没有残败；
小划子停在水流中间；

夏夜的细语，夹着虫鸣，

还信得过仍然偎着

耳朵旁温甜；

但是梧桐叶带来桂花香，

已打到灯盏的光前。

一切都两样了，他闪一闪说，

只要一夜的风，一夜的幻变。

冷雾迷住我的两眼，

在这样的深秋里。

你又同谁争？现实的背面

是不是现实，荒诞的，

果属不可信的虚妄？

疑问抵不住简单的残酷，

再别要悯惜流血的哀惶。

趁一次里，要认清

造物更是摧毁的工匠。

信仰只一细炷香，

那点子亮再经不起西风

沙沙的隔着梧桐树吹！

如果你忘不掉，忘不掉

那同听过的鸟啼；

同看过的花好，信仰

该在过往的中间安睡。……

秋天的骄傲是果实，

不是萌芽，——生命不容你

不献出你积累的馨芳；

交出受过光热的每一层颜色；

点点沥尽你最难堪的酸怆。

这时候，

切不用哭泣；或是呼唤；

更用不着闭上眼祈祷；

（向着将来的将来空等盼）；

只要低低的，在静里，低下去

已困倦的头来承受，——承受

这叶落了的秋天

听风扯紧了弦索自歌挽：

这夜，这夜，这惨的变换！

简评

从"四月天"到"八月天"再到"深秋"，林徽因的情感在不断变化，把这三首诗特意挑选出来放在一起阅读，比分开单独看更有意思。这也能看到情绪和季节变换之间的相应对位。

29岁的林徽因正处在人生最美好的时期，还远远没有触摸到自己人生的秋天，她所感的本应该是诗人特殊的"伤秋"愁绪，这个阶段甚至可以说是"为赋新词强说愁"的阶段。然而，对于林徽因来说，这首诗确实是有感而发。诗中情感的悲伤，是失去爱人的痛悼。

这首诗作于1933年11月中旬，是林徽因为纪念曾经的爱人、挚友和诗歌领路人徐志摩飞机失事罹难两周年写的——林徽因游历英国时遇见徐志摩，得到过徐志摩的悉心指点，两人萌生了深挚的感情。后来，两人虽各有所属，但关系仍然很好。徐志摩在上海担任大学教授，收入很高，人也很忙碌，有一段时间甚至每周搭乘飞机从上海飞往北京讲课，并出席林徽因作为女主人举办的沙龙。徐志摩的飞机失事，也是在飞往北京的途中。他的英年早逝给林徽因带来极深的伤痛，她在给沈从文的信里说："十一月的日子我最消化不了，听听风，知道枫叶又凋零不堪只想哭。"

　　林徽因借此对生命与死亡进行思考："荷叶还没有残败；/ 小划子停在水流中间"，但是"一切都两样了，他闪一闪说，/ 只要一夜的风，一夜的幻变"。秋天的来临带来了令人痛苦的悲伤。对事物不变的表象，她有特殊的不信任，这种感受是因为绵绵不绝的怀念带来的——"信仰只一细炷香，/ 那点子亮再经不起西风 / 沙沙的隔着梧桐树吹！"

　　1937年——徐志摩罹难6年后，林徽因在另一首诗《红叶里的信念》里，仍然流露出很强的怀念色彩，但这时的她已经不再停留于怀念了，有些印迹会随时间而淡，但记忆不会，有爱的记忆更不会。

红叶里的信念

年年不是要看西山的红叶，
谁敢看西山红叶？不是
要听异样的鸟鸣，停在
那一个静幽的树枝头，
是脚步不能自己的走——
走，迈向理想的山坳子
寻觅从未曾寻着的梦：
一茎梦里的花，一种香，
斜阳四处挂着，风吹动，
转向白云，小小一角高楼。

钟声已在脚下，松同松

并立着等候，山野已然
百般渲染豪侈的深秋。
梦在哪里，你的一缕笑，
一句话，在云浪中寻遍
不知落到哪一处？流水已经
渐渐的清寒，载着落叶
穿过空的石桥，白栏杆，
叫人不忍再看，红叶去年
同踏过的脚迹火一般。
好，抬头，这是高处，心卷起
随着那白云浮过苍茫，
别计算在哪里驻脚，去，
相信千里外还有霞光，
像希望，记得那烟霞颜色，
就不为编织美丽的明天，
为此刻空的歌唱，空的
凄恻，空的缠绵，也该放
多一点勇敢，不怕连牵
斑驳金银般旧积的创伤！

再看红叶每年，山重复的
流血，山林，石头的心胸
从不倚借梦支撑，夜夜
风像利刃削过大土壤，
天亮时沉默焦灼的唇，
忍耐的仍向天蓝，呼唤

瓜果风霜中完成，呈光彩，
自己山头流血，变坟台！
平静，我的脚步，慢点儿去，
别相信谁曾安排下梦来！
一路上枯枝，鸟不曾唱，
小野草香风早不是春天。
停下！停下！风同云，水同
水藻全叫住我，说梦在
背后，蝴蝶秋千理想的
山坳同这当前现实的
石头子路还缺个牵连！
愈是山中奇妍的黄月光
挂出树尖，愈得相信梦，
梦里斜晖一茎花是谎！

但心不信！空虚的骄傲
秋风中旋转，心仍叫喊
理想的爱和美，同白云
角逐；同斜阳笑吻；同树，
同花，同香，乃至同秋虫
石隙中悲鸣，要携手去；
同奔跃嬉游水面的青蛙，
盲目的再去寻盲目日子，——
要现实的热情另涂图画，
要把满山红叶采作花！

这萧萧瑟瑟不断的呜咽，

掠过耳鬓也还卷着温存，
影子在秋光中摇曳，心再
不信光影外有串疑问！
心仍不信，只因是午后，
那片竹林子阳光穿过
照暖了石头，赤红小山坡，
影子长长两条，你同我
曾经参差那亭子石路前，
浅碧波光老树干旁边！

生命中的谎再不能比这把
颜色更鲜艳！记得那一片
黄金天，珊瑚般玲珑叶子
秋风里挂，即使自己感觉
内心流血，又怎样个说话？
谁能问这美丽的后面
是什么？赌博时，眼闪亮，
从不悔那猛上孤注的力量；
都说任何苦痛去换任何一分，
一毫，一个纤维的理想！

所以脚步此刻仍在迈进，
不能自已，不能停！虽然山中
一万种颜色，一万次的变，
各种寂寞已环抱着孤影；
热的减成微温，温的又冷，
焦黄叶压踏在脚下碎裂，

残酷地散排昨天的细屑，
　　心却仍不问脚步为甚固执，
　　那寻不着的梦中路线，——
　　仍依恋指不出方向的一边！
　　西山，我发誓地，指着西山，
　　别忘记，今天你，我，红叶，
　　连成这一片血色的伤怆！
　　知道我的日子仅是匆促的
　　几天，如果明年你同红叶
　　再红成火焰，我却不见，……
　　深紫，你山头须要多添
　　一缕抑郁热情的象征，
　　记下我曾为这山中红叶，
　　今天流血地存一堆信念！

▌ 简评

　　与故人一起去西山看红叶，一边行走、眺望，一边交谈，言辞之间心有灵犀，不必细说，而一一了然。这一定是让林徽因记忆深刻的图景："要听异样的鸟鸣，停在/那一个静幽的树枝头"，很明显能看出起首的第一段，是写与故人在西山散步、探寻时的所见所感。第二段深化与故人一起探寻西山盛景，感受深秋红叶的浓烈："穿过空的石桥，白栏杆，/叫人不忍再看，红叶去年/同踏过的脚迹火一般"。但这种浓烈让诗人想起已经消逝的故人，只有他留下的印迹宛然，一一可见。在这种浓烈情绪的控制下，诗人写到了西山的另一种诗境："再看红叶每年，山重复的/流血，山林，石头的心胸/从不倚借梦支撑，夜夜……/瓜果风霜中完成，呈光彩，/自己山头流血，变坟台！"在这样的情绪控制下，诗人的感情投注到景物上，就产生了悲伤，如第三段后半部："一路上枯枝，鸟不曾唱，/小野草香风早不是春天。"

第四段作者开始从怀念与愁绪中突围，把明媚的、有生命的事物引进诗歌，打破前三段渲染出的那种忧伤氛围，树、花、秋虫、青蛙，是从静物到动物的变化，心情也随之变化——"要现实的热情另涂图画，/要把满山红叶采作花！"

第五段再度回到怀人的情境中，但不再是愁绪，而是对愁绪的排解："心仍不信，只因是午后，/那片竹林子阳光穿过/照暖了石头，赤红小山坡，/影子长长两条，你同我/曾经参差那亭子石路前，/浅碧波光老树干旁边！"

第六段，诗人开始思考人生与永恒的问题："生命中的谎再不能比这把/颜色更鲜艳！记得那一片/黄金天，珊瑚般玲珑叶子"，然后在下一段做一个小小的了结："所以脚步此刻仍在迈进，/不能自已，不能停！虽然山中/一万种颜色，一万次的变，/各种寂寞已环抱着孤影；/……记下我曾为这山中红叶，/今天流血地存一堆信念！"

风景与心情交融，从景物的现实情状过渡到内心的具体情感，这是现代诗的基本写作方法。红叶既可以象征秋天的绚烂，也可以比喻人生到了中年以后的丰富和沉稳。唐代大诗人杜牧《山行》中的名句"停车坐爱枫林晚，霜叶红于二月花"，也是这种情感与情景的交融。林徽因必是熟读唐诗的，但因为情绪、情感、遭遇的不同，她无法如杜牧那般圆融、洒脱，而是被摆不脱的情绪所笼罩。

王国维先生在《人间词话》中说，词"有有我之境，有无我之境。'泪眼问花花不语，乱红飞过秋千去''可堪孤馆闭春寒，杜鹃声里斜阳暮'，有我之境也。'采菊东篱下，悠然见南山''寒波澹澹起，白鸟悠悠下'，无我之境也"。那么如何区分这两种"境"呢？"有我之境，以我观物，故物皆著我之色彩。无我之境，以物观物，故不知何者为我，何者为物。"如何形成并抒发这两种不同的情景呢？"无我之境，人惟于静中得之；有我之境，于由动之静时得之。故一优美一宏壮也。"

运用到林徽因的这首诗里，可以说是"有我之境"，而且是"人在境中"，其中的情感与变化是"于由动之静时得之"。

这些情景跟她的情绪和怀念交融在一起，跟她的人生思考也重叠在一起。

给秋天

正与生命里一切相同，
我们爱得太是匆匆；
好像只是昨天，
你还在我的窗前！

笑脸向着晴空
你的林叶笑声里染红
你把黄光当金子般散开
稚气，豪侈，你没有悲哀。

你的红叶是亲切的牵绊，那零乱
每早必来缠住我的晨光。
我也吻你，不顾你的背影隔过玻璃！
你常淘气的闪过，却不对我忸怩。

可是我爱的多么疯狂，
竟未觉察凄厉的夜晚
已在你背后尾随，——
等候着把你残忍的摧毁！

一夜呼号的风声

果然没有把我惊醒

等到太晚的那个早晨

啊。天！你已经不见了踪影。

我苛刻的咒诅自己

但现在有谁走过这里

除却严冬铁样长脸

阴雾中，偶然一见。

▶ 简评

　　林徽因是现代诗歌流派"新月派"的重要代表。在诗段与韵节中，她很注意诗歌的"音乐美"。这首诗基本是两句一个韵节，第三句立即转换。这样的写法，很容易朗读出来。但如果诗歌的意象不够丰富，如果意象与意象之间的张力不够大，就很容易因为过度押韵而跑偏，成为被韵脚赶着胡乱跑的打油诗了。

　　"秋天"在林徽因的诗歌中，扮演着一种命运莫测的角色。在秋天中，生命显得很脆弱，命运变得很无常。在这样的秋天，一个人一旦失去警惕，就可能失去一切——"可是我爱的多么疯狂，/ 竟未觉察凄厉的夜晚 / 已在你背后尾随，——/ 等候着把你残忍的摧毁！"

▶ 阅读与理解

　　林徽因是现代奇女子，她不仅是中国建筑界的重要学者，还是现代诗歌界的杰出代表。她美貌与智慧并存，她的爱情美好而凄婉。她如仙子在世间漂游，一到不忍时就翩然而逝。

　　林徽因出生于福州大户人家，中学生熟读的《与妻书》的作者林觉民是她的堂叔。林徽因聪慧好学，涉猎广泛，少女时期即跟随父亲林长民游历欧美，结识了当时的文化大家梁启超等人，又曾在伦敦圣玛丽大学等高等学府学习，见识不凡，情趣高妙。她一生中，曾与三位一流男人之间有着丰富的故事，这助长了她个人的传奇，也为后来流行作者的仰慕式写作提供了足够传奇的素材。

　　林徽因和徐志摩曾在英国剑桥相见、相识、相知、相恋，执手徘徊于康桥河边，让赶到英国探望的徐志摩发妻张幼仪有意难言。曾在上海沪江大学、天津北洋大学、北京大学就读，而后又曾去美国纽约哥伦比亚大学读书的徐志摩，在剑桥大学、伦敦政治经济学院都有过求学经历，在这期间，他认识林徽因，并为林徽因所倾倒。虽然徐志摩才华横溢，但是他缺乏长性，曾在剑桥大学、伦敦政治经济学院攻读学位。回国之后，他颇受重视，年纪轻轻就担任上海光华大学、大夏大学和南京中央大学的教授，收入颇丰。他的妻子陆小曼，也是当时著名的才女，写诗、作画，吸食鸦片，挥金如土。林徽因回国后，承父命与梁启超的公子、著名的建筑学家梁思成结为夫妻。梁思成与林徽因的婚姻被广为传颂，成为现代传奇。后有深爱林徽因而发誓终身独处的哲学家金岳霖这位奇（怪）男子，在林徽因英年早逝、梁思成于1972年病逝后，倾力帮助林徽因的孩子，培养他们成长。

　　林徽因的奇才、美貌与传奇，还有她在"文革"后被重新发现，使她成为一代知识青年的新偶像。到了网络时代，她更是变成一位令人仰慕的教母级人物。关于她的传记、传闻等作品铺天盖地地出版，却湮没了她本人的真实世界。一位诗人的很大一部分真实，存在于她的诗歌。阅读她的作品，才是与她交流的最好方式。

　　阅读林徽因的这些诗歌，会发现她是一个用情很深的人，她的诗歌风格多样，有《你是人间的四月天》那样的欢欣灿烂，也有《红叶里的信念》那样的哀婉而沉郁。但她又不乏明媚，不缺美好，不缺勇气。运用季节的主题，来表达自己的心境、抒发自己的思念，是林徽因诗歌的特殊魅力。阅读这些诗歌，不必特意探寻、发掘其中的深意，也不必强求对字词句一点一滴都要理解透彻，而是要多次反复阅读，感受诗歌整体传递出来的诗情、诗境、诗意。

思考

对比穆旦和林徽因的诗歌，会发现穆旦更多的是潜入自己的命运深处，通过对自我生命的思考、砥砺，而上升到哲理的高度——他更多的是内化的。而林徽因则因秋而感触，循着秋天的足迹去追随、探访故人——她更多的是外化的。穆旦更加深沉，林徽因则更加婉转。

诗歌与人生、情感紧密相连，是人生最特殊的表达。

三　徐志摩·残春

作者简介

徐志摩 （1897—1931），原名章垿①，字槱②森，后改字志摩，浙江海宁人，中国著名"新月派"诗人、散文家。徐志摩出身富裕家庭，曾就读于上海沪江大学、天津北洋大学、北京大学，后留学美国，在克拉克大学和哥伦比亚大学学习，又曾留学英国，在剑桥的两年深受西方教育的熏陶及欧美浪漫主义和唯美派诗人的影响。代表作品有《再别康桥》《翡冷翠的一夜》等。徐志摩还是成就很高的散文家，他的散文在当时独树一帜。从英国回国后，徐志摩于1924年任北京大学教授。1926年任光华大学、大夏大学和南京中央大学教授。1930年辞去了上海和南京的职务，应胡适之邀，于1931年再度任北京大学教授，兼北京女子师范大学教授。1931年11月19日，在从南京飞往北京的途中，因飞机失事罹难。

残春

昨天我瓶子里斜插着的桃花
是朵朵媚笑在美人的腮边挂；
今儿它们全低了头，全变了相：——
红的白的尸体倒悬在青条上。

窗外的风雨报告残春的运命，
丧钟似的音响在黑夜里叮咛：
"你那生命的瓶子里的鲜花也
变了样：艳丽的尸体，谁给收殓？"

---

① 垿：读 xù。
② 槱：读 yǒu。

简评

徐志摩可能是"新月派"最著名的诗人,他的代表作《再别康桥》被广为传诵,也被选入中学语文教材,为几代人所熟知,自然也是现代白话诗中最有代表性的作品之一,是文学青年的必备修养。"康桥"所在的剑桥大学,还把这首诗的名句刻在一块大理石诗碑上,吸引众多中国游客前来瞻仰。

"康桥"现在普遍译为"剑桥",是徐志摩曾经求学的地方,也是他人生与诗情的核心要素。徐志摩的所有诗歌秘密,他的爱情、他的相聚、他的离别、他的得意、他的失意,全都跟"康桥"有关。这些内容,我们会在其他地方再细讲。

《残春》这首诗作于1927年4月,多情的徐志摩经历了一番情感的变换和各种折腾,刚与陆小曼结婚不到半年,他的情感就产生了微妙的变化——"你那生命的瓶子里的鲜花也/变了样:艳丽的尸体,谁给收殓?"在这里,很显然是诗人把情感、爱情都投射到"桃花"上,在残春季节,花已经死亡。他原来曾经畅想着的多么美好的情感,也出现了问题。

用具体的"桃花""残春"的意象来代指情感和美人,是很容易理解的方法。作为刻意求工的"新月派"主将,徐志摩一定会在诗的押韵、结构上下功夫,这首诗的韵节也是两句一转韵。需要强调的是,当代诗人不太在意押韵,更在意诗歌语言中内在韵律的跳动。

读者在阅读古诗时,常会碰到各种花卉的隐喻,而花、草等事物,通常是用来比喻美人的,进而也可以代指情感。如崔护名作《题都城南庄》:"去年今日此门中,人面桃花相映红。人面不知何处去,桃花依旧笑春风。"这里"人面"与"桃花"就相互替换、彼此隐喻,产生极其深远的联想——"桃花"就是代指一位美丽的少女。绝句短小,但营造出的诗意空间,却悠然而远大。

当代诗人,也善用隐喻。

可以说,隐喻是当代诗的核心秘密之一。

四　李金发·下午

作者简介

李金发（1900—1976），原名李淑良，广东梅县人，中国早期象征诗派代表诗人之一。早年就读于香港圣约瑟中学，后至上海入南洋中学留法预备班，1919年赴法勤工俭学，1921年就读于第戎美术专门学校与巴黎帝国美术学校。在法国象征派诗歌，特别是波德莱尔《恶之花》的影响下，开始创作格调奇异的象征体诗歌，被称为"诗怪"。1923年初春在柏林完成《微雨》和《食客与凶年》的诗稿，同年秋天写了《为幸福而歌》。1925年11月，李金发的《微雨》出版，之后另外两部诗集也相继出版，奠定了他作为中国现代象征诗创始者的地位。1925年初，李金发应上海美专校长刘海粟邀请，回国执教，同年加入文学研究会，并为《小说月报》《新女性》等杂志撰稿。1928年任杭州国立艺术专科学校雕塑系主任，创办《美育》杂志，后赴广州任职于广州市立美术学校，1936年任该校校长。1941年将散文和诗作编成《异国情调》出版。20世纪40年代后期，李金发几次出任外交官员，后移居美国纽约。1976年病逝于美国纽约长岛寓所。李金发出版有诗集《微雨》（1925）、传记《雕刻家米西盎则罗》（1926）、诗集《为幸福而歌》（1926）、诗集《食客与凶年》（1927）、艺术史《意大利及其艺术概要》（1928）、文学史《德国文学ABC》（1928）、诗文集《异国情调》（1942）、小说（与他人合集）《鬼屋人踪》（1949）、诗文集《飘零阔笔》（1964）以及《李金发诗集》（1987）。

下午

击破沉寂的惟有枝头的春莺，
啼不上两声，隔树的同僚
亦一齐歌唱了，赞叹这妩媚的风光。

野愉的新枝如女郎般微笑，

斜阳在枝头留恋,

喷泉在池里呜咽,

一二阵不及数的游人,

统治在蔚蓝天之下。

吁!艳冶的春与荡漾之微波,

带来荒岛之暖气,

温我们冰冷的心

与既污损如污泥之灵魂。

借来的时光,

任如春华般消散么?

倦睡之眼,

不能认识一个普通的名字!

简评

李金发是中国现代诗的拓荒者之一,因种种原因被长期忽视,新时期文学阶段之后,因为"朦胧诗"等新的诗歌流派兴起,拓展了诗歌视野,更新了诗歌观念,使得早期名家重新回到人们的视野中。李金发的生长背景是南方,又曾去欧洲留学,拥有跨文化的思想背景,使得他可以从外在文化的视野,重新反思中国传统文化,并强力地更新自己的知识,从最新的角度思考问题,把传统诗歌赋形于现代诗的那些沉滞的道德观和伦理观,全部推翻,形成了新的认识论——李金发背对着诗词的强大传统,可以说是"背道而驰",探索前行于崭新的道路,从法国象征派大诗人波德莱尔的《恶之花》中得到了灵感和理念支撑,将新的意识注入新的诗体中,让新诗拥有新的观念。中国文化传统与法国文化传统迥然而异,在波德莱尔诗中出没的"死亡""梦幻"等主题,李金发在自己的诗中做了有益的借鉴。这种与传统不同的写作方式，对当时的中国文化传统形成了一种反思力量。

这首诗写春天的午后，眼中看到的各种景物以及由此产生的联想。第一段看到了树木，听到了春莺，第二段看到了斜阳、喷泉、游人，并从这些春景中联想到美好及美人，后两段从前两段中生发情感。

阅读这种类型的现代诗，要注意：作者并不试图从中强行找出什么高大上的思想观念，而是仅沉迷于美的感受。对现代诗来说，表达一种美，迷恋于美的现实或者美的幻想，就是写这首诗的意义之一，而无须从中硬要归纳什么"中心思想"。因此，李金发的象征主义诗歌，是更早的"朦胧诗"。而之所以"朦胧"，是因为这一类现代诗不主张，也不希望以过分强烈的道德或者意志来支配读者，而是更希望读者从中得到美的感染和启迪。现代主义对美的认识与古典主义、现实主义的理解不一样，这种美并不是线条边界清晰的，而是朦胧的、模糊的、暧昧的，带来的是模糊不清但是确定存在的感受。有时，因此引发了惆怅，犹如波德莱尔的名作《给一位交臂而过的妇女》（钱春绮译），为"一瞥"而写下如此幽怨、愁绪绵长的诗句。这位"妇女"也可以理解为某种美好的事物，与自己擦肩而过：

> 大街在我的周围震耳欲聋地喧嚷，
> 走过一位穿重孝、显出严峻的哀愁、
> 瘦长苗条的妇女，用一只美丽的手
> 摇摇地撩起她那饰着花边的裙裳；
> ……
> 电光一闪……随后是黑夜！——用你的一瞥
> 突然使我如获重生的、消逝的丽人，
> 难道除了在来世，就不能再见到你？

五 闻一多·静夜

作者简介

闻一多（1899—1946），名家骅，字友三，生于湖北黄冈浠水，"新月派"代表诗人和学者。他致力于研究新诗格律化的理论，在论文《诗的格律》中，他要求新诗具有"音乐的美（音节），绘画的美（辞藻），并且还有建筑的美（节的匀称和句的均齐）"。著有诗集《红烛》（1923）、《死水》（1928）。学术著作有《神话与诗》《唐诗杂论》《古典新义》《楚辞校补》等，都显示了其独特的才华。闻一多同时又是一位激进的批评者。1946年7月15日，在云南大学举办的李公朴追悼会上作《最后的演讲》之后，在回家的途中遭特务暗杀身亡。闻一多的主要著作收录在《闻一多全集》中，共4册8集，1948年8月由开明书店出版。

静夜

这灯光，这灯光漂白了的四壁；
这贤良的桌椅，朋友似的亲密；
这古书的纸香一阵阵的袭来；
要好的茶杯贞女一般的洁白；
受哺的小儿唼呷①在母亲怀里，
鼾声报道我大儿康健的消息……
这神秘的静夜，这浑圆的和平，
我喉咙里颤动着感谢的歌声。
但是歌声马上又变成了诅咒，

---

① 唼呷：读 shà xiā。

静夜！我不能，不能受你的贿赂。
谁希罕你这墙内尺方的和平！
我的世界还有更辽阔的边境。
这四墙既隔不断战争的喧嚣，
你有什么方法禁止我的心跳？
最好是让这口里塞满了沙泥，
如其他只会唱着个人的休戚！
最好是让这头颅给田鼠掘洞，
让这一团血肉也去喂着尸虫；
如果只是为了一杯酒，一本诗，
静夜里钟摆摇来的一片闲适，
就听不见了你们四邻的呻吟，
看不见寡妇孤儿抖颤的身影，
战壕里的痉挛，疯人咬着病榻，
和各种惨剧在生活的磨子下。
幸福！我如今不能受你的私贿，
我的世界不在这尺方的墙内。
听！又是一阵炮声，死神在咆哮。
静夜！你如何能禁止我的心跳？

简评

  闻一多是"新月派"技巧的总结者和实践者，他对新诗的韵律有着强迫症式的追求。这首诗从"静夜"的所见、所感扩展到墙外大世界的所思、所感，内容并不难理解：由家中所见、所怀到目睹的外在世界——"我的世界还有更辽阔的边境"——这句话用得真好，虚与实之间充满了坚硬的气质，而且还确实有着

"边境"。这显示了闻一多内在的雄心,有杜甫式"安得广厦千万间"的内涵。通过墙壁→边境→人生→世界这些意象的转换,诗人显示出了一种不甘受困的情怀——"我的世界不在这尺方的墙内。/……静夜!你如何能禁止我的心跳?"——在这里,"心跳"是一个明显的转喻,可以说就是"生命"。夜虽然安静,但是生命跳动不息。

这首诗两句一押韵,并且换句转韵,节奏上变化非常明显,也较为清晰地体现出"新月派"所提倡的新诗理想。但过分追求节律,反而跟内容的沉思与感愤有些不合拍。

六　杜运燮·秋

作者简介

杜运燮（1918—2002），1918年出生于马来西亚，1934年返回福州，1945年毕业于西南联大外语系。他写于抗战时期的《滇缅公路》等诗作，得到了前辈诗人闻一多的赏识。杜运燮与穆旦、袁可嘉、郑敏等九位在20世纪40年代从事写作的诗人因合出《九叶集》而被评论界称为"九叶派"，在中国诗歌界具有较大的影响。20世纪70年代末80年代初，杜运燮的作品《秋》因"连鸽哨都发出成熟的音调"等诗句，而被指责为"朦胧诗"[1]，由此再次引起诗歌界的强烈关注，并推动了朦胧诗运动的发展。其作品有《诗四十首》(1946)、《晚稻集》(1988)、《南音集》《你是我爱的第一个》(1993)、《杜运燮诗精选一百首》《海城路上的求索——杜运燮译文选》《九叶集》(合集)、《杜运燮六十年诗选》等。

秋

连鸽哨都发出成熟的音调，
过去了，那阵雨喧闹的夏季。
不再想那严峻的闷热的考验，
危险游泳中的细节回忆。

经历过春天萌芽的破土，
幼芽成长中的扭曲和受伤，
这些枝条在烈日下也狂热过，

---

[1] "朦胧诗"这一称谓在刚出现时是晦暗的、贬义的，它的流行可追溯至1990年《诗刊》发表的署名章明的《令人气愤的朦胧》一文。自此"朦胧"作为诗歌的专用名词被广泛采用，后演变成一个重要的诗歌流派。

差点在雨夜中迷失方向。

现在,平易的天空没有浮云,
山川明净,视野格外宽远;
智慧、感情都成熟的季节啊,
河水也像是来自更深处的源泉。

紊乱的气流经过发酵,
在山谷里酿成透明的好酒;
吹来的是第几阵秋意?醉人的香味
已把秋花秋叶深深染透。

街树也用红颜色暗示点什么,
自行车的车轮闪射着朝气;
塔吊的长臂在高空指向远方,
秋阳在上面扫描丰收的信息。

▶ 简评

抽象之物与具象之物的相互比喻,到现在我们已经读过很多,应该不会再觉得"连鸽哨都发出成熟的音调"难以理解了。阅读并不总能启发或者拓展,如果缺乏包容心和宽广的视野,以自己的经验出发,会形成顽固的"定见",不能接受超出自己经验的事物存在。秋天瓜果飘香、稻谷成熟、树叶金黄,这些都是我们眼睛看得到的,鼻子能闻到的,可以直接理解的,因此我们认为这样比喻是"看得懂"的。而"鸽哨→成熟→音调"这种特殊的比喻产生了陌生化效果,从自然现象中看不到、摸不着、闻不到,而只存在于想象力丰富的诗人的心中。其中的隐喻转换,是情感自由的通用体验。然而,缺乏阅读经验,又缺乏开发心灵的人,会因为读不懂而排斥。这就如同看不懂璞石里隐藏着和氏璧,而随手扔掉一样。

　　1979年后写的这首诗，在喜悦中带着淡淡的忧郁。诗人的角度是私性的，他或许走在街头，透过树枝，眺望楼房，仰望天空，把周边的一切与自己联系在一起，让这些事物有了诗性。杜运燮把人生的各种遭遇与感悟，都熔铸进那些表面的秋天景物中，而使得这些景物或多或少地产生变形，就如同超光速飞行会导致时空弯曲一样。如果联系当时的社会现实，想到"文革"刚刚结束不远，那么这一段诗句就不难理解了："经历过春天萌芽的破土，/幼芽成长中的扭曲和受伤，/这些枝条在烈日下也狂热过，/差点在雨夜中迷失方向"。

　　第四段这句"紊乱的气流经过发酵，/在山谷里酿成透明的好酒"，令人想起了里尔克的名诗《秋日》。

　　结尾的两句"塔吊的长臂在高空指向远方，/秋阳在上面扫描丰收的信息"，也常常被语文老师在课堂上分析其中的深奥含义。现在读来，简明畅快，一点都不啰唆。各种事物之间在诗歌想象力的化合下，彼此可以隐喻，而"秋阳"的"扫描"不过是太阳的"照射"的转喻。不同的是，经过诗人的巧妙运用，"扫描"具有接收信息的功能，因此具有人格化的效果；"照射"只是单向的能量传播，属于客观描述事物。

　　一首诗通过人格化的转喻，让万物有了灵性。

夜

今夜我忽然发现
树有另一种美丽：
它为我撑起一面
蓝色纯净的天空；

零乱的叶与叶中间，

争长着玲珑星子，
落叶的秃枝挑着
最圆最圆的金月。

叶片飘然飞下来，
仿佛远方的面孔，
一到地面发出"杀"，
我才听见絮语的风。

风从远处村里来，
带着质朴的羞涩；
狗伤风了，人多仇恨，
牛群相偎着颤栗。

两只幽默的黑鸟，
不绝地学人打鼾，
忽然又大笑一声，
飞入朦胧的深山。

多少热心的小虫
以为我是个知音，
奏起所有的新曲，
悲观得令我伤心。

夜深了，心沉得深，
深处究竟比较冷，
压力大，心觉得疼，
想变做雄鸡大叫几声。

◗ 简评

"夜"到底是什么？这很令人着迷。"夜"也是很难捕捉的，但诗人用具象的事物来不断丰富这个原本抽象的"夜"。树、树枝、树叶、风、狗、黑鸟、小虫……全都在夜的掩护下，发出自己的声音。虽然看不见，但是听得见；虽然摸不着，但是声音让这一切显现。古话说"雪隐鹭鸶飞始见"，一名优秀的诗人，多在动态中表现静态，在具体中呈现抽象。

但在夜晚，一个有独特思想的人又是孤独的，因为这些事物，都是外在的，无法直抵内心。"多少热心的小虫／以为我是个知音"，说出了这种错位与孤独。在这种夜晚，内心的情愫如潮水般开始涌动，"夜深了，心沉得深"，是两种不同的深。读者们或许注意到了，"夜深了"的"深"字，也是一种典型的隐喻，和"鸽哨成熟"没太大差别；但这个隐喻常用、用惯了，而且我们也习以为常，不认为它深奥、难懂。其实，夜又不是一口井，怎么是深的呢？但谁说夜晚不能被比喻成一口井呢？

在一个夜晚的深处，如独自在一口井的深处，"压力大，心觉得疼，／想变做雄鸡大叫几声"，这样的说法，可以说是一种直接的描写。因为深夜过后，就会迎来黎明，而黎明的象征，在农业社会的风景中，就是"鸡鸣"。评论家从这里出发，阐述诗人的内在想法，分析他们怎样表达对旧社会的厌恶和批评，怎样表达对新世界、新生活的畅想——"雄鸡一唱天下白"可谓是人们耳熟能详的隐喻了。从自然的、社会的现象中生发，而成为一种政治性的诉求，诗歌也由此变得生动起来。

从夜晚想到黎明，再想到天亮，是典型的政治隐喻。

不过，如果仅仅用政治隐喻来解释诗，总觉得对诗歌有很大伤害。如何从政治话语中解脱，是诗歌的一个重要任务，所以，优秀的诗人，都尽量绕过那些熟词，而小心使用各种合适的词语。

阅读与理解

诗歌与日常用语有一个基本的边界,但在普通隐喻上也有重叠,例如"白天"象征着幸福,"黑夜"象征着苦难。但优秀诗人会突破这种限定,把一个基本的隐喻进行延伸,打破原有的词语外缘限定。例如,在黑夜中"树有另一种美丽:/它为我撑起一面/蓝色纯净的天空",这样,就把"夜"的限定性隐喻拓展了。因此,优秀诗人会拓展词语的空间,从而为语言开拓新的疆域。

在特定的时代背景下,"连鸽哨都发出成熟的音调"这句诗也会遭到一些保守诗人和诗评家的批评,贬称为读不懂的"朦胧诗"。但是现在看起来这么简单的一句诗,却拓展了诗的世界,让"朦胧诗"成为繁盛的森林。

所以,优秀诗人总是在丰富而敏锐的心灵下,挣脱语言的枷锁,赋予语言新的力量,并突破僵化观念的束缚,让诗与词成为时代破除蒙蔽的先驱。

由此可以做一个基本的判断:一名优秀诗人对词语的运用是敏感而谨慎的,他们不会不假思索地滥用那些陈腐的词语,更不会让各种意义含混的口号混入诗里。优秀诗人会在普通、日常的词语中寻找特殊的含义,他的诗句会在貌似平静的生活水面上,掀起一阵令人眩晕的风暴。

七　北岛·日子

作者简介　北岛 原名赵振开，1949年生于北京，祖籍浙江湖州。中国当代诗人，"朦胧诗"代表人物之一。多次获诺贝尔文学奖提名，目前任教于香港中文大学。先后获瑞典笔会文学奖、美国西部笔会中心自由写作奖、古根海姆奖学金等，并被选为美国艺术文学院终身荣誉院士。1978年，北岛和诗人芒克等人创办了民间诗歌刊物《今天》。该刊后来移至海外，几经数代主编的接力，连续出版至今已达40余年，是民间诗刊中的旗帜。北岛出版有诗集《陌生的海滩》《北岛诗选》《在天涯》《午夜歌手》《零度以上的风景线》《开锁》等，散文集《失败之书》《青灯》《城门开》等，都深受读者的好评。北岛的作品已被译成20多种文字出版，是当今影响最大也最受国际社会认可的中国诗人之一。

日子

用抽屉锁住自己的秘密
在喜爱的书上留下批语
信投进邮箱默默地站一会儿
风中打量着行人，毫无顾忌
留意着霓虹灯闪烁的橱窗
电话间里投进一枚硬币
问桥下钓鱼的老头要支香烟
河上的轮船拉响了空旷的汽笛
在剧场门口幽暗的穿衣镜前
透过烟雾凝视着自己

当窗帘隔绝了星海的喧嚣

灯下翻开褪色的照片和字迹

简评

这首短诗是诗人和周边的人与事发生关系的具体记录,可以明显地看到诗人日常生活的痕迹——抽屉、书、信、邮箱、行人、霓虹灯、橱窗、老头、香烟、河、轮船、汽笛、剧场、穿衣镜、烟雾、窗帘等——这些具体的、风格明显属于欧洲式的各种物象,通过人物的心境被串起来,成为有机之体。具体行为模式是"在剧场门口幽暗的穿衣镜前/透过烟雾凝视着自己",并传递出了自我审视的意味。很简单的物象堆叠,就营造出了一种淡淡的忧愁,这是真切的乡愁。

日子里极其日常的活动痕迹被记录下来,诗人赋予了琐碎日常生活某些淡淡的诗意。

二月

夜正趋于完美

我在语言中漂流

死亡的乐器

充满了冰

谁在日子的裂缝上

歌唱,水变苦

火焰失血

山猫般奔向星星

必有一种形式

才能做梦

在早晨的寒冷中

一只觉醒的鸟

更接近真理

而我和我的诗

一起下沉

书中的二月：

某些动作与阴影

> 简评

在诗人旅居北欧的时候，二月还是寒冷的季节，因此"冷"成为这首诗中玄想的主题，而情景是夜晚与失眠。在寒冷的二月，在北欧，冬天夜很漫长——夜晚到了很深的时刻，一切都极其安静，而各种微小的事物都发出了自己的声响。虽夜深，但诗人思维更加敏锐："夜正趋于完美"，而诗人却"在语言中漂流"失眠，"必有一种形式/才能做梦"。但失眠是更大的力量，一直到清晨的鸟开始鸣叫，失眠者才被睡意拖拽着往下沉，往梦的深渊坠落。

失眠也是诗歌的常见主题，而且常常激活诗人的灵感。

四月

四月的风格不变：
鲜花加冰霜加抒情的翅膀

海浪上泡沫的眼睛
看见一把剪刀

藏在那风暴的口袋中

我双脚冰冷，在田野
那阳光鞣制的虎皮前止步

而头在夏天的闪电之间冥想
两只在冬天聋了的耳朵
向四周张望——

星星，那些小小的拳头
集结着浩大的游行

简评

阅读现代诗歌，不必深究其中的"哲理"或者"寓意"，要"不求甚解"，避免因过度解释而焚琴煮鹤。有时候，诗人目睹的一些景物片段，就可以进入语言中，成为诗意。在一次漫步中，例如这次四月间，诗人于北欧寒冷的初春中散步，"双脚冰冷"走到郊外，"在田野/那阳光鞣制的虎皮前止步"。诗人出门，还看到了冬天与春天交汇的景色："鲜花加冰霜加抒情的翅膀"，看到了"海浪上泡沫的眼睛"——或许就是在波罗的海边上。

贺知章名句"二月春风似剪刀"或许可以用来"曲解"这诗中"藏在那风暴的口袋中"的"剪刀"。作为一个简明的隐喻，剪刀常常被用来比喻某些"修剪"的力量。

这里没有什么极深的寓意，没有什么惊人的秘密，只有诗与诗意。

古人说，诗无达诂[①]，就是说对诗歌有各种解释的可能性。

---

① 诂：读 gǔ。

六月

风在耳边说,六月
六月是张黑名单
我提前离席

请注意告别方式
那些词的叹息

请注意那些诠释:
无边的塑料花
在死亡左岸
水泥广场
从写作中延伸

到此刻
我从写作中逃跑
当黎明被锻造
旗帜盖住大海
而忠实于大海的
低音喇叭说,六月

▶ 简评

　　这首诗写诗人的离愁别绪,不是呼喊,而是用具体的意象传递出来。他要离开居住过一段时期的北欧,去美国或者其他地方生活。离开中国后,诗人曾长期漫游在欧洲大陆和北美,去过很多国家,搬过很多次家。那是漫游的岁月,也是动荡的岁月,更是乡愁的岁月。这些岁月凝结在他写下的一首首诗里。六月是告别的时候,"请注意告别方式/那些词的叹息"。诗人不说自己的叹息,而说词的叹息,这样延伸出去,成了一种特殊表达。

阅读与理解

北岛是"朦胧诗"的杰出代表,其名作《回答》流传深广,成为一个时代的标志之一,"卑鄙是卑鄙者的通行证/高尚是高尚者的墓志铭"成为识读一个时代的符号,也是我们重返那个时代的秘密通道之一。在那个时代,这诗句如尖刀般划开黑色幕布,露出紊乱的真相的棉絮。在很多时代,诗歌都走在时代的前列,首先说出真相。北岛早期的那些带有浓重政治色彩的诗歌,也成为一个时代的墓志铭。

这里选择的几首,是诗人流居在外的自我心境的描写。没有宏大主题,没有庞然之物,只有冷寂的景物和忧郁的内心,通过失眠、散步、告别等,我们看到了一位杰出诗人的世界是如此庞杂而又如此简单。

诗歌不必都是"高大上"的主题,自我的描写也能构成令人怦然心动的诗意。

八　多多·春之舞

作者简介

多多： 原名粟世征,"朦胧诗"代表诗人之一。1951年生于北京,1969年到白洋淀插队,后来调到《农民日报》工作。1972年开始写诗,1982年开始发表作品,1986年获得北京大学文化节诗歌奖,1989年出国,旅居荷兰15年,曾任伦敦大学汉语教师,加拿大纽克大学、荷兰莱顿大学驻校作家,现为海南大学人文传播学院教授。著有诗集《行礼:诗38首》《里程:多多诗选1973—1988》《多多诗选》等。

春之舞

雪锹铲平了冬天的额头
树木
我听到你嘹亮的声音

我听到滴水声,一阵化雪的激动:
太阳的光芒像出炉的钢水倒进田野
它的光线从巨鸟展开双翼的方向投来

巨蟒,在卵石堆上摔打肉体
窗框,像酗酒大兵的嗓子在燃烧
我听到大海在铁皮屋顶上的喧嚣

啊,寂静
我在忘记你雪白的屋顶

从一阵散雪的风中，我曾得到过一阵疼痛

　　当田野强烈地肯定着爱情
　　我推拒春天的喊声
　　淹没在栗子滚下坡的巨流中

　　我怕我的心啊
　　我在喊：我怕我的心啊
　　会由于快乐，而变得无用！

　　1985年

简评

　　关于春天的景色，在每一位诗人的眼中或者想象中，都是不一样的。从雪锹、树木的静态描写，过渡到阳光、滴水、巨蟒的动感景色，意味着诗人的观察和思考也在活动中。前三段是外在描写，从第四段开始让位于诗人的内心，从寂静到疼痛再到快乐以及对快乐的反思："我怕我的心啊/……会由于快乐，而变得无用！"

　　通过景色的动静变化来映照诗人内心，并且对这种内心的变化产生疑惑，是这首诗的基本状态。

九月

　　九月，盲人抚摸麦浪前行，荞麦
　　发出寓言中的清香

——二十年前的天空

滑过读书少年的侧影

开窗我就望见，树木伫立

背诵记忆：林中有一块空地

揉碎的花瓣纷纷散落

在主人的脸上找到了永恒的安息地

一阵催我鞠躬的旧风

九月的云朵，已变为肥堆

暴风雨到来前的阴暗，在处理天空

用擦泪的手巾遮着

母亲低首割草，众裁缝埋头工作

我在傍晚读过的书

再次化为黑沉沉的土地……

1988 年

▶ 简评

在诗人心中，"九月"这个特定的季节，并无特别的目标可以设定，如同盲人穿过麦田，只是闻到了荞麦的"寓言中的清香"，但很难说你真的认识到了这麦田到底是什么，九月又到底从哪里开始。或许，"九月"与对过去的记忆有关："二十年前的天空/滑过读书少年的侧影"。记忆再深入，"林中有一块空地/揉碎的花瓣纷纷散落"，凸显出诗人的某些忧伤的记忆，包括母亲，包括旧时期的人物、景象。这里，意象的集中，反映出一种内心的忧伤。不必特别去解读这种忧伤是什么，九月是忧伤的季节，可能跟诗人的人生际遇有关，也可能是由于亲人的离去。

走向冬天

树叶发出的声音，变了

腐烂的果核，刺痛路人的双眼

昔日晾晒谷粒的红房屋顶上

小虫精亮的尸首，堆积成秋天的内容

秋意，在准备过冬的呢大衣上刷着

菌类，已从朽坏的棺木上走向冬天

阳光下的少年，已变得丑陋

大理石父母，高声哭泣：

水在井下经过时

犁，已烂在地里

铁在铁匠手中弯曲时

收割人把弯刀搂向自己怀中

结伴送葬的人醉得东摇西晃

五月麦浪的翻译声，已是这般久远

树木，望着准备把她们嫁走的远方

牛群，用憋住粪便的姿态抵制天穹的移动……

1989 年

▶ 简评

在季节隐喻的运用上，"冬天"是一年的终结，也是人生末端的比喻。而冬天的寒冷、萧瑟，也可以暗示人生的悲怆。所以，诗歌里的意象呈现的都是死亡的气息：腐烂的果核、小虫的尸首、朽坏的棺木、少年的丑陋、父母的死亡（大理石的隐喻）——"水在井下经过时／犁，已烂在地里"。这一切都暗示着终结，季节的终结，人生的终结。

▶ 阅读与理解

　　多多的这三首诗分别写了春天、秋天（九月）和冬天，不同的季节，带来不同的个人感受。但总体来说，多多的诗风是阴郁的、犹疑的。诗中描写的世界、外在的景物，不仅不能给诗人带来慰藉，反而使他感到慌张，甚至惊恐。秋天通常象征着收获，金秋的景色在《九月》这首诗里，呈现出的是20年前的记忆，也暗示着现实世界的坍塌、不可信任。或者说，一次突如其来的死亡，让信任感完全灰飞烟灭了。

　　那个时期，多多一定经历了个人的伤痛。

　　无须特别解读，也无须寻找底部的特殊意义。能传递出诗人内心各种不同的感受，就是诗歌的特殊功能。内心的抒发、理想的畅望，对于现实中奔走于物质世界的人来说并不重要，但如果把你关在一个牢里，什么也不能干，甚至没有足够的书籍来阅读，你就会发现，诗歌成了人生中最重要的事物。一个有诗性的人，会不停地用诗歌来调整自己与现实的关系、密切自己与过去的关系。这些不同关系的梳理与调整，对人生具有特殊的意义。

九　海子·五月的麦地

作者简介

海子（1964—1989），原名查海生，安徽省怀宁县高河镇查湾人。1979年考入北京大学法学院学习法学，1982年开始诗歌创作，后来被称为"北大三诗人"之一。1983年到中国政法大学哲学教研室工作，1984年创作成名作《亚洲铜》和《阿尔的太阳》，第一次使用"海子"作为笔名。1989年3月26日，海子在山海关卧轨自杀，年仅25岁。从1982年至1989年不到7年的时间里，海子创作了近200万字的作品，后来结集出版了《土地》《海子、骆一禾作品集》《海子的诗》《海子诗全编》等。海子被称为"抒情时代最后的杰出诗人"，他的诗在情感上总是非常充沛的，充满了爆发力。而在这一切的背后，却潜藏着毁灭性的力量。

五月的麦地

全世界的兄弟们

要在麦地里拥抱

东方　南方　北方和西方

麦地里的四兄弟　好兄弟

回顾往昔

背诵各自的诗歌

要在麦地里拥抱

有时我孤独一人坐下

在五月的麦地　梦想众兄弟

看到家乡的卵石滚满了河

黄昏常存弧形的天空

让大地上布满哀伤的村庄

有时我孤独一人坐在麦地里为众兄弟背诵中国诗歌

● 简评

　　海子的短诗有一种猛烈的天真和单纯的孤独，并且他常常把个人的孤独放大，而成为整个世界的孤独。这种做法，让他的诗歌具有一种强烈的渗透力，很容易打动读者柔软的内心，激发读者对自己的孤独、记忆、人生产生直接或间接的联想，以及强烈的共情心理。这首诗把背景放在乡村的五月，一个春天已经深刻的时期，麦子已经长出来，乡村飘满了各种美好的气息。兄弟们坐在一起，拥抱、背诗，而他一个人的孤独映照了整个世界："黄昏常存弧形的天空/让大地上布满哀伤的村庄"。

　　这首诗把季节和人生对应起来，并且潜入季节的背后，放大了诗人的孤独："有时我孤独一人坐在麦地里为众兄弟背诵中国诗歌"。这样，诗人就成了大地上几乎唯一的幸存者，孤独的幸存者。这样，海子的诗歌，总是具有某种自我圣洁的功能。"全世界"这种词有浓重的时代性，现在的诗人一般都不会再使用了。但是在当时海子创作的背景下，类似的词语具有强迫性的力量，让人不由自主地就会被抓住。

七月不远

——给青海湖　请熄灭我的爱情

七月不远

性别的诞生不远

爱情不远——马鼻子下

湖泊含盐

因此青海湖不远

湖畔一捆捆蜂箱

使我显得凄凄迷人：

青草开满鲜花

青海湖上

我的孤独如天堂的马匹

（因此，天堂的马匹不远）

我就是那个情种：诗中吟唱的野花

天堂的马肚子里唯一含毒的野花

（青海湖，请熄灭我的爱情！）

野花青梗不远　医箱内古老姓氏不远

（其他的浪子，治好了疾病

已回原籍，我这就想去见你们）

因此跋山涉水死亡不远

骨骼挂遍我身体

如同蓝色水上的树枝

啊！青海湖，暮色苍茫的水面

一切如在眼前！

只有五月生命的鸟群早已飞去

只有饮我宝石的头一只鸟早已飞去

只剩下青海湖，这宝石的尸体

暮色苍茫的水面

▶ 简评

　　海子的短促而天才的一生，被他猛烈的孤独诗歌点燃，包括被爱情遗弃的孤独世界。在他的诗里，总有一种极其强硬的个人独坐整个世界，而且要成为整个世界中心的感觉。海子善于用庞大的事物来映衬个人的孤独，例如本诗中的"青海湖"，并且"强行"产生好句："青海湖上／我的孤独如天堂的马匹"，而把自己置身于一个凌驾众生之上的位置。他即便孤独，也不跟你分享，他要像"天堂的马匹"一样凌空飞腾。置身如此庞大的境地，诗人的联想变得极其敏锐、尖利，让孤独与死亡并列，并且融入庞大的外在世界中："骨骼挂遍我身体／如同蓝色水上的树枝"。这样孤独的生命，在整个庞大的世界中，已经耗尽："只有五月生命的鸟群早已飞去／只有饮我宝石的头一只鸟早已飞去"。

　　海子的孤独是庞大的孤独，而且他把庞大的世界拉来为自己献祭。

八月之杯

　　八月逝去　山峦清晰
　　河水平滑起伏
　　此刻才见天空
　　天空高过往日

　　有时我想过
　　八月之杯中安坐真正的诗人
　　仰视来去不定的云朵
　　也许我一辈子也不会将你看清

　　一只空杯子　装满了我撕碎的诗行

一只空杯子　——可曾听见我的喊叫？！

一只空杯子内的父亲啊

内心的鞭子将我们绑在一起抽打

简评

在当代诗人中，海子似乎是对季节、岁月最敏感的。他几乎写过每一个月、每一个季节。七月、八月和九月都写了两首以上的诗。流经我们身体的岁月，没有痕迹，但流经海子身体的岁月，让他深度受伤，甚至支离破碎。

这首诗一开头，境界就宏大不凡，"八月逝去，山峦清晰"，很有唐诗的雄浑气势。同样，在如此宏大的世界中，诗人天才地把八月想象为一只杯子——八月之杯——把自己完全装满："八月之杯中安坐真正的诗人／仰视来去不定的云朵"。

我们不必琢磨"一只空杯子"到底象征着什么，也不必追根究底，只是想着这样一个被岁月煎熬的诗人，在岁月中逐渐憔悴，是令人痛心的。

九月

目击众神死亡的草原上野花一片

远在远方的风比远方更远

我的琴声呜咽　泪水全无

我把这远方的远归还草原

一个叫木头　一个叫马尾

我的琴声呜咽　泪水全无

远方只有在死亡中凝聚野花一片

明月如镜　高悬草原　映照千年岁月

我的琴声呜咽　泪水全无

只身打马过草原

▶ 简评

　　海子诗歌的秘密之一是把自身所涉及的周边世界遽然放大——他涉及的景物也都是庞然的，如"青海湖""草原""明月""马"，都不是城市里的景物，不是我们日常身边的琐碎物件，而是遥远的、未知的、历史感很强的事物。海子的写作，总要用庞大的风景来压制内心的孤独，消除庸常生活的折磨，并跟外在的庞大的世界交换内心的秘密，似乎只有这种庞大的事物，才可能装载得下他过分膨大的内心。但在诗中，这种交换似乎又是无效的，通常只是单向的信息传递模式："目击众神死亡的草原上野花一片／远在远方的风比远方更远"。而这些都无法消解个人的孤寂与焦虑，所以，庞大的事物不能给诗人带来安慰，反而让他的自我显得更加孤寂。

　　可以想见，15岁就进入大学，19岁就毕业工作的海子，还在少年时期就进入了成年人的世界，他与他人的交流并不顺畅，而且高傲的孤寂，也阻碍了他与庸众的交流。

　　这一句话，似乎透露了他的内心秘密："我的琴声呜咽　泪水全无／只身打马过草原"。

春天

你迎面走来

冰雪消融

你迎面走来

大地微微颤栗

大地微微颤栗

曾经饱经忧患

在这个节日里

你为什么更加惆怅

野花是一夜喜筵的酒杯

野花是一夜喜筵的新娘

野花是我包容新娘

的彩色屋顶

白雪抱你远去

全凭风声默默流逝

春天啊

春天是我的品质

1985年

简评

让季节拟人化，让春天成为自我外在的写照，因此，诗人自我扩大，而成为春天的整体秘密。直截了当地写作，让诗句碰面击打，海子的诗歌具有特殊力量："你迎面走来/冰雪消融/你迎面走来/大地微微颤栗"。这个春天不是其他诗人笔下温和的季节，而是具有猛烈力量、融解一切，让事物环绕自己的神物。很显然，诗人把自己跟春天互换了，他自己就是春天，而春天的新娘则是生命力无比旺盛的野花。色彩纷呈的意象，让这首诗显得非常绚丽，而且情感饱满丰盈。

秋天

你带来水　酒瓶和粮食

秋天　千里内外
树叶安睡大地
果实沉落桶底
发出闷闷声响

让镰刀平放
丰收的草原

秋天的水　上升
直到果实　果实
回声似的对称的乳房

秋天　丰收的篮子
天堂的篮子
盛放——"果实"
病床头刻划的
阿拉伯或恒河
的永久文字

而鱼唱着　梦着　村落
水离开了形状
离开了手

回声
这是两只丰收的篮子　彼此对称

乳房

手

1986—1987年

▶ 简评

这首《秋天》是海子诗歌中难得的平和的作品，安静、满足、喜悦的气息在流淌。海子的风格是善于运用"大词"，即那种统括性、描述性、集合性的名词，如"大地""果实""草原""村落""天堂"等，并且轻松地消解了这些词原有的意识形态属性，而在诗中显得自然、融洽，毫无违和感。他的诗境一直是庞大的，似乎不屑于描写日常生活，不屑于被具体事物羁绊："秋天　千里内外/树叶安睡大地/果实沉落桶底/发出闷闷声响"。

海子在20世纪80年代进入诗坛，他身上有浓重的理想主义情结，他的诗歌也具有历史主义视野，脱离了具体而微的日常世界。在那个时代，叙事的格局都较为庞大，诗人很少触碰日常生活和日常情感。这也是因为，那个时代物质匮乏、思想匮乏、人生匮乏，个人生活尚未出现，人们除了政治生活，就是理想生活、爱情生活（包括具体的和虚幻的）。

但在这个秋天，诗人产生了某种爱情滋润的满足感，或许是真实的，或许是虚幻的。

▶ 阅读与理解

在山海关卧轨自杀，让海子具有了"成神"的特性。一个为诗殉葬的天才诗人，不断地升华为令人膜拜的"诗神"，进入了历史中的传奇诗人行列。在长期发酵的膜拜中，海子拥有越来越高的声誉，而且达到了文学青年中人人吟诵，无人不知、无人不晓的程度。30多年来，他已经成为当代诗歌的一个超级神灵。他的一些诗句广为流传，甚至变成房地产商的广告文案，如："面朝大海，春暖花开"。这样的现象，在中国现代诗歌史上是很少见的。海子25岁的短暂生命，如一道流星划过天空，但他所创造的诗歌与这些诗歌所营造出来的世界，却如星星般点缀在天空中，成为当代中国文化生活的核心记忆之一。

在1984年以《亚洲铜》走上诗坛并成名之后，海子的诗歌一直被浩大的理想主义笼罩，在这种庞大的理想主义背后，还有一种难得的温情，成为诗句之间的清泉。因此，他的诗歌虽然浩大，善用大词大句营造一种历史感、苍凉感、孤独感，但他的诗句却是滋润的，一点都不干涩。海子把自己放在一个理想的、广大的世界，这个世界有湖泊、草原、河流、麦地、果实、天空、流云，花开鸟鸣，流水潺潺。那是一个特殊的经验记忆，并且在诗句中，得到了深刻的诗意化。海子的诗歌里，很少描写具体的、琐碎的生活，他关心的是更加庞大的事物，是那些精神世界中广阔无边的因素。爱、情感、孤独，这些是海子诗歌中核心的词语。

海子是天才的诗人，他对词语有着特殊的敏感，即便是那些陈词滥调，经过他的拭擦，也能闪出迷人的光辉。而且，在当代诗歌中，虽然他的诗歌天马行空、自由自在，他的诗句意象繁复、隐喻深刻，但他的诗歌总体而言具有难得的明朗、清脆，诗句的碰撞中时有琮琮乐音。

十　张枣·深秋的故事

作者简介　**张枣**（1962—2010），湖南长沙人。当代著名诗人，中国先锋诗歌代表人物之一。湖南师范大学英语系本科毕业，考入四川外语学院（今四川外国语大学）念硕士。1986年出国，常年旅居德国，获德国特里尔大学文哲博士学位，后于图宾根大学任教，曾任教于河南大学文学院、中央民族大学文学与新闻传播学院。在国内出版的诗集有《春秋来信》《张枣的诗》，代表作有《镜中》《何人斯》等。2010年3月8日因肺癌在德国图宾根大学医院去世，享年48岁。2012年4月，《张枣随笔选》由人民文学出版社出版。张枣被称为当代诗歌界中的语言天才，精通英语和德语，是少有的能与海外诗歌界、汉学界自如交流的诗人。他丰富的海外经历，使得他的诗歌语言具有纯粹与精炼的特性，并且，似乎比一般的同辈诗人更专注于意象的捕捉与语言的锤炼。他的写作，更像是一个古代诗人突然来到了现代。

深秋的故事

向深秋再走几日
我就会接近她震悚的背影
她开口说江南如一棵树
我眼前的景色便开始结果
开始迢递；呵，她所说的那种季候
仿佛正对着逆流而上的某个人
开花，并穿越信誓的拱桥

落下一片叶
就知道是甲子年

我身边的老人们

菊花般的升腾、坠地

情人们的地方蚕食其他的地方

她便说江南如她的发型

没有雨天，纸片都成了乳燕

而我渐渐登上了晴朗的梯子

诗行中有栏杆，我眼前的地图

开始飘零，收敛

我用手指清理着落花

一遍又一遍地叨念自己的名字，仿佛

那有着许多小石桥的江南

我哪天会经过，正如同

经过她寂静的耳畔

她的袖口藏着皎美的气候

而整个那地方

也会在她的脸上张望

也许我们不会惊动那些老人们

他们菊花般升腾坠地

清晰并且芬芳

▌简评

　　张枣的诗带着很浓的古雅气息，他对文字的斟酌、对意象的使用，都极谨慎，这些意象从传统中生出，又有些玄学的意味。把秋天比喻成一位女子，而且是成熟的女子，这也应是一种独创。

这首诗在意象的运用上，似有发之于宋词的意境，如"凌波不过横塘路"（宋·贺铸《青玉案》）等，在诗中隐现。"江南"是这个"深秋"的背景，所有与之有关的诗意，都在"江南"展开，诗人运用了动态的语言来调整白话诗的节律，而不是仅仅用外在的韵脚——"她开口说江南如一棵树/我眼前的景色便开始结果"。

　　诗人不让景物停下来，而是让这些景物流动，造成一种时间流逝的效果——"落下一片叶/就知道是甲子年"。在动词的使用上，这首诗如传送带一样，传递着景物，让这些景物从空间延伸向时间——"那有着许多小石桥的江南/我哪天会经过，正如同/经过她寂静的耳畔"。

　　这首诗并不给出一种明确的道德、思想指向，习惯于在诗文中寻找意义的读者，可能会不高兴。但宋代大词人贺铸的词，你又能说自己把其中的意义全都摸到，就如同摸你手里的鹅卵石吗？

十一 宋琳·秋天的散步

作者简介 宋琳▶ 1959年生于福建厦门，祖籍宁德。1983年毕业于华东师范大学中文系，曾留校任教，是第三代著名诗人之一。1991年移居法国，曾就读于巴黎第七大学。先后在新加坡、阿根廷居留。2003年以来受聘在国内一些大学执教，现居住在北京和大理。著有诗集《城市人》（学林出版社）、《门厅》（北岳文艺出版社）、《断片与骊歌》（法国MEET出版社）、《城墙与落日》（巴黎Caractères出版社）等。1992年以来一直担任文学杂志《今天》的主要编辑。宋琳的诗，通常是典雅的，如同他的人生态度。在很多看似不经意的事物中，通常能呈现令人惊讶的战栗感，这是杰出诗人的独特敏感所在。

秋天的散步

披着落叶走向山顶的人，
是最早被秋天触及的人。
日复一日，总在同一个地方徘徊，
不时停下沉思，突然又大步流星，
落叶纷纷，加速着树木的失血。

干燥的田野和天空，意念触及
同样干燥的鸟巢，花的断梗，
一架红色拖拉机陷入土中。
云像烙铁在水下冷却，僵硬，
琥珀的状态，一种透明的悲哀。

你喜欢站在这棵树下，

瞻眺，水牛般反刍着夏天。
但乌鸦的声息从另一棵树上传来，
这死亡国度的使者金光闪闪，
它一开口，众鸟都沉默。

火焰坠落，一簇簇生命的火焰，
多少词语的碎片就这样交给风。
在城市与虚伪地走来的夜之间，
暝色一滴滴注入原野的荒凉，
风中连太阳也打了个寒噤。

你想起一只怪兽的面庞，
瞬间恐惧穿透颅骨。你也想起，
看得见的不能使想象满足，
看不见的徒然于烦恼的猜测：
神？空气？体内含盐的信仰？

蛇蜕去蛇皮，獐子留下蹄迹，
树木尽将脱去美丽的衣裳。
林中的黑暗是多么团结一致，
而你的思绪月亮一样苍白，
苍白而孤单，飞过山顶。

▶ 简评

　　读完这首诗，我一直回想着这句："披着落叶走向山顶的人/是最早被秋天触及的人"。就像是一阵风在林中吹过，静寂中，叶子唰唰落下。"秋天""散步"，在大多数人的记忆中，并无特别之处，哪怕你走进西山满山的红叶里，哪怕你走在银杏金黄的落叶上，也可能只是自拍一下发个朋友圈而已。但诗人的敏感，以及对人生、对命运、对自然的长期思索，使得诗人对于"落叶"有着特殊的敏感，并赋予落叶以奇特的活性。

这首诗写诗人在一个常常去散步的森林里的感受，但秋天突然点燃了他的想象。那些本来早就看到过的景物这时都进入诗句中，成为一个个闪亮的事物：田野、鸟巢、断梗、拖拉机。这些事物，构成了森林外在的条件，也构成了秋天的要素。但夏天也有这些事物，为何要在秋天叙述？也许是因为秋天的凉风、秋天的乌鸦，触及了诗人内心深处的孤寂，以及各种复杂的情感。诗人在面对森林时，忽然发现自己是一个异样的因素，外在于这座森林。他不能真正进入森林，只能目睹落叶，被"暝色"阻止在外。"暝色一滴滴注入原野的荒凉"，让诗人"想起一只怪兽的面庞"。"夜"的使者是"暝"，即使还没有真正降临，但夜已经在宣告自己的威仪了。

一名写作态度谨慎的诗人固然敏锐，但他不会轻易让自己在这些事物中认定"真理"，也不会像那些不入流的诗人那样，忙着宣告"真理"小步快跑般地来临。他只是感受到季节与事物的变化，并且为人的局限而惆怅。他想到"看得见的不能使想象满足，/看不见的徒然于烦恼的猜测：/神？空气？体内含盐的信仰？"

"林中的黑暗是多么团结一致"，这样的森林，不是依靠目光，更不是依靠理性就能穿透的。作为一名思考深刻的诗人，宋琳虽然没有表现出神秘主义者的情绪，但他也不愿意滑入科技主义思维的泥沼中。

记得20多年前，我们爱引用生于奥地利的英国籍哲学家路德维希·维特根斯坦的名句："对于不可言说之物，必须保持沉默。"

很难期待一个崭新世界的出现，或许再出现了也不过是伪造的旧物。诗人很警惕，在惆怅中，观察事物与变化的世界："蛇蜕去蛇皮，獐子留下蹄迹，/树木尽将脱去美丽的衣裳。"

读这样精妙的诗句是一种享受，你也置身于森林中，你也曾在秋天披着落叶登上山顶，你的存在，需要诗歌的表达来界定，需要思考来呈现。也可以这么说：你思，故你在。

十二　师涛·十月之歌

作者简介

师涛： 1968年7月25日出生于宁夏盐池，祖籍陕西清涧。记者、诗人、作家。1991年毕业于华东师范大学政教系，在校期间曾任夏雨诗社社长。毕业后任职于西安《华商报》《三秦都市报》《西安商报》等几家报纸，曾任山西《生活晨报》常务副总编、湖南《当代商报》总编助理兼编辑部主任。出版有诗集《天堂的边疆》等。

十月之歌

最后一首短诗像是一个高潮

急剧的收束。瞬间的静寂引来

冬季寒风独行笨拙的脚步。此刻

诗一般的凯旋队伍正在某处

聚集。

多少双勇敢无畏和灵巧敏捷的手

在键盘上飞快地弹奏——大地之歌

自由之歌："是郁郁葱葱的山野中掠过的

林涛声响？还是白雪皑皑雪峰之巅

隐匿着不祥的雷声？"

一滴墨水的内涵就是

为了胜利而流尽最后一滴血的见证

他目光严峻，人们又随他瞻望长空

十月，来自北方，但又不是结束

十月将成为所有不幸者和他们朋友的节日

2010 年 10 月 22 日

▌简评

  诗人的立场决定他对季节的立场，或者说决定他对季节的想象。同样的十月，在报刊媒体上可能是不假思索的"金秋十月"，但在这里，十月变成了某种期待、某种信念："冬季寒风独行笨拙的脚步。此刻 / 诗一般的凯旋队伍正在某处 / 聚集"。

  当你思念一个人，或者纪念一个人时，季节变成了一种特殊的符号："十月，来自北方，但又不是结束 / 十月将成为所有不幸者和他们朋友的节日"。这首诗不只是描写十月的，诗人借十月这个时间、这个意象，来表达自己的其他想法。如果你硬要联想，那么俄国 1917 年发生的"十月革命"也可以拉来当作一种阐释背景，但俄国"十月"只剩下表面符号，其内涵在这里已经被切割了，置换成"自由"，在这里被更多地用作对"自由"的歌颂以及对"自由"的寻找："多少双勇敢无畏和灵巧敏捷的手 / 在键盘上飞快地弹奏——大地之歌 / 自由之歌"。

  诗歌描写的对象是什么不具决定性，诗歌想表达什么才是真正的内动力。

十三 余秀华·哦，七月

作者简介

余秀华 ▎女，1976年出生于湖北省钟祥市石牌镇横店村，因出生时倒产、缺氧而造成脑瘫，行动不便。高中毕业后，余秀华赋闲在家；2009年，余秀华正式开始写诗；2014年11月，《诗刊》责任编辑刘年于余秀华的博客里挑选一组诗，作为专栏发表她的诗作，并再度发表于《诗刊》的公众号上。因其诗作的自然、尖锐、丰富与其独特的身份和身体状况，以及那首在全网蹿红的题目惊人的诗《穿过大半个中国去睡你》，余秀华旋即走红而被广泛地传播和消费，成为一个当代诗歌界现象级的人物。2015年1月，广西师范大学出版社为其出版诗集《月光落在左手上》；同年2月，湖南文艺出版社为其出版诗集《摇摇晃晃的人间》，这部诗集成为20世纪90年代以来销量最惊人的出版奇迹，迅速达到十万册以上，不断再版，引起了广泛的阅读和关注。2016年5月15日，余秀华的第三本诗集《我们爱过又忘记》在北京单向空间首发。2018年6月，出版散文集《无端欢喜》。2018年12月6日，诗集《摇摇晃晃的人间》获第七届湖北文学奖。其中篇小说《且在人间》发表于《收获》杂志2018年第二期，2019年1月出版首部自传体小说集《且在人间》。

哦，七月

这些漫长的白日啊，再没有梦可以做
耕种的人和收获的人都隐匿了起来，我将长久地
孤独下去

皮肤表面，是触不到往年的热了
如果还有爱情经过，它一定是冷凉的
像温度计刚刚塞进腋窝的时候
哦，我已经无病可医了，但不妨碍我做一个病号

其实南风里我们无事可做。心情赎了回来
但是命运没有改变河道
也不容易涨一次潮了，也不会摸到
一条鱼的光滑

但是这些没有妨碍我们逸享以后的日子
我首先露出了纸质身体
足以写许多谎言，写到你信以为真

简评

  时间与季节，在一个乡村里是自然而然存在的，不是想象出来的。不同的季节和月份，人们有不同的劳动节奏：有时忙碌，有时悠闲。对于诗人来说，这种季节的节奏感，跟她身体的节奏感产生了特殊的共鸣。"皮肤表面，是触不到往年的热了"，首先是视觉的感受，接着是触觉的感受，然后是心里的感受。面对"耕种的人和收获的人都隐匿了起来"的情景，"我将长久地／孤独下去"。这是季节病还是心里的感受？相信是互通的，共同谐振的。只有这样的孤独，才能呈现七月乡村的那种寂寞。居住在鄂西乡村里的女诗人，行动不便，但思维无比活跃。她长久坐在风中，思绪如闪电般锐利。这是被封印的诗神的身体才能呈现出来的复杂感受。

不再归还的九月

仙人掌还在屋顶，一河星光还在
诗句里，你保持着微风里飘动的衣袖
我们长久地沉默，不过是疼痛不再

每天吃盐，有的身体病了，有的却胖了
那匹马一过河就看不见了
风还在吹，我不知道它多长了

一个坟头的草黄了三次，火车过去了
我记不清楚给过你些什么
想讨回，没有证据了

我们说出了同样的话——
我想过你衰老的样子
但还是，出乎意料

简评

九月到底有什么？在这个鄂西钟祥市石牌镇的横店村，在九月里有什么风景？"仙人掌还在屋顶，一河星光还在"，该在的和不该在的都在，九月表面上并没有什么特别之处。但是，一年走过了九个月，时间在身体上流逝了，在屋顶上流逝了，很多看得见、看不见的事物也在默默地变化中，"每天吃盐，有的身体病了，有的却胖了"。这些变化，包括衰老，只有诗人在细细地感知。

去往十月

1

去往十月，在一个广阔的站台邂逅黎明
心怀酒意，和山川与河流赠予的祖国
祖国啊，就是方言散落在风里，有人听见落泪

就是拿着身份证去医院，有人匆忙向你跑来

就是就着菊花喝酒，有人提起陶渊明

就是十月临近，心里潮水涌来

就是满天星宿里，被认出的牛郎织女

2

故乡就这样在我们的身体里落地生根

天空里的阳光和鸽哨金黄，泪光盈盈

让人安身立命的月份

你要持酒敬奉困难，和一个人的往昔

你一定要从我门前的菊花边经过

与一种蓝，互为引诱

3

所以，我多么爱我这破损之身

被十月浸泡和温润

我多么满意我的灵魂贴近地面飞行

熟知每一朵花的来龙去脉

对每一种方言都充满热爱

如同十月，与生俱来

4

就这样保持语速，一颗果实挤在一堆果实里

怀揣小小星辰

风慢下来的时候，时光也慢下来

我有足够的时间在万事万物里停留

去触摸

它的冰肌玉骨

简评

余秀华作为身体行动不便的人,对季节和时间的感觉比一般人要敏锐得多。在《摇摇晃晃的人间》这部诗集里,她大多数时间都在眺望时间的流逝,看着风景的瞬息变幻,身体里产生着强烈的共鸣。十月不过是九月之后的一个月,秋天也是这样的,"就是就着菊花喝酒,有人提起陶渊明",以及"天空里的阳光和鸽哨金黄"。那样的景致,到了一年的秋天,可感慨的很多。"悲秋"是古今诗人的大主题,人生到了秋天和季节到了秋天,都是一种衰败的时光。然而,换一种角度来看,也是丰收与丰盈的季节,终究要看采取什么样的态度。而在这里,诗人采取的是顺应与顺从,不悲不喜,有哀有乐,自然而然。认命顺命或者不认命不顺命,都是自然生发的,只有沉思与耐心,在身体里、在内心深处停驻:"我有足够的时间在万事万物里停留"。

十四　孙苜蓿·八月

作者简介：**孙苜蓿**：女，原名孙婷，1987年生于安徽舒城。"河畔"女诗人，安徽"80后"代表女诗人。诗歌作品见于国内各大诗歌报刊。2009年获北京大学"未名诗歌奖"。现供职于合肥某报社。

八月

所有的事情都将就未就。八月，
母亲躺在床上做与过去的切割手术，
这分离的痛苦在她的脸上表现得并不明显。
她将从电视剧里学来的分身术，运用到了
日子里的分分秒秒。
她热爱看的射击比赛在靶子偏离靶心的一刻，
她习惯将身子一颤。
这动作也不明显，但被射中的迹象很明显。
她常常被击中，但还未被击倒。
在紧张的时刻，她就会被她的面部神经击中，
那神经会跳动，让她看上去像有眼疾。
在睡梦中，她又被檐下过夜的飞鸟击中。
在与我的交谈中，她会被我常提到的"上帝"击中，
这名词对她来说还太陌生。她惊诧不已，
怀疑这神是不是就是她四十几年来生活里的空座位，
所等的来者。

她穿着黑色上衣在房间里来来回回,

摘菜,或打扫。我看着这一切,

就像看一个天分极高的女演员,在演

一个平凡人的感情生活。昨晚,她告诉我,

她的母亲托梦给她,她的母亲在她的梦中,

像从前一样在大园坝摘茶……她泪水涟涟。

我是她的女儿,我从她那继承了

瓦罐熬制的大部分菜汁和春秋。

她失去的我继续在失去,

她得不到的我无意寻求。

夕阳下,眼见的事情都将就未就。

八月还没有到来,从天边飘来的小船,

即将消逝。

简评

这首诗写人物写得非常生动,读来令人感动:"所有的事情都将就未就",把握的是一种微妙的感受。

诗中的母亲有双重人生,或说有双重岁月:"她常常被击中,但还未被击倒。"但诗歌不停留于此,而是让时间介入叙事:"她穿着黑色上衣在房间里来来回回,/摘菜,或打扫。我看着这一切,/就像看一个天分极高的女演员,在演/一个平凡人的感情生活。昨晚,她告诉我,/她的母亲托梦给她,她的母亲在她的梦中,/像从前一样在大园坝摘茶……她泪水涟涟。"这里,诗歌造就了一个系列,一个人生延续的不断之链。诗人置身其间,饱含着同情与爱:"我是她的女儿,/我从她那继承了/瓦罐熬制的大部分菜汁和春秋。/她失去的我继续在失去,/她得不到的我无意寻求。"

孙苜蓿有一种特殊的细节敏感和相应的词语敏感,虽然她在一次访谈里说自己不太推敲词语,但从具体生活细节中栩栩如生地凸显出这样的词句,是贴切而精美的。这么令人为之心动的意境呼之欲出:"夕阳下,眼见的事情都将就未就。/八月还没有到来,从天边飘来的小船,/即将消逝。"

诗的真实与诚意

"时间与季节"是古今中外诗歌广为咏叹的主题，现当代也不例外。

在人类的文明史中，季节与生命有着非常漫长的隐喻对应，一年中的"春、夏、秋、冬"跟人生中的"少年、青年、中年、老年"可以无缝对接。有基本阅读基础的大多数读者，都能一眼识别出其中的含义。

但到了当代诗歌中，这些固定的隐喻受到了冲击，人们不再采用如此固定的隐喻来写人生或者季节。如年轻女诗人孙苜蓿的《八月》跟诗歌内容到底有什么"强关系"呢？八月跟母亲怎么能紧紧地贴在一起呢？如果读者要强行追根究底，是很难找到满意答案的。当代年轻诗人的目光进入了日常生活，进入了具体情感，这跟身处理想主义时代的前辈诗人所遵循的完全不同。这也跟社会价值完整、理想人生丰满的前辈诗人所处的时代不同。当代年轻诗人面对的是一个价值多元化的互联网时代，也是琐碎无聊、传统价值观受到冲击的时代，在这样平凡无趣的世界中，要拣出诗意来，非常不容易。这个时代，判断诗歌是否有趣，首先要看诗人对词语是否敏感，要看诗人对事物的观察是不是具体切实。那些虚空的抒情，在这个时代会显得荒唐可笑，而贴近人生、对细微事物的感受栩栩如生的描写，则会令人产生共鸣。

当代诗人不一定能提炼出庞大的价值观，但他们在努力呈现一种真实与诚意。从诚意出发，新一代诗人面对季节更替，观察时间的流逝，更多地回到自我本身。从自己身处的环境出发，来思考外界问题。一切外界的事物，都被纳入自我的范畴，在自我沉思的投射下，外界事物才能产生光辉。另外有一些诗人面对纷繁破碎的社会现象，企图用中性的态度来呈现社会原生态，来保留一种特殊的观察。

回到"时间与季节"这个基本的主题中，现代诗人和当代诗人的分野，是当代诗人更多地回到自身的存在中，而现代诗人会对社会问题、国家问题产生更多的关注。

当代诗人可能不会让时间、季节跟人生紧密对位，而是拆开那些基本的事与物，通过重新拼接，产生新的意境及意义。

  北岛是一个特殊的例子，他的诗史跨度很大，他的生活移动很厉害，他前期的诗歌具有理想主义时代的庞大词汇，如《回答》等，铿锵有力。在本编中选入的那几首岁月诗篇，却是流亡在外的诗人的自况，而词语不再宏大，因为再宏大就变成空洞且可疑了。

  新诗的产量太大，要把所有的优秀作品挑选出来是一件不可能完成的任务。

  诗人与诗歌，需要保持一种独特的敏感。观察、深入观察，感受、独特感受，是诗歌成为诗歌的最重要方法之一。优秀诗人总能从平庸事物中，看到一个完美而轻盈的世界。这些或许还不够，这个世界还有待诗人深入发掘和思考，从平凡的生活中，推演出诗意，乃至神性，如波兰大诗人维斯拉瓦·辛波斯卡那样，为每一样物件赋予光亮，并令之耐人寻味。

  诗歌的意义在哪里？诗歌让生活不再像生活原来的样子。

  一旦被诗歌说出，这个世界就有了新的价值。

第二编

风景与景物

我们从小背诵的名诗佳句，大多由景色而入内心，形成了意义深远的丰富思想。

"大漠孤烟直，长河落日圆"是塞外风景的生动特写；"日出江花红胜火，春来江水绿如蓝"是江南温润美丽的回忆；"夕阳残照，汉家陵阙"是苍茫的历史感慨。

诗中既有"青海长云暗雪山，孤城遥望玉门关"的广阔、悲壮的景象，又有"细雨鱼儿出，微风燕子斜"的温润、友善的风景。

一想到风景诗，不由得就想到唐朝，想到边塞诗，想到那些慷慨悲歌的名句，还有那些进出塞外的唐代诗人们。

我们对于唐朝有各种想象，其一是富庶，其二是辉煌，其三是博大，其四是活性。唐朝是一个大一统的中央帝国，首都长安是当时世界上首屈一指的大都会，来自欧洲、中亚、南亚、非洲的各地人民，通过陆上丝绸之路和海上航道，往来于遥远的唐帝国与世界之间。

疆域博大的唐朝含有两种截然不同的风景：一种是西部的雄浑、浩大、慷慨、悲歌，一种是江南的温润、柔美、流连、和善。同一位诗人，既去过西部又到过江南，他的诗歌也会呈现不同的意象。如李白写塞外的名作《关山月》：

明月出天山，苍茫云海间。
长风几万里，吹度玉门关。
汉下白登道，胡窥青海湾。
由来征战地，不见有人还。
戍客望边邑，思归多苦颜。
高楼当此夜，叹息未应闲。

而李白写到江南时，又有深情款款、温声细语的《金陵酒肆留别》：

风吹柳花满店香，吴姬压酒唤客尝。

> 金陵子弟来相送，欲行不行各尽觞。
>
> 请君试问东流水，别意与之谁短长。

李白妙用复沓，如"欲行不行"等，并且自然而然，不见任何斧凿痕迹。即便是浮华艳浓的"云想衣裳花想容"这样的句子，也不见俗态。李白能在世俗和琐屑中突然拔出，用大意境铺开，如《清平调》这首献给杨贵妃的诗，很容易流俗肤浅，然而诗人突然跳脱，后两句极大拓展，意境脱俗："若非群玉山头见，会向瑶台月下逢。"

大诗人白居易留下了2700多首诗，其中很多脍炙人口的诗篇，千年传诵。他有很多名作被选入了《千家诗》《唐诗三百首》等选本。他的诗中，既有深沉、浩渺的作品，如《赋得古原草送别》：

> 离离原上草，一岁一枯荣，
>
> 野火烧不尽，春风吹又生。
>
> 远芳侵古道，晴翠接荒城，
>
> 又送王孙去，萋萋满别情。

又有清新可人、内心甜蜜的《大林寺桃花》：

> 人间四月芳菲尽，山寺桃花始盛开。
>
> 长恨春归无觅处，不知转入此中来。

"四月天"的意象，后来在林徽因的《你是人间的四月天》里被发挥得淋漓尽致，可见诗歌流风传承的脉脉泪泪。

白居易的诗作数量极大，种类驳杂，但都能臻于奥妙，令人赞叹。例如，有"涛声夜入伍员庙，柳色春藏苏小家。红袖织绫夸柿蒂，青旗沽酒趁梨花"这样的好句，又有"几处早莺争暖树，谁家新燕啄春泥。乱花渐欲迷人眼，浅草才能没马蹄"这样的妙辞。

大诗人杜牧既有《江南春》"千里莺啼绿映红，水村山郭酒旗风"这样雄浑秀丽兼美的诗句，又有《寄扬州韩绰判官》"青山隐隐水迢迢，秋尽江南草未凋"这样带着人生忧伤和怀念的名句，还有《河湟》"唯有凉州歌舞曲，流传天下乐闲人"这种边塞悲歌。

诗歌总跟风景发生关系，这可能跟人类内心深刻的自然渴望有关。

现代诗歌里写到风景与景物的诗歌也极多，选择起来很困难。但是，无论是徐志摩还是林徽因，无论是北岛还是海子，都有自己的独到运用。

一　徐志摩·常州天宁寺闻礼忏声

常州天宁寺闻礼忏声

有如在火一般可爱的阳光里，偃卧在长梗的、杂乱的丛草里，听初夏第一声的鹧鸪，从天边直响入云中，从云中又回响到天边；

有如在月夜的沙漠里，月光温柔的手指，轻轻的抚摩着一颗颗热伤了的砂砾，在鹅绒般软滑的热带的空气里，听一个骆驼的铃声，轻灵的，轻灵的，在远处响着，近了，近了，又远了……

有如在一个荒凉的山谷里，大胆的黄昏星，独自临照着阳光死去了的宇宙，野草与野树默默的祈祷着，听一个瞎子，手扶着一个幼童，铛的一响算命锣，在这黑沉沉的世界里回响着；

有如在大海里的一块礁石上，浪涛像猛虎般的狂扑着，天空紧紧的绷着黑云的厚幕，听大海向那威吓着的风暴，低声的，柔声的，忏悔它一切的罪恶；

有如在喜马拉雅的顶巅，听天外的风，追赶着天外的云的急步声，在无数雪亮的山壑间回响着；

有如在生命的舞台的幕背，听空虚的笑声，失望与痛苦的呼答声，残杀与淫暴的狂欢声，厌世与自杀的高歌声，在生命的舞台上合奏着；

我听着了天宁寺的礼忏声！

这是那里来的神明？人间再没有这样的境界！

这鼓一声，钟一声，磬一声，木鱼一声，佛号一声……

乐音在大殿里，迂缓的，曼长的回荡着，无数冲突的波流谐合了，无数相反的色彩净化了，无数现世的高低消灭了……

这一声佛号，一声钟，一声鼓，一声木鱼，一声磬，谐音盘礴在宇宙间——解开一小颗时间的埃尘，收束了无量数世纪的因果；

这是那里来的大和谐——星海里的光彩，大千世界的音籁，真生命的洪流：止息了一切的动，一切的扰攘；

在天地的尽头，在金漆的殿橡间，在佛像的眉宇间，在我的衣袖里，在耳鬓边，在官感里，在心灵里，在梦里……

在梦里，这一瞥间的显示，青天，白水，绿草，慈母温软的胸怀，是故乡吗？是故乡吗？光明的翅羽，在无极中飞舞！

大圆觉底里流出的欢喜，在伟大的，庄严的，寂灭的，无疆的，和谐的静定中实现了！

颂美呀，涅槃！赞美呀，涅槃！

1923年10月26日，初载于同年11月11日《晨报·文学旬报》

简评

这首诗形态独特，不是我们熟悉的诗行，而是很像散文诗。徐志摩在这种长句子的诗里，实验着现代诗的长度和宽度，以及用这种方式所能展现的叙事能力。

诗的开头气势很大，开头六段"有如"，用人间想象得到的各种雄伟、博大的景观，各种浩瀚、深微的事物，来比喻常州天宁寺的"礼忏声"。以实景来做隐喻，把抽象的事物如声音、听觉、空气等视觉化、具象化，这是诗歌常用的手法。这种"具象化"的罗列，可以取代"抽象化"的感悟，而把诗人对于这种特殊"声音"的感受和感悟，一层层地对比呈现出来，用六个特别想出来的景观以及景观中变化的人与事来唤起读者的共鸣。然后，再回来描写大殿里的佛号声、木鱼声、钟磬声，这样就比较直观。

这首诗中的风景和景物有些是诗人想象出来的，有些是经历过的实地感受。

想象中的和亲历过的不同风景杂糅到一起,只为一个目的:唤醒读者,让他们对"礼忏声"产生特殊感受。

有些分析说,这首诗里既有宗教的庄严,也有美的纯粹。诗人想到的可能没有这么简单,他被唤醒的是一种复杂的情感,这样的情感可能我们每个人都会有,但是只有敏感的诗人才能想到用各种繁复的方式,细致地表现出来。

二　戴望舒·雨巷

作者简介　戴望舒▶ （1905—1950），原名戴朝安、戴梦鸥，祖籍南京，生于杭州。中国现代著名诗人，"象征派"代表诗人。戴望舒因《雨巷》成为传诵一时的名作，被称为"雨巷诗人"。早年就读于上海大学、震旦大学，后留学法国，1935年因参加反法西斯游行被学校开除，返回中国。1936年10月，戴望舒与卞之琳、孙大雨、梁宗岱、冯至等人创办了《新诗》月刊，这是中国近代诗坛上最重要的文学期刊之一。《新诗》在1937年7月停刊，共出版10期，是"新月派""现代派"诗人共同交流的重要场所。戴望舒精通法语、西班牙语、俄语，无论理论还是创作实践，都对中国新诗的发展产生过相当大的影响。著有诗集《我的记忆》《望舒草》《望舒诗稿》《灾难的岁月》《戴望舒诗选》《戴望舒诗集》，另有译著等数十种，西班牙大诗人洛尔迦的作品就是戴望舒首先翻译成中文介绍给中国读者的。

雨巷

撑着油纸伞，独自
彷徨在悠长、悠长
又寂寥的雨巷
我希望逢着
一个丁香一样地
结着愁怨的姑娘

她是有
丁香一样的颜色
丁香一样的芬芳

丁香一样的忧愁

在雨中哀怨

哀怨又彷徨

她彷徨在这寂寥的雨巷

撑着油纸伞

像我一样

像我一样地

默默彳亍着

冷漠、凄清，又惆怅

她默默地走近

走近，又投出

太息一般的眼光

她飘过

像梦一般地

像梦一般地凄婉迷茫

像梦中飘过

一枝丁香地

我身旁飘过这女郎

她静默地远了、远了

到了颓圮的篱墙

走尽这雨巷

在雨的哀曲里

消了她的颜色

散了她的芬芳

消散了，甚至她的

太息般的眼光

丁香般的惆怅

撑着油纸伞，独自

彷徨在悠长、悠长

又寂寥的雨巷

我希望飘过

一个丁香一样地

结着愁怨的姑娘

简评

戴望舒的《雨巷》是现代诗歌名作，在中国现代诗歌史上被称为"象征派"代表作品，传诵至今。

创作这首诗时，诗人才22岁，正逢1927年的敏感时期，也有学者用"大革命失败"来解释这首诗。道理是有的，但似乎不够有趣。

戴望舒一生中有过三段失败的情感，他与现代文学另一位大家施蛰存有特殊的关系，因此用纯粹情感的角度来阅读和理解这首诗，或许能更深入地体会诗人当时的迷惘情绪和微妙的态度变化。

戴望舒曾在松江县（今上海松江区）施蛰存家借居，其间爱上了施蛰存的妹妹施绛年。然而，时年18岁的施绛年对长相黝黑并因生病而留下一些瘢痕的戴望舒并不是很喜欢。有一种说法是性格外向、活泼的施绛年跟性格内向、阴郁的戴望舒不合。戴望舒的满腔热情似乎更适合在"雨巷"——下着小雨的江南小巷，有着丁香的气息的春天，邂逅一位理想的姑娘。雨巷、丁香、油纸伞、篱墙等意象，也强化了这种欲言未言的忧郁情绪。

《雨巷》与宋代词人贺铸的名篇《青玉案》有某种前后承袭关系。

凌波不过横塘路，但目送，芳尘去。锦瑟华年谁与度？月桥花院，琐窗朱户，只有春知处。

　　碧云冉冉蘅皋暮，彩笔新题断肠句。试问闲愁都几许？一川烟草，满城风絮，梅子黄时雨。

从"贺梅子"①的词里读到"横塘路"这样的"巷子"，还有"月桥花院"和"琐窗朱户"这样的江南景物，《雨巷》与这些意象是一脉相承的。

也有人对比过戴望舒的《雨巷》和波德莱尔的《给一位过路的女子》。戴望舒曾在法国留学，不可避免会受到波德莱尔的影响。

这里有另一种翻译："电光一闪……复归黑暗！美人已去，/你的目光一瞥突然使我复活，/难道我从此只能会你于来世？"（郭宏安译）这著名的三句曾很久地纠缠在我的记忆里，时间越久，越觉得人生滋味掺杂其间的隽永意味历久弥重，而成为一种类乎永恒的经验。对美好消失的惋惜、追悔，夹杂着惆怅中的喜悦，复杂的情感在此弥漫升腾，这首诗要比戴望舒的《雨巷》更有活性。相比之下，静态远观，而试图邂逅"一个丁香一样地/结着愁怨的姑娘"，多少有些中国式文人的"病态审美"。

古神祠前

　　古神祠前逝去的
　　暗暗的水上，
　　印着我多少的
　　思量底轻轻的脚迹，

---

① 贺铸因《青玉案》中"试问闲愁都几许？……梅子黄时雨"的千古名句，而被后人称为"贺梅子"。

比长脚的水蜘蛛，

更轻更快的脚迹。

从苍翠的槐树叶上，

它轻轻地跃到

饱和了古愁的钟声的水上

它掠过涟漪，踏过荇藻，

跨着小小的，小小的

轻快的步子走。

然后，踌躇着，

生出了翼翅……

它飞上去了，

这小小的蜉蝣，

不，是蝴蝶，它翩翩飞舞，

在芦苇间，在红蓼花上；

它高升上去了，

化作一只云雀，

把清音撒到地上……

现在它是鹏鸟了。

在浮动的白云间，

在苍茫的青天上，

它展开翼翅慢慢地，

作九万里的翱翔，

前生和来世的逍遥游。

它盘旋着，孤独地，

在迢遥的云山上，

在人间世的边际；

长久地，固执到可怜。

终于，绝望地，

它疾飞回到我心头

在那儿忧愁地蛰伏。

◐ 简评

在古神祠前诗人看到了一条暗暗的河水，然后把河水和"思绪"相互转喻——河水是思绪，或说思绪是河水。"底"是那时白话文的助词，现在用"的"取代。把自然景物的变化跟情绪放在一起对比，是诗歌的经典手法。宋代词人贺铸名作《青玉案》里有云："一川烟草，满城风絮，梅子黄时雨。"一句以三种景物排列，来比喻自己的"几许闲愁"。而在戴望舒的诗里，暗暗的流水和沉郁的思绪，相互产生了影响。"水"是无法印下"脚迹"的，但诗歌可以。跟水一样，思绪是流动不居的，诗人一眼瞥见水面上的水蜘蛛，立即让自己的思绪附身其上，而让自己的思绪有了"肉身"，或者说，思绪转化为活物。这只思绪的水蜘蛛现在开始有了自己的形、有了自己的生命、有了自己的活动轨迹：槐叶、水面、涟漪、荇藻，并产生了变形——生出了翼翅。

接着诗人开始了类似庄子《逍遥游》里的那种想象。

《逍遥游》的名句："北冥有鱼，其名为鲲。鲲之大，不知其几千里也；化而为鸟，其名为鹏。鹏之背，不知其几千里也；怒而飞，其翼若垂天之云。"这里写一种想象中超大型的鱼类"鲲"和鸟类"鹏"，它们相互之间可以进行形态互换，可能也会能量转化。这很像科幻小说里的外星超大型宇宙战舰，从深海里浮起，升空，飞去；或像《星球大战》里帝国建造的那个人工智能的庞大超级战舰——"死星"。

戴望舒在诗句后面引申到庄子，从极小的"蜉蝣"开始想象，把蜉蝣想象成蝴蝶、云雀、鹏鸟，在无边际的太空翱翔。这是思绪、是想象，而想象力是可以无边际的。对于诗人来说，这样的思绪，最终还是回到了自己的身边，回到了现实："它疾飞回到我心头/在那儿忧愁地蛰伏。"

虽然写"旧神祠前"，但情绪一样是忧愁，是"雨巷"般的情绪。

这首诗具有《雨巷》所没有的高速度，意象转换密集而快速，跟"雨巷"中丁香般的女子那优雅、缓慢的速度完全不同。将这两首诗对比来读，会对语言的节奏运用有更深刻的印象。

三 林徽因·十一月的小村

十一月的小村

我想象我在轻轻的独语：

十一月的小村外是怎样个去处？

是这渺茫江边淡泊的天，

是这映红了的叶子疏疏隔着雾；

是乡愁，是这许多说不出的寂寞；

还是这条独自转折来去的山路？

是村子迷惘了，绕出一丝丝青烟；

是那白沙一片篁竹围着的茅屋？

是枯柴爆裂着灶火的声响，

是童子缩颈落叶林中的歌唱？

是老农随着耕牛，远远过去，

还是那坡边零落在吃草的牛羊？

是什么做成这十一月的心，

十一月的灵魂又是谁的病？

山坳子叫我立住的仅是一面黄土墙；

下午通过云雾那点子太阳！

一棵野藤绊住一角老墙头，斜睨

两根青石架起的大门，倒在路旁

无论我坐着，我又走开，

我都一样心跳；我的心前

虽然烦乱，总像绕着许多云彩，
但寂寂一湾水田，这几处荒坟，
它们永说不清谁是这一切主宰
我折一根柱枝，看下午最长的日影
要等待十一月的回答微风中吹来。

三十三年①初冬，李庄

> 简评

这首诗写一次散步之后的感受。

1944年初冬十一月云南的一个小山村，在那个紧张匮乏的时代，天气和整个社会、政治气氛都到了紧绷的关头，而抗日战争也临近了尾声。但林徽因诗里并没有表现这些内容，她独自地专注于自己的心灵世界，通过诗歌的方式来不断探询。十一月的小山村，在僻远的世界角落，会有一片什么样的风景呢？这样的风景，诗人自己并没有太多的期待，因此她采用的是一种试探式的、自我回答式的语态，通过这种方式，从带着乡愁与寂寞的全景描写——"是这渺茫江边淡泊的天，/是这映红了的叶子疏疏隔着雾"，定格到不断由近及远、秩序井然的风景——"是那白沙一片篁竹围着的茅屋？/是枯柴爆裂着灶火的声响，/是童子缩颈落叶林中的歌唱？/是老农随着耕牛，远远过去，/还是那坡边零落在吃草的牛羊？"阅读这些诗句，会发现诗人是沿着行进的方向回忆的。她的目光扫过村边周围的世界，看到茅屋，听到柴火燃烧和童子的哼唱，还远眺看见老农和耕牛走过去，并且在更远处看到了零落吃草的牛羊。这样一片近乎自然的乡景，并非安慰人心的世外桃源，反而触发了诗人敏感的心："十一月的灵魂又是谁的病？"她每走一段路，都会有各种思绪涌上心头。诗人边走边想，她被一堵

---

① 即民国三十三年，公元1944年。

黄土墙挡住了去路,注意到:"一棵野藤绊住一角老墙头,斜睨/两根青石架起的大门,倒在路旁",所有这些,都触发着她的各种情绪,并把这种情绪推向内心:"我折一根柱枝,看下午最长的日影/要等待十一月的回答微风中吹来。"

从这首诗里可以看到,林徽因拥有一个极其独特的个人世界,她有意地让诗保持一种美的独特性,虽然不是主流的,但有自己不可侵犯的尊严。

雨后天

我爱这雨后天,
这平原的青草一片!
我的心没底止的跟着风吹,
风吹:
吹远了草香,落叶,
吹远了一缕云,像烟——
像烟。

二十一年①十月一日

▶ 简评

这首诗简短而意蕴深远、绵长,写尽了诗人内心的那种广博而敏感的情绪。"雨后天"和"平原青草一片"都不过是普通的景色,相信普通诗人也能捕捉得到,但是接着诗人立即转向内心,毫不过渡,有着不拖泥带水的澄澈,这却是林徽因独特的诗歌魅力所在——"我的心没底止的跟着风吹,/风吹:/吹远了草香,落叶,/吹远了一缕云,像烟——/像烟"。其实这不必做过多的分析,只要顺着诗

---

① 即民国二十一年,1932 年。

人的情感读下去，就会进入她这如青草般纯净的、充满淡淡忧伤的世界。这个世界是连一缕云都会被轻轻的风吹成烟的。云和烟，原本是两样轻微的事物，但一般人哪里会特意区别开它们呢？这雨后的天，就是这样，在由云到烟的细微变化中，成为一个林徽因的诗里才特有的纯美世界，令人不忍踏入、玷污。

四　周作人·小河

作者简介

周作人 （1885—1967），原名櫆寿，字星杓，后改名奎绶,自号起孟、启明（又作岂明）、知堂等，笔名仲密、药堂，晚年改名遐寿。浙江绍兴人，鲁迅（周树人）二弟。教育家、散文家、杂文家、翻译家、诗人。"五四"时期任新潮社主任编辑,参加《新青年》的编辑工作，参与发起成立文学研究会。他的理论主张和创作实践在社会上产生了很大影响，成为新文化运动的重要代表人物，其名作《人的文学》为"五四"新文学运动的纲领性文章。"五四"以后，周作人成为《语丝》周刊的主编和主要撰稿人之一。抗日战争时期，周作人曾任伪华北政务委员会教育总署督办，1945年以叛国罪被判刑入狱，1949年出狱，后定居北京，供职于人民文学出版社，从事日本、希腊文学作品的翻译和写作有关回忆鲁迅的著述。主要著作有散文集多种，诗集《过去的生命》，小说集、论文集、译作、文学史料集多种。新时期文学后，周作人的影响力越来越大，有著名编辑家钟叔河编订的《周作人作品集》等大量作品重版、再版。

小河

一条小河，稳稳的向前流动。
经过的地方，两面全是乌黑的土，
生满了红的花，碧绿的叶，黄的果实。

一个农夫背了锄来，在小河中间筑起一道堰。
下流干了，上流的水被堰拦着，下来不得，
不得前进，又不能退回，水只在堰前乱转。
水要保他的生命，总须流动，便只在堰前乱转。
堰下的土，逐渐淘去，成了深潭。

水也不怨这堰，——便只是想流动，
想同从前一般，稳稳的向前流动。

一日农夫又来，土堰外筑起一道石堰。
土堰坍了，水冲着坚固的石堰，还只是乱转。

堰外田里的稻，听着水声，皱眉说道，——
"我是一株稻，是一株可怜的小草，
我喜欢水来润泽我，
却怕他在我身上流过。
小河的水是我的好朋友，
他曾经稳稳的流过我面前，
我对他点头，他向我微笑。
我愿他能够放出了石堰，
仍然稳稳的流着，
向我们微笑，
曲曲折折的尽量向前流着，
经过的两面地方，都变成一片锦绣。
他本是我的好朋友，
只怕他如今不认识我了，
他在地底里呻吟，
听去虽然微细，却又如何可怕！
这不像我朋友平日的声音，
被轻风揽着走上沙滩来时，
快活的声音。
我只怕他这回出来的时候，
不认识从前的朋友了，——

便在我身上大踏步过去。

我所以正在这里忧虑。"

田边的桑树,也摇头说,——

"我生的高,能望见那条小河,——

他是我的好朋友,

他送清水给我喝,

使我能生肥绿的叶,紫红的桑葚。

他从前清澈的颜色,

现在变了青黑,

又是终年挣扎,脸上添出许多痉挛的皱纹。

他只向下钻,早没有工夫对了我的点头微笑;

堰下的潭,深过了我的根了。

我生在小河旁边,

夏天晒不枯我的枝条,

冬天冻不坏我的根。

如今只怕我的好朋友,

将我带倒在沙滩上,

拌着他卷来的水草。

我可怜我的好朋友,

但实在也为我自己着急。"

田里的草和虾蟆,听了两个的话,

也都叹气,各有他们自己的心事。

水只在堰前乱转,

坚固的石堰,还是一毫不摇动。

筑堰的人，不知到那里去了。

◐ 简评

　　周作人先生的这首《小河》，曾被胡适之先生誉为新诗的第一首杰作，后来也曾被改编成很多种版本的儿童诗，其中水稻和桑树的对话，确实显示出了一些童话色彩。周作人先生似乎并不是纯粹创作儿童诗，而是在对"堰"进行反思。假设"小河"一直是自然流淌的，突然有一天农夫来了，他挥动锄头筑了一道土堰，让原本自由自在的小河无法自由地流淌了。于是，这条小河在土堰前打转，"堰下的土，逐渐淘去，成了深潭"。这里就形成了第一个象征：流动与阻隔。人天性的自然如同小河，被各种陈腐的规矩、陋习的堰块所堵塞，而不能得到生命的自由、自在，更不可能有生命之花的灿烂。不自由的小河是被委屈成"深潭"的，如同不自由的小孩子被压制成没有快乐的小老头。在"五四"新文化运动时，新青年们重点反思的，正是这种压抑人性的封建思想，反思君权制度对人性的迫害。

　　农夫第二次来了，他不是挖开土堰让小河畅快地流动，而是在土堰外面再筑了一道石堰，这样就彻底堵死了小河像之前那样欢快流淌的可能性。

　　这首诗很明白、轻快，不需要太多的解释，读者自己能从中得到各自的共鸣。

　　我相信，这首诗用在反思教育上，也一样有效。

　　我们的教师被比喻成园丁。希望这园丁不是如本诗写的农夫那样，只懂得筑堰，而是要懂得顺应孩子的天性，要尊重不同的个性，要无差别、无分类地对待每一个孩子。一棵大树，只有在自由自在的土地上，才能长成；一条小河也要不被阻隔才能愉快地流向远方，汇入浩瀚的海洋。

　　本性、自然、尊重、成长，才是教育的真谛。

　　而那筑堰破坏小河本性后又消失不见的农夫，是看不见的阻碍力量。连青草和虾蟆（青蛙）都感慨惊叹这肆意截断小河的暴力。

五　闻一多·死水

死水

这是一沟绝望的死水,
清风吹不起半点漪沦。
不如多扔些破铜烂铁,
爽性泼你的剩菜残羹。

也许铜的要绿成翡翠,
铁罐上绣出几瓣桃花;
再让油腻织一层罗绮,
霉菌给他蒸出些云霞。

让死水酵成一沟绿酒,
漂满了珍珠似的白沫;
小珠们笑声变成大珠,
又被偷酒的花蚊咬破。

那么一沟绝望的死水,
也就夸得上几分鲜明。
如果青蛙耐不住寂寞,
又算死水叫出了歌声。

这是一沟绝望的死水,
这里断不是美的所在,

不如让给丑恶来开垦，

看他造出个什么世界。

▌简评

闻一多从青年到中年，都是一名毫不留情的社会批评家。他的名作《死水》历来被当作对腐朽旧社会的猛烈控诉和揭露，成了反帝反封建的檄文。这种定位反而让这首诗被固定化、无趣化了。

闻一多性格孤傲、激愤，且胸怀大志向，从第一编选读的《静夜》里也能感受得到。

《死水》这首诗分行工整，押韵考究，每节四句，每二、四句押韵，这是新诗努力从传统诗歌里汲取养分的一种尝试，在当时取得了很大的成功。但新诗的魅力不仅在于押韵，更多地体现在内在的思考和语言的自然韵律上。过分地追求工整、押韵、对仗，有些诗歌会被掰断诗意，反而流向"打油诗"的油滑。在新诗发展的历史中，有很长一段时间，新诗失去了内在的敏锐思考，而确实变成了顺口溜和打油诗。

《死水》这首诗现在读起来，也非常能激发读者的感慨。它的象征意义非常明显，即指当时社会的状况如同一潭死水。在这潭死水里，并不是空无一物的，而是有各种破铜烂铁，有霉菌、花蚊子、青蛙。这些死物和活物却是不妙的象征，是脏与恶的代表。诗人的态度非常决绝：不是想办法疏通、澄清，而是对此激愤到再也不愿意挽回的程度："不如多扔些破铜烂铁/爽性泼你的剩菜残羹"。在城市中常常能看到在某些偏僻角落、在路边死角会积着这样的死水，与垃圾为伍、与残羹剩饭为伍——越是这样的死水一潭，缺乏自律的人越是会把更多的垃圾倾倒其上，而让这死水更加混浊、恶臭。

《死水》只是揭露，没有什么解决办法，不如让死水腐朽到底，发臭到底。

六 朱湘·雨景

作者简介

朱湘:（1904—1933），字子沅，安徽省太湖县人，出生于湖南省沅陵县。现代诗人，为"新月派"成员之一。1920年入清华大学，参加清华文学社活动。1922年开始在《小说月报》上发表新诗，并加入文学研究会。此后专心于诗歌创作和翻译。1927年9月赴美国留学，先后在威斯康星州劳伦斯大学、芝加哥大学、俄亥俄大学学习英国文学等课程。为家庭生活计，他学业未完便于1929年8月回国，应聘到省立安徽大学（现安徽师范大学）任英国文学系主任。1932年夏天去职，漂泊辗转于北平、上海、长沙等地，以写诗卖文为生。终因生活窘困，愤懑失望，于1933年12月5日在上海开往南京的船上投江自杀。出版诗集有《夏天》(1925)、《草莽集》(1927)、《石门集》(1934)、《永言集》(1936)等。译作有《路曼尼亚民歌一斑》(1924)、《英国近代小说集》(1929)、《番石榴集》(1936)。

雨景

我心爱的雨景也多着呀：
春夜春梦时窗前的淅沥；
急雨点打上蕉叶的声音；
雾一般拂着人脸的雨丝；
从电光中泼下来的雷雨——
但将雨时的天我最爱了。
它虽然是灰色的却透明；
它蕴着一种无声的期待。
并且从云气中，不知哪里，

飘来了一声清脆的鸟啼。

简评

朱湘英年自沉长江而早逝，是一件让人至为痛惜之事。他的诗歌集如《石门集》里，确实多孤愤、自傲、阴柔的句子，连诗歌题目都是不太妙的信息，如《哭城》《死之胜利》《招魂辞》等。《石门集》第三编里的《两行》："好些人恨你，诅咒你……/有一个，我知道，感激。"《四行》："斑鸠，掩了口儿，正在啼哭；/竹签上有钱纸飘飘；/一树冬青，只见叶儿低覆。/那树桩是长在阴曹。"

这首《雨景》，却是朱湘诗中难得明媚的一首，而且十句诗中前后五句分隔也极其特殊。从"我心爱的雨景也多着呀"的那些景致，如"春夜春梦时窗前的淅沥；/急雨点打上蕉叶的声音"写的是春天的响声，继而写到的"雨丝"和"雷雨"是春天的事物。而到第六句，诗人突然转为对"将雨时的天"的歌颂。这个天不是明净的天，也不是暴戾的天，而是"灰色的却透明"的世界，"蕴着一种无声的期待"。而打破这一切的，是"从云气中，不知哪里，/飘来了一声清脆的鸟啼"。这句收尾极具功力和魅力，有一种突然点亮了整首诗歌的庞大气息——点亮整个天空，让这个天空拥有与其他天空不同的能量，不是与天空呼应的乌云、雷雨、大风之类我们能够想见的事物，而是不知道从哪里传来的一声清脆的鸟啼。

举轻若重，这是典型的例子。

七 冯文炳·雪的原野

作者简介

冯文炳（1901—1967），字蕴仲，笔名废名，湖北黄梅县人。著名文学团体语丝社成员，现代诗人、小说家，为京派小说代表作家，也是周作人先生的弟子。1937年北平沦陷，冯文炳回故乡避难，在家乡任中小学教师，这段经历被他后来写入未完的长篇小说《莫须有先生坐飞机以后》。抗战胜利后，冯文炳于1946年重返北京大学中文系任副教授、教授，并开始创作《莫须有先生坐飞机以后》。1951年冯文炳在北京参加全国文联。1952年全国高校院系调整，冯文炳调到东北人民大学（吉林大学前身）中文系任教授，1956年任中文系主任。1963年被选为吉林省人大代表，并任省政协常委、省文联副主席，1967年病逝。

雪的原野

雪的原野，
你是未生的婴儿，
明月不相识，
明日的朝阳不相识，——
今夜的足迹是野兽么？
树影不相识。
雪的原野，
你是未生的婴儿，——
灵魂是那里人家的灯么？
灯火不相识。
雪的原野，

你是未生的婴儿，

未生的婴儿，

是宇宙的灵魂，

是雪夜一首诗。

▌简评

冯文炳先生的诗有很深的哲理气息，有禅意。《雪的原野》有各种可以阐发的意味，但在诗人的心中，这个雪原是"未生的婴儿"——《老子》曰："知其雄，守其雌，为天下溪；为天下溪，常德不离，复归于婴儿。""婴儿"的状态，在老子的哲学观里，是圣人的最高修养：纯洁、澄净、无所挂碍，亦无所求，无所失。《老子》还说："致虚极，守静笃，万物并作，吾以观复。夫物芸芸，各复归其根。""归根"是比"婴儿"还要进一步的状态，是"虚静"的自然状态。

冯文炳先生把"雪原"跟"婴儿"相比，显示出他对这样一个世界的判断和渴望。甚至，雪原还是"未生的婴儿"，是宇宙、世界的初始状态。所以诗人会说："未生的婴儿，/是宇宙的灵魂"，而且，它也不在意如何跟世界上具体的物发生关系——"明月不相识/……树影不相识/……灯火不相识"——它就是这么自然自在。

街头

行到街头乃有汽车驰过，

乃有邮筒寂寞。

邮筒PO

乃记不起汽车的号码X，

乃有阿拉伯数字寂寞，

汽车寂寞,

大街寂寞,

人类寂寞。

◗ 简评

《街头》这首小诗词语虽少,但有一种很大的气魄,读过之后,我一直很难忘记,所以下面写很多文字来分析。

"行到街头乃有汽车驰过,/乃有邮筒寂寞"这两句,时常在我的脑海中浮现。

我的单位附近的路口有一个绿漆刷得崭新的邮筒,成年累月一动不动地立在那里。绿色很绿,投信口下写着清晰的取信件的时间。电子邮件时代,这个绿色邮筒更是真正的寂寞了。我注意到,原来上午九点半和下午四点半各开一次邮箱,现在改成每天下午四点半开一次,后来甚至加上了二维码,投信后扫描二维码,可以告知邮递员来取信。十多年来,我大概往这个邮筒投了十几封信。旁边的汽车呼啸而过,而邮筒就在那里。看到邮筒的人,大多是漠视的,只有诗人产生了各种感慨。

《街头》这首诗的特别运用在于,诗人把事与物的属性加以简单地调整变化,"行到街头""乃有汽车驰过,/乃有邮筒寂寞",这两者之间并无直接联系,但诗中让它们前后连接而产生了诗意。因此,"行到街头"才是后两种物产生了特殊变化的一个动因,让静物产生了动的变化。

冯文炳先生在20世纪30年代就提前写出了我现在的感慨。这恐怕不是他未卜先知,而是他以诗人的敏锐,说出了"汽车寂寞,/大街寂寞,/人类寂寞"这个本质的孤寂感。有意思的是,这首小诗里镶嵌着"邮筒PO"和"号码X",显得极其怪异,又极其新颖,是中西结合的典范。

对于诗的语言,如何去捕捉、实现,是依靠诗人的感觉和天赋的。

"七月派"诗人曾卓的短诗《夜色中的村庄》似乎有相似的意境:"蝉的催眠

曲／已使村庄入睡；／此刻，一条条白色烟柱像摇篮／缓缓地晃动着家家户户。"这种直接的风景呈现，是诗人内心的一种舒展，并且，诗人采用了错位法，让"白色烟柱像摇篮""缓缓地晃动着家家户户"。这在动静之间的错位转化，让"夜色中的村庄"活动起来，就像动画一样——改变了原本应是家家户户的白色烟柱在晃动（表明是安静无风的时刻）的场景。

　　王维名作《使至塞上》"大漠孤烟直，长河落日圆"，是不是让我们有相同的联想？

　　"九叶派"诗人陈敬容的《雨后》，也有同样的表达："雨后的黄昏的天空，／静穆如祈祷女肩上的披巾；／树叶的碧意是一个流动的海，／烦热的躯体在那儿沐浴。"把这"天空"跟"披巾"放在一起，产生了"朦胧"的意象——这两者之间有什么相似之处呢？可能是一种特殊的感受，让它们成为某种共同的事物，例如，这样的天空和这样一条披巾，都让我们产生安静、平稳的情感。这种隐秘的联系，一旦说出，就具有了不同的意义。

　　诗，就是在两个看似不同的事物之间，发现它们的隐秘关系。

八　孙毓棠·河

作者简介

孙毓棠（1911—1985），江苏无锡人。历史学家、著名的"新月派"诗人。先后任教于西南联大、清华大学，1952年起先后在中科院经济所、历史所任研究员等职。代表作品有《中国近代工业史资料》《中国古代社会经济论丛》等经济学著作，诗集有《宝马与渔夫》等。2013年9月，由商务印书馆出版的余太山先生编辑的《孙毓棠诗集》，为第一部系统整理收集的孙毓棠先生诗歌全编。

河

两岸无边的荒沙夹住一条河，
向西方滚滚滚滚滚着昏黄的波浪；
从茫茫的灰雾里带着呜咽哭了来，
又吞着呜咽向茫茫的灰雾里哭了去。
载着大沙船，小沙船，舢板，溜艇，叶儿梭，
几千株帆樯几万只桨；荒原的风
似无形又似有形，吹动白的帆，黑的帆，
破烂的帆篷颤抖着块块破篷布。
曲折弯转像吊送长河无穷止的哽咽，
一片乱麻样的呼嚣喧嚷，杂着船夫一声声
叠二连三的吆喝：
　　　　　　　"我们到古陵去！
我们到古陵去！"
　　　　　　　古陵是什么地方？

没有人知道；没有人知道古陵

是山，是水，是乡城，是一个古老的国度，

是荒墟，还是个不知名的神秘的世界。

只知道古陵远远的，远远的隔着西天

重重烟雾。只听见船夫们放开喉咙

一声声呼喊："我们到古陵去，到古陵去！"

大大小小多少片帆篷鼓住肚子吸满了风，

小船喘吁吁嗅着大船的尾巴跑，

这一串樯头像枯林斜拖几千里路。

舱里舱外堆着这多人，这多人，

看不出快乐，悲哀，也不露任何颜色，

只船头船尾挤作一团团斑点的，

乌黑的沉重。倚着箱笼，包裹，杂堆着

雨伞，钉耙，条帚，铁壶压着破沙锅；

女人们蓬了发，狠狠的骂着孩儿的哭；

白发的弯了虾腰呆望着焦黄的浪；

青年躬了身，咸汗一滴滴点着长篙，

紫铜的膀臂推动千斤的桨，勒住

帆头绳索上一股股钢丝样的力量。

这一串望不断像潮退的鱼群，

又像赶着季候要南旋的雁队，

一片片风剪着刀帆，帆剪着风，

"我们到古陵！到古陵去！"

　　　　　　　　谁知道

古陵在茫茫的灰雾后有多么遥远，

苍天把这条河划成一条多长的路？

这不管，只要有寒风匆匆牵了帆篷向前飞，
昏黄的河浪直向了西天滚。"到古陵去!
我们到古陵去!"小船载了粮食，酒，
大船载了牲畜——肥胖的耕牛和老马，
白须的山羊勾着乌角；满船的呼嗥
是一笼笼鸡，鸭，野雁和黑鬃的猪；
锁在船头上多少只狂唁的癞皮狗，
唁骂桅杆上嚼着牙的跳荡的猢狲。
"到古陵去……古陵去!"满蒙着
尘土的沙船载了双刃的戈矛，青铜的剑，
皮弓，硬弩，和黑黙黙的钢刀堆成了山；
几十船乌铁的头盔，连环锁子甲，
牛皮的长盾点缀着五彩的斑斓。

　　　　　　　　　"到古陵去!"
谁知道古陵在什么所在? 谁知道古陵
是山，是水，是乡城，是一个古老的国度，
是荒墟，还是个不知名的神秘的世界?
这不管，只要寒风紧牵了帆篷，长河的
波涛指点着路——反正生命总是得飞，飞，
不管前程是雾，是风暴，古陵! 有多么
远，多么遥，苍天总会给你个结束。
"到古陵去!"啊，古陵! 船夫一声声呼喊，
摇动几千株帆樯几万只桨，荒原的风
似无形又似有形，吹动如天如夜的帆:
多少片帆篷吸满了力量，鼓着希望，
载着人，马，牲畜，醇酒和刀矛，追随着

长河波涛无穷止的哽咽，"我们到

古陵去！我们到古陵去，到古陵去！"

▌简评

　　诗人总有自己特殊的性格，孙毓棠先生喜欢把各种复杂的人物、事物、景物，各种意象大规模地塞在一首诗里，然后形成一种庞杂、凌乱而丰富的意象。身为清华大学历史系的毕业生，孙毓棠先生对汉唐历史、汉唐边疆史、汉唐西域史有着浓厚的兴趣和广泛的研究。这种研究，结合诗人对中国历史、民族命运的思考，而造成了蓬勃的诗歌意象：大河、船只、马匹、牲畜、醇酒、刀矛，以及无数人在漫长的向西流动的大河中迁徙。这条向西流入大漠的河，不是中国传统文化的江与河的意象，因为我们对河流的认识，是从西发源，向东流入大海，而构成了河与江的经纬脉络图。这样的江河图，在中国人的集体记忆中，就是中国、炎黄子孙、华夏民族庞大意象的具体图景。对于河流的观察与思考，也构成了中国古代文化的核心之一。

　　河的不可逆性，被古人用来比喻时间，而河水的不停息的流动被喻为生命与时间的流逝，这些都是大河文明的最初起源，而傍河而居，则是先人最早走出森林，建立社群团体的方式。早期的大河文明，遍布除南极洲之外的各大洲。所以，"河"也可以被我们用来比喻文明之流。断掉的文明，就如同断掉的河，如在大漠中有些河流会中途消失。华夏文明以3000年来极其先进的汉字系统为基础，虽历经各种大动荡、大灾难却不夭折、不间断，而同为古文明的埃及文明等，已经断了根脉。进而，"河"也可以比喻国家。此前我引用过"子在川上曰，逝者如斯夫，不舍昼夜"，说古代圣贤孔子将河流"不舍昼夜"地不间断流动，比喻为时间，进而可以比喻为生命。他们从现实世界的物理现状，触发了对玄奥生命的哲学思考。

　　孙毓棠先生是中国新诗历史中被低估甚至是被埋没的诗人，他的诗集也是在他去世了近30年之后，才由他的研究生、中科院历史所的研究员余太山先生搜集整理出版，因此学术界对孙毓棠先生的诗歌研究很少，基本可以说寥寥无几。我找了一下，发现仅有叶橹、陆耀东、吴晓东等学者写过文章，分析孙毓棠先生的作品。

对于"河"究竟是什么意思，读者有很多猜测。在一首诗里，"河"这样极为集中的意象，应该可以有相对丰富的不同含义，读者也可以把这条河看成是民族之河，包括民族文明之河。但这条河的走向不是向东，而是向西。不是向着大海奔去，而是向着古陵流去，河面上载着各种人、物，无休止地运动。去哪里？——去古陵！古陵在哪里？诗人没有明确说出，学者有各种猜测。但读这首诗的总体感受，古陵不像是一个乐园，不像是一个欢乐的地方，也不是完美的乌托邦，而是一个你不一定喜欢但必须去的地方，是一个"异托邦"。因为，在水面上，所有船上之物都受制于这庞大的水流，挟裹着，谁也无法不去，大家都说着：到古陵去！但不知道为什么去。甚至到诗的末尾——"长河波涛无穷止的哽咽""我们到古陵去！我们到古陵去！到古陵去！"你愿不愿，都得去。历史是这样的、文明是这样的、民族是这样的、国家是这样的，人类的命运，也是这样的。所有人都回去了，回到"古陵"去，这个意象是古怪、狞厉乃至阴森的。

中国古代诗词缺少"史诗"传统，这是汉文化的一个怪异现象。史诗是民族的童话，西方几乎每一个国家，无论大小，都有自己的史诗，如远古苏美尔文明的《吉尔伽美什史诗》、古希腊的《荷马史诗》等。在中国境内，其他民族也都有自己的史诗，如藏族的《格萨尔王》等。缺乏史诗的民族，总觉得少了早期先民生存的历史信息。我们都知道，史诗中最重要的人物是"英雄"，而因为缺乏史诗，所以汉文化的最早源头，缺少了令我们的文化挺拔起来的大英雄形象。后来的文化学者、神话学者力图把盘古、刑天等解释为大英雄，但这还不足以构成史诗。

思考

到了新诗时代，如孙毓棠先生这样的诗人，已经具有了写史诗的雄心，并进行了有效的尝试。孙毓棠先生并没有运用鲜明的唯物主义史观来整理自己的思考，因此，他是新诗历史中的一个无法归类者，也是一个异类。如《秋暮》中独自走向命运黄昏的"我"，《河》中芸芸众生"到古陵去！到古陵去！"的命运伟力的塑造，都是诗人的一种自我放逐。他要与整个文化潮流保持距离，他对历史、民族、命运的思考，让他"脱离现实"，而后来，也遭到"现实"的抛弃。孙毓棠先生的学生余太山先生曾跟我说，孙毓棠先生临终时最大的愿望，就是出一本诗集。作为后期"新月派"的主将，他居然有一个这样的愿望，令我长叹不已。

孙毓棠先生是新诗的异质先驱，也许，"到古陵去"正是他个人命运的写照。

孙毓棠先生更庞大的对历史、命运、民族的综合思考，则要在长达800行的长诗《宝马》里体现。在后面的第三编，我将会摘选《宝马》的一部分来分析、解读。

九 杨炼·诺日朗（组诗）

作者简介　杨炼 ▶ 1955年出生于瑞士，成长于北京。20世纪70年代后期开始写诗。1987年，被中国读者推选为"十大诗人"之一，同年在北京与芒克、多多、唐晓渡等创立"幸存者"诗人俱乐部，并编辑首期《幸存者》杂志。2012年，获意大利诺尼诺国际文学奖。出版有《礼魂》《荒魂》《太阳与人》《大海停止之处》《一座向下修建的塔》等作品。

诺日朗

（组诗）

一、日潮

高原如猛虎，焚烧于激流暴跳的万物的海滨

哦，只有光，落日浑圆地向你们泛滥，大地悬挂在空中

强盗的帆向手臂张开，岩石向胸脯，苍鹰向心……

牧羊人的孤独被无边起伏的灌木所吞噬

经幡飞扬，那凄厉的信仰，悠悠凌驾于蔚蓝之上

你们此刻为哪一片白云的消逝而默哀呢

在岁月脚下匍匐，忍受黄昏的驱使

成千上万座墓碑像犁一样抛锚在荒野尽头

互相遗弃，永远遗弃：把青铜还给土、让鲜血生锈

你们仍然朝每一阵雷霆倾泻着泪水吗

西风一年一度从沙砾深处唤醒淘金者的命运
栈道崩塌了，峭壁无路可走，石孔的日暮是黑的
而古代女巫的天空再次裸露七朵莲花之谜

哦，光，神圣的红釉，火的崇拜火的舞蹈
洗涤呻吟的温柔，赋予苍穹一个破碎陶罐的宁静
你们终于被如此巨大的一瞬震撼了吗
——太阳等着，为陨落的劫难，欢喜若狂

简评

诺日朗是四川九寨沟景区里的一个瀑布，在几十年前这里还没有遭到过度开发，仍然具有蛮荒的气息。

藏语"诺日朗"的意思是"男神"，并有"高大伟岸"之意。

杨炼发表于1983年的《诺日朗》组诗引起了当时诗坛的强烈关注。他的诗歌偏离了"主旋律"，把咏诵的主题一下子从那些经典话语和经典景物，挪到了边疆，进入了大山、丛莽、原始的深处。

"高原如猛虎"是一个凶猛的比喻，当时还没有人这么运用过。这句诗，击穿了很多人的阅读经验，在当时产生了强烈的震撼。

"大地悬挂在空中"更不可思议，让人们因无法找到立足点而产生眩晕感。阅读的经验，在那个时代已经长期被意识形态化了，而年轻诗人杨炼一下子把人们的大地抛到空中。一旦你处在"日潮"的角度，"落日浑圆地向你们泛滥"，这个世界就处于不明朗的、略微眩晕的状态。通常来说，处在边疆的、不被言说的世界，都是蛮荒的、朦胧的、不清晰的。这组长诗的出现，挑战了那个时代的诗歌趣味，让质朴的、原野的、凶猛的词汇，如机关枪一样扫射，具有磅礴的气势。

在这首诗里，人被放在一个次要的位置，高原、瀑布、落日成为主角，因

此诗歌的视觉产生了位移："强盗的帆向手臂张开，岩石向胸脯，苍鹰向心……/牧羊人的孤独被无边起伏的灌木所吞噬/……在岁月脚下匍匐，忍受黄昏的驱使"。"人定胜天"这样的政治勇气，让位于无边荒原的浩大、辉煌。而到这里，"日潮"才显出它更加浩大的光辉。

在那个时代的诗人中，昌耀因为命运的特殊际遇，在诗歌中首先把西域无际涯的边疆大山、荒漠展现出来，而让官样话语露出了空洞、无趣、乏力的原形。

而杨炼"诺日朗"成为中央帝国这具躯体的一个异类，让软弱无力的读者惊骇，昏迷。

二、黄金树

我是瀑布的神，我是雪山的神

高大、雄健、主宰新月

成为所有江河的唯一首领

雀鸟在我胸前安家

浓郁的丛林遮盖着

  那通往秘密池塘的小径

我的奔放像大群刚刚成年的牡鹿

欲望像三月

聚集起骚动中的力量

我是金黄色的树

收获黄金的树

热情的挑逗来自深渊

毫不理睬周围怯懦者的箴言

直到我的波涛把它充满

流浪的女性，水面闪烁的女性

谁是那迫使我啜饮的唯一的女性呢

我的目光克制住夜
十二支长号克制住番石榴花的风
我来到的每个地方，没有阴影
触摸过的每颗草莓化作辉煌的星辰
  在世界中央升起
占有你们，我，真正的男人

▶ 简评

  咏诵猛虎高原"诺日朗"之后，杨炼对"黄金树"继续咏诵——"我是瀑布的神，我是雪山的神"，一下子把植物学分类的"黄金树"激活了，它成了一种雄伟、庄严的生命的象征。

  对于雄伟、伟大、庄严景物的景仰和膜拜，这些事物中间，有着巨大的生命力和冲动，可以隐喻人的生命运动。诗句仍是那个时代诗人内心的强烈冲动，"我的目光克制住夜/十二支长号克制住番石榴花的风"。

三、血祭

用殷红的图案簇拥白色颅骨，供奉太阳和战争
用杀婴的血，行割礼的血，滋养我绵绵不绝的生命
一把黑曜岩的刀剖开大地的胸膛，心被高高举起
无数旗帜像角斗士的鼓声，在晚霞间激荡
我活着，我微笑，骄傲地率领你们征服死亡
——用自己的血，给历史签名，装饰废墟和仪式

那么，擦去你的悲哀！让悬崖封闭群山的气魄

兀鹰一次又一次俯冲，像一阵阵风暴，把眼眶啄空

苦难祭台上奔跑或扑倒的躯体同时怒放

久久迷失的希望乘坐尖锐的饥饿归来，撒下呼啸与赞颂

你们听从什么发现了弧形地平线上孑然一身的壮丽

于是让血流尽：赴死的光荣，比死更强大

朝我奉献吧！四十名处女将歌唱你们的幸运

晒黑的皮肤像清脆的铜铃，在斋戒和守望里游行

那高贵的卑怯的、无辜的罪恶的、纯净的肮脏的潮汐

辽阔记忆，我的奥秘伴随抽搐的狂欢源源诞生

宝塔巍峨耸立，为山巅的暮色指引一条向天之路

你们解脱了——从血泊中，亲近神圣

简评

从高原、边疆、神树来到了地方原始文化——"血祭"。杨炼的视野里，各种原始、粗野的元素应有尽有，从文明的繁复，返回到原始的繁复，生命和死亡的秘密过程，被简单化，直白化了——"一把黑曜岩的刀剖开大地的胸膛，心被高高举起/……兀鹰一次又一次俯冲，像一阵阵风暴，把眼眶啄空/……于是让血流尽：赴死的光荣，比死更强大"。这对死的咏诵，继续偏离了普遍认知中的死亡，而把生命献祭给大地。在这个高原，在这凶猛的瀑布的撞击下，这万古的世界，从来不是用文明的角度来思考问题的："你们解脱了——从血泊中，亲近神圣"。

四、偈子

为期待而绝望

为绝望而期待

绝望是最完美的期待

期待是最漫长的绝望

期待不一定开始

绝望也未必结束

或许召唤只有一声——

最嘹亮的，恰恰是寂静

简评

"偈子"是佛经中的唱诵词。"为期待而绝望/为绝望而期待"这两句诗，构成了"偈子"的核心内容。同义双生，或者反义双生的反复吟唱，是史诗的典型模式。在这里，杨炼大概不是要写一部史诗，而是戏仿史诗的形式。假设有一个唱诗班，站在山坡上，列队在悬崖边合唱，大概就是这种意思。

五、午夜的庆典

开歌路

领：午夜降临了，斑斓的黑暗展开它的虎皮，金灿灿地闪耀着绿色。遥远。青草的芳香使我们感动，露水打湿天空，我们是被谁集合起来的呢？

合：哦，这么多人，这么多人！

领：星座倾斜了，不知不觉的睡眠被松涛充满。风吹过陌生的手臂，我们紧紧挤在一起，梦见篝火，又大又亮。孩子们也睡了。

合：哦，这么多人，这么多人！

领：灵魂颤栗着，灵魂渴望着，在漆黑的树叶间，寻找一块空地。在晕眩的沉默后面，有一个声音，徐徐松弛成月色，那就是我们一直追求的光明吗？

合：哦，这么多人，这么多人！

简评

哎呀，真的出现了"合唱"，此处必须有"合唱"。

"午夜的庆典"表明了诗歌叙事回到人本身，与黑夜——"斑斓的黑夜展开它的虎皮，金/灿灿地闪耀着绿色""露水打湿天空""睡眠被松涛充满"——这些都是进入夜晚之后的状态，一种对梦、对睡眠的歌颂。在原始的文化状态中，梦与眠通常具有"通神"之神秘。这种状态，可能就是"灵魂颤栗着，灵魂渴望着，在漆黑的树叶间，/寻找一块空地"。

穿花

诺日朗的宣谕：
唯一的道路是一条透明的路
唯一的道路是一条柔软的路
我说，跟随那股赞歌的泉水吧
夕阳沉淀了，血流消融了
瀑布和雪山的向导
笑容荡漾袒露诱惑的女性
从四面八方，跳舞而来，沐浴而来

超越虚幻，分享我的纯真

▶ 简评

"唯一的道路是一条透明的路/唯一的道路是一条柔软的路"，对于道路，杨炼在诗歌中推导出来了，它通往质朴的内心——"跟随那股赞歌的泉水吧/夕阳沉淀了，血流消融了"。这个世界回到了最本源的快乐世界，道路回到了无路，无路可通，而四处都是通途。

煞鼓

此刻，高原如猛虎，被透明的手指无垠地爱抚
此刻，狼藉的森林蔓延被踩躏的美，灿烂而严峻的美
向山洪、向村庄碎石累累的毁灭公布宇宙的和谐
树根像粗大的脚踝倔强地走着，孩子在流离中笑着
尊严和性格从死亡里站起，铃兰花吹奏我的神圣
我的光，即使陨落着你们时也照亮着你们
那个金黄的召唤，把苦涩交给海，海永不平静
在黑夜之上，在遗忘之上，在梦呓的呢喃和微微呼喊之上
此刻，在世界中央。我说：活下去——人们
天地开创了。鸟儿啼叫着。一切，仅仅是启示

▶ 简评

"煞鼓"是一种非常猛烈的音乐，在高原奏响，传播悠远。但是，这种猛烈的演奏之后，通常会回到平静中，一种猛烈之后的平静——"此刻，高原如猛虎，被透明的手指无垠地爱抚/此刻，狼藉的森林蔓延被踩躏的美，灿烂而严峻的美"，也是一种猛烈生命撞击之后的平静状态。

原始世界的基本状态是与自然融合，在夜晚狂欢、通往神的世界。而这样的世界，可能是泛神论的，是宣扬神秘的，是跟"唯一正确性"碰撞的。

▶ 思考

杨炼这首诗流传甚广，对它的解释却很少。杨炼对我说，别总是选《诺日朗》，也选点其他的吧。我说，其他的好诗我也会选，但这首已经进入了诗歌史，应该被人们继续阅读。

好诗很难解释，因为诗歌有自己的完整性，粗暴的解释可能会造成破坏，甚至误导读者。这首诗中内在的冲击力，在当时稳定的语言秩序下和固化的意识形态话语中，产生了令人惊骇的效果。这种非正统的思想、意识、语言，指向的不仅是粗粝、原始、生命力，还有狂放、自由。

诗歌在思想变化的关节点，通常会起到一种"先知"般的作用。

那些被禁闭的诗歌——那天空中的苍鹰、那猛虎般的高原、那燃烧着的黄金树，都是难以被收服的激情和力量。

在这组长诗里，杨炼充分地放开自己，他所采用的词语和比喻，纷至沓来，感觉是在"午夜的庆典"中喝醉了酒，跳够了舞之后，如"诺日朗"瀑布般飞流而至的。这组诗虽然很长，从气势上看，写作的时间可能很短。

这只能是偶得的灵感喷涌，是从京城到高原，感受到巨大反差之后震惊生命的体验。

十　海子·麦地

麦地

吃麦子长大的

在月亮下端着大碗

碗内的月亮

和麦子

一直没有声响

和你俩不一样

在歌颂麦地时

我要歌颂月亮

月亮下

连夜种麦的父亲

身上像流动金子

月亮下

有十二只鸟

飞过麦田

有的衔起一颗麦粒

有的则迎风起舞，矢口否认

看麦子时我睡在地里

月亮照我如照一口井

家乡的风

家乡的云

收聚翅膀

睡在我的双肩

麦浪——

天堂的桌子

摆在田野上

一块麦地

收割季节

麦浪和月光

洗着快镰刀

月亮知道我

有时比泥土还要累

而羞涩的情人

眼前晃动着

麦秸

我们是麦地的心上人

收麦这天我和仇人

握手言和

我们一起干完活

合上眼睛,命中注定的一切

此刻我们心满意足地接受

妻子们兴奋地

不停用白围裙

擦手

这时正当月光普照大地。

我们各自领着

尼罗河，巴比伦或黄河

的孩子　在河流两岸

在群蜂飞舞的岛屿或平原

洗了手

准备吃饭

就让我这样把你们包括进来吧

让我这样说

月亮并不忧伤

月亮下

一共有两个人

穷人和富人

纽约和耶路撒冷

还有我

我们三个人

一同梦到了城市外面的麦地

白杨树围住的

健康的麦地

健康的麦子

养我性命的麦子！

简评

海子是一位天才的诗人，他对语言的感觉、对诗歌节奏的感觉，都是一流的。从这个意义上可以说，杰出的诗人有特殊天赋，一般人则很难有这种特质。在诗歌里，他的语言似乎可以自由组合，彼此之间没有任何排斥力，就像兄弟般彼此亲近。而普通诗人，对每一个词语都很紧张，似乎需要铺垫很多其他材料，才能安全地把两个不同的词语放在一起。

海子喜欢写"麦子""麦田"，在他的诗歌里，农耕之原具有精神的高度，这种精神高度对比城市的苍白，可以看到诗人的理想是在人世间塑造一个特殊的世界，在这个世界里，有平等、爱、劳动、大同等，有自然而然的生活——如"妻子们兴奋地/不停用白围裙/擦手"。但诗人不仅停留于此，他歌颂劳动、歌颂月亮、歌颂麦地，主要是为了歌颂一种圣洁的生活。而在这种圣洁中，人类得到升华："这时正当月光普照大地。/我们各自领着/尼罗河，巴比伦或黄河/的孩子/在河流两岸/在群蜂飞舞的岛屿或平原/洗了手/准备吃饭"。

逃离现代文明，回到农耕文明，再回到大地和麦田，是一代知识分子的奇特理想。这显示出一个时期以来，整个知识界对于现代文明的陌生与恐惧。

海子还有一种特殊的叙事能力，他的诗歌语言呈现性极强，画面感扑面而来——"月亮下/连夜种麦的父亲/身上像流动金子/月亮下/有十二只鸟/飞过麦田"——把父亲和飞鸟同等地置于月亮之下，而使得这两者都具有了超拔的神性，类乎农业神的父亲被流光披身。而歌颂麦子、赞美麦田以及在麦地里劳作的人，也似乎暗示着诗人内心对于农耕世界以及这种农耕世界中更为简单的人际关系的热烈向往。他对这种超越了世俗的世界，有一种特殊的亲近感。或许，这也意味着他在现实中的紧张感和失败感过于强烈，要躲进"谷托邦"中静养。

北斗七星　七座村庄

——献给萍水相逢的额济纳姑娘

村庄　水上运来的房梁　漂泊不定

还有十天　我就要结束漂泊的生涯

回到五谷丰盛的村庄　废弃果园的村庄

村庄　是沙漠深处你所居住的地方　额济纳！

秋天的风早早地吹　秋天的风高高地吹

静静面对额济纳

白杨树下我吹灭你的两只眼睛

额济纳　大沙漠上静静地睡

额济纳姑娘　我黑而秀美的姑娘

你的嘴唇在诉说　在歌唱

五谷的风儿吹过骆驼和牛羊

翻过沙漠　你是镇子上最令人难忘的姑娘

▶ 简评

　　额济纳旗在内蒙古最西部的阿拉善盟，与蒙古国接壤，上古为乌孙地，秦代属大月氏，汉代为匈奴居延地方——读者朋友们可能会想起唐代王维名作《使至塞上》："单车欲问边，属国过居延。征蓬出汉塞，归雁入胡天。"这里写到的"居延"也许是一个泛指，并不一定就是现在的额济纳。唐代诗人喜欢使用"汉"这个词来代替当朝，白居易名作《长恨歌》中"汉皇重色思倾国"，写的却是"唐皇"。到西夏时期，这里被改为黑水镇。后来到蒙古帝国时期，设亦集乃路总管府于此。清乾隆年间设额济纳旧土尔扈特特别旗。土尔扈特族从中亚的千里回归，是一个令人感动的故事。

据说，额济纳旗的胡杨林是世界上最美丽的风景之一，这些沙漠中的守护者，一千年不死、死后一千年不倒、倒后一千年不朽，其生命力远远超过人类的想象。十几年前张艺谋导演拍摄他的一部商业大片《英雄》时，有好几处场景都是在金黄色的额济纳胡杨林中拍摄的。

"额济纳"一直是一个遥远的边疆地区，在汉文化的长期沿袭中，这是塞外、荒漠、奇风异景的世界，它出现在诗歌里，会具有浓重的"异域"风情。

海子不仅擅用农耕景观，也擅用异域风情。因此，他的诗句里，常常交织着农作物、耕种者、草原、牧民等词汇，从而营造出一种特殊的气息。

在这个遥远得与现代城市失去联系、如一只飘入大漠深处的风筝的地方，额济纳给人以丰富的想象空间——"秋天的风早早地吹　秋天的风高高地吹"。这两句诗真可谓诗中的骨头，具有唐诗那种浩瀚又厚实的风貌。这首诗是献给额济纳美丽的姑娘的，这居住在遥远沙漠里的异域女子。她们是奇异的，美丽的，神秘的，热情的。"白杨树下我吹灭你的两只眼睛"，也可以作为一种隐喻的写作来理解，是欲望的象征，一种美好奇异世界的直接象征，仿佛是美丽的异域姑娘，酣然沉睡在沙漠中的额济纳河边。

这里写到的遥远的荒漠中美丽的绿洲，也如麦地一样，成为诗人想象中美好的、超越尘俗的世界。

日记

姐姐，今夜我在德令哈，夜色笼罩
姐姐，今夜我只有戈壁

草原尽头我两手空空
悲痛时握不住一颗泪滴

姐姐，今夜我在德令哈

这是雨水中一座荒凉的城

除了那些路过的和居住的

德令哈……今夜

这是唯一的，最后的，抒情。

这是唯一的，最后的，草原。

我把石头还给石头

让胜利的胜利

今夜青稞只属于她自己

一切都在生长

今夜我只有美丽的戈壁　空空

姐姐，今夜我不关心人类，我只想你

简评

　　这是海子诗歌中广受传诵的一首名作。

　　诗中倾诉的卓然独立又神秘莫解的"姐姐"的形象，成为这首诗中独特的力量。为什么是"姐姐"而不是"妹妹"，或者"额济纳姑娘"，这个词具有坚硬的内核，是理解海子的关键词之一。

　　海子在搭乘夜行列车去西藏时，经过青海戈壁滩中的小镇德令哈——"姐姐，今夜我在德令哈，夜色笼罩/姐姐，今夜我只有戈壁"，这样直接掏空，直接倾诉，一点隔阂都没有，只剩下"姐姐"与"戈壁"并置，显得非常奇崛。一开始，就显示出一种宽阔的孤独，这种孤独在星空下、在夜色中、在戈壁滩里，显得尤其孤独，"草原尽头我两手空空/悲痛时握不住一颗泪滴"。一个物质贫乏而精神过剩的诗人，被那突然出现在夜色下的戈壁滩小镇完全震惊了，孤独的情绪在这时加倍放大——"姐姐,今夜我在德令哈/这是雨水中一座荒凉的城/……这是唯一的,最后的,抒情。/这是唯一的,最后的,草原。"在这里,海子连续使用了两次逗号,一次句号,强调了两次"唯一的"和"最后的",而让这两句诗产生了猛烈、决绝的语气。这种转换非常突然,因为之前还在对"姐姐"倾诉"这是雨水中一座荒凉的城",然而,接着他就把自己凸显出来了,并且放大,成为整首诗的中心人物——被渲染成极致的、孤独的中心。

写孤独,这首诗达到了凄美的程度,而其中节奏叮当的诗句,在夜色中,敲响无数真孤独、假孤独的文艺青年的心鼓。

"把石头还给石头/让胜利的胜利",诗人就这样进入自我内心孤寂的深处。

十一　李亚伟·河西走廊抒情

作者简介　李亚伟 ▶ 1963年生于重庆酉阳。1983年毕业于南充师范学院。1984年与万夏、胡冬、马松、二毛、梁乐、蔡利华等人创立"莽汉"诗歌流派。1984年参与第三代诗歌运动，代表人物还有赵野、默默、万夏、杨黎等人。1985年参与创办全国性铅印民间诗歌刊物《中国当代试验诗歌》。创作过《好汉的诗》（1984—1986）、《醉酒的诗》（1985—1986）、《好色的诗》（1986—1987）、《闯荡江湖》（1987—1988）、《航海志》（1987）、《野马与尘埃》（1988）、《空虚的诗》（1989）、《红色岁月》（1992）、《寂寞的诗》（2001）《东北短歌》（2003）、《河西走廊抒情》（2005—2012）等长诗和组诗，出版有诗集《莽汉一撒娇》《豪猪的诗篇》。曾获《作家》奖、华语传媒大奖诗歌奖等奖项。

河西走廊抒情①

（组诗）

第一首

河西走廊那些巨大的家族坐落在往昔中，
世界很旧，仍有长工在历史的背面劳动。
王家三兄弟，仍活在自己的命里，他家的耙
还在月亮上翻晒着祖先的财产。

贵族们轮流在血液里值班，

---

① 该组诗共二十四首，此处节选了四首：第一、二、八、二十四首。

他们那些庞大的朝代已被政治吃进蟋蟀的账号里，
奏折的钟声还一波波掠过江山消逝在天外。

我只活在自己部分命里，我最不明白的是生，最不明白的是死！
我有时活到了命的外面，与国家利益活在一起。

简评

在很长一段时间里，"河西走廊"都是历史中极重要的名词。尤其唐朝，定都长安，东边为潼关所挡，有渭水、泾河环绕流淌；向西，是遥远、接入天际的无边西域。在汉唐的古老年代，各种故事沉淀在沙漠里，沉淀在历史里。河西走廊那些巨大的家族，就这样一代一代相传，"活在自己的命里"。王氏家族，是一种泛称，在这个帝国递相延续的文化里，几乎人人都是王氏。大家都活在自己的命里，但"有时活到了命的外面，与国家利益活在一起"。

第二首

一个男人应该当官、从军，再穷也娶小老婆，
像唐朝人一样生活，在坐牢时写唐诗，
在死后，在被历史埋葬之后，才专心在泥土里写博客。

在唐朝，一个人将万卷书读破，将万里路走完，
带着素娥、翠仙和小蛮来到了塞外。
他在诗歌中出现、在爱情中出现，比在历史上出现更种。

但是，在去和来之间、在爱和不爱之间那个神秘的原点，
仍然有令人心痛的里和外之分、幸福和不幸之分，
如果历史不能把它打开，科学对它就更加茫然。

那么这个世界，上帝的就归不了上帝，恺撒的绝对归不了恺撒。
只有后悔的人知道其中的秘密，只有往事和梦中人重新聚在一起，
才能指出其中十万八千里的距离。

▶ 简评

一个现实中的男人应该生活在想象中的唐朝里，或者穿越回去当英雄、当将军、做浪子，去大漠深处横行——"黄沙百战穿金甲，不破楼兰终不还"。或者如诗人想的这样，带着素娥、翠仙、小蛮这些古代美女，骑马、乘轿，款款而行，边走边喝边唱，如王维《少年行》中写的那样："新丰美酒斗十千，咸阳游侠多少年。"又或者像李白《侠客行》中写的："十步杀一人，千里不留行。"这样，男人们"在诗歌中出现、在爱情中出现，比在历史上出现更有种"。

这是历史与想象交杂的世界，男人应该做点梦，应该穿越，应该去唐朝做点事。

第八首

嘉峪关以西，春雨永远不来，燕子就永远在宋词里飞。
而如果燕子想要飞出宋朝，飞到今生今世，
它就会飞越居延海，飞进古代最远的那粒黑点。

黑点就会在我看清这个世界前变淡，会在河西走廊上空
慢慢变成一个行人视野中巨大的空心圆。

在中国，在南方，春雨会从天上淅淅沥沥降落人间，
雨中，我想看见是何许人，把我雨滴一样降入尘世。
我怎么才能知道，此刻，我是那些雨水中的哪一滴？

祖先常在一个亲戚的血管里往外弹烟灰，

祖先的妻妾们，也曾向人间的下游发送出过期的信号，

她们偶尔也会在我所爱的女人的身体里盘桓，

在她们的皮肤里搔首弄姿，往外折腾，想要出来。

❱ 简评

唐代薛用弱《集异记》载：开元中，诗人王之涣、王昌龄、高适齐名，他们在边城凉州（今甘肃武威）听歌姬演唱，相约看谁的诗被那些歌姬唱的次数最多，谁就是诗坛第一。第一名歌姬唱了王昌龄的诗，第二名唱高适的诗，第三名又唱王昌龄的诗。王之涣好像很沉着，他指着歌姬中最美的那个说，她一定唱我的。果然，这个最美的歌姬上来，唱的就是王之涣的名作《凉州词》："黄河远上白云间，一片孤城万仞山。羌笛何须怨杨柳，春风不度玉门关。"

在《河西走廊抒情》第八首里，诗人简单地用"宋词"和"燕子"来框定了历史的边界。也许这个边界是暧昧的，但是，宋代诗人走不进河西走廊，这里已经是西夏的地盘，巨大的西夏王陵在银川矗立，盘绕着的不是燕子，也不是春风，而是漫漫无边的历史和历史的想象。西域、河西走廊，一直就是大漠的世界，却也是诗歌的沃土。

诗人在历史和血缘中，看到了一些极其独特的现象，那些祖先"常在一个亲戚的血管里往外弹烟灰，/祖先的妻妾们，也曾向人间的下游发送出过期的信号"。诗人从历史中想到人生，想到生命的延续。生死轮回，似乎是那么神秘，又那么简单。梳理了血脉、家族的序列，也许就梳理了王朝和王朝兴亡的故事。

第二十四首

那时，做梦也是真的，第二天消息就会传来，

那时，北方的小国还在梦中吃奶，宰相还在乡下写诗。

铁还没有形成现在的逻辑，

只有水果在等着自己变得越来越可爱。

那时的我，也和现在一样，能去的最近地方就是走进自己的梦里。

在旧的地方消逝，在新的地方出现，恍若又过了一生，
人的一生也如同在梦中进出，每一次醒来背后都会有熟悉的声音。

只是，今儿个，唐朝的谢家寡妇不会再回头看我，
李白也离开杜甫的梦境，去了月亮上没被太阳照着的地方。

只是啊，今儿个，王三从历史中走了出来，
此刻正站在嘉峪关上，正重新远眺世界：
历史越来越模糊，大地越来越清晰，
时间越来越短，短得分不开，成了黑点，成了现在。

▶ 简评

　　从黄金时代、白银时代、青铜时代到铁器时代，神终于远离了人类，连神话中的大英雄都离开了传说，只有人类在自己的铁里生生死死。铁作为一种更为坚硬、更为锋利，也更为廉价的金属，它的出现不再是高贵的，而是黑色而冷峻的，它带来的不是财富观，而是生死观。铁的历史，就是人类的历史，但更多地伴随着血腥杀戮和无边仇恨的画面。

　　诗人心中与河西走廊连接在一起的那些历史、那些朝代，在铁的面前，被击碎了诗情画意，而且，"李白也离开杜甫的梦境，去了月亮上没被太阳照着的地方"。在诗人的《河西走廊抒情》（组诗二十四首）中，有一个王氏家族的支脉在各处流传，向西去了西域，穿过中亚，到了传说中的深处，还有一支去了江南，在那里，燕子像针一样缝起历史的遮羞布。但"王三从历史中走了出来，/此刻正站在嘉峪关上，正重新远眺世界：/历史越来越模糊，大地越来越清晰，/时间越来

越短，短得分不开"。

我们也是王三中的一个，都是想象中那个大唐历史的后代。我们的祖先在他们的血液里吐痰，我们也在我们的身边吐痰。我们这些王三现在开始忘记历史了，我们在重新塑造或者捏造自己的历史，并且把现在也当作了历史。

思考

李亚伟的《河西走廊抒情》（组诗二十四首）是近些年来中国新诗中的一种有价值的沉淀，他通过历史、现实、传说、幻想、抒情、人物等各种不同元素的混杂、糅合，重新思考了自己心中的历史。诗歌线索非常明显，具有史诗的特质。其中，王氏家族这一组人物，在二十四首诗中隐隐约约、或隐或现，而成为诗歌隐喻中最坚实的部分。这些人物，从血脉中传下来，并从文化中传下来。诗人思考了历史、国家、命运和个人。在那个名为"河西走廊"的舞台上，这个国家被放在一根羽毛上测量，而一个人物进进出出的舞台，在时代中逐渐淡漠，但我们的血液中流淌着历史，甚至流淌着奔向西域的王氏家族的血。那些神秘的基因，早已潜入我们的身体深处。

如果读者喜欢从诗歌、小说的角度来看历史，想从思考极其丰富的角度回到唐朝，我推荐你们读王小波的《时代三部曲》。对比王小波的小说和李亚伟的组诗，会有不同的感受。

十二　宋琳·旭日旅馆

旭日旅馆

一场秋雨把我们困在旅店里了

不见旭日，不见杲杲旭日

窗外是澹泊的远山，枫林正晚

向隅而泣的简易行囊被雨意尽情涂抹

我们的情绪被渲染，被渍化

又被另一场更大的秋雨

写进东山魁夷的画境

我们是徒步进山去的

三个黑脸膛的矿工也被困在旅店里了

他们要赶回山那边的竹篑煤矿

他们揉搓着大手诅咒倒霉的天气

诅咒断绝交通的道路

他们的年龄与身高都与我们相仿

但他们对这场秋雨的率真

却与我们含蓄的嗟叹全然不同

（所不同的是否还有

对某一种距离的理解

对偶然夜宿一处的感遇呢

如同旅店之于远山

一场秋雨之于另一场秋雨）

那一夜我们不约而同想起了凡·高
他去过比利时北部的某一座矿山

简评

宋琳早期的诗作具有强烈的叙事性，在冷静的情景交融中，让人物渐现，拥有自己的灵魂。在朦胧诗转向的20世纪80年代中期，宋琳的诗歌叙事方式，让现代白话诗从庞大的抒情中，回到人本身、回到内心、回到自然的情感。但宋琳不屈服于过于白话的语言，他的诗里，融入了传统的气息："窗外是澹泊的远山，枫林正晚"，这句诗里，充满古意。"我们是徒步进山去的"这句，点明了整首诗的基本场景，即被困于"旭日旅馆"的诗人，在进山的途中被雨困住了。但诗人写这秋雨不直接写，而是倒过来写："向隅而泣的简易行囊被雨意尽情涂抹/我们的情绪被渲染，被溃化/……又被另一场更大的秋雨/写进东山魁夷的画境"。——其实，就是下雨了，诗人被困在旅馆里。同时被困住的还有三名煤矿的矿工。碰到三名矿工之后，诗人发现自己无端抒情的荒谬性，因为他自己被困在旭日旅馆，还有情绪眺望风景，让自己的情绪和风景交融，产生诗意。但矿工不是这样的，他们有事情要做，而且是很具体的。诗人立即产生了自我的反思："他们揉搓着大手诅咒倒霉的天气/诅咒断绝交通的道路""他们对这场秋雨的率真/却与我们含蓄的嗟叹全然不同"。

可见，对于同样的秋雨，不同的身份、不同的情感，会产生不同的态度和判断。在这首诗的末尾，诗人联想起凡·高，进一步对比了所处环境的对立性，甚至显示出一些荒谬性。

丽娃河
——有赠

我见过许多河流，流淌在我故乡山中

那隐逸的小溪；欧洲，以及更遥远的

南美洲的大河。时常，我在我自己身上

看见它们，奔泻而去并留下刺骨的箴言。

沿着岁月的弧形弯道，缓慢而持久，

源头的允诺脱口而出，化作我诗中

几行墨汁。时常，当记忆的勺子探入那闪闪灵光，

舀取的却依旧是慨叹——逝者如斯！

但这一条几乎不能称之为河的河，

我的姐妹，羞涩地隐藏着自己。

你在地图上找不到她，世人鲜有知道她的名字，

河两岸对望着的是眼泪般纯净的小树林。

谦谦君子们游荡着，容貌和气质

像年轻的神，如果他们爱，是真爱；

而少女的哭泣是因为昂贵的青春

压迫着她，膨胀的心思像快要爆裂的种子，

像蒲公英，一阵风就能带它到天涯。

而平静的丽娃河，敞开胸襟，接纳并挽留

来自遥远九重天的做客的流星，

又依依不舍地送走她亲自酿造的花蜜。

这里，在上海的一座开明的学府，

我学会了赞成，或许更重要地

（如仁者所说），学会了不赞成：

丁香花美，有毒的夹竹桃更美。

那在禁锢的年代偷尝过禁果的人有福了，

曾在同一座桥上看流水，曾在同一个河面投下身影。

朋友们，当你们在五月齐集，依我的建议，

首要的是观花，别的且留待将来去回忆。

2007年4月20日

简评

  丽娃河是华东师范大学的一个特殊的景点，经过几代诗人、散文家、小说家的描写，它已经成了一个特殊的人文象征。我记得我曾和自己的同学、死党每天走在丽娃河边的日子，也记得那些激烈争论和胡思乱想的日子。在河边，有青春、有爱情、有梦想、有记忆，而这些，都成为一个青春十年留存于此的印记，是一个人生的出发点。作为在这里出发的杰出诗人，宋琳记忆中也有这样一条河，一处灵感的圣泉。

  本诗起首用两段写自己去过欧洲、美洲，见过各种各样的河流，然而，只有丽娃河"一条几乎不能称之为河的河，/我的姐妹，羞涩地隐藏着自己"。这条河，隐藏在记忆中，"河两岸对望着的是眼泪般纯净的小树林"，在这里，青年的男女，成了自己，而且因为河的宽容，"我学会了赞成，或者更重要地/（如仁者所说），学会了不赞成：/丁香花美，有毒的夹竹桃更美"。这里呈现了赞成和不赞成的两种结果：丁香花和夹竹桃。丽娃河的两岸开满了夹竹桃；丽娃河的尽头是夏雨岛，岛上也开满了夹竹桃。

  在这里，诗人通过对一条特殊的河的记忆，让这条河成为一条记忆之河、灵感之河、爱之河、看花之河、赞成与不赞成之河。这条河，成了一个隐喻。

十三　于坚·怒江

作者简介

于坚 1954年8月出生于昆明。1970年开始写作，1984年毕业于云南大学中文系。重要的作品包括：《诗六十首》(1989)、《于坚的诗》(2001)、《便条集》(2002)、《诗集与图像》(2003)、《棕皮手记》(1995)、《火车记》(1997)、《于坚随笔选》4卷、《于坚集》5卷。著有诗集《只有大海苍茫如幕》《彼何人斯诗集2007—2011》；散文集《相遇了几分钟》《暗盒笔记》《在遥远的莫斯卡》；长篇散文《众神之河——从澜沧到湄公》；短篇小说《赤裸着晚餐》《女娲造天记》。曾获鲁迅文学奖、台湾《联合报》新诗奖、德国第十届(2010)"感受世界"亚非拉文学作品评选第一名以及2012年《人民文学》散文奖等20多种文学奖。

怒江

大怒江在帝国的月光边遁去

披着豹皮　黑暗之步避开了道路

它在高原上张望之后

选择了边地　外省　小国和毒蝇

它从那些大河的旁边擦身而过

隔着高山　它听见它们在那儿被称为父亲

它远离那些隐喻　远离它们的深厚与辽阔

这条陌生的河流　在我们的诗歌之外

在水中　干着把石块打磨成沙粒的活计

在遥远的西部高原

它进入了土层或者树根

> 简评

怒江是流经云南北部千山万壑的一条大江，它在边疆，没有被象征化，也没有被体制化，没有被歌颂成"黄河"那样的"母亲"，而只是一条切入高原皮肤深处的大动脉。诗人排除了那些附着在自然地理上冗余的意识形态——"大怒江在帝国的月光边遁去 / 披着豹皮　黑暗之步避开了道路 / 它在高原上张望之后 / 选择了边地　外省　小国和毒蝇 / 它从那些大河的旁边擦身而过"。它拥有自己独特的走向，也可以说是独特的个性，不融入那些被称为"父亲"的大河群体中去——"它远离那些隐喻　远离它们的深厚与辽阔"——这样，怒江就具有了人格化的色彩，它独自行走在高原上，独自流向自己的远方——"这条陌生的河流　在我们的诗歌之外 / 在水中　干着把石块打磨成沙粒的活计"。

如果你爱刨根问底，好吧，这就是诗人用大怒江来对某种特殊品格的歌颂，甚至，就是一种自况。诗以言志，写物最终会回到个人的情致中，这是诗歌的功能之一。不过，这也只是其中的一种解释而已。

作品57号

我和那些雄伟的山峰一起生活过许多年头

那些山峰之外是鹰的领空

它们使我和鹰更加接近

有一回我爬上岩石垒垒的山顶

发现故乡只是一缕细细的炊烟

无数高山在奥蓝的天底下汹涌

面对千山万谷　我一声大叫

想听自己的回音　但它被风吹灭

风吹过我　吹过千千万万山岗

太阳失色　鹰翻落　山不动

我颤抖着贴紧发青的岩石

就像一根被风刮弯的白草

后来黑夜降临

群峰像一群伟大的教父

使我沉默　沿着一条月光

我走下高山

我知道一条河流最深的所在

我知道一座高山最险峻的地方

我知道沉默的力量

那些山峰造就了我

那些青铜器般的山峰

使我永远对高处怀着一种

初恋的激情

使我永远喜欢默默地攀登

喜欢大气磅礴的风景

在没有山岗的地方

我也俯视着世界

▶ 简评

　　在传统诗歌文化中，"大山"很容易被理解为"伟岸"的象征，就像"黄河"象征"祖国"，"月亮"代表"思念"。汉文化的山水，是被彻底描述过的山水，每一种山水花木，都被赋予了特殊的意义，例如，王安石的《梅花》写"墙角数枝梅，凌寒独自开。遥知不是雪，为有暗香来"的精神自况，郑板桥的《竹石》中"咬定青山不放松，立根原在破岩中。千磨万击还坚劲，任尔东西南北风"的情操歌颂。而于坚倾向于自然的回归，让山还是山、水还是水、风还是风，而不是"仁者乐山，智者乐水"，把山水全都赋予人格。然而，在爬上群峰中最高的山峰，并且大叫一声试图听到回声时，"我"还是把山峰人格化了——"有一回我爬上岩石垒垒的山顶/发现故乡只是一缕细细的炊烟"，这两句写登高而望、众山低小的景象，表现得细腻而生动，颇有"大漠孤烟"的意境。而故乡缩小为"一缕细细的炊烟"之后，人生有了不同的指引者——"群峰像一群伟大的教父/使我沉默"。

这首诗很有传统诗歌的气势，在结尾，还有些"升华"的味道："那些青铜器般的山峰/使我……喜欢大气磅礴的风景/在没有山岗的地方/我也俯视着世界"。

思考

于坚这两首诗，一首写江，一首写山，都是写庞然大物，跟此前宋琳写的记忆中的一条隐秘的"丽娃河"，大相异趣。然而，这些诗的共同之处，都是更多地避开了意识形态，避开了现成的隐喻，从而回归自我，抵达内心。

大与小，都是内心的产物。

十四　小海·北凌河

作者简介

小海： 本名涂海燕。1965年生于江苏海安。毕业于南京大学中文系。著有诗集《必须弯腰拔草到午后》《村庄与田园》《北凌河》《大秦帝国》，诗合集《夜航船》《1999九人诗选》；编选过《〈他们〉十年诗歌选》等。现居苏州。

北凌河

五岁的时候
父亲带我去集市
他指给我一条大河
我第一次认识了北凌河
船头上站着和我一般大小的孩子

十五岁以后
我经常坐在北凌河边
河水依然没有变样

现在我三十一岁了
那河上
鸟仍在飞
草仍在岸边出生、枯灭
尘埃飘落在河水里
像那船上的孩子
只是河水依然没有改变

我必将一年比一年衰老

不变的只是河水

鸟仍在飞

草仍在生长

我爱的人

会和我一样老去

失去的仅仅是一些白昼、黑夜

永远不变的是那条流动的大河

1996 年

简评

在中国传统文化里,"河流"跟时间总是彼此隐喻的。"历史的长河"指的是时间的一个维度,而河流本身,又可以指时间。在这里,小海把"五岁""十五岁""三十一岁"作为三段诗的开头,分别对应同一条北凌河的不变的世界。人生在变化不停,而北凌河不变。更加不变的,自然是张若虚长诗《春江花月夜》里写道:"江畔何人初见月?江月何年初照人?人生代代无穷已,江月年年望相似。"这些句子,把人生和时间的变化,都写透了。而江与月,是人生的致命反衬。小海也在北凌河中看到了这点:"我必将一年比一年衰老/不变的只是河水/鸟仍在飞/草仍在生长/我爱的人/会和我一样老去"。

对于自然世界和人生的变化,这大概是永恒的感慨吧。宋代大文学家苏轼在《前赤壁赋》里有同样的感慨:"客亦知夫水与月乎?逝者如斯,而未尝往也;盈虚者如彼,而卒莫消长也。"这也是对水和月以及时间和人生的终极感叹吧。

但苏轼在认识外在世界的过程中,却不虚无沮丧,而是抖擞精神,认为人生的每一刻都值得珍惜,也因此要乐观生活,享受每一刻,例如江上的风、天空中的月。

田园

在我劳动的地方

我对每棵庄稼

都斤斤计较

人们看见我

在自己的田园里

劳动,直到天黑

太阳甚至招呼也不打

黑暗早把它吓坏了

但我,在这黑暗中还能辨清东西

因为在我的田地

我习惯天黑后

再坚持一会儿

然后,沿着看不见的小径

回家

留下那片土地

黑暗中显得惨白

那是贫瘠造成的后果

它要照耀我的生命

最终让我什么都看不见

陌生得成为它

饥腹的果物

我的心思已不在这块土地上了

"也许会有新的变化"
我怀着绝望的期冀
任由那最后的夜潮
拍打我的田园

1991年

▶ 简评

  这首诗写得既直白又隐约,但回味绵长。"田园"是古代文人心中的最重要的心灵寄托,如陶渊明的名作《归园田居·其一》,既是写实,又是虚托,短小的句子,寄托博大的心意:"方宅十余亩,草屋八九间。榆柳荫后檐,桃李罗堂前。暧暧远人村,依依墟里烟。狗吠深巷中,鸡鸣桑树颠。户庭无尘杂,虚室有余闲。"在小海的这首诗里,"田园"也是一个内在的性灵空间,而且诗人还希望它是自我向上、自我满足的世界——"在我劳动的地方/我对每棵庄稼/都斤斤计较"。这些你可以说是诗人的自律,是内在道德的修炼,但也可以是其他。诗人并不能如古人那么坚定,因为黑夜的笼罩和侵占,让这片田园突然就"荒芜"了——"那是贫瘠造成的后果/它要照耀我的生命/最终让我什么都看不见/陌生得成为它/饥腹的果物",对于这种"田园"的不稳定,甚至可以随时抛弃,因为"我的心思已不在这块土地上了"。

  一首诗的词语表面越直白,意义越丰富,其可解释性就越大。各种阅读的心得,都是有可能的。但离开"田园",似乎并不是诗人的本意——"我怀着绝望的期冀/任由那最后的夜潮/拍打我的田园"。这个自我的田园、"我"对每一棵庄稼都斤斤计较的地方,却沦为他者的世界,被"夜潮"所侵占。所以说,这块"田园"是不坚固的。

十五　红土·有一些时间是安静的

作者简介

红土： 女，曾在乡间务农，并做过十年乡村代课教师，后进城自谋职业。2008年业余写诗。部分作品在《十月》《诗刊》《天涯》《滇池》《中国诗歌》等发表。现居合肥，从事幼教工作。

有一些时间是安静的

1

葵花在村边
静静地开着花

炊烟在屋顶上散去
树影在水里
白山羊在吃草

我坐在田边

我们谁也不打扰谁
我们静静地睡去
或醒来
我们从来都这么安静
谁也不能出声

◐ 简评

很难想象,一名现代的中国诗人,还能把世界写得这么简单、纯粹,几乎毫无杂质。文字之间,简直闪烁着钻石般的纯净,相互发出的是自然的共鸣——"葵花在村边/静静地开着花",第二部分的炊烟、树影、水里、白山羊、吃草,都是坐在田边的我外在的部分,是一种内心自然图景的投射。"我们谁也不打扰谁""我们从来都这么安静",这是人与物的直接对话,用沉默。只有内心澄净的诗人,才会沉默到沉默的底部,"谁也不能出声",就像孩子在玩游戏,谁说话,谁就输了。

2

田里刚刚收了豆子

荒草就漫出了树林。有一些野花

是为这个时候开的

不知道它们是不是也可以叫

迎春,海棠,牡丹

或另外的名字

我从一开始就不知道它们的名字

我有时唤它隐士或小姐

隐士孤独

小姐活泼

他们有时唤我,有时

唤春风

> 简评

　　红土对田园的感受如此自然，体现在诗句里，好像是天然就在那里的，没有特意堆垒、修饰、剪裁——"田里刚刚收了豆子/荒草就漫出了树林。有一些野花/是为这个时候开的"。这首诗的主角，因此简单地变成了"野花"。"我有时唤它隐士或小姐/隐士孤独/小姐活泼"，这是不同野花的不同状态吗？但反过来，却如此清新自然，生动有趣——"他们有时唤我，有时/唤春风"。

木屋

这么多年　我一直没敢对你说出这个秘密：
我希望在寂静的山间拥有一间小小的木屋
要有几许的微风　门前要面对几亩的庄稼
要有一条河缓缓地流过

要有一张木头的大床　一张木头的方桌
两把木头的椅子　要有一个木头的相框
还要有一个小火炉吧　要听到木炭燃烧时
噼噼啪啪的声响

要有一个大大的窗户　以及开着野花的窗帘
要能看见鸟儿从窗前飞过　窗台上要有两盆素色的兰草
到了夜晚　我要亲手擦亮火柴点起灯盏　而此时
你有些微醉　错唤我为"娘子"
窗外的雪花正簌簌地落下

◗ 简评

诗人童话般的个人想象世界，在《木屋》这首诗里体现出来，而且采用移步换景的手法，呈现出非常清晰的诗歌变化，读者可以跟着诗人一起来进入她的想象世界。仿佛是在山坡、草地上搭建着这样一个木屋，也仿佛是公开地在创造这样一个世界——"要有几许的微风　门前要面对几亩的庄稼/要有一条河缓缓地流过"。而至于木屋内部呢？请来到屋里，"要有一张木头的大床　一张木头的方桌/两把木头的椅子　要有一个木头的相框"，全都是木头造的。然后是从屋里往外看，从大大的窗户以及开着野花的窗帘往外看："要能看见鸟儿从窗前飞过　窗台上要有两盆素色的兰草"。这样的世界，适合安安静静，让我想起一句话："岁月静好，现世安稳。"

秋·祭
——寄敬亭山

我知道

这个时候没有人上山

也没有人从山上走下来

我知道

即使是早上也没有人上山　就像即使

是晚上　也没有人从山上走下来

我知道

这个时候没有人上山

即使果子红了

也没有人把它采下来

我知道

这个时候没有人上山

就像李白说的那样：

鸟儿都飞尽　云还孤独着

即使那样

也不会有人从山上走下来

我知道

这个时候阳光还是好的

它们暖暖地照在坡地上

再过一段时间

那些落在草里的霜　就要白了

简评

　　李白的五言绝句《独坐敬亭山》是被收入《千家诗》和现行小学语文教材的，因此几乎人人都会背诵："众鸟高飞尽，孤云独去闲。相看两不厌，只有敬亭山。"看起来这么简单，又含义如此深远，以至于无法解释，只能感受。敬亭山是黄山支脉，不是一座类似"三山五岳"那样雄伟、磅礴的大山，而是一座峰岭俊秀、人文荟萃的小山，因南齐谢朓《游敬亭山》和李白的《独坐敬亭山》而闻名，其后又因白居易、杜牧、韩愈、刘禹锡、梅尧臣、汤显祖等历代文人的登临咏赋，而为鼎盛的"江南诗山"。这样的山，被咏诵太多了，文风流韵太丰富了，很难再写了吧？但诗人红土换了一个角度，又写出了新意。她写了一个"我知道／这个时候没有人上山"时的景象，在这时，敬亭山恢复了山的本意，不再是人文的山，而是自然的山——"即使果子红了／也没有人把它采下来"。然后再写季节，也是自然而然的词句，一点都不落斧凿痕迹："这个时候阳光还是好的／它们暖暖地照在坡地上／再过一段时间／那些落在草里的霜　就要白了"。这时候我们或许恍然大悟，一座山原本是这样的，有这么多的细节，也有这么自然的花开花落。

一座人文的山

本编诗歌以"风景与景物"为挑选目标,但想从篇目浩瀚的现代诗中,把这些诗有效地挑选出来,比电视里的"速配"难多了。遇到某一首诗,跟结识某一位新朋友一样需要缘分。

写风景和景物的诗,自古以来就是一个大类。在这编中,我引用一些古诗来辅助阐述,做阅读延伸,和读者一起分享传统文化与现代诗歌中的特殊世界,感知这两者间的隐秘联系。在词语的组合中,古诗与现代诗的联系也许不明显,但在内在精神上,却总有潜流息息相关。

风景之于诗人,主要有两种功能:一是诗人从中感受到特殊的美的力量,二是诗人自己的情感和思想得到了提升或者拓宽。

这些风景带来的是不同于日常生活的特殊感受。阅读这些诗时会发现,现代汉语诗人并不甘止步于此,而努力开发出更多的风景,传统意义上不能称之为风景的变成了现代人的风景。现代诗在不到一百年的时间有了巨大的变化。这段时间对于经济建设来说,一般很长。战争与混乱结束之后,古代历朝休养生息、恢复社会平静与富足,通常20年时间就够了。汉代文景之治、唐代贞观之治,都是如此。但文化的提升则可能需时好几倍。从初唐的唐太宗到盛唐的唐玄宗,相隔已有一百三十多年的时间。从"初唐四杰"到盛唐的王维、李白、杜甫,伟大的唐诗从起步到走向鼎盛,也经历了一百多年时间的反复拓展和沉淀。由此可以看到,文化的毁坏很容易,重新建设起来则需要漫长的时期。

本编按照时间线索排列,读者可以大略知道现代诗的发展史。从宏大叙事到个人叙事,是诗歌的一个非常明显的变化。到了近些年,诗歌已经变得有些琐碎化了。

前辈们爱咏颂伟大的国家,高原、大地、河流,新一代诗人们则更多地把目光投射到自身,在身边找到被打压的微渺价值——个人价值,也是弥足珍贵的。一个社会、一个民族、一个国家的核心价值的失落,对文学艺术的打击是多方面的。对诗人来说,他会迷惘到无法让自己的诗歌长出翅膀,或者那些飞起来的诗歌之雁在空中盘旋太久之后,仍然找不到可以栖息之处。

　　一座山，它在今天带给我们什么？除了感受它的壮美，除了呼吸新鲜空气，除了锻炼和健康的愿望，一座山还是不是一座人文的山？应该把山还给山，把河还给河，让杂草回到杂草，让羔羊还原为羔羊。但从人类文明的角度，一旦事物被说出，它就不可避免地具有了人文的意义。

　　"怒江"一旦被说出，它就已经成为这个词的"所指"（词所表达的那个物）了。一旦被词语之光照亮，连公园里的一把椅子，都具有令人不容忽视的力量。但诗还可以简单澄澈到让你一眼看到就怦然心动，内心澄净的诗人，他的诗是纯净的。

　　诗歌的呈现，跟诗人的内心世界息息相关，如果诗人缺乏一个丰富的精神世界，那么他们的诗歌就会很贫乏。这就如同被水和春天滋润的庄稼，会有丰富的意象和内涵生长出来。哪怕是很短小的几句，也令人怦然心动、过目难忘。

　　面对一座山、一条河、一座桥、一棵树、一块石头，我们可以说什么？甚至，面对树上的一只果子，我们可以说什么？

　　这些，都跟你的内心有关。我说，经验是说出来的，没有被表达出来的经验是不存在的。因此：我说，故我在。

第三编 亲爱的动物们

老虎大概是最受现代诗人钟爱的动物。

我在选编这一部分的现代诗时，发现好多写老虎的诗。

相反，古代诗人却爱写马。现代诗人写老虎，可能是叶公好龙；古人写马，却因为马是古代日常生活中最重要的交通工具，也是不可缺少的战争手段。宝马、香车、美人，是农业文明时代的关键词。选入过语文教材的名诗名句，如陆游《十一月四日风雨大作》"夜阑卧听风吹雨，铁马冰河入梦来"写的是战马；白居易《钱塘湖春行》"乱花渐欲迷人眼，浅草才能没马蹄"是日常用马；王维《观猎》"草枯鹰眼疾，雪尽马蹄轻"是边疆战马；马致远《天净沙·秋思》"枯藤老树昏鸦，小桥流水人家，古道西风瘦马"是交通用马；李白《送友人》"挥手自兹去，萧萧班马鸣"也是交通用马；王翰《凉州词》"葡萄美酒夜光杯，欲饮琵琶马上催"是边疆战马；孟郊《登科后》"春风得意马蹄疾，一日看尽长安花"是游马；王昌龄《出塞》"但使龙城飞将在，不教胡马度阴山"是战马；李白《长干行》"郎骑竹马来，绕床弄青梅"是假马。爱情诗中提到的遥远的、想象中的马，如《古诗十九首·行行重行行》"胡马依北风，越鸟巢南枝"。随便一列举，真是太多太多了。在古代，马就是现实生活的一部分，在古人的概念中，马是仅次于人的最重要的生灵。南宋大词人辛弃疾《青玉案·元夕》"东风夜放花千树，更吹落、星如雨。宝马雕车香满路。凤箫声动，玉壶光转，一夜鱼龙舞"，写的是元宵节万民欢乐观灯的盛况，也有宝马。唐宋时代，那花灯之盛，元宵节之热闹，令人悠然神往。

古代诗人之爱马、知马，简直令人敬佩。相较之下，现代诗人其实并不懂老虎。现代诗人只在动物园和照片中看过老虎，还见过很多"纸老虎"，政治比喻中还有"大老虎"什么的。在现代社会，老虎已经变成了一种遥远的事物，一种抽象的名词，只在想象和写作中偶尔出没。而古代诗人们却真真正正地与骏马为伴、为友。

文章《〈诗经〉里的马文化》说，周代马文化发达，直接体现在《诗经》对马的描写上。据分析，《诗经》共出现50次"马"，跟马有关的专有名词达32个，共使用了91次。常见的如"驹""骄""驷""驳""骐""骆"等，生僻点的有"骖（cān）"（驾三匹马）、"騋（lái）"（高七尺的马）、"骟（yuán）"（赤毛白腹的马）、"駽（xuān）"（青黑色的马）、"驈（yù）"（股间白色的黑马）、"騢（xiá）"（毛色赤白相杂的马）等。这些字现在已经不常用了，很多我也不会读，要一个一个查出读音来，然后再找。

我小学、中学都在乡村，传统文化基础差，《诗经》是大学时代才从头到尾翻阅一遍，没有童子功，只记住一些片段，如"昔我往矣，杨柳依依"，如"月出皎兮，佼人僚兮"，如"关关雎鸠，在河之洲，窈窕淑女，君子好逑"，还有"投我以木瓜，报之以琼琚""陟①彼崔嵬②，我马虺隤③"之类，但整篇大多背不全了。不查一下，我还以为欧阳修写的《生查子》"月上柳梢头，人约黄昏后"是古诗呢。偶尔想它是五言，赶紧查，才不至于摆乌龙。

唠叨这么多，发现在古代诗歌漫长的历史中，骏马的矫健身姿不断出现，一直到几十年前人类进入了汽车社会，火车成为中途旅行首选，现在飞机则是长途旅行必备。这时候，马才在人们身边消失，而今只存在于遥远的草原和一些景点里，成为一个日渐遥远的梦中事物。

现代诗歌中，不知道谁最早写到老虎，我对徐志摩《猛虎集》里的《猛虎》记忆深刻。本以为是徐志摩写的，觉得远超出其他诗作。看到这首诗旁括——The Tiger By William Blake——才一惊想到，这就是阿根廷现代文学大师豪尔赫·路易斯·博尔赫斯极崇拜的英国大诗人威廉姆·布莱克的名作《老虎》。该诗有好几个中译本，除徐志摩的译本外，卞之琳也有一个译本。但我还是极爱徐志摩译本的气势，尤其喜欢他把 tiger 翻译成"猛虎"。"猛虎"显然更合适这首诗中内容的气势，还有诗中那种微妙的词语气息：

> 猛虎，猛虎，火焰似的烧红
> 在深夜的莽丛，
> 何等神明的巨眼或是手
> 能擘画你的骇人的雄厚？
>
> ……

---

① 陟（zhì）：登上。
② 崔嵬（wéi）：高而不平的土石山。
③ 虺隤（huī tuí）：因疲劳而病。

这首译诗，第一段立即就有磅礴气势："猛虎，猛虎，火焰似的烧红／在深夜的莽丛"，这是对威猛、大美猛虎的赞颂。卞之琳的译文是："老虎，老虎，火一样的辉煌，／烧穿了黑夜的森林和草莽"，读来觉得气势略逊。

奥地利大诗人里尔克则另有一首名作《豹》（陈敬容译）：

  扫视栅栏的他的视线，

  逐渐疲乏，直到视而不见；

  他觉得栅栏似乎有千条，

  千条栅栏外不存在世界。

一只被关在栅栏里的豹子，遭受庸人们的随意观赏，已不是非洲大草原上雄健的猛兽。动物园里有各种动物——大动物、小动物，它们来自世界各地，属于不同的草原、森林、天空、大海，但都在动物园里混同为一，在栅栏后面消磨草原和森林的记忆，天空与大海的习性逐渐退隐，只是日复一日、年复一年地看着那些栅栏，幻化为千百个囚笼。它们的意志也被消磨了，仿佛"千条栅栏外不存在世界"，即便是一只猎豹、一匹野马、一头雄狮，在这"栅栏"后面，也只能"在极小的圈子里打转，／健壮的跨步变成了步态蹒跚"。

自然界中敏捷、凶猛的豹子，在动物园栏杆后成为一只温驯的动物。人类在自由自在的童年是一只豹子，熬过了遍体鳞伤的青年进入了四面栏杆的中年——在种种清规戒律的栏杆围拢下，我们成为驯良的动物——这岂非人生的一种隐喻？

诗人都喜欢写猛兽，在猛兽的身上，会寄托着诗人的各种情感和联想。通常来说，猛兽是力量和美的象征，甚至还是宇宙秩序的象征。博尔赫斯也写过一首《老虎的金黄》（王永年译）：

  我一次又一次地观看

  那只英武的孟加拉虎，

  直到金黄色的傍晚，

  瞧它在铁栅栏里面

> 循着注定的途径逡巡往返，
> 从没有想到那就是它的樊笼。

上大学时，我迷恋西方"现代派"作品，包括拉美文学爆炸时期的大师们的杰作。"老虎的金黄"是一个特殊的词语组合，在那时如同神秘的咒语，激活了中国诗人的诗心，创作了大量以老虎为主题的诗。

我们还可以读到大量与猫、狗有关的诗。日本诗人佐野洋子的名作《活了一百万次的猫》，在读者中广泛流传，很多读者都被这只猫以及它代表的意象所震慑、感动。活了一百万次的猫，在成为自由的野猫很久之后，与一只白猫相爱，最后满足地死去。这是爱的谶语还是爱的升华？

> 有一只活了一百万次的猫，
> 它死过一百万次，也活过一百万次。
> 它是一只有老虎斑纹，很气派的猫。
> 有一百万个人疼爱过这只猫，
> 也有一百万个人在这只猫死的时候，为它哭泣，
> 但是，这只猫却从未掉过一滴眼泪。
> ……

"活了一百万次的猫"是一只花斑猫，它体验过各种死法，因此很不在乎，既不在乎死，也不在乎生。很多母猫都想嫁给他，甚至送给它珍贵的礼物——"有的送大鱼，有的送上等鼠肉/有的送珍贵的礼物，有的为它舔毛"——可是花斑猫完全不在乎这些讨好自己的母猫。直到有一天，它遇到了一只对它完全不在乎的漂亮的白色母猫。后面的故事：花斑猫吹牛自己活过一百万次，还说自己在马戏团待过，并巧妙地问："我可以待在你身边吗？"白猫同意了。

花斑猫和白猫相亲相爱，生下一堆小猫，这些小猫长大了离开它们，都变成非常有气派的野猫，开始了自己的生活。随着时间流逝，"白猫越来越像老太婆了"，花斑猫"也变得越来越有耐心了"，"白猫从喉咙里发出轻柔的咕噜声"，花斑猫也"从喉咙里发出轻柔的咕噜声/它希

望能和白猫永远永远地生活在一起"。白猫死了，花斑猫也死了，"再也没有活过来了"。

波兰大诗人辛波丝卡曾获得诺贝尔文学奖，她的诗细腻、精确，对人性和社会的表现精细入微，而又充满哲理反思。她有一首诗《布鲁格的两只猴子》，用猴子跟人类互相隐喻，简单而直接地表现出了人类文明的某些荒谬之处：

> 我不停梦见我的毕业考试：
> 窗台上坐着两只被铁链锁住的猴子，
> 窗外蓝天流动，
> 大海溅起浪花。
>
> 我正在考人类史：
> 我结结巴巴，挣扎着。
>
> 一只猴子，眼睛盯着我，讽刺地听着，
> 另一只似乎在打瞌睡——
> 而当问题提出我无言以对时，
> 他提示我，
> 用叮当作响的轻柔铁链声。
> （陈黎译）

请允许我快速地剪切，缩短这首诗的节奏——"我不停梦见我的毕业考试：/窗台上坐着两只被铁链锁住的猴子，/……我正在考人类史：/一只猴子，眼睛盯着我，讽刺地听着，/另一只似乎在打瞌睡——"这样缩一下，"人类史"与"两只猴子"就被直接对应起来了。

正在苦恼地参加"人类史"考试的"我结结巴巴，挣扎着"，而那在"人类史"里被尊称为人类祖先的两只猴子却被拴在窗台上，这里充满了丰富的讽刺——人类在考高大上的人类史，而那始祖却被拴在窗台上沦为奴隶。这也很像我们人类世界的相互敌视、仇恨、蹂躏。人们在抽象地爱，具体地恨。这是女诗人辛波丝卡简明而深刻的反思。

一　闻一多·黄鸟

黄鸟

哦！森林的养子，

太空的血胤

不知名的野鸟儿啊！

黑缎底头帕，

密黄的羽衣，

镶着赤铜底喙爪——

啊！一只鲜明的火镞，

那样癫狂地射放，

射翻了肃静的天宇哦！

像一块雕镂的水晶，

艺术纵未完成，

却永映着上天底光彩——

这样便是他吐出的

那阌雅健的音乐呀！

啊！希腊式的雅健！

野心的鸟儿啊！

我知道你喉咙里的

太丰富的歌儿

快要噎死你了：

但是从容些吐着!
吐出那水晶的谐音,
造成艺术之宫,
让一个失路的灵魂
早安了家罢!

简评

闻一多先生的诗,很多是忧时伤世甚至是愤世嫉俗的作品。但这首《黄鸟》却有少见的明媚与绚烂。这不是一只现实存在的黄鸟,而是一只在想象中塑造的神鸟——艺术之神的化身。类似的神鸟,在古代诗歌里有传说中的"青鸟",也有百鸟之王的"凤凰",还有神秘的大明王化身"孔雀"。

鸟是一种特殊的生物,它们长着一双令人惊羡的翅膀,翱翔于天空之中,飞过高山大川,在云端之上,因此通常让人觉得具有某种神性。在《庄子·逍遥游》里出现的"鹏"鸟,是无比博大的、自由的象征——"怒而飞,其翼若垂天之云"。唐代大诗人李商隐的名作《无题》里,"青鸟"是一种爱的象征;比利时大作家、诺贝尔文学奖获得者梅特林克的作品《青鸟》里,"青鸟"又是一种幸福的象征。在中国古代神话里,仙鹤、大鹏、孔雀等都是具有神性的鸟,而凤凰更是百鸟之王。

在这首诗里,诗人用各种"好词好句"来描写这只想象中的美好的神鸟——"黑缎底头帕,/密黄的羽衣,/镶着赤铜底喙爪——",还把这只鸟比喻成"一只鲜明的火镞,/那样癫狂地射放,/射翻了肃静的天宇哦!"而到最后,我们会发现,这只神性的黄鸟,又跟诗人自己有关,甚至可以说是诗人的自况——"野心的鸟儿啊!/我知道你喉咙里的/太丰富的歌儿/快要噎死你了:/但是从容些吐着!/吐出那水晶的谐音,/造成艺术之宫"。这种想象与自由,艺术根源可以上溯至《庄子》和《楚辞》,而在闻一多先生所处的新文化运动之后的思想爆发的时代,则更多地与闻一多先生曾去留学所熏染的西方自由、博爱的思想相契合。在漫长的禁锢之后，新文化运动的思想者都深深地体会到自由思想、自由灵魂的可贵。浪漫的诗人郭沫若曾于1920年写过一首著名的长诗《凤凰涅槃》，也以自己的满腔热情歌颂神鸟凤凰，并咏叹它无惧无畏的涅槃、新生。这是当时知识分子对中国现状深入反思之后的具体感受。经历了饱受各种杂鸟们的嘲讽之后——"死了的凤凰更生了。/……一切的一，更生了。/一的一切，更生了。/……我们华美，我们芬芳"。

以华美、庄严的鸟来比喻自己，是一种精神和品格的升华。

二　徐志摩·杜鹃

杜鹃

杜鹃，多情的鸟，他终宵唱：
在夏荫深处，仰望着流云
飞蛾似围绕亮月的明灯，
星光疏散如海滨的渔火，
甜美的夜在露湛里休憩，
他唱，他唱一声"割麦插禾"——
农夫们在天放晓时惊起。

多情的鹃鸟，他终宵声诉，
是怨，是慕，他心头满是爱，
满是苦，化成缠绵的新歌，
柔情在静夜的怀中颤动；
他唱，口滴着鲜血，斑斑的，
染红露盈盈的草尖，晨光
轻摇着园林的迷梦；他叫，
他叫，他叫一声"我爱哥哥！"

▶ 简评

　　诗人写花草、写鸟兽，很多都是自我情感的具象化。
　　杜鹃鸟是一种"多情的鸟"，又叫子规、布谷，还有个别名叫作杜宇。在古诗里看到这些字眼，写的都是杜鹃鸟。杜鹃鸟在春夏时节会不断鸣叫，它们的声音急促、凄厉，引人愁思。在农耕传统悠久的中国文化中，杜鹃鸟被看作一种自我歌咏和奉献的生灵。传说古蜀国国王杜宇是一位亲民爱子、治国良善的好国王，深受百姓的拥戴，他死后化成杜鹃鸟，在春夏时期啼叫，催化春雨降临大地。唐代大诗人李商隐的名作《锦瑟》："锦瑟无端五十弦，一弦一柱思华年。庄生晓梦迷蝴蝶，望帝春心托杜鹃。""庄生晓梦迷蝴蝶"是一个著名的哲学典故。《庄子·齐物论》说，庄子早上做梦，一时间恍惚不已，不知道是蝴蝶做梦变成了庄子呢，还是庄子做梦变成了蝴蝶。这涉及人类存在的终极思考。"望帝"指杜宇皇帝，有些诗人直接用"杜宇"代替杜鹃鸟，如唐代戴叔伦《暮春感怀》"杜宇声声唤客愁"，宋代苏轼《西江月》"杜宇一声春晓"，明代唐寅《一剪梅》"红满苔阶绿满枝，杜宇声声，杜宇声悲"。"子规"也是古代诗人爱用的替代词，如南唐后主李煜《临江仙》"子规啼月小楼西"，唐代李白《闻王昌龄左迁龙标遥有此寄》"杨花落尽子规啼"，宋代苏轼《浣溪沙》"潇潇暮雨子规啼"。这些诗词中，都把杜鹃鸟作为一种暮春时节的象征，并以此引发思乡、念友等情感。

由此，读者朋友就会知道徐志摩为何以如此婉转的诗句来写杜鹃鸟了。"他"甚至化身为这种只为春雨而歌咏的小精灵——"多情的鹃鸟，他终宵声诉／是怨，是慕，他心头满是爱，／满是苦，化成缠绵的新歌"。多情的诗人，是不是也像杜鹃鸟一样，对着自己喜欢的美人，如此不计回报地倾诉呢？

黄鹂

一掠颜色飞上了树。
"看，一只黄鹂！"有人说。
翘着尾尖，它不作声，
艳异照亮了浓密——
像是春光，火焰，像是热情。

等候它唱，我们静着望，
怕惊了它。但它一展翅，
冲破浓密，化一朵彩云；
它飞了，不见了，没了——
像是春光，火焰，像是热情。

简评

"黄鹂"也是中国传统诗词中常见的鸟类。

唐代大诗人王维《积雨辋川庄作》"漠漠水田飞白鹭，阴阴夏木啭黄鹂"，杜甫《绝句》"两个黄鹂鸣翠柳，一行白鹭上青天"，韦应物《滁州西涧》"独怜幽草涧边生，上有黄鹂深树鸣"，白居易《钱塘湖春行》"几处早莺争暖树，谁家新燕啄春泥"，杜牧《江南春》"千里莺啼绿映红，水村山郭酒旗风"，这么多诗都写到了黄鹂，可见黄鹂鸟常在人们身边出现，是一种常见的小鸟。黄鹂俗称黄莺，毛色金黄，非常可爱，现代常被视作一种"笼中鸟"，缺乏自由自在于树枝上跳跃、飞腾的快乐，更叫不出自由自在的歌声。现代散文大师周作人先生写过两篇《鸟声》，一次是写20世纪20年代在北平听黄鹂的叫声，一次是40多年后，在20世纪60年代行动不自由时写笼中的鸟。笼中鸟的声音无论如何都是不美的，为取悦人而发出的声音也容易流于虚假。但徐志摩诗中自由的黄鹂不为取悦而唱，它是有尊严的、高贵的鸟——"翘着尾尖，它不作声，/艳异照亮了浓密——/像是春光，火焰，像是热情"。它是不会为取悦人而发声的——"等候它唱，我们静着望，/怕惊了它。但它一展翅，/冲破浓密，化一朵彩云；/它飞了，不见了，没了——"

在这首诗里，徐志摩写了一种自尊、自爱、不媚世俗的高情，应该也是个人思想情感的一种体会。

三 戴望舒·夜蛾

夜蛾

绕着蜡烛的圆光,
夜蛾作可怜的循环舞,
这些众香国的谪仙不想起
已死的虫,未死的叶。

说这是小睡中的亲人,
飞越关山,飞越云树,
来慰藉我们的不幸,
或者是怀念我们的死者,
被记忆所逼,离开了寂寂的夜台来。

我却明白它们就是我自己,
因为它们用彩色的大绒翅
遮覆住我的影子,
让它留在幽暗里。
这只是为了一念,不是梦,
就像那一天我化成凤。

▶ 简评

"夜蛾"是一种非常小的动物,夜间出没,对人类没有特别的益处或坏处,因此,人们对夜蛾没有太多的感情,也很少有诗赋描写这种微小的虫子。

戴望舒这首诗具有浓重的象征主义色彩，他不写明，不写透，或许隐隐约约，想表现这样一种特殊情境下的心态和这夜晚的世界。

语言很美："说这是小睡中的亲人，/飞越关山，飞越云树，/来慰藉我们的不幸"，接着一转，夜蛾成为自我思想状态的一种外化，"我却明白它们就是我自己"。对于如夜蛾一样的"我自己"，戴望舒会有一种什么样的想法呢？回到开头，会发现夜蛾有一种特殊的爱好——向往光明。它们虽然身处黑暗中，却热爱光。这就把夜蛾塑造成一种热爱光明的象征了——"绕着蜡烛的圆光，/夜蛾作可怜的循环舞"。

在20世纪二三十年代，"飞蛾扑火"常常会被诗人、小说家描述成一种为追寻光明世界、为美好的未来而献身的高尚情感。但戴望舒并不想简单粗暴地升华，他对词语有特殊的敏感："这些众香国的谪仙不想起/已死的虫，未死的叶"，那些是夜蛾的前世，但它们都忘记了。而诗人同样也不想被升华，他执意停留在夜晚里，保持自己独特而敏锐的感觉，甚至保持自己不与他人混同的个性——"它们用彩色的大绒翅/遮覆住我的影子，/让它留在幽暗里"。

白蝴蝶

给什么智慧给我，
小小的白蝴蝶，
翻开了空白之页，
合上了空白之页？

翻开的书页：
寂寞；
合上的书页：
寂寞。

◐ 简评

　　这首小诗只有八句，长长短短，有致结合，节奏上非常明快，又含着淡淡的忧郁，甚至自我怜爱。

　　一般来说，写夜蛾、蝴蝶这类小飞虫，诗人大多带着自我情感的投射在内。这白蝴蝶的比喻极其精妙："翻开了空白之页，/合上了空白之页"，是表现了白蝴蝶在空中扇动翅膀飞来飞去的生动情景。但白蝴蝶翅膀是"空白之页"，而不是充满文字或布满纹路的书页，内容是空白，又不完全是空白。对诗人来说，这空白内容更是"寂寞"，而且——"翻开的书页：/寂寞；/合上的书页：/寂寞"。

　　从一只飞动的白蝴蝶中，看到了自我形象，这是心性忧郁的天才诗人戴望舒的人生感受。换成读者中的小朋友呢？大多数想到的都是色彩缤纷的蝴蝶吧？各种斑纹，精美异常。可是观察角度独特的诗人，却看到了白色的蝴蝶。在这一片彻底的白中，他不是探究白蝴蝶的品种，研究这种蝴蝶的生物学特性，而是从中看到了更多与自己有关的世界。

　　诗人写物，无论是植物（包括花朵）还是动物，更多是为回到自己、回到人生。清末民初的国学大师王国维对词的分析，得出"有我之境"与"无我之境"的观点，意思是说有些词写风景，并不把自己放在里面，有些则是把自己的人生、态度、经验、哲思贯注于内；他又说过，"一切景语皆情语"，即不存在单纯的风景描写，一切的风景（景语）描写，都包含着诗人的情感（情语）在内。所以，无论写夜蛾还是白蝴蝶，戴望舒都能看到自己——小小的我、独立的我。在那个大时代环境下，这样的自我，还能不能独立呢？还保留得住自我的个性吗？

四　穆旦·苍蝇

苍蝇

苍蝇呵，小小的苍蝇，
在阳光下飞来飞去，
谁知道一日三餐
你是怎样的寻觅？
谁知道你在哪儿
躲避昨夜的风雨？
世界是永远新鲜，
你永远这么好奇，
生活着，快乐地飞翔，
半饥半饱，活跃无比，
东闻一闻，西看一看，
也不管人们的厌腻，
我们掩鼻的地方
对你有香甜的蜜。
自居为平等的生命，
你也来歌唱夏季；
是一种幻觉，理想，
把你吸引到这里，
飞进门，又爬进窗，
来承受猛烈的拍击。

1975年

简评

穆旦先生这首诗据说是戏作，一次看见苍蝇飞舞就写下来的，抄在纸上送给好友、诗人杜运燮。1975年6月28日，穆旦在给杜运燮的信中这样写道："《苍蝇》是戏作，因为想到运燮曾为你们的五六只鸡刻画得很有意思，说它们乐观地生活，我忽然在一个上午看到苍蝇飞，便写出这篇来。"

一些诗评家不认为诗人会偶然地、游戏地写诗，要深挖诗的根源，发明好多大道理。但普通读者把这首诗看成写一只讨厌的、顽强的、生命短暂的苍蝇就好。一只快乐的、顽强的苍蝇，不是为了让你们喜欢而存在于这个世界上的，它们在世界上的出现，是造物主的想法——"世界是永远新鲜，/你永远这么好奇，/生活着，快乐地飞翔，/半饥半饱，活跃无比，/东闻一闻，西看一看，/也不管人们的厌腻，/我们掩鼻的地方/对你有香甜的蜜"。苍蝇身份卑微，生活在危险的世界中，但不妨碍这只苍蝇快乐地飞来飞去，"东闻一闻，西看一看"。

"世界是永远新鲜"，写得多么顽强而美好，对于一名充满了美好愿望的诗人，这个世界是新鲜的。就像网络流行词说的"小强"那样，"飞进门，又爬进窗，/来承受猛烈的拍击"。20世纪50年代初，在美国留学的穆旦先生与生物学家夫人周与良一起返回中国，先在南开大学任外文系副教授，不久就遭遇了"反右""文革"，长期受到残酷的迫害，到1972年才有机会返回南开大学工作。这也许有些诗人的自况在内。

穆旦先生在西南联大念书时，受到燕卜荪教授的影响，也喜欢阅读英国大诗人、浪漫派代表威廉·布莱克的作品，1957年，他还与袁可嘉一起翻译了《布莱克诗选》（人民文学出版社出版）。布莱克有一首名诗《苍蝇》，穆旦先生肯定是很熟悉的。或许在1975年的那个夏天，穆旦先生目睹苍蝇飞舞时，20多年的惨痛经历突然涌上心头。我们来读一下布莱克的这首《苍蝇》（梁宗岱译）：

……

我岂不像你

是一只苍蝇?

你岂不像我

是一个人?

……

如果思想是生命,

呼吸和力量,

思想底缺乏

便等于死亡;

那么我就是

一只快活的苍蝇

无论是死,

无论是生。

诗中"底"是当时的用法,后来规范了用"的"。威廉·布莱克的《苍蝇》更多是在思考人生与世界的价值问题,有些"庄生晓梦迷蝴蝶"意味——"我岂不像你/是一只苍蝇? /你岂不像我/是一个人?"接着,布莱克开始思考人与苍蝇的差别,即人有思想,"思想是生命,/呼吸和力量","思想底缺乏,便等于死亡"。一个没有思想的人,在精神上是属于死亡了的,与苍蝇无异。但布莱克不停留在这里,诗歌忽然一转,而导向另一个方向——"那么我就是/一只快活的苍蝇/无论是死,/无论是生"。

对比穆旦先生和布莱克先生的同题诗《苍蝇》一起阅读,会有不同的感受。

五 孙毓棠·宝马

宝马（节选）

西去长安一万里草莽荒沙的路，
在世界的屋脊上耸立着葱岭的
千峦万峰。峰顶冠着太古积留的
白雪，泻成了涩河，滚滚的浊涛
盘崖绕谷，西流过一个丛山环偎的
古国。七十几座城池，户口三十万：
麦花摇时有云雀飞，无数的
牛羊牧遍了山野；中秋葡萄
几百里香，园圃也垂起金黄的果子。
葡萄的歌声从西山飘到东山，
飘着和平，飘着梦。葡萄熟时
村姑们挎着竹篮，乡家人赶着
驴车，一筐筐高载了晶红艳紫；
神庙前扎起庆贺的花灯，家家都
赶酿新秋的美酒，富贵人夜宴上
堆满着罂缶①，琉璃的夜光杯酌醉了
太平岁月。

  宛王毋寡散着红须，

---

① 罂缶（yīng fǒu）：大腹小口的瓶。

在贵山城建筑起辉煌的宫殿,

玳瑁镶的王冠绿得像他的眼睛,

御苑里的红芍药像他心头的想望。

他爱条支①的眩眼戏,身毒②的大珍珠,

他爱大秦③安息④的美人和孔雀,他爱

于寘⑤紫玉的透明,爱乌孙⑥雕弓

能射呼揭⑦的铁箭。他爱他堂前

群群赤着身的女人披起沙縠⑧与冰纨

躺在罽宾⑨的花氎⑩上鱼样的笑,

他爱用金樽来饮美酒,张血口

向黄月唱英雄的歌。美酒香透了

琵琶舞袖,洒红了裸乳和王袍。

简评

孙毓棠先生的《宝马》是20世纪30年代末的一首罕见的长诗,可惜长期默默无闻,被历史的烟尘所埋没。开头部分写大宛国的风土人情和国王的生活状态。大宛国在今中亚,葱岭以西,属于汉朝时期的西域古国,距离汉朝政治文化

---

① 条支:西域古国,位于今伊拉克境内。
② 身毒(yuán dú):印度的古译名。
③ 大秦:古代对罗马帝国的称呼。
④ 安息:伊朗高原上的古国。
⑤ 于寘(tián):又作"于阗(tián)",汉时西域国。
⑥ 乌孙:古西域国名,位于今伊犁河谷。
⑦ 呼揭:汉时西域国。
⑧ 沙縠(hú):绉纱。
⑨ 罽(jì)宾:汉时西域国。
⑩ 氎(zhān):同"毡"。

中心长安"一万里"。因为匈奴的阻隔,汉王朝与西域诸国没有直接的通使,后来还是伟大的文化使者张骞以大无畏精神深入西域,经历了九死一生后回到长安。西域物产丰富,文化特别,对这个地区的文化和物产的想象,让中原文人灵感如泉涌。晋代出现的《穆天子传》里记载的更久远的"穆天子与西王母"会面的神话故事,也跟大"西域"有关——同济大学朱大可教授认为,这是最早写到中国文化与印度文化交流的一个例子。而汉武帝与汗血宝马,也已经成了一个重要的神话传说。

> 但是他更爱宝马,(天注的劫数!)
> 爱他们八尺的腰身,红鬃①和黑鬣②,
> 爱他们昂首的雄姿,和千里奔驰的
> 骨力。他叫各地官司分苑来牧养,
> 佩上金镫和花鞍,他唤他们作
> 骐③骥④駣⑤骊⑥骅⑦骝⑧和騄駬⑨。他心窝里
> 一条颤抖的尖毒舌,向四周
> 邻国笑着火红的傲岸的笑。
>
> 这消息越天山,经大漠,传进玉门,
> 长安坐着汉家皇帝。他戴的是

---

① 鬃:读 zōng。
② 鬣:读 liè。
③ 骐:读 qí。
④ 骥:读 jì。
⑤ 駣:读 táo。
⑥ 骊:读 lí。
⑦ 骅:读 huá。
⑧ 骝:读 liú。
⑨ 騄駬:读 lù ěr。

世界上第一座神冠，治理着
天下第一处富丽堂皇的国度，
他的长安是世界上第一座城池，
是人间第一等的光荣他陛下
人民的勇武与文慧。东南从大海
西北到流沙，几万里说不尽的
青山绿水，市镇的繁华；田畴麦垄，
村家的鸡狗和桑麻河汉江淮里
望不断的帆影；金椎的大道上
飞驰着朱轮华盖，邮传和驷马。
汉家皇帝东幸齐鲁来封泰山，
北临汾阴去祀后土①，勒兵十八万
西游朔方，他自称是无上的天之子。
长安城南面像南箕②，北像北斗③，
右望终南山一架隽秀的风屏，
左带着渭水沧沧歌古的浪。
长安城綦④布着九街十八巷，
盘龙的罘罳⑤下朱门遥对着朱门，
是王侯将相和郡国的邸⑥第；九市⑦
开时，绿长了垂杨柳，红艳了花枝，

---

① 后土：即女娲。
② 南箕：星宿。
③ 北斗：星宿。
④ 綦：读 qí。
⑤ 罘罳（fú sī）：古代的一种屏风。
⑥ 邸：读 dǐ。
⑦ 九市：古代的市场。

罗衫坠马髻①是淡粉长袂②的女子；

葛巾③韦带④是商贾人；酒肆花街

坐满了羽林郎吏，看骑马跨雕鹰的

是王孙贵公子。乐府的歌吹飘过宫墙，

明光宫远望着长乐的楼台殿阁。

晓磬⑤一声敲，六宫的妃嫔传动蜡烛，

满朝集会起玄冠，彩绶，黼黻⑥，玉珪⑦，

貂蝉⑧和银珰⑨，未央⑩回龙的宫阙

响起太鼓金钟，华毂⑪的云盖车集在

宫门，听玉堂传呼出金马的待诏。

未央前殿下班列着猛将忠臣，在

这里盘转机枢便决定了一切

人间的命运。他们东吞了岁貊⑫

南下过牂牁⑬，北封燕然⑭又禅过姑衍⑮，

---

① 马髻：偏垂一旁的发髻。
② 袂（mèi）：衣袖。
③ 葛巾：葛布头巾。
④ 韦带：平民的皮带。
⑤ 磬（qìng）：一种乐器。
⑥ 黼黻（fǔ fú）：衣上花纹。
⑦ 玉珪（yù guī）：古代上朝或祭祀用玉器。
⑧ 貂蝉：貂尾和附蝉，古代为侍中、常侍等贵近之臣的冠饰。
⑨ 银珰：古代妇女戴在耳垂上的装饰品。
⑩ 未央：宫殿名。
⑪ 毂（gū）：车轮中心。
⑫ 岁貊（huì mò）：古国名。
⑬ 牂牁（Zāng kē）：古郡，位于今贵州境内。
⑭ 燕然：今蒙古杭爱山。
⑮ 姑衍：山名。

他们要囊括四海，席卷八荒，都因为
这是先祖先宗遗留的责任。

◗ 简评

写完了大宛国的风土人情和物产，又写大汉王朝的风土人情、物产和历史沿革。大汉王朝东征西讨，平定各地，是当时的霸主。这两个国家相距遥远，国情差别巨大，但因为"宝马"而产生了关联，一个有宝马，一个希望得到宝马。两个遥远的世界，两个强大的国家，因此产生了碰撞。

太初元年，这一天远使回了国，
奏上中书说："为大宛的刁蛮有辱了
君命。大宛王诈留下锦绣绘帛，
强夺了钱宝，在使者车令的席前
椎毁了金驹；逃过郁成①又遭了劫掠。
他们说北边有强胡挽着雕弓，
南傍天山又缺乏水草，汉军插翅也
飞不过流沙，怕什么汉皇？不献宝马！"

◗ 简评

据说，早期汉代通使西域，使者走遍西域各国，也到过大宛国。这些使者回到长安后奏称西域有汗血宝马，是优良的马。汉武帝派人铸造了一尊金马运送去大宛国，想换回一匹汗血宝马。但大宛王不仅不肯换马，还侮辱汉使，强留"金驹"。汉使逃回长安，奏知汉武帝，汉武帝大怒之下，训练大军，准备远征。

---

① 郁成：西域古国。

天子沉下了脸，推开玉几，传侍中
立刻命御史按兰台诏拜李广利①
去西伐大宛。虎符②班发了六千铁骑，
步戎编制起几万壮士；转天五鼓
齐集在渭水桥头看贰师将军③
亲受了斧钺④。将军披着锁子铠，
头顶上闪亮着金鍪，勒白马高声
喊出誓词："为争汉家社稷的光荣，
男儿当万里立功名。这一程
不屠平贵山，无颜再归朝见天子。"
鼍⑤鼓一声敲，万人的欢呼直冲上
云霄，旌旗摇乱了阳春的绿野。
将军站在高坛上检阅过全师，
渭水边排设下四五里牛羊的飨宴，
文武官员们奉上玉爵；天子叹
解开羁绳才知道将军本是条猛虎。

盘过六盘山，兵出狄道，一路
迤逦⑥摇荡着旌旗是几万军马。

---

① 李广利：西汉大将。
② 虎符：古代帝王授予臣下兵权和调发军队的信物。
③ 将军：指李广利。
④ 钺（yuè）：一种武器。
⑤ 鼍（tuó）：今名扬子鳄。
⑥ 迤逦（yǐ lǐ）：曲折连绵貌。

焉支山①深春的凤仙正红，居延河②
布满了汉家新筑的堡垒；山路
曲折铺一城残花，松林里乱噪着
无名的山鸟。将军传令催促全军
不许留连③，赶夏末过姑师④齐会在
乌垒⑤。过了酒泉，敦煌，屯户人家
渐渐稀疏，遍野蔓衍着蓬蓬乱草。
兵过盐水远望见玉门在浩渺的
平沙上耸立着雄伟。玉门都尉
烹牛煮酒早备下了出关的祖道，
举杯对将军说："今年怪，山东的
蝗虫忽然飞到了河西，将军前程可
善自保重。"将军勒住马低头笑：
"丈夫该终生以塞外为家，有钢刀
还怕什么天地的灾异！"将军捋着须
一口饮干了兕觥⑥，叫军正催军
加紧向西行。玉门外无边的大漠
托着穹苍，西天已经半吞了落日。
兵马陆续出了关，橐驼⑦珰琅着大铜铃，
老牛拉着车，军中已燃起三尖的火把。

---

① 焉支山：位于甘肃永昌县。
② 居延河：位于今内蒙古额济纳。
③ 留连：流连。
④ 姑师：西域古国，位于今新疆吐鲁番西北。
⑤ 乌垒：古西域国名，今属新疆库尔勒地区。
⑥ 兕觥（sì gǒng）：酒器。
⑦ 橐驼（tuó tuó）：骆驼。

夜降了，关亭上凄清地敲响了更梆，
远望大军迎着落霞，在暮霭中
淡淡地消失在一片寂寥昏沉的
荒漠里——

▌简评

　　写汉军骑兵和步兵统帅李广利率大军离开长安西征的一路上见闻。诗人在这里细写各种行军的情形，栩栩如生。雄伟壮阔的西域风情，在即将爆发的大战前展开，显得极其悲凉。尤其是玉门关都尉"烹牛煮酒"犒劳大将军，说今年怪异，山东的蝗虫飞到了河西地区，将军保重。而李广利则回答，"丈夫该终生以塞外为家"。联想到唐诗中"古来征战几人回"的名句，可知古来征战之艰苦卓绝与惨烈。然而远征跋山涉水，经过大漠，艰难困苦难以想象。贰师将军李广利的十万大军，在半途中折损大半，又遇见强敌坚守城池，易守难攻，无比艰辛。两国交战，来来往往中，不同的敌对方的绝望中，这首长诗进行了详尽的描写。为了压缩篇幅，我在这里省掉繁复的描写和叙事段落，直接来到了长篇叙事诗的高潮段落。

　　……
　　　　这夜晚贵山城里
死沉沉没有声息，满城的兵士和
人民在昏黑里等待着他们最后的
命运。官门外樱花的广场上集着群臣，
瑟索的火把光中颤抖着他们深深的
恐怖，焦愁，和怨愤。"汉兵并不要打，
汉兵要的只是几十匹宝马和威名，
如今这罪过都是煎靡，煎靡，……
都是毋寡！""他要为他几十匹红驴

把我们人民，把我们轻轻地投给
水火！让我们……""不过他是我们的
陛下，我们的王啊？""对罪恶的魔王
裁判的威权该在我们手里，让我们
献出宝马，再送出那酿祸的王冠，
汉军要不依从，那时再拼着血肉来买
我们的生命。"——这夜晚几十把钢刀
轻轻地进了宫。"杀退汉军！杀退汉军！"
可怜老毋寡秃了顶的头颅便随着
王冠包进一个绣满金驹的锦袋里。
天还没有亮，掩开城门，一匹马和一朵
孤清的白火光，使者飞奔到汉营里。
"侮蔑大汉的都因为毋寡一个人的
狂悖，我们如今献上宝马，斩了首凶，
请将军休兵，宽赦过大宛几十万生命。"
将军和李哆赵始成商议：十几万部曲
只剩到如今三四成人，看耐不住
贵山的稳固，康居又陆续来了援兵，
如今既赢得宝马，又斩了宛王头，
不如赶早回朝，对付着留一星威望。
将军许了约。第二天东郊外搭起
坛台，大宛的翕侯们列开了仪仗，
斩白马，将军歃血①在赤龙旗下饮了盟杯，
两军哑着疲惫的喉咙欢呼出万岁。

---

① 歃血（shà xuè）：古代举行盟会时饮牲畜的血或嘴唇涂上牲畜的血，表示诚意。

翕侯们举爵说:"今天才真真认识了
大汉的宏威,从此祝两国结起和平,
大宛愿永远侍奉在天子的陛下,
请将军给宛民重立个明君。"将军
发令容赦过一切宛国善良的人民,
把大宛的王冠赐给了翕侯昧蔡。
叫御苑中牵出宝马,将军抚摸着那
黑鬣,红鬃,空空地望着李哆,摇摇头,
想不出说甚么来称赞。接连三昼夜
贵山在城外宴献了白羊,美酒,与
肥牛,汉军把宝马系在筵前,一路到
今天总算赢得了一顿西胡的好酒肉。

进三月中旬大军起程,重整顿军营,
只剩了三万六千披了伤痍①的骑士。
出关的牛驼早作了军粮,死马破辎车
也祭送了涩河的浊浪。执驱校尉
拣选了几十匹血汗的千里驹(只愁
找不出比六郡的黄骠有甚么奇特)。
和几千匹坐骑,大军分两路越过葱岭。
南路的一支兵去扫荡了郁成国,
斩了蛮王,郁成屠剩了一座荒谷。
北路沿天山旧道,一路过城廓,过
沙洲,过河,天山点翠了碧蓝的春夏;

---

① 痍(yí):创伤。

一路上不断地有诸国奉飨牛羊，
但鼍鼓声已催不动疲乏的脚步。
离了姑师正逢着焦灼的毒太阳，
烧热流沙上几千里的干涩；几千里，
找不着树木可以憩肩，没有凉风，也
寻不到流水。一天天胸背上汗凝成胶，
玉门却远远的，远远的隔着平沙，
干沙的几千里地。脚掌下干沙像焦热
蒸着烟，天空却永远是金黄黄的
一轮好太阳，没有云丝也不滴一滴雨。
不久像有只无形的魔爪抓住了全军，
瘟疬神每夜来解决百多个小生命，
遍身的红斑点转瞬便黑断了舌根，
说是太阳神拿针尖刺焦的髓骨，
为赶中秋贺万岁，校尉的皮鞭下
那敢说声憩，（好在宝马已成了功，鞭的
不过是逃犯，剽贼，和落魄的贾人子）
天天的毒太阳接着无风的闷暑夜，
一步步好容易算捱到了玉门关外；
到玉门才有人问起了去年冬天可寒？
忘记了，仿佛大漠是火焰，没有过风雪。
玉门关都尉检点这凯旋军，怎么？
怎么只有瘦马七千，和一万来名
凹着颊拖着腿的像幽魂的老骑士？
怎么，宝马？没留神宝马也混进了关，
怎么没看见玉眼，金蹄，脊背上汪着血？

▌ 简评

　　这里写汉军"惨胜",凯旋的也只是残兵老将。一切,只是为了汉武帝梦中的汗血宝马,为那大汉帝国的尊严,而多少城池成白骨,几十万军民变幽魂。实际上,那传说中的汗血宝马,也不见得比汉军的黄骠马特别到哪里去。"怎么,宝马?没留神宝马也混进了关,/怎么没看见玉眼,金蹄,脊背上汪着血?"千辛万苦,死伤无数的战争,换回来的只是这些并不像传说中那么英武俊俏的汗血宝马。

　　当然,昼夜地赶路也没赶上中秋;
　　所幸天子宽仁,虽然伤折了大军,
　　为万里振皇威,不录将军什么过错。
　　随将军一路来了西域多少国使臣,
　　黄门领他们游览了长安和上林宫苑。
　　上林八百里奇花异兽,三百多处离宫;
　　长安的锦绣楼台,一座天堂的城市。
　　将军牵了宝马,拜登上未央龙凤宫阶,
　　群臣在玉堂前给天子举爵上万寿;
　　将军捧金牒受封万户作海西侯,
　　赐了甲第;随行的校尉们都除官
　　加了爵,宝马也敕①封了,唤作"天马"。
　　四匹帛,二两黄金,还有轻飘飘的
　　一道还乡的彩关传。
　　　　　但是这大宛

---

① 敕(chì):皇帝的诏令。

四载的征伐，消息传遍了葱岭西，
葱岭东，传遍羌胡和天山南北。
流传的故事说大汉的长安城中
坐着一位人皇，是上帝的儿子，
他三个头，六条膀臂，他会说一种
神奇不可解的语言：他说要风，
大漠上就卷起了昏黑的风；他说
要西征，半天的黄云里就飞落下
千百万神兵和雨点儿似的箭；
他说要神山，大海里真就飘出了
三座神山，飘进黄河，泊在昆明池里。
西国的烂兵马那能够敌得他强？
让我们赶紧带了珍宝快到长安
去祈求他给我们锦绣，丝绸，和钱币，
但是大江南北和关东的老百姓，
从这时也传出一个珍奇的故事，
虽然爹爹兄弟永不见回来，好亲人
伴了老黄牛永远在西方耕起地亩，
他们说宝马已飞到了长安，上林苑
给他筑起了一座高巍巍的安神殿，
他全身是麒麟甲，闪亮着霞光，
白玉作的四只蹄，刻着"未央长乐"，
他两眼是闪电，呼吸是风，他头上的
金角一摇便落下了春天的甜雨点。

从此中国再不怕洪水或魃①灾，

他会体贴农人，给我们和风时雨，

帮我们的麦穗长得美，长得肥，长，

帮我们的黄牛永远年轻有气力，

帮我们的春蚕多作大茧，帮我们的

小姑娘早嫁给坐驷马高车的美男子。

每到寒食家家供奠了美酒，佳肴，

向西天遥遥的祈祷（春风在墓地里

垂着泪扬起纸钱灰），祈祷西天外

爹爹兄弟的安全，好亲人永远享着

和平，快乐；再祈祷苍天教长安的

天马万寿无疆，保佑我们种地，摘桑，

年年有甘雨和风，过着太平好日子。

▶ 阅读与理解

  1937年春，孙毓棠先生在天津《大公报》文艺版发表长诗《宝马》。这首诗共800行，叙述汉武帝为求得大宛天马，命大将军李广利为统帅，率大军十余万远征大宛，攻破大宛首都贰师城，杀其国王胡毋寡，获"宝马"几十匹带回汉土的故事。早前有评论认为"此诗辞藻之美丽，结构之谨严，音节之顿挫铿锵，穿插之富于变化，可说是新诗坛自有长诗以来的第一首杰作，也是对新诗坛极辉煌的贡献"。

  孙毓棠先生这首《宝马》长诗出现于中日大战即将爆发之际，人心惶惶，人们已经无暇于纯粹的文艺。而且，这首诗的主题偏离了当时抗战救亡的主题，在"救亡压倒启蒙"的背景下，这首诗大概是无用的，后来也被主流文学史所摈弃。有学

---

① 魃（bá）：传说中造成旱灾的鬼怪。

者评论说，如果看成武帝求天马是为求仙，这首诗就变成了迷信；如果说武帝向西是为国防着想，在极力靠拢苏联的左派文人眼里看来也是反动。

这首卓越长诗《宝马》就如此生不逢时地被抛弃了，成为荒原上的一匹野马，行走在无人知晓的天际，更无法进入后来主掌文艺评价大权的革命文艺史里。普通读者甚至一般诗歌读者都不知道这首诗的存在，知道的也很少完整读过，更不知道在那个时代，会有诗人写作如此恢宏的"史诗"。

孙毓棠先生在后来以历史学家身份名世，他作为卓越诗人的身份早已被埋没。但他自己仍然念念不忘，一直对自己的弟子说起自己的诗，并有整理出版诗集的心愿。前编说过，孙毓棠先生的弟子余太山先生跟我说起，孙毓棠不承认自己是"新月派"成员。但我分析，孙毓棠先生说话的背景是20世纪80年代初，那时对胡适的禁忌还没有打破，"新月派"也没有得到公正评价，孙毓棠先生的内心想必有着复杂的情感。我给孙毓棠先生的夫人王务灼先生去信说想选孙毓棠先生的诗时，90多岁高龄的王务灼先生不仅很快给我寄回了授权书，还亲笔写来一封笔迹优美的短信，对我的工作表示感谢，说这是孙毓棠先生的心愿，她也希望有更多的读者能读到孙毓棠先生的诗。

汉武帝不惜牺牲那么多人力物力远求宝马，以近代历史学人的眼光来看可说是政治性的，就是为了国防安全问题。那时汉与匈奴对峙，匈奴的骑兵占尽优势，汉兵则多为步兵，完全处于下风。猛将李陵率领五千步兵出关，虽然英勇善战，但最终仍为匈奴单于大军所围，五千步卒伤亡殆尽。汉武帝鉴于大漠作战中骑兵的重要性，也想拥有自己的骑兵，并因此努力获取宝马，为己所用。他听说大宛国有汗血名驹，曾屡遣使臣重礼相求，大宛国王胡毋寡总是拒绝，并且侮辱汉使。汉武帝为此苦练军队，命勇将李广利率兵远征，并最终击破大宛国。

这是一种不错的解释。但也有历史学家认为，汉武帝求宝马还有另外一个目的就是"求仙"。相传人欲登仙须骑跨天马，汉武帝得到大宛汗血宝马后，曾撰天马歌二首，第二首名为《西极天马之歌》。歌曰："天马徕，开远门，竦予身，逝昆仑。天马徕，龙之媒，游阊阖，观玉台。"此歌今收《汉书·礼乐志·郊祀歌》中，可见，汉武帝派大军远征大宛，夺取汗血宝马，不完全是政治性的，亦是属于宗教性的。宋代杨亿有《汉武帝》七律一首述武帝求仙一事，其中两句"力通青海求龙种，死讳文成食马肝"，道出汉武帝的内心秘密。而只是为了满足汉武帝的这个愿望，数十万汉兵远涉万里，遇暴风狂沙，牺牲殆尽，也导致西域诸国中的轮台、郁成遭到彻底毁灭，这才以无比高昂的代价，带回了几十匹汗血宝马。

这首长诗是第一次详尽地描写西汉武帝时期汉兵出征万里之外大宛国的战争故事，其中的地理、军事、风土人情，都写得非常详细，是了解那个时代最好的诗篇。

这首诗虽然说是"史诗"，但跟西方文学史上的"史诗"并不相同。"史诗"是一个民族的英雄传奇，例如古希腊《荷马史诗》里的英雄如赫拉克勒斯、赫克托耳等，都成为文化中的经典形象，而这首诗中，无论李广利、汉武帝还是毋寡王，都不具有英雄的特质。如果本诗以统帅李广利为主要人物，写他历尽千辛万苦，去寻找传说中的汗血宝马，并在路途中机智勇敢地打败了各路豪强、妖魔鬼怪，以此让李广利的英雄形象成型，那么，这首诗会更有"史诗"特质。"史诗"是一个民族在形成早期的神话总汇，这些故事里，总有英雄人物为了拯救民族、拯救人类而与各种魔怪作战。相比之下，《西游记》更像是一部"史诗"，但不是民族形成时期的神话，其中讲述的是一种对传统文化加以扬弃，并试图自我更新的历程。"取经"是要找到比原有文明更好、更优质的文明，同时，取经人也在这样的过程中，得到了人格的升华。例如，虽然武艺高强，但总是充满了各种喜怒哀乐的孙悟空，在一番历程之后，脱胎换骨成了斗战胜佛。

但《宝马》只是叙述了一次复杂、精彩、艰苦的征战，而对李广利和汉武帝，诗人并没有特别去塑造他们的形象。

阅读这首诗需要有些耐心，但读完之后，对当时的历史、人文、地理的认识，都会有很大的提升。

六　郑敏·愤怒的马匹

作者简介 郑敏：女，1920年出生，福建闽侯人。1939年考入西南联大外文系，后又转入哲学系。1948年赴美留学，先后在布朗大学和伊利诺伊州立大学学习。1956年回国，到文学研究所外国文学部，从事英国文学研究工作。1960年调入北京师范大学外语系。其创作始于1942年，代表作有《金黄的稻束》等。1980年，与辛笛、杭约赫、唐祈、唐湜、陈敬容、杜运燮、袁可嘉、穆旦等人合出诗集《九叶集》。曾翻译《美国当代诗选》等，出版有《郑敏文集》。

愤怒的马匹

每一匹愤怒的马
举起前蹄，长吟着
要奔驰向前
在灵魂的深处有它们的跑道
它们的广袤的草原

当你刚一抬头
看见对面的冷酷面孔
搜寻的目光
拿起的铅笔
捕捉的耳朵
你将缰绳摔出去
成了驯马的牛仔

你紧紧扣住那愤怒的马头

绊住那渴望的马蹄

直到它倒卧在地，和你的

影子一起

失去了纯真的愿望

可悲的是

你并没有牛仔的骄傲

你知道你用绳索绊倒了自己

现在只剩下被俘的悲哀和耻辱

愤怒的马匹冲出了你的身体

驰回辽远，它们诞生的地方。

简评

  郑敏的诗有一种难得的哲理思考，在一个几乎是凝固的瞬间，她捕捉住了这个世界的秘密。"愤怒的马"似乎是一座青铜雕像——"每一匹愤怒的马/举起前蹄，长吟着/要奔驰向前"，对马的状态描摹非常生动，画面感很强。然而诗不仅仅是画面和雕塑，诗歌能突然改变，例如这匹马，突然由实际的骏马，变成了内心的野马，每一个人的灵魂深处都有一匹马——"在灵魂的深处有它们的跑道/它们的广袤的草原"，但这匹马不仅被肉体禁锢，而且被"对面的冷酷面孔/搜寻的目光/拿起的铅笔/捕捉的耳朵"所束缚。而"你"，或者"我们"，也被这外力局限，而开始成为"驯马的牛仔"，试图驯服内心的"奔马"。我们的内心里，岂不是有一片广阔的草原？草原上岂不是有一片广阔的天空？但我们都被自己驯服了，我们匍匐在自己的肉身里，生存在低矮的屋檐下，不再有奔驰的愿望，也不敢动这样的念头了。你驯服了身体里的狂马，"你紧紧扣住那愤怒的马头/绊住那渴望的马蹄/直到它倒卧在地，和你的/影子一起/失去了纯真的愿望"。你不再是一匹野马、奔马、狂马，你是一个被驯服倒地的、悲哀的人。你倒在地上，驯服了自己，但并没有胜利的快感和骄傲，而是悲哀——"你知道你用绳索绊倒了自己/现在只剩下被俘的悲哀和耻辱"。你的被俘，是你自己绊倒自己造成的。诗到这里，形成了一个深刻的转折。这里写的并不是王维《过香积寺》里"薄暮空潭曲，安禅制毒龙"那样的意境：在傍晚时分，你来到隐蔽的空潭边，在安静的禅修中控制妄念，制服"心猿意马"，腾空自己。在郑敏先生这首诗里，她更多的是关注人生哲学。一个人对自己的束缚、对世俗的投降，让自己失去了纯真与快乐，最后只剩下悲哀。

这首诗的结尾两句非常奇特，一个人"倒下"了，但是他的精神、灵魂之马破躯而出。两句诗的组合也极富动感："愤怒的马匹冲出了你的身体/驰回辽远，它们诞生的地方。"

渴望：一只雄狮

在我的身体里有一张张得大大的嘴

它像一只在吼叫的雄狮

它冲到大江的桥头

看着桥下的湍流

那静静滑过桥洞的轮船

它听见时代在吼叫

好像森林里象在吼叫

它回头看着我

又走回我身体的笼子里

那狮子的金毛像日光

那象的吼声像鼓鸣
开花样的活力回到我的体内
狮子带我去桥头
那里，我去赴一个约会

▍简评

这首诗写"渴望"，如同一只雄狮般的渴望，可见这渴望有多么强烈！"朦胧诗"就是这么简单，其实一点都不难懂。你的渴望可能像一只鸟，他的渴望可能像一匹马，还有人的渴望像一根豆芽在慢慢地长着，但这首诗里的渴望像一只雄狮。把强烈的乃至猛烈的渴望用雄狮来比喻，是这首诗的独特之处——"在我的身体里有一张张得大大的嘴/它像一只在吼叫的雄狮"，这是"渴望"的具象化，用一个具体的动物或者植物来比喻抽象的东西，例如渴望、焦虑、爱，由此推知，可以用干裂的土地来比喻焦虑，用猛兽来比喻强烈的爱，等等。

每个人的身体里都有一只猛兽，各种情感、各种欲望都可以比喻成不同的动物。唐代大诗人王维的《过香积寺》里，把人的各种杂念比喻成"毒龙"，或者说，这是禅宗的一种经典的比喻。但比喻成动物还不够，你还要给这只猛兽赋予猛兽所应有的体态、行为——"它冲到大江的桥头/看着桥下的湍流/那静静滑过桥洞的轮船/……那狮子的金毛像日光"。

与《愤怒的马匹》不同，这只雄狮"又走回我身体的笼子里/……开花样的活力回到我的体内/狮子带我去桥头"。这是一只自在的雄狮，它不受闭于牢笼，又能带领"我去赴一个约会"。渴望的雄狮，是活力的象征、自由的象征，甚至是爱的象征。这样，诗人就用一只具体的雄狮，把生命、活力和渴望，都传递出来了。

七 海子·祖国，或以梦为马

祖国，或以梦为马

我要做远方的忠诚的儿子

和物质的短暂情人

和所有以梦为马的诗人一样

我不得不和烈士和小丑走在同一道路上

万人都要将火熄灭　我一人独将此火高高举起

此火为大　开花落英于神圣的祖国

和所有以梦为马的诗人一样

我借此火得度一生的茫茫黑夜

此火为大　祖国的语言和乱石投筑的梁山城寨

以梦为上的敦煌——那七月也会寒冷的骨骼

如雪白的柴和坚硬的条条白雪　横放在众神之山

和所有以梦为马的诗人一样

我投入此火　这三者是囚禁我的灯盏　吐出光辉

万人都要从我刀口走过　去建筑祖国的语言

我甘愿一切从头开始

和所有以梦为马的诗人一样

我也愿将牢底坐穿

众神创造物中只有我最易朽　带着不可抗拒的死亡的速度

只有粮食是我珍爱　我将她紧紧抱住　抱住她　在故乡生儿育女

和所有以梦为马的诗人一样

我也愿将自己埋葬在四周高高的山上　守望平静的家园

面对大河我无限惭愧

我年华虚度　空有一身疲倦

和所有以梦为马的诗人一样

岁月易逝　一滴不剩　水滴中有一匹马儿一命归天

千年后如若我再生于祖国的河岸

千年后我再次拥有中国的稻田　和周天子的雪山　天马踢踏

和所有以梦为马的诗人一样

我选择永恒的事业

我的事业　就是要成为太阳的一生

他从古至今——"日"——他无比辉煌无比光明

和所有以梦为马的诗人一样

最后我被黄昏的众神抬入不朽的太阳

太阳是我的名字

太阳是我的一生

太阳的山顶埋葬　诗歌的尸体——千年王国和我

骑着五千年凤凰和名字叫"马"的龙——我必将失败

但诗歌本身以太阳必将胜利

简评

这是海子的名作，诗中的核心意象有两个：祖国、以梦为马。这个"祖国"不仅是我们习惯的那个政治概念，进一步可以说是诗人自己的精神世界。这个祖国，是他想象力的边疆所围垦的。海子的诗想象力狂放不羁，他不像后来的不少诗人那样自我审视，而是自我欣赏、自我陶醉，并且急速放大到整个宏大的词语世界，最大到了"太阳"的程度。在汉语诗中运用"太阳"这个词，一般需要谨慎，不然就会落入词语的陷阱里。"太阳"在东方语境中，有各种独特的含义，"伟人"是其中之一。自比太阳，需要有一种癫狂状态的勇气，但海子可以这么气势磅礴地一直倾泻自己的词语，形成词语的风暴。风暴的中心，就是貌似平静的"梦马"，一匹叫作"梦"的马，或者"梦"就是一匹骏马，让诗人驰向遥远的边疆："我要做远方的忠诚的儿子／和物质的短暂情人"。一开始诗人就表明了自己的态度，他的理想和他的世界在"远方"，远方相当于某种理想世界，桃花源或者乌托邦，甚至高于这些的一种至美至大的境界。"以梦为马"，诗人希望离开日常生活那些庸俗物质的羁绊，解开这种羁绊，信马由缰地奔驰在自由的诗歌想象天域。"以梦为马"的诗人鄙视俗世："和所有以梦为马的诗人一样／我不得不和烈士和小丑走在同一道路上"，因此，他需要把自己和这些烈士、小丑划清界限，而自己直接变成了面对整个世界的勇士："万人都要将火熄灭　我一人独将此火高高举起／此火为大　开花落英于神圣的祖国／和所有以梦为马的诗人一样／我借此火得度一生的茫茫黑夜"。

　　海子在这首诗里，把自己放在一个广阔的空间，敦煌、祖国、大河、山巅、众神、粮食、不朽、凤凰、龙等，围绕着诗人在旋转——"我的事业　就是要成为太阳的一生／……最后我被黄昏的众神抬入不朽的太阳／太阳是我的名字／太阳是我的一生"。

　　仿佛是一个精确的预言，海子对自己的身后名、身后事都料想得清清楚楚："太阳的山顶埋葬　诗歌的尸体——千年王国和我／骑着五千年凤凰和名字叫'马'的龙——我必将失败／但诗歌本身以太阳必将胜利"。

　　海子有强烈的诗歌清教徒乃至诗歌斗士的精神，这首诗气势磅礴，境界宏大，也具有强烈的感染力。他善于把一些习常的概念加以提纯，然后进行二度翻新使用，根植于现实和政治，又超越了当时庸俗的政治概念——"千年后如若我再生于祖国的河岸／千年后我再次拥有中国的稻田"。在这里，"中国""祖国""稻田"都还原为乡土的概念，不再是庸俗的政治口号。

八　于坚·一只蝴蝶在雨季死去

一只蝴蝶在雨季死去

一只蝴蝶在雨季死去　一只蝴蝶

就在白天　我还见她独自在纽约地铁穿过

我还担心　她能否在天黑前赶回家中

那死亡被蓝色的闪电包围

金色茸毛的昆虫　阳光和蓝天的舞伴

被大雷雨踩进一摊泥浆

那时叶子们紧紧抱住大树　闭着眼睛

星星淹死在黑暗的水里

这死亡使夏天忧伤　阴郁的日子

将要一直延续到九月

一只蝴蝶在雨季死去

这本是小事一桩

我在清早路过那摊积水

看见那些美丽的碎片

心情忽然被这小小的死亡击中

我记起就在昨夜雷雨施暴的时候

我正坐在轰隆的巨响之外

怀念着一只蝴蝶

简评

雷雨与一只蝴蝶的死亡密切相关,"金色茸毛的昆虫　阳光和蓝天的舞伴/被大雷雨踩进一摊泥浆"。这岂不是我们习以为常的死亡吗?这岂不是我们一直都漠视的死亡吗?卑微的生灵,出生、成长、死亡,都是悄无声息的,融合到这个自然界的有机循环中。所以,老子说:天地不仁,以万物为刍狗。在自然界中,生死一样,万物都是生于无,归于无。诗人敏锐地注意到了这一点,"一只蝴蝶在雨季死去/这本是小事一桩",但诗人注意到了这种不对等的关系——雷雨和蝴蝶,一个主管着生命,一个是卑微生灵。然而诗人被触动了,"我在清早路过那摊积水/看见那些美丽的碎片/心情忽然被这小小的死亡击中"。末尾三行倒叙,回到了"犯罪现场"——"我记起就在昨夜雷雨施暴的时候/我正坐在轰隆的巨响之外/怀念着一只蝴蝶"。诗人只是旁观者,不参与这个案件,是隔着一个夜晚,在一个安全的距离外,产生了人的情感。而这种"怀念",令雷雨交加中的蝴蝶之死,变得不真实起来。

这首诗中,诗人用简单的场景,充分调动了诗歌的手法,从而推进了对一个卑微生灵死亡的思考。很难说这有什么特别深刻的哲理,但诗的意义是,在你我冷漠的心上,用根柔软的针轻轻戳一下。

九　张枣·蝴蝶

蝴蝶

如果我们现在变成一对款款的

蝴蝶，我们还会喁喁地谈这一夜

继续这场无休止的争论

诉说蝴蝶对上帝的体会

那么上帝定是另一番景象吧，好比

灯的普照下一切都像来世

呵，蓝眼睛的少女，想想你就是

那只蝴蝶，痛苦地醉倒在我胸前

我想不清你那最后的容颜

该描得如何细致，也不知道自己

该如何吃，喂养轻柔的五脏和翼翅

但我记得我们历经的水深火热

我们曾咬紧牙根用血液游戏

或者真的只是一场游戏吧

当着上帝沉默的允许，行尸走肉的金

当着图画般的雪雨阴晴

五彩的虹，从不疼的标本

现在一切都在灯的普照下

载蠕载袅，呵，我们迷醉的悚透四肢的花粉

我们共同的幸福的来世的语言

在你平缓的呼吸下一望无垠

所有镜子碰见我们都齐声尖叫

我们也碰着了刀，但不再刺身

碰翻的身体自己回头站好像世纪末

拐角和树，你们是亲切的衣襟

我们还活着吗？被损颓然的嘴和食指？

还活在鸡零狗碎的酒的星斗旁边？

哦，上帝呵，这里已经是来世

我们不堪解剖的蝴蝶的头颅

记下夜，人，月亮和房子，以及从未见过的

一对喁喁窃语的情侣

▶ 简评

　　张枣的诗很难分析，或者说一分析就会落入陈词滥调的窠臼。这样的诗，对喜欢"读透"的读者来说，是一种折磨。到底写什么？谁是诗中的一对蝴蝶？好吧，我们姑且这么认为：蝴蝶就是那种在花丛中飞来飞去、色彩艳丽的大翅膀飞虫。蝴蝶在幼虫时，是可笑的软体动物，而化蛹为蝶时，蝴蝶突然变了，完全变形，由爬行到展翅飞翔，由面貌丑陋到色彩缤纷，令人爱慕。这种变化，正是蝴蝶多样性、多重性的特质之一，也许正是因为"化蛹"这种特殊的变化，古人常常把人生中最美的变化，联想到蝴蝶身上。"梁山伯与祝英台"的故事，千古流传。而前面说过的"庄生晓梦迷蝴蝶"的寓言，则显示出两千多年前的古人对蝴蝶就怀有浓厚的兴趣。蝴蝶不是一种"有用"的动物，却是地球上分布最广、种类最多的动物之一。据查，现在知道的蝴蝶有17000多种，主要生活在南美的巴西、秘鲁一带，大的蝴蝶翅膀可达24厘米宽，色彩之丰富、艳丽，真是令人炫目。蝴蝶这种动物，在地球上出现，到底是为什么呢，只是为了展现美丽吗？其实我们也不知道地球上为何会出现人类。而让人类和蝴蝶在文学作品中相互转化，是只有人类的想象力才具备的独特功能。

当蝴蝶会思考，它们会怎样？

"我想不清你那最后的容颜/该描得如何细致，也不知道自己/该如何吃，喂养轻柔的五脏和翼翅"。这似乎是雄蝴蝶对雌蝴蝶说的情话，而这些情话经过"人—蝶"变形，产生了特殊的效果。突然，诗人就写到了"蝴蝶标本"！——"现在一切都在灯的普照下/载蠕载袅，呵，我们迷醉的悚透四肢的花粉"，这是对标本的描述！生命丧失之后，蝴蝶成了标本，倾诉成了耳语。在简单的转换中，这首诗带来了对生命的极度追问，并且急速地转换叙述的视角——"哦，上帝呵，这里已经是来世/我们不堪解剖的蝴蝶的头颅/记下夜，人，月亮和房子，以及从未见过的/一对喁喁窃语的情侣"。这本来是一对争争吵吵的情侣嘛，再回过头去，看"如果我们现在变成一对款款的/蝴蝶，我们还会喁喁地谈这一夜/继续这场无休止的争论"。张枣的诗爱用一些切开并重组的词，避免原有的词语附着在新诗上，破坏整体的感觉，例如"载蠕载袅"这个词，是用了"载……载……"这个旧瓶子，装了新酒。这些无关要旨，但可以体现出一名诗人的特殊爱好。诗人如果不对词句有特殊的敏感，而只会"乘上语言的滑槽"一溜而下，很难写出一流的诗来。

看到这里，完全变成"庄生梦蝶"了。但不同的诗，对人生的思考以及叙事的方式不一样。张枣通过一次复杂的变化，重新演绎了这一切。

十　宋琳·孩子，红鹿，水壶

孩子，红鹿，水壶

孩子们在屋外的岩石上，
手举望远镜观察对山的树林。
如果红鹿再次出现了，
他们就会屏住呼吸，然后
大声叫嚷起来。我喜欢
鹿身上的一切：角，蹄子，花纹，警觉的耳轮。

在丹妮尔的叔叔家做客的这些日子里，
我也喜欢在厨房的餐桌上写诗，
品尝蒲公英的叶子，喝更多的水。
不时地，他们中的一个会跑进来，
递给我一根木棍，或把晒干的野花的细末
洒在我洁白的稿纸上。

夜里，山上有雪，我裹在毛毯中。
红鹿出现过的地方现在一颗星在漫游，
它大概渴了，像我一样变得沉默。
水壶独自唧唧歌唱。

多奇妙，身边的这只水壶，
浑然不觉间进入我的联想，
用它的方式参与我的写作，

随时满足我——孤独的欲望之渴。

明天，红鹿是不是会下山喝水？
孩子们睡前热烈地争论着。
而我划亮火柴，想起最初有一个锡匠，
打制了这只灰色曲柄的水壶。

简评

如题目所写，孩子、红鹿、水壶，是这首诗的三种核心意象。诗人带着孩子们在丹妮尔的叔叔家里做客。看得出这是在乡间，有别墅，有森林，有红鹿，是一个人与自然结合的世界。"孩子们在屋外的岩石上，/手举望远镜观察对山的树林。/如果红鹿再次出现了，/他们就会屏住呼吸，然后/大声叫嚷起来"。这是一个非常自然、亲切的开头，温馨地描述"我也喜欢在厨房的餐桌上写诗，/品尝蒲公英的叶子，喝更多的水"。然而厨房的创作并不纯粹，孩子们进进出出，递给诗人木棍，或者把干花的细末洒在洁白的稿纸上。这样的细微变化，让诗人和红鹿寻找到了一种共同点：孤独。诗人心中填满因缺乏沟通而产生的寂寞——到了夜晚，他披着毯子独坐、沉默，看见"红鹿出现过的地方现在一颗星在漫游"，并且沉浸在孤独中。只有一只唧唧叫着的水壶发出声音，而让这种孤寂变得更加具体、可感——"多奇妙，身边的这只水壶，/浑然不觉间进入我的联想，/用它的方式参与我的写作"。

孤独是诗人创作的重要的主题之一，晚唐诗人温庭筠《商山早行》的著名诗句："鸡声茅店月，人迹板桥霜"，写的也是诗人孤独离开的寒冷、凄清景象，由简洁的写景进入了人心。

而在这里，身处异国的诗人，同样感到孤独，他的孩子们睡前谈论红鹿会不会下山，他自己想到了打造这只灰色曲柄水壶的锡匠。这是不同的、彼此对比的联想，更突出了孤独的主题。这首诗并不拔高，而只是简洁地叙事，通过生活的细节来对比，从现实状态进入精神世界，而实现诗性的蔓延。

十一　张文质·没有一匹马住在我怀中

作者简介

张文质： 诗人，教育学者，生命化教育的倡导者，长期致力于基础教育和家庭教育的理论研究与探索，1983年毕业于华东师范大学中文系。主要著作有：诗集《引向黑暗之门》《写给身体的戒备书》《张文质诗选》《哈扎拉尔的微笑》，教育作品《教育是慢的艺术》《父母改变，孩子改变》《唇舌的授权》《生命化教育的责任与梦想》《教育的十字路口》《这一代教师的精神面相》《书如何拯救生活》等。

没有一匹马住在我怀中

没有一匹马住在我怀中
没有呼喊停留
清晨我的耳，透明，多汁
被柔情清洗过
被一群羊想念过
其实用不着有一群
就是一只羊
我也在夜里不停地数过

我编织自己洁白的毛
像是被施了魔咒
我总是跑得飞快
再快也不能失去魂魄
再快我只是轮换着脚啊手啊

我无法形容这些身体

到底怎么转换着

发出一声声喊叫

2009年3月27日

简评

一个人如果睡不着,就会数羊:一只羊,两只羊,三只羊,四只羊……一千只羊……两千只羊……三千只羊……一万只羊——对不起,谁能数到一万只羊请举手!一般不是在八百只羊时睡着,就是在三千只羊时越来越清醒,并且在第四千只羊来临时,惊恐地发现,晨光已经爬上你的窗帘。

我不知道诗人是不是在写失眠,但我知道,一个失眠的人听觉敏锐——"清晨我的耳,透明,多汁",还爱胡思乱想——"被柔情清洗过",于是只好数羊——"被一群羊想念过/其实用不着有一群/就是一只羊/我也在夜里不停地数过"。而这首诗的第二部分,属于幻想,或者梦境部分——"像是被施了魔咒/我总是跑得飞快"。用一匹马来写"失眠",是创意,如果把数羊改造成数马,也无不可。但为什么人们是在数羊而不是在数马呢?这个恐怕要问一下游牧民族了。就算是大户,你的马匹也是有数的,但你的羊可能是成千上万,足够你数了。想起大家都学过的那首古老民歌:"敕勒川,阴山下,天似穹庐,笼盖四野。天苍苍,野茫茫,风吹草低见牛羊。"羊,毕竟是性格温顺甚至可爱的动物,而且还是游牧民族财富的象征。你数羊,相当于在数钱。

写失眠,拉进来一匹白马在梦境中飞奔,你是不是也能做得到?我记得自己做梦时很爱飞奔,就像一匹马,但永远跑不出梦境,甚至跑不出草场,最后发现跑不出房间。在梦中奔跑着,醒来后总大汗淋漓。

蟑螂轶事

一只蟑螂从来不会"左僵右痛"
这个词源自杜十八,他说的是
自己的双手,在每一个陌生的事实里,
时间增加恶的沉重——
首先是身体之恶,无法飞翔的眼睛
现在盯住台灯边缘的德国小蠊——

你可见的味毛、触须和你看不见的
嘴内感知器,精巧转动的头部,
梦的结构充满被夜色改造过的自我证明
整个屋子的光亮消失在六只
交替游弋的脚上,
像是相互在做着掩护。

惊恐使室内剧复归于一种
发不出的紧张,白日深睡过的人
原先记住的是自己的睡眠,
他对着镜子,望到身体的背面,又望到前面,
他的耐心经历数十年,现在面对着
单一的头脑,这同样使他说不出话。

▶ 简评

　　诗人对蟑螂看得很仔细,描写得很生动:"你可见的味毛、触须和你看不见的/嘴内感知器,精巧转动的头部",如此仔细,以至于诗人的眼睛如同一台高

清数码摄影机,从全景中急速拉近而进入特写镜头,把这只蟑螂的六条腿放大:"整个屋子的光亮消失在六只/交替游弋的脚上,/像是相互在做着掩护"。这样的观察,准确、细致、入微。这种精确引起了诗人情绪和情感上的强烈反应:"惊恐使室内剧复归于一种/发不出的紧张,/……他的耐心经历数十年,现在面对着/单一的头脑,这同样使他说不出话"。

面对蟑螂"单一的头脑"你说不出话来,是因为你不知道你的话发送到这样的头脑上,会有什么样的反馈。无论你有多久的耐心,你的试探、沟通、努力都会被这样的单一头脑、这样的榆木脑袋所挫败。面对一个这样单一、恶意的头脑,你很难坚持,甚至也很难保持善意。如果把蟑螂的头脑比喻为某些性格如蟑螂一样讨厌的人,这首诗就成了隐喻。

十二　旺秀才丹·一只从世俗走向真理的虎

作者简介｜旺秀才丹

藏族。1990年毕业于华东师范大学中文系。曾任夏雨诗社社长，上海市大学生诗人联合会理事长等职。出版有个人诗集《梦幻之旅》。与才旺瑙乳合作主编诗集《藏族当代诗人诗选（汉文卷）》。诗作入选《当代先锋诗30年（1979—2009）：谱系与典藏》等多种诗集。现为《西北民族大学学报（哲学社会科学版）》编审。兼任甘肃省藏人文化发展促进会会长、藏人文化网首席执行官。

一只从世俗走向真理的虎

一只虎，从一首诗歌的词句中，走到这里
她穿着华丽的皮毛，迈着自信的步子
伸展着嗜血的舌头，甩动着致命的尾巴

一只虎，越过所有人的见识
进入我的脑海，我看到的她
和你们看到的几乎一致
有我所有关于虎的印象和记忆
也有对她陌生生活的误读
掺和了豹子、狮子和传奇小说
我心中的虎
是一只贴着我个人标签的动物
一只观念中投射的世俗的虎

一只铭刻在脑海深处的猛兽，她有令人羡慕的温柔

当她肉足水饱，体态优雅，步履从容

呵护身边的幼子，再大的危机，从不伤害她们

我们幼小的记忆里，她亲切的形象仿佛一只大猫

这只猫，生存在我们的世界边缘

原始森林，偏僻的乡村，或者动物园，马戏团

她天生王者的尊严，也有屈服于命运的柔软

被人参观，钻火圈，等待驯兽员赏赐的一口肉食

你可以从中看到戏剧般的命运

一只虎会因为饥饿和生存，啃食其他生命

但她也会适应马戏团的规则，听命于他人

一只上山的虎，为人们带来希望和权力

一只下山的虎，在平原，可以接受与犬类和谐相处

这只虎，有时候是力量和凶猛的一阵风

有时候是世外高人身下的坐骑

你可以观看她，回忆她，研究她

也可以想象你自己就是一只虎

需要力量的时候，穿上虎皮，势如破竹

需要慈悲的时候，脱下虎皮，收起利爪

你可以为自己添翼，放飞梦想和愿望

你也可以为关爱幼子，做强势的母虎

这就是一只老虎的屁股，被我从笔下摸到

顺着脊背，慢条斯理地感受她的呼吸和情绪

想象着她来到我这里的因缘

和她何时离去，从此到哪里

一只虎的存在，究竟会积聚多少益处

而这只虎诞生，会伤害到哪些弱肉强食的生灵

这只虎写出来是一个字

而在脑海之中，却是无数的画面和评判

每个人看着她，有不同的心跳和感受

有爱和怜惜，也有恐惧和厌恶

她在我们的日常之外被提起

却可以影响我们的世俗情绪和话题

可能她只是一种说法，一个遥远的故事

但她的声威和力量却可以穿越时空，迅速而至

一只虎，在另外的世界生存

无意中进入我的诗歌

她若隐若现走过我的童年和成长的岁月

始终远远地和我相随

我敬畏她，也时常在心中为她祈福

我知道她还有别的名字和命运

一个世俗的观望者，无法改变她的旅程

使之更好，或者更坏

也许她只是白云掠过头顶的一个影子

风儿吹来，就会消失

如果不忆念并写下她，她会在哪里

当我试图从一只观念的虎探索她的意义

我看到她正盯着我，向我走来

她将抬起利爪，抽向我的执着和无知

也可能会被我满怀悲悯地回视

直到虎皮斑华丽的碎片尽皆消失

溶入一片虚空

简评

反复读这首诗,我有无限感动,泪水湿润了眼眶。这首诗可以说达到了现代汉语诗中的最高水准,从诗意到诗境,再到诗的内涵和整体思考,都到了浑然天成的程度。

一只虎,一只从世俗走向真理的虎。我一不小心,就会把她当成"老虎",但她在诗人笔下,只是一只虎,不是"老虎",也不是"小虎",不是"猛虎",也不是"百兽之王"。我的师兄旺秀才丹是一位身材高大的帅哥,但他更是一位文化修养深湛的智者。他拥有双重文化身份,是纯粹的藏人。似乎是为了拯救我们孱弱的汉语,他用精准的汉语传递着早已经在我们这些汉人中消失了的美好以及福音。这只虎,也许就是美与善,也许就是那来自遥远的尊严的生命之神。一只虎,不需要再去特别塑造,她诞生于丛莽,如布莱克的诗中咏诵的那样,她身上有鬼斧神工。她是自然界之灵,也是宇宙之灵。她是我们内心深处强健的力量,也是我们内心深处柔软的力量。一只虎,不是一只老虎,她是纯粹的、中性的、自然的虎。旺秀才丹诗里的虎,也是一只自然的虎,她行走在丛林、野地、月光下,她高贵、孤独,她啸傲丛山,又虎落平阳被犬欺。

这只虎,行走在世界的边缘,行走在人们的内心,被诗人"从笔下摸到/顺着脊背,慢条斯理地感受她的呼吸和情绪/想象着她来到我这里的因缘/和她何时离去,从此到哪里/一只虎的存在,究竟会积聚多少益处/而这只虎诞生,会伤害到哪些弱肉强食的生灵"。

可以说这只虎是生命的精粹吗?或者是道化精神的本源?类似《老子》所说,"迎之不见其首,随之不见其后",是一个博大的事物,又如《庄子·逍遥游》里写的大物——"北冥有鱼，其名为鲲。鲲之大，不知其几千里也。化而为鸟，其名为鹏，鹏之背，不知其几千里也"。这种大物，以其大尺度动摇了我们对世界的固有认识和判断，但在现代宇宙学的观念中，这样的大物在广阔的银河系中，只小如微尘；而在无边的宇宙中，几乎等于无。但一只虎，从世俗中突然穿行而出，如同从帷幕背后，来到诗的舞台中央，成为被注视的焦点，成为各种情感交杂的中心。

"一只虎"，不是"一只老虎"，她前面是没有修饰词"老"的，她因此是一只纯粹的虎，也可以说是一只抽象的虎。她在抽象中，也在具体中；她在外面，也在内心；她在想象中，也在生活中；她在世俗中，也在真理中。这是一种真正的虎，并且有虎或者说有人的柔软——"她天生王者的尊严，也有屈服于命运的柔软/被人参观，钻火圈，等待驯兽员赏赐的一口肉食/……一只虎会因为饥饿和生存，啮食其他生命/但她也会适应马戏团的规则，听命于他人/一只上山的虎，为人们带来希望和权力/一只下山的虎，在平原，可以接受与犬类和谐相处"。这是一只变幻无穷的虎。你内心禁锢，可以把她关起来；你心灵自由，可以让她在大自然中自由地散行。

在对这只虎的不尽描摹、想象和思考中，"一只虎，在另外的世界生存/无意中进入我的诗歌/她若隐若现走过我的童年和成长的岁月/始终远远地和我相随"，这只虎已经从具体形象，走向抽象之境，而进入了"真理"的世界。读过之前郑敏先生的诗，我们会感受到一种"渴望"如"猛虎"，诗人把抽象的情感具象化。而在旺秀才丹这里，他把具体情感抽象化。一只世俗的虎，一个如同诗人这样的自我沉思者，已经进入了那个抽象的真理世界，而成为一个自我完善的象征："我敬畏她，也时常在心中为她祈福/我知道她还有别的名字和命运/一个世俗的观望者，无法改变她的旅程/使之更好，或者更坏"。这也可以看作诗人对自我的深层认识，他开始从纷纭的俗世之境，进入了纯净的真理之境。这种境界，是通过反思、提纯，如王维写的"安禅制毒龙"那样，才能慢慢达到的。这只虎，不是"毒龙"，她是诗人内心的化身——"也许她只是白云掠过头顶的一个影子/风儿吹来，就会消失/如果不忆念并写下她，她会在哪里"。

但观念仍然是偏执的，执着于某一段。虎有形，而无形——"直到虎皮斑华丽的碎片尽皆消失"。这让我想起藏传佛教中的一个沙盘世界的表演。他们用沙子描摹、堆砌成一个华丽的世界，有城墙、有街道、有宫殿、有行人、有动物，人世间的一切应有尽有……然后，他们一把抹去这个世界。这个世界如沙子般，瞬时崩毁。

一只从世俗走向真理的虎，在这个时候，从世界尽头回望，目光一直穿透世界的重重屏障，来到我们身边。这只虎，在我们内心深处，又在世界的边缘。她是诗人思想中一种深刻观念的具体化，也是生命精华的表现。诗，在这时抚摸到了虎皮，但虎仍在某处。

十三　周熙·猛虎

作者简介

周熙 ! 1970年出生于湖南湘潭，1992年毕业于华东师范大学政教系，曾为夏雨诗社核心成员，现为上海瀚英律师事务所主任、华东师范大学法律系客座教授，出版有诗集《你不可能比时间还沉默》《一匹马站在世界高处》等。

猛虎

漫漫长冬，杳无人迹，猛虎的呼吸均匀，安详，大雪覆盖之下，这纯净的世界，它暂时被遗忘——猛虎眠于东山。

是春天一声偶然的鸟啼，还是艳艳红日暖暖消融，猛虎骤然苏醒！猛虎四顾，天地繁忙。人群里个个怀抱着利器，秘而不宣，无所不在——从纸张上跃起，随舞者激情扭摆；庙堂之上，喧嚣的桌面之下，谦卑的笑容里，高宇之间匆匆而过的身影——猛虎频频出没。

猛虎隐匿，看不见斑斓起伏的身脊。我们所感到的一切事物，猛虎潜伏其间。唯一的仁者舍身饲虎，那是一只虎被另一只虎在泪水和悲悯中吞没。

我的猛虎兵分两路，它们相互撕咬，有时就在左右手之间追逐。星光宝座下的箴言流传：属于我的猛虎永恒冲突，我是它们的主人，又是它们的奴隶。我终生无为，我的本质是它们决斗后的残骸。我祈求，光阴的铁锈深入猛虎身体之前，请让我拨开层层迷雾，踏上那条交叉小径。

我分明听见它们在低吼，却一回回败退。哦，猛虎！狂飙突进的山风，何时席卷我？

2007年4月30日

简评

在当代著名诗人中，昌耀先生似乎最喜欢使用长句子，有些直接就奔向散文诗方向了。

长句子容易产生一种磅礴的气势，容纳大量的思考。

"猛虎"是另外一个世界的动物，是一种性灵生命。在东山安眠的猛虎，跟"天地繁忙。人群里个个怀抱着利器"的人仿佛不在同一个时空。但猛虎在每一个人身边，甚至在每一个人之中——"我们所感到的一切事物，猛虎潜伏其间"。这是一种什么事物，能让我们每一个人都面临着、战栗着，甚至不由自主地臣服？"猛虎"不是一只具体的、现实的、丛林的虎，也不是自由意志或者个人精神的比喻。这只猛虎，可能是欲望之虎，驱使人们行动的无形之虎。但这只虎会分裂——"我的猛虎兵分两路，它们相互撕咬，有时就在左右手之间追逐"。世界上一定有某些事物跟我们息息相关，我们不一定琢磨得透，但我们一生与之相伴。我们或者可以联想到中国传统属相——你属虎，于是无形中就具有了虎的气质、性格。西方的星座很多也用动物来命名，并赋予不同归属者特殊的性格暗示，如你是狮子座的，就会具有这个星座特有的性格特征，甚至命运走向。西方的狮子座能不能对应中国的属虎？这个请读者朋友们自己分析，其中包含着很深的秘密。

猛虎是诗人想象中的某个外在力量，如古人给每一个年份赋予一种动物性。一旦这种外在事物成型，它们就进入了我们身体，盘踞在我们内心深处，成为我们的一部分——"属于我的猛虎永恒冲突，我是它们的主人，又是它们的奴隶"。

直入人心的力量

在本编诗歌的艰难而幸福的编写过程中，我发现——正如在一开始就发现的那样，现代诗人很喜欢"虎"这个意象，从徐志摩翻译的布莱克的《猛虎》，到豪尔赫·路易斯·博尔赫斯写的《老虎的金黄》，再到旺秀才丹写的《一只从世俗走向真理的虎》和周熙的《猛虎》，诗人在"虎"的形象上寄托了极其丰富的情感。

在大动物中，还有"狮子"常常被人写到，但不如老虎这么多。

本编中诗人们写到的动物种类丰富多样，但除闻一多写"黄鸟"、徐志摩写"杜鹃"与"黄鹂"之外，当代诗人写到鸟的不多，这跟古代诗人频频写到鸟类不同。会不会是因为居住在城市，我们已经失去了对鸟的具体感受？

诗人有时应该如儿童一般，这样，诗人对世界的感受才会新鲜。

教育心理学家发现，儿童通常会混淆现实与想象，他们想象某个独有的人物或虚幻的动物在自己的身边，甚至在某个不存在的空间，跟自己紧密相随。这个人物或动物会跟主人交谈，给主人提出劝告，也会听从主人的管理，为主人的奇思妙想服务。在人类的儿童时代，我们跟这个世界更加亲密，似乎有种隐秘的丝带让我们彼此息息相通。但当我们上了学，就逐渐失去了对这些事与物的美好想象。我们身边的鸟，我们身体里的鸟都飞走了，只把我们留在这里，在这个淡漠的世界上踽踽独行。

无论写什么动物，诗人都会回到自己身上，让这些动物人格化，体现我们对世界、社会、人与人之间关系、情感等各方面的思考。

也有更为宏大的哲学性思考，如旺秀才丹那只"从世俗走向真理的虎"。她已经脱离了形体的羁绊，而成为一只抽象的虎，代表了诗人自己的愿望以及这个世界的丰富特性，进入了更高的世界。

戴望舒写白蝴蝶时那种直截了当地进入深邃思考的方式，又是另外一种天才而敏锐的能力。诗中白蝴蝶的"空白之页"的意象实在太生动了,以至于后面四句浑然天成,无法增减一字。

写诗,不仅要栩栩如生,还要从栩栩如生中突然跳出,进入更为博大的思想境界,具有直击人心的力量。观察敏锐的诗人,会从平时被人们忽视的现象中,突然感受到特殊的力量。这正是需要我们去细心观察与体会的。

第四编 花树与果实

各类树木、花草与果实，是生活中自然的事物。但现代人在城市居住，距离自然世界越来越远了，对自然生长、农耕生活，只在听闻中、阅读中接触过。这种距离，在现代人的精神中造成一种失重感，常常使其怅然若失，仿佛一艘船失去了铁锚，无处着落。

在农耕时代，人们与农作物、花草、果实朝夕相处，须臾不能离开。古代诗歌中就有一个大类叫"山水田园诗"。"山水"是诗人眼中特别的性灵世界，充满了寄托自我、文化圆融的丰富思考，是精神世界的隐居所在。"田园"与生活和自然密切相关，既是生活的，又是自然的。

孔子谈到《诗经》，说可以"多识花鸟鱼虫之名"。我们确实可以在《诗经》里读到各种花草与果实的名字，以及它们的生长。如《关雎（jū）》"参差荇（xìng）菜，左右流之"，《葛覃（tán）》"葛之覃兮，施于中谷"，《卷耳》"采采卷耳，不盈顷筐"，《樛（jiū）木》"南有樛木，葛藟（lěi）累之"，《桃夭》"桃之夭夭，灼灼其华"，《芣苢（fú yǐ）》"采采芣苢，薄言采之"，《采蘋》"于以采蘋？南涧之滨"，《甘棠》"蔽芾（fú）甘棠，勿翦（jiǎn）勿伐"……翻开《诗经》一一摘录，关于草木花果的诗句大概可以写满大半本笔记本。《楚辞》更是"香草美人"的典范，各种香草，各种植物，涉及种类繁多。台湾的潘富俊博士跨界研究植物与文学的关系，得到了丰富的创作灵感，撰写了《诗经植物图鉴》《楚辞植物图鉴》《唐诗植物图鉴》《红楼梦植物图鉴》和《草木情缘：中国古典文学中的植物世界》等作品，从一位植物学家的角度来读古代文学作品，对《诗经》《楚辞》等经典作品中写到的不同植物和种属进行对比研读，是极其有趣的跨界研究。

"山水田园诗"的开山祖师、东晋大诗人陶渊明大半生都是在"田园"与"山水"中度过的，为此他做出了选择与牺牲，如《归园田居·其一》："少无适俗韵，性本爱丘山。误落尘网中，一去三十年。羁鸟恋旧林，池鱼思故渊。开荒南野际，守拙归园田。"这样的生活，是诗人厌倦了官场生活之后的选择，于是他要与农作物为伍，如《归园田居·其三》："种豆南山下，草盛豆苗稀。晨兴理荒秽，带月荷锄归。"更要与山川河流为伴，如《饮酒·其五》："采菊东篱下，悠然见南山。山气日夕佳，飞鸟相与还。"陶渊明把山水、田园、植物三样一网打尽，让自己的人生、命运与其完全融合在一起，形成了古代人文理想中出世的自然生活。

另一位"山水田园诗"代表是晋末宋初的大诗人谢灵运。谢灵运出身东晋高门大族谢氏，祖父谢玄为名相谢安之侄，东晋名将，出治扬州，组建精锐"北府军"，以八万人的精锐击破前秦号称八十万的大军，取得了"淝水之战"的巨大胜利，是所谓"旧时王谢堂前燕，飞入寻常百姓家"中"王谢"双峰的核心成员。因其功高劳苦，被封为康乐县公，刘宋替晋后，对前朝封臣进行了削爵夺官，仅保留东晋时期王导、谢安、温峤、谢玄与陶侃五位大家族的爵位，可见谢玄地位之高。后谢灵运继承了康乐公的爵位。谢家财力丰厚，修建了巨大的庄园始宁别业，分南北二居，从会稽（今浙江绍兴）到上虞，直达临海郡山界。谢灵运一生行走山水间，写过大量的诗歌辞赋，其长篇《山居赋》被学者称为"写尽植物之美"，他的诗《日出东南隅行》"柏梁冠南山，桂宫耀北泉"，《相逢行》"行行即长道，道长息班草"，都是植物描写的生动例子。

唐代诗歌鼎盛，山水田园诗也同样到了鼎盛时期，孟浩然、王维、李白是代表诗人。他们的诗歌中有大量写到植物、花草、果实的作品。如孟浩然《过故人庄》"开轩面场圃，把酒话桑麻。待到重阳日，还来就菊花"，《夏日南亭怀辛大》"荷风送香气，竹露滴清响"；王维《鸟鸣涧》"人闲桂花落，夜静春山空"，《竹里馆》"独坐幽篁里，弹琴复长啸"，《辛夷坞》"木末芙蓉花，山中发红萼"，《山居秋暝》"明月松间照，清泉石上流"；李白《采莲曲》"若耶溪傍采莲女，笑隔荷花共人语"，《春思》"燕草如碧丝，秦桑低绿枝"。其他诗人中写到花草树木的也很多。如杜甫《江畔独步寻花》"黄四娘家花满蹊，千朵万朵压枝低"，白居易《大林寺桃花》"人间四月芳菲尽，山寺桃花始盛开"，崔护《题都城南庄》"去年今日此门中，人面桃花相映红"……简直不胜枚举。

到了宋代，继承盛唐风范，诗词歌赋都乐于、善于歌咏自然、花草与植物。宋代叶绍翁《游园不值》"春色满园关不住，一枝红杏出墙来"，苏轼《海棠》"东风袅袅泛崇光，香雾空蒙月转廊"，王安石《梅花》"遥知不是雪，为有暗香来"等都是诗中名句。

花草树木与人类关系密切，早期森林生活的年代已经久远，而农耕时代满园遍植各种树木花草，成为中国人文生活中最重要的景观。莳花弄草更是一种特殊情趣。写诗通常都是以物咏怀，引申到诗人的情感中去，而不单是以写景状物本身为止。《红楼梦》里有个"海棠诗会"，第一届"诗社"的"评委会主席"李纨拍马屁把薛宝钗的诗评为姐妹们（中间混杂着"混世魔王"贾宝玉）所作诗中的第一名，其中有"胭脂洗出秋阶影，冰雪招来露砌魂"之句，对仗工整，词意优雅，确实很不错；但林黛玉的海棠诗无疑更胜一筹，其中"偷来梨蕊三分白，借得梅花一缕魂"两句以物状物，十分形象。花痴少年贾宝玉的诗一不小心就涉及了男女，让人感到好笑，但又符合人物性格，非常微妙，且有深义。贾宝玉的诗句是"出浴太真冰作影，捧心西子玉为魂"，少年心性无邪，倒也有特殊的趣味。

现代人的生活节奏太快，太匆忙，已经无暇观看周边的植物花草，也很少懂得花草树木的真意，更无暇领略慢生活的真谛。重读古代关涉花草树木与果实的名句，再读读本编精选的现代诗，可知诗人的诗心仍在田园草木花卉中。

说到花草树木，现代诗文中很多诗人都爱把挺拔的树与高洁的品格联系到一起，例如著名诗人艾青有一首《树》：

  一棵树，一棵树

  彼此孤离地兀立着

  风与空气

  告诉着它们的距离

  但是在泥土的覆盖下

  它们的根生长着

  在看不见的深处

  它们把根须纠缠在一起

这首诗以树的名义来写人生哲理，写朋友之间深厚的友情。它们表面上是孤立的，但内心深处"在泥土的覆盖下/……它们把根须纠缠在一起"。这是以树喻人喻情。

当代著名诗人曾卓写过一首《悬崖边的树》：

  不知道是什么奇异的风

将一棵树吹到了那边——

平原的尽头

临近深谷的悬崖上

它倾听远处森林的喧哗

和深谷中小溪的歌唱

它孤独地站在那里

显得寂寞而又倔强

它的弯曲的身体

留下了风的形状

它似乎即将倾跌进深谷里

却又像是要展翅飞翔……

这是用树来比喻人的品格——"它孤独地站在那里／显得寂寞而又倔强",无论是"悬崖"的危急压迫,还是"森林"的诱惑,都不能让它屈服。它"弯曲的身体"是被风吹的——"留下了风的形状"。由此可见,这是诗人的自我摹写及对自我品格的肯定。

我们读到的诗歌,除用花草、树木、果实来比喻人的品格之外,还有诗人对自然的向往。中国传统智慧中对自然的遵循,对人与自然融合的追求,都是其中很重要的主题。通常来说,诗人写景状物,都是为了表达自己的情感,是自我情感的外化。有些诗歌比喻诗人的性格,有些诗歌用来表达友情,还有些诗歌是对自然界那些神秘力量的赞颂。

如此,我们就知道,对于现代诗的理解和对于传统诗歌的理解,并没有本质的差异。

一　林徽因·一首桃花

一首桃花

桃花，

那一树的嫣红，

像是春说的一句话：

朵朵露凝的娇艳，

是一些

玲珑的字眼，

一瓣瓣的光致，

又是些

柔的匀的吐息；

含着笑，

在有意无意间

生姿的顾盼。

看，——

那一颤动在微风里

她又留下，淡淡的，

在三月的薄唇边，

一瞥，

一瞥多情的痕迹！

▶ 简评

　　从序言中引用的唐代诗人白居易的《大林寺桃花》"人间四月芳菲尽，山寺桃花始盛开"和崔护的《题都城南庄》"去年今日此门中，人面桃花相映红"，可见得桃花是一种非常常见的植物，且总是与春天、美好联系在一起的。现代女诗人林徽因对桃花的描写，同样是对美的欣赏与对美的怜爱，以及对美好事物的向往——"朵朵露凝的娇艳，/是一些/玲珑的字眼，/一瓣瓣的光致，/又是些/柔的匀的吐息"。林徽因注重诗歌音节、韵脚的运用，虽不如古诗那么严格，但她很注意句子、节奏的控制，因此，她的诗都很适合出声地朗读。反复读几遍，你会发现，她似乎在不经意间，锤炼出一种特殊的韵律。如第一、三句的"花/话"，第四、六句的"艳/眼"，第七、九句的"致/息"。这大概就是"朗朗上口"的意思吧。

二　闻一多·红豆

红豆①

一

红豆似的相思啊！
一粒粒的
坠进生命底磁坛里了……
听他跳激底音声，
这般凄楚！
这般清切！

二

相思着了火，
有泪雨洒着，
还烧得好一点；
最难禁的，
是突如其来，
赶不及哭的干相思。

三

意识在时间底路上旅行：

---

① 《红豆》为闻一多先生创作的组诗，共 42 首，此处节选 5 首。

每逢插起一杆红旗之处,
那便是——
相思设下的关卡,
挡住行人,
勒索路捐的。

五

比方有一屑月光,
偷来匍匐在你枕上,
刺着你的倦眼,
撩得你镇夜不睡,
你讨厌他不?
那么这样便是相思了!

七

我的心是个没设防的空城,
半夜里忽被相思袭击了,
我的心旌
只是一片倒降;
我只盼望——
他恣情屠烧一回就去了;
谁知他竟永远占据着,
建设起宫墙来了呢?

> 简评

　　这组诗以"红豆"为名写思念、写相思。我们都背诵过王维的名作《相思》："红豆生南国，春来发几枝。愿君多采撷，此物最相思。"这首诗的另一个题目为《江上赠李龟年》，是写给那时的著名歌者、音乐家李龟年的。"红豆"因王维之作，从此成为"相思"的代名词。

　　明朝末年，江南著名艺女柳如是一生命运多舛，23岁时嫁给59岁的著名文人钱谦益。钱谦益晚年筑有一宅，内院栽种了很多相思树，自称"红豆山庄"，与柳如是流连其间读书作诗。钱谦益本是饱学之士，柳如是也是博识杂家，夫子与娇妻在阅读、吟诗上，都可以唱和无间。钱谦益是大诗人、大学问家兼大藏书家，他把毕生搜罗的珍本藏书都收在专门建造的"绛云楼"上。他只要想到什么内容、想查某本书，柳如是都能在片刻间找到。然而，藏书万册的"绛云楼"，竟然被陪孩子玩耍的奶妈失手焚毁，大量北宋刻本珍本典籍一烧而光，似乎也暗示着文人们在明末清初的命运多蹇。20世纪中期，历史学大家陈寅恪先生偏居南国，独立撰写三卷本巨著《柳如是别传》，曾说创作该书缘起于他抗战时期在云南购得红豆数粒，疑为300年前柳如是的珍藏。小小红豆，无尽佳话。

　　写了一些故事，事关"红豆"，一定与思念、友情、亲情、爱情有关。

　　闻一多先生作《红豆》42首，用情不可不谓"一往情深"矣。这里选读一、二、三、五、七共5首，大家读了，可以略微了解闻一多先生火热的情怀。第一首开头就极其不凡——"红豆似的相思啊！/一粒粒的/坠进生命底磁坛里了……"把相思比作红豆不稀奇，但让红豆"一粒粒的/坠进生命底磁坛里了"却是独特的延伸。后面几节，都是写红豆坠进瓷（磁）坛之后的各种情态，这里就不一一分析了。

三　陈梦家·一朵野花

作者简介

陈梦家（1911—1966），1911年出生于南京，祖籍浙江省上虞县（今浙江省上虞市）。曾使用笔名陈慢哉，著名古文字学家、考古学家、诗人，1927年考入南京中央大学法律系，受到时任外文系主任闻一多和外文系教授徐志摩的影响，有志于现代诗的创作，与在中央大学外文系就读的方玮德交好，周围集结了一批志同道合的诗友，是《新月》杂志的重要新锐力量。陈梦家后来从事文字学研究、青铜器研究、汉简研究，著作有《殷墟卜辞综述》《西周铜器断代》《汉简缀述》等，皆为学界扛鼎之作。1966年9月3日陈梦家自缢而死，年仅55岁。出版的诗集有《梦家诗集》（1931）、《铁马集》（1934）、《梦家存诗》（1936）等。

一朵野花

一朵野花在荒原里开了又落了，
不想到这小生命，向着太阳发笑，
上帝给他的聪明他自己知道，
他的欢喜，他的诗，在风前轻摇。

一朵野花在荒原里开了又落了，
他看见青天，看不见自己的渺小，
听惯风的温柔，听惯风的怒号，
就连他自己的梦也容易忘掉。

简评

  这首诗写于诗人18岁时，两节八句，一韵到底。当时，诗人正青春年少，人生美好，憧憬远大。"荒原"里的"野花"，是这首诗的两个核心意象。野花开在荒原上，"开了又落了"，不为人注意，但又充满生命力。虽然不是那些被我们注视惯了、歌颂惯了的名贵花卉品种，但野花也有自己的独特禀性。"上帝给他的聪明他自己知道"，他是一朵独特的野花，并不以自己开在荒原，不以"开了又落了"而自我哀伤，"他看见青天，看不见自己的渺小"。

  诗人或许不是一朵野花，但是他看到了野花的独特。反思自己，虽非巨富大贵，但有自己的独特品质。读这首诗，令我联想起十多年前歌手朴树演唱的那首《生如夏花》，那是短暂而自我绚烂的一生。有人说，这是印度文学大师泰戈尔的思想的体现："生如夏花般绚烂，死如秋叶般静美"。

  陈梦家自尽时年仅55岁，这正是一名学术大家的盛年时期，假以时日，必定能做出更加卓越的贡献，但却英年早逝，令人叹息。而他的来去，犹如荒原上自开自落的野花，短暂而灿烂，"他的欢喜，他的诗，在风前轻摇"。

四　郑敏·金黄的稻束

金黄的稻束

金黄的稻束站在

割过的秋天的田里，

我想起无数个疲倦的母亲

黄昏的路上我看见那皱了的美丽的脸

收获日的满月在

高耸的树巅上

暮色里，远山

围着我们的心边

没有一个雕像能比这更静默。

肩荷着那伟大的疲倦，你们

在这伸向远远的一片

秋天的田里低首沉思

静默。静默。历史也不过是

脚下一条流去的小河

而你们，站在那儿

将成了人类的一个思想。

▶ 简评

　　这首诗充满了画面感，"金黄的稻束站在 / 割过的秋天的田里"，短短两句，时间、景物、景色相交融，画面构图疏落有致。《金黄的稻束》这首诗作于 20 世纪40年代初她在昆明西南联大读书期间,那时她还是一名年轻的大学生,她回忆说:"一个昆明常有的金色黄昏,我从郊外往小西门里小街旁的女生宿舍走去,在沿着一条流水和树丛走着时,忽然右手闪进我的视野是一片开阔的稻田,一束束收割下的稻束,散开,站立在收割后的稻田里,在夕阳中如同镀金似的金黄。但它们都微垂着稻穗,显得有些疲倦,有些宁静,又有些寂寞,让我想起安于奉献的疲倦的母亲们。举目看远处,只见微蓝色的远山,似远又似近地围绕着,那流水有声无声地汩汩流过,它的消逝感和金黄的稻束们的沉思凝静形成对比……"受此触发而联想,诗人开始思考更多的问题——"历史也不过是/脚下一条流去的小河",通过对景物与风景的描写,而达到诗情的原初激发。诗中"收获日的满月在/高耸的树巅上/暮色里,远山/围着我们的心边"是她散步时看到的实际景象,不是无边际的联想。如果过度解读,把"满月"理解为"母亲的满足",把"暮色"理解为"晚年",就破坏诗意了。

"金黄"是对秋天、农作物尤其是稻谷收获的基本色彩的隐喻,"稻束"是被收割之后的水稻状态。但这些已经被收割、捆扎在一起的稻束,不是躺卧在稻田上,而是站立在稻田中间,显示出一种特别的形态,由此让诗人想到了人的精神状态,想到了辛劳的母亲的奉献。

郑敏先生在西南联大读的是哲学系,因此她的诗总是带有浓重的哲思,但诗中的思考很节制,"没有一个雕像能比这更静默。/……在这伸向远远的一片/秋天的田里低首沉思"。她塑造的不是伟大,而是对"静默"的致敬。只有静默,才能进入思想中。

树

我从来没有真正听见声音
像我听见树的声音,
当它悲伤,当它忧郁

当它鼓舞，当它多情

时的一切声音

即使在黑暗的冬夜里，

你走过它也应当像

走过一个失去民族自由的人民

你听不见那封锁在血里的声音吗？

当春天来到时

它的每一只强壮的手臂里

埋藏着千百个啼扰的婴儿。

我从来没有真正感觉过宁静

像我从树的姿态里

所感受到的那样深

无论自哪一个思想里醒来

我的眼睛遇见它

屹立在那同一的姿态里。

在它的手臂间星斗转移

在它的注视下溪水慢慢流去，

在它的胸怀里小鸟来去

而它永远那么祈祷，沉思

仿佛生长在永恒宁静的土地上。

简评

将自然界中直立向上的树和直立行走的人加以直接对比，就形成了树与人的隐喻。一个站着的人，是独立的、高傲的、顽强的，一棵直立的树代表了所有这些品格。一棵被砍伐的树，则如同一个倒下的人，被伤害、被凌辱。从形态上、从精神上，树与人有各种紧密的联系。

第一节写树的"声音"之独特——"我从来没有真正听见声音/像我听见树的声音"，这是一种特殊的声音，是"封锁在血里的声音"。可以象征着沉默、顽强、抗争的民族精神，也可以象征着一种绵长不断的生存，"你走过它也应当像/走过一个失去民族自由的人民"。这样，树的品格就与人的品格直接对应了。

第二节写"宁静"之悠远——"我从来没有真正感觉过宁静/像我从树的姿态里/所感受到的那样深"。"声音"与"宁静"是两种性质相反的状态，甚至有些对立。但诗人让这两种状态都存在于一棵树里，这样，"声音"就变成了一种民族精神的象征，是一种静态的空间感；而"宁静"则代表着这个民族绵绵不息的、几千年来形成的生存韧劲和勇气，从而拥有了流动历史的纵深感——"在它的手臂间星斗转移/在它的注视下溪水慢慢流去，/在它的胸怀里小鸟来去"。用动的"声音"来写静态，用不动的"宁静"来写历史的动态，是这首诗的独特之处。

五　海子·幸福的一日

幸福的一日
致秋天的花楸树

我无限地热爱着新的一日
今天的太阳　今天的马　今天的花楸树
使我健康　富足　拥有一生

从黎明到黄昏
阳光充足
胜过一切过去的诗
幸福找到我
幸福说："瞧　这个诗人
他比我本人还要幸福"

在劈开了我的秋天
在劈开了我的骨头的秋天
我爱你，花楸树

▎简评

　　海子的诗拥有一种质朴而直接的力量，词语组合看似并不复杂，却能毫无障碍地打动你。一个现实生活中物质贫困的诗人，精神上却自认为十分富足，而且富足到要大喊，非要写出来不可，这就是海子的名诗《面朝大海　春暖花开》以及这首《幸福的一日　致秋天的花楸树》所共同呈现的主题。幸福是一种情感的体现，单纯从幸福的角度来看，它所需要的物质成本很少——"今天的太阳　今天的马　今天的花楸树/使我健康　富足　拥有一生"。一次明媚的阳光，就带来了诗人近乎无边的幸福——"从黎明到黄昏/阳光充足/胜过一切过去的诗"。他回到最简单的对比——虽然阳光和诗不是一类事物，但阳光是世界上最本质的事物，是一切生命的本质，也可以说是世界的本质。回到本质，回到简单，回到幸福，是海子在很多诗里反复吟诵的主题。而现实中的他，却是痛苦的，为爱痛苦，为生活焦虑。他是诗歌王国的君主，却是现实生活中的焦虑者。他用尽自己毕生的热血来歌颂幸福，其中的能量是巨大的。因此，他的用词也充满了锋刃——"在劈开了我的秋天/在劈开了我的骨头的秋天/我爱你，花楸树"——诗中的爱，也充满了凌厉的气息。

六　蓝蓝·野葵花

作者简介 **蓝蓝：** 女，1967年生，原名胡兰兰，祖籍河南郏县，郑州大学新闻系毕业。曾任河南省文联《大河》诗刊社编辑、《热风》杂志社编辑，现为河南省文学院专业作家、省诗歌学会副会长。1980年开始发表作品。1993年加入中国作家协会。著有诗集《含笑终生》《情歌》《内心生活》《睡梦睡梦》，散文集《人间情书》《滴水的书卷》《飘散的书页》《夜有一张脸》，童话集《蓝蓝的童话》，长篇童话《梦想城》等。曾获河南省第一届、第二届文学作品奖。

野葵花

野葵花到了秋天就要被
　　砍下头颅。
打她身边走过的人会突然
　　回来。天色已近黄昏。
她的脸　随夕阳化为
　　金黄色的烟尘
连同整个无边无际的夏天

穿越谁？穿过荞麦花似的天边？
为忧伤所掩盖的旧事，我
　　替谁又死了一次？

不真实的野葵花。不真实的
歌声。

扎疼我胸膛的秋风的毒刺

▶ 简评

读这首诗，给我带来的是最直接的忧伤。"野葵花"本来应该是野外自由生长的植物，是自然的精灵，但"野葵花到了秋天就要被/砍下头颅"。这不一定是人的行为，可能是自然界的行为。《老子》说："天地不仁，以万物为刍狗。"自然界的轮回，是最淡漠的：不悲不喜，不嗔不怒。它在中间状态下，生万物，死万物。而"打她身边走过的人会突然/回来。天色已近黄昏"。在这样的一个生命轮回的世界，野葵花和这突然出现又突然消失的人，都是草原中不可捉摸的隐秘事物。

镜头拉远，会感觉这可能是一次如梦如幻的追述，是对事物消失的一种忧伤——"不真实的野葵花。不真实的/歌声。/扎疼我胸膛的秋风的毒刺"。万物生灭，皆有其常，野葵花也一样，不管你是否惆怅。

鹤岗的芦苇

谁藏在细细的苇秆儿里
听风在叶子上沙沙地走？
谁　用最轻的力量
把我举起　举向他自己
假如秋天来临

假如有谁追问我的出身
我看见秋天活在一根芦苇上
呼唤我进去

湮没或者　　下沉

芦花像一场铺天盖地的大雪

纷纷落满湖泽

我看见几只灰鹤纸鸟一样

　　　斜斜飘过沙岗

消失在远处的沉默里

我是不是可以这样回答

　　　黑暗里的拷问

我背负太重而欠得又太多

一片一片飞逝的芦花：

伤心的。

小小的。

▶ 简评

在有灰鹤飞过的沙岗，万物在湖泽边迎接不可避免的秋天，那些摇曳的芦苇构成了这首诗的主要画面。但这不是"无我之境"，诗人在这里，在湖边，在远眺着沙岗，并看见芦花如雪，飘过人生的彼岸。对于敏感的诗人，最简单的一根芦苇，一根秋天时接近干枯的芦苇，都能撩拨她敏感的心灵。秋天和芦苇，构成了这个世界的本质画面，但人生的感受，却如细沙般渗漏出来——"我背负太重而欠得又太多／一片一片飞逝的芦花：／伤心的。／小小的。"对于这样的世界，诗人产生的情感竟然是内疚，这到底是怎么出现的呢？是因为生命的轮回，还是生命的重负，甚至是生命的如释重负？或许，诗人的感受如同这一片片飘飞的芦花，并不一定在某处着落，而只是飘飞。

七 于荣健·无花果

作者简介 于荣健：1984年毕业于华东师范大学中文系，曾为该校夏雨诗社《夏雨岛》诗刊副主编，20世纪80年代中国大学生诗歌代表人物和城市诗倡导者之一。毕业后曾任中国海洋大学中文讲师，讲授《汉语写作》《古典诗文》等课程，并为报刊撰写随笔专栏。1992年起为电视纪录片导演至今，电视作品曾获中国广播电视奖等十几项，出版过诗集《虚位以待》等作品。

无花果

无花果，怎么由无花到果实？
一个女人还没恋爱，就生下孩子。

无花果，怎么由无花到果实？
沉默者未等发言，已掌声四起。

不曾繁花朵朵的无花之果，
一路锦衣夜行，回到秋天。
不曾歌唱的无花之果，
以蜜炼的灯火自我照耀。

它颗粒密布的成长，
从内心出发。
它分泌透明的汁液，
来自朴实无华的修持。

寻找无花的问题，

却找到凡此种种的答案。

无花果对深秋之树举起酒杯，

千万盏，让我流连，让我沉醉。

2010年10月13日夜

简评

"无花果"是一种令人着迷的特殊果实，最早在《圣经》里就被提到了。按照通常规律，一般果实都是先开花后结果的，但无花果跳过了这个阶段直接成果了。任何果实都是要开花的，无花果并不是不开花，而是花开在了花托里面。无花果树与其他果树的不同之处在于，它的花托非常大，大到能把花包裹在里面，形成了一个果子般的外形。"无花果"不是植物的果实，而是一种特殊的花！如诗人所感慨的那样："不曾繁花朵朵的无花之果，/一路锦衣夜行，回到秋天。/不曾歌唱的无花之果，/以蜜炼的灯火自我照耀"。内心暗自开放的花，却有着果子的外形，一朵已经开了或者尚未开败的花，在自己的世界里默默成形、默默修炼，这多像是我们读到过的那些藏在大山深处的洞穴里修炼的隐世高人啊。这样的观察，让诗人想到了人生、人的道德修养，"它颗粒密布的成长，/从内心出发。/它分泌透明的汁液，/来自朴实无华的修持"。一个有真正修养的人，内心必定是丰富的，是有自我坚持的。这就如同诗人观察到的无花果一样。它看似没有开花，但是它的内心早已经鲜花摇曳，香气馥郁。

八　安琪·油菜花开

作者简介

安琪： 女，本名黄江嫔，1969年2月出生，福建漳州人，新世纪"十佳"青年女诗人，第四届（1995年）"柔刚诗歌奖"得主。诗作入选《中国新诗百年大典》等百余种选本。出版诗集《奔跑的栅栏》《你无法模仿我的生活》《极地之境》等。现居北京。

油菜花开

油菜花开的时候，春天就到了

是春天为观赏油菜花才赶过来
还是油菜花为住进春天才盛开？

晨起操练的孩子们，人人小手举着一朵油菜花
春风吹，孩子们喊着油菜花，油菜花，春风把
喊声传遍大地，每一个角落都光灿灿的。

一棵树往春天里走
两棵树往春天里走
三棵树往春天里走，它们说——
去，去看看油菜花，这被太阳施加了魔法的爱物
它们黄金般的笑脸如此绚丽，明亮！

油菜花开的时候，春天领着春雨
来洗它喷喷香的身子，春天为什么这么香？

那是因为

油菜花敲锣打鼓，把春天的大地走了一遍。

简评

  油菜花是春天特有的一种作物，遍布大江南北。在很多地方，春天的油菜花开，是令人难忘的景色。这些在田野上蔓延的油菜花，在乡村屋舍周围生长的油菜花，是春天最鲜明的象征。在这里，诗人用简单的方式描写了春天与油菜花的紧密关系——"是春天为观赏油菜花才赶过来/还是油菜花为住进春天才盛开"，接着，诗人用"晨练的孩子"来对春天的油菜花加以渲染——"孩子"和"油菜花"都是"春天"的一种延伸，都是新生的、力量的象征。这首诗还运用了一些童谣歌曲的手法，例如"一棵树往春天里走/两棵树往春天里走/三棵树往春天里走"这样的反复，带着孩子气，一下子就把树在春天萌发嫩芽的景象传递出来了。"油菜花敲锣打鼓，把春天的大地走了一遍"，这样的大地，是纯粹的，也是童话般的。

九　余笑忠·种豌豆

作者简介

余笑忠：1965年生于湖北蕲春，1982年考入北京广播学院（中国传媒大学前身）文艺编辑系，现为湖北广播电视台音乐广播部副总监。2004年获第二届中国年度诗歌奖，有诗集《从长痛中醒来》等。

种豌豆

应该是一个人种一大片豌豆
而不是一家子种一株豌豆
但前者是我的过去
后者是我们的今天
我们用花盆种了一株豌豆

窗台上的豆禾已结出豆荚
它还在开花，白色的小花继续向上，还将
吐露出豆荚
给豆禾一根筷子！好让它的卷须
得着牵挂

这株豆禾被带到小学课堂
暂时与众多的花草为邻
荣耀之旅后又被带回来
在窗台上，在被拔高的一小片土地上

我们将会回过头去，看一看它的根

简评

这首诗写了城市生活中一个简单的侧面，诗人用其与乡村生活直接对比，而产生了张力和陌生感——"应该是一个人种一大片豌豆/而不是一家子种一株豌豆/但前者是我的过去/后者是我们的今天/我们用花盆种了一株豌豆"。曾经的乡村经验是"一个人种一大片豌豆"，那时是作为食物，而"一家子种一株豌豆"，却是种植活动的"异化"，是种在阳台上用来观赏的。阳台植物的另一个价值是让孩子带到班级上，完成老师布置的一项"作业"。诗人描述了用一根筷子来支撑豆禾，让这株豌豆成为一种得到支撑的植物。最后，诗歌点题般写到了内心深处的牵挂——"我们将会回过头去，看一看它的根"。

这首诗很直白，诗人调动了自己的人生经验，包括乡村少年的种植经验和城市家庭生活的异化感受，从而让一个简单的"盆栽"活动，获得了诗意。而诗中传递出的那种淡淡的意味，甚至有些伤感的气息，让"无根"的城市人，会想到"根"的所在。这也可以算作一种现代人"无根"的隐喻吧。

十 唐果·悬崖上的树

作者简介

唐果： 女,20世纪70年代初生于四川,汉人,现居云南省德宏州,2000年开始写作。自2001年起,有多篇作品在报纸杂志上发表;诗作入选多种选本;曾获《星星》2004年爱情诗大赛二等奖;2005年出版诗合集《我的三姐妹》(与李小洛、苏浅合著);2006年出版个人诗集《唐果在传说》,另有新著短诗精选集《给你》,短篇小说集《女流》出版。

悬崖上的树

那是棵随意的树

是棵随意长在悬崖上的树

是棵抱紧石头想往上爬的树

是棵没喝过牛奶,没听过音乐的树

是棵喝西北风,被风灌耳的树

是棵想喝牛奶,想听音乐的树

是棵站在乌云下,等候白云的树

是棵随意倾斜,不想立正的树

是棵长得松散,像个松垮女人的树

是棵看到蚂蚁在身上横行,不再热血沸腾的树

是棵打探到石头秘密的树

是棵无论身体如何晃动,也拔不出的树

是棵孤独的树

是棵站在悬崖,俯视森林的树

是棵只能跟两丈之外的同伴点头

却不能像森林的树一样,跟树搂肩搭背的树

▶ 简评

"一棵树"通常会用来隐喻一个人,如树干的挺直可以比喻人的腰板挺直,从而比喻人的高尚品格;树的独立向上可以比喻一个人的追求与精神,而树的稳定不动、树的漫长根须,都是对人性中善的最好比喻。"那是棵随意的树",自由的树也是一棵有各种想法的树——没喝过牛奶,没听过音乐/想喝牛奶,想听音乐——这棵树因此有了人的特性。这种不同的特性,让树成长,并且老去——"是棵看到蚂蚁在身上横行,不再热血沸腾的树",这棵树还有了对世界的顿悟——"是棵打探到石头秘密的树",有些执着与顽固——"是棵无论身体如何晃动,也拔不出的树"。但这棵树却是孤独的,只在自我的完善中慢慢成长,它"是棵只能跟两丈之外的同伴点头/却不能像森林里的树一样,跟树搂肩搭背的树"。这棵树像一名现代人,在人群中生存却无法跟别人更好地相互理解、彼此沟通,是一个心灵有隔阂的人。这样理解,就是对现代社会的一种微妙的讽喻。这首诗显示出了孤独的气息,也是对孤独的揭露。

画森林

我要画一座森林

它必须是绵延的,一只老虎走一天也走不到边

树木必须高大、茂密、葱郁

当老虎有了微服私访的兴致,它能为老虎提供朴实的装束

草东一丛,西一丛,松针金黄,像厚厚的软垫子

假如老虎有了纵身一跃的勇气，它们能托住它庞大的身躯

没有兔子、麂子，没有鸦雀、鼠蚁跟它做伴，没有蟒蛇盘踞
假如老虎掉进忧郁的陷阱，谁来把它搀扶

我还要画另一只老虎，让它们追逐、嬉戏，抢夺肉食
最后，我只画一个山洞，让它们在洞里咒骂、争吵，日久生情

简评

这首诗带着浓重的童谣气息，但绝不是故作童真，而是对想象中的美好世界的憧憬——这座森林拥有博大的胸怀，拥有丰富的内在，也能包容各种动物，让它们在这个世界里浑然一体——"它必须是绵延的，一只老虎走一天也走不到边/树木必须高大、茂密、葱郁"，这样大的森林，才可能有足够的胸怀和包容。在这样的森林里，动物们才能各自长大，还有一种彼此间心照不宣的友谊。诗中的虎，这些兔子、麂子、鸦雀，都是森林中不可缺少的有机部分。一个自然的、丰富的世界，应该是包容一切的，这里有鲜花，也有杂草，有乔木，也有灌木，有大动物，也有小动物。各种动植物在这个自在的世界中融洽地生长。如果我们把森林比作一所学校，那么这所学校也应该如大森林一样包容万物，要肯定鲜花的价值，也要承认杂草的特殊意义；要尊重老虎，也要尊重兔子。一所真正的学校，不应该只是一座爱护鲜花而拔除杂草的苗圃。对于人来说是美丽的充满观赏价值的鲜花，对于一匹马来说，美丽的鲜花还不如翠绿的青草有价值。被拔除的杂草，虽然不如鲜花那么色彩鲜艳，却可能具有挽救人生命的药用功能。我们学校里的学生也一样，有些善于沉思，有些心灵手巧，有些活泼好动，有些沉默娴静，不能用僵化的标准和规矩来衡量所有的孩子，要容许他们像各种动物一样自由地生活、长大。在十二生肖里，每一种动物都有自己的价值，包括老鼠和蛇在内。诗人所畅想的这片森林，被我这样的读者想象成理想中的学堂。其他读者，也可以有其他的联想。

十一 郎启波·一枚冬天的果子

作者简介 郎启波：诗人、专栏作家、影视编剧及制作人、汉语诗歌学术年刊《审视》主编。1979年生于云南镇雄。1994年开始发表作品，著有诗集《漂泊的岛》长篇小说《我不是一个好人》等。

一枚冬天的果子

先变圆，然后拉长

再变圆，又被拉长

周而复始的过程

存在于很多场合的纠结

存在于很多不同事物身上

一枚果子，悬挂在头上

我曾试图将它摘下来

我刚动这个念头

它就长高了一些

我停下来，它也停了下来

我们如此反复，或者较量

我们保持距离，然后对峙

我们最终习惯彼此的存在

这时候正是冬天

云南到北京温差很大

身体的温度也在不断变化

这枚果子，像多年的老友

从未与我红过脸

更不要说翻脸

2010 年 3 月

▌简评

一枚冬天的果子，可能是一种特殊情绪的形象表达。诗人并没有明确写这是一只苹果还是一只梨，它可能就是你人生中悬挂在头顶上的一枚果子，一种神秘的力量；你们一起成长，一起行走，一起去远方。你们在冬天这样，在夏天也应该这样。一开始你注意到它的存在，你觉得有些不适应，你试图靠近、接触，甚至采摘，但是不能实现。这枚果子通灵性，它总能与你保持一种合适的距离。最终，你们彼此都习惯了，你习惯了水果，水果也习惯了你。这枚水果可以用来比喻很多东西，如同班同学、恋爱中的男女，还可以比喻人内在的冲动、人对未来的憧憬。可以说这枚果子是一个象征，是你人生中的某个事情，你离不开它，你也不愿意离开它。

这枚冬天的果子，让我想到奥地利文学大师卡夫卡的短篇小说《老光棍布鲁姆·菲尔德》：老光棍独自爬楼回到家里，一打开门，发现有两只陌生的赛璐珞球在家里出现了，它们机灵、好动，在地板上滚来滚去，甚至弹到墙上，到处跳动。菲尔德开始很不习惯，想抓住这两个调皮的气球，但他总不能如愿。后来，慢慢地，他不得不适应这两只球的存在。人的一生，一定有某些东西，一开始你不知道，一开始你很排斥，但你最终不得不接受它，不得不适应它，甚至莫名其妙地爱上它。从不舒服的角度来看，可以比喻成孙悟空脑袋上的紧箍咒；从良善的角度，则可以比喻成金箍棒。每个人都喜爱金箍棒，讨厌紧箍咒；前者是力量、自由，后者是软弱、顺从。

将诗意安放于田园

人类到底来自何方,是树上,还是山洞里?人类到底宜居原野,还是宜居城市?人类只是一种动物,还是万物之灵?所有这些问题,我都回答不了。

近些年来有一种很认真的说法:全球的人类都来自非洲。生物学家对人类DNA进行测定,发现今天散布于全球各地的不同人类,都是十三万年前上一个冰河期末走出东非大草原的智人族群。跟智人碰撞后,欧洲原住民尼安德特人灭绝了,东亚直立人灭绝了,南亚小矮人灭绝了,所有其他六种人类都灭绝了。只有智人存活下来,并且在欧亚大陆的各片大草原、大森林中不断推进,且冰河时期末年的各类大型肉食动物,如猛犸象等也最终灭绝。事实上,地球历史上曾经存在过的那些大型的凶猛肉食动物并不是自己不适应环境灭绝的,而是被我们的智人祖先猎杀殆尽的。有一种学说认为,尼安德特人虽然心灵手巧,却因喉咙的天生缺陷而无法发展出完善的沟通语言,无法组建大型团队,只能单打独斗。面对来自非洲的智人时处于下风,最后灭绝了。中国原有的元谋人、蓝田人等,据著名文化学者朱大可教授在他的专著《华夏上古神系》里推测,可能是挨不过上一个冰河期而灭绝了。朱大可教授发现,全球的神系可能都有一个相同的起源,各国的语言学家、生物遗传学家都在孜孜以求地探寻着,其中一个成果是发现主神、次级神等都拥有相同的音素,如"A/E/O"这几个音素,无论在非洲的古埃及、西亚的苏美尔、阿卡德、巴比伦,欧洲的古希腊、古罗马,还是在南亚的印度、东亚的中国,都是主神的核心音素。说起来似乎很复杂,简单举例说,古埃及主神阿蒙、苏美尔主神阿努、恩基,古希腊主神阿波罗等,都是"A""E"或相近音节。而次级神是水系的神灵,这些神灵共有"D/T"之类音素。

无论来自哪里,人类都跟自然最亲近。人类现在更多地生活在大城市里,未来可能如科幻小说大师阿西莫夫在其作品里预测的那样,住在一个庞大的钢结构穹顶、密封性的城市里,跟自然外界完全隔绝。失去了自然界的人类,可能不再有我们这种类型的生活了。

人类在一个相当漫长的时期，都与森林、原野、树木、花草、庄稼密切相关。我们依赖这些自然界的动物、植物生存，而作为具有审美意识的人类，还要在树木、花卉、原野面前，抒发自己的各种不同情感。这些情感有亲切的、有隔离的，有爱慕、有幽怨，综合起来，就是人类将情感投射到自然万物中，而在这些情感中，找到了自己的归宿。

通常来说，植物与季节互动密切，春天的桃花、油菜花，秋天的果实、收获，万物的情态都随着季节变化而变化。我们的祖先仰望星空，对宇宙天象进行观察、研究，并对应地上植物的生长变化，而发展出了一整套以农耕为基础的文明体系，这也是人类文明的最早发源之一。对季节变化并不那么敏感的游牧民族，就没有发展出一整套的文明来，因为他们无须以观测天象、研究季节为自己的生存基础，他们可以随着季节的风，游走在广袤的大草原上。

我们看到，写各种花草与果实的诗人，更多的是在抒发自己的情感，他们把自己的情感投射到这些物体上，从中找到了自己。

第五编

火车与旅行

火车在我小时候是最令人惊讶之物。

现在的火车不再是火车了，现在的火车不再烧煤，不再使用火力和蒸汽，而是变成了电车。

我记忆中的火车是燃烧煤炭的蒸汽机车，有长长的车头、高高的烟囱、大大的轮子。蒸汽机车才是我们梦中的庞然大物！当蒸汽机车汽笛长鸣，粗喷着白色巨烟，从遥远的天际呼啸而至，并轰隆驰过时，它带起的不仅有铁路两旁的杂草、尘埃，还有两旁树木的摇晃，两旁房屋的震颤，包括我们这些小孩子几乎所有的激动。飞奔而过的火车，以庞大的气势令铁路周围的一切都为之颤抖。而我们这些小孩子，最爱在火车驰过时激动地嗷嗷乱叫。更发疯的孩子，一见到火车驰过，就禁不住地拔脚飞奔，追着火车狂跑。

对于我们这些乡村孩子来说，蒸汽机车是来自未知世界的庞然大物，又是驶向未来世界的超级巨蟒。蒸汽火车头那组一人高的巨大驱动轮，涂着鲜红的油漆，光滑粗大的驱动轴在蒸汽驱动下呼哧呼哧地前后运动，拖动长达60节的车厢，壮观地驶过我们人生中最不平凡的岁月。

在20世纪70年代末、80年代初，我和小伙伴们在上学和放学的路上，曾经目睹了漫长的平板车拖着令人敬畏的坦克和大炮，两旁站着手执冲锋枪的战士，缓缓驶过，庄严而令人敬畏。我们还看见从南往北的火车，装满了白色的面包车，向北方急速奔驰。就在这来来往往的火车行进中，时光流逝，我们长大。

直至今天，我的梦中都偶尔会有蒸汽机车在轰鸣。

后来我读到法国儿童文学大师圣埃克苏佩里的经典名著《小王子》，觉得书里写到的情形，跟我小时候的经验几乎一模一样。书中是这样写的：

"你好。"小王子说道。

"你好。"扳道工说道。

"你在这里做什么？"小王子问。

"我一包包地分选旅客，按每千人一包。"扳道工说，"我打发这些运载旅客的列车，一会儿发往右方，一会儿发往左方。"

这时，一列灯火明亮的快车，雷鸣般地响着，把扳道房震得颤颤悠悠。

"他们真匆忙呀，"小王子说，"他们要寻找什么？"

"开机车的人自己也不知道。"扳道工说道。

于是，第二列灯火通明的快车又朝着相反的方向轰隆轰隆地开过去。

"他们怎么又回来了呢？"小王子问道。

"他们不是原来那些人了。"扳道工说，"这是一次对开列车。"

"他们不满意他们原来所住的地方吗？"

"人们是从来也不会满意自己所在的地方的。"扳道工说。

此时，第三趟灯火明亮的快车又隆隆而过。

"他们是在追随第一批旅客吗？"小王子问道。

"他们什么也不追随。"扳道工说，"他们在里面睡觉，或是在打哈欠。只有孩子们把鼻子贴在玻璃窗上往外看。"

"只有孩子知道他们自己在寻找什么。"小王子说，"他们为一个布娃娃花费不少时间，这个布娃娃就成了很重要的东西，如果有人夺走他们的布娃娃，他们就哭泣……"

"他们真幸运。"扳道工说。

我把这段故事读给那时候还没上学的女儿听，她一边听一边怜悯地看着我。她那么小，就知道我和其他大人们都很可怜啦。大人们不知道自己一生都在干什么，只是在火车里睡觉，或者打哈欠。我和女儿一起把这本伟大的童话从头到尾读了好多遍。有时读着读着她就睡着了。我知道小孩子都是天使，而大人——美国儿童文学大师苏斯博士说：他们都是些退化了的小孩子，让他们见鬼去吧！

我知道自己也退化了。小时候，我是如此热爱火车，曾幻想着有朝一日能乘着火车离开我居住的小镇去遥远的地方，钻破天幕的阻挡到那世界的尽头，在未知的世界里闲逛，看那些未知的事物、未知的人、未知的马。

我的好奇心和同情心，都跟火车紧密地联系在一起了。

我曾梦想乘着火车在世界上漫游一周，像凡尔纳写的那样，88天环游地球。我这种想法，在遥远的西亚，在碧波荡漾的地中海东岸，也有一位土耳其诗人塔朗吉早就想到过了。他对火车也抱有着深深的爱、深深的好奇，以至于对火车产生了同情。他写过一首诗《火车》（余光中译）：

> 去什么地方呢？这么晚了，
> 美丽的火车，孤独的火车？
> 凄苦是你汽笛的声音，
> 令人记起了很多事情。
>
> 为什么我不该挥手舞手巾呢？
> 乘客多少都跟我有亲。
> 去吧，但愿你一路平安，
> 桥都坚固，隧道都光明。

我的老家叫坡脊，是一个小得几乎看不见的镇子，位于雷州半岛上的一个小小的火车中途站旁。每天一早一晚，来自南北两个相反的方向的两列慢车会停靠在坡脊站，一些人上车，一些人下车，他们出现在火车站的身影，让我们感到兴奋。这些人从哪里来？这些人到哪里去？火车开动，上车的人去了远方；在夜色中，下车的人消失在田垄上。对于我们这些从来没有出过远门的孩子，只能顺着铁轨的方向远眺，目光被天边屏障所阻挡——眺望火车的消失，是一件让人遗憾的事情；目睹火车的出现，是一个令人激动的奇迹。

我和我的小伙伴们在漫长而无聊的时光里，曾长时间地坐在山坡上，眺望着铁轨延伸到看不到尽头的远方，长久地等待一列几乎永远不会出现的火车。我们也曾前前后后地行走在窄窄的铁轨上，锻炼自己的平衡力。在枕木上比试立定跳远，看谁能跳过三根枕木。在我们的记忆中，铁轨和枕木都是没完没了的，不可能穷尽，如同不可能穷尽这个世界的终极秘密。我曾尝试着数清楚从坡脊到另一个乡村之间的枕木数目，没走多远就混淆了。枕木与枕木之间有细微的区别，但铁轨与铁轨之间却几乎没有任何不同。

生活在铁路旁，我们的人生也贴着铁轨生长，我们的生活内容根本离不开铁路。我们顺着铁路路基去走家串户，我们从铁路涵洞下钻过，试图探索一条河的秘密。我们坡脊的铁匠铺用铁轨旧接板打造锋利的刀具和农具，我们坡脊的人家用换下来的枕木锯片打造散发着沥青香气的家具。

我上小学时，从家里去学校要穿过火车站的五组铁轨。火车进站时，我们就钻火车，趴在铁轨上，闻到铁的生硬气息，令人生畏。我们看到光滑的大车轮，还有那些车轮组的弹簧、承载组件。在车辆缓慢启动前，迅速地溜过去。从来没有听说过谁在钻火车时出事故，从来没有听说过有人被火车撞倒过。在这样的小镇、小村，我们有一种蜥蜴般敏感的听觉和袋鼠般敏捷的身手。空旷田野上，火车远在十几公里之外甚至在天边，就会传来如丝绸般光滑的声音，让我们知道，火车来了。

我们还爱趴在光滑的铁轨上，贴上自己的耳朵，倾听仿佛来自未来的声音。火车从天边出现前，会有一种声音沿着铁轨如潮水般涌现。这时我们会欣喜若狂，跳起来奔跑，如镇上受惊的鸡鸭鹅般嘎嘎大叫："火车来了！火车来了！"

火车从我们镇上飞驰而过，忽然而逝，恍如一个不真实的梦，只有铁路两旁摇曳的甘蔗林在风中发出沙沙的声响。仿佛在这个并没有破碎的梦中，我们如胚胎般突然长大了。

如果你是这列快车上的旅客，从车厢里向外眺望，或许能看到几个赤条条的小猴孩在黄泥地上拼命蹦跳，无声地大喊大叫，他们都在试图让自己印入你的记忆中。但一切，在几秒钟之内就消失了。那些蹦跳挥手的小孩、遮掩在榕树后面的车站小屋、路上慢吞吞行进的农夫，所有这些只在你的人生路中短暂地出现，瞬间就消失了。你不会再想起，人生中曾有过这样的一个时刻。这些人与事，已经如风中的草籽一样飘散。

从小生活在火车站旁边，我的人生似乎也沿着铁轨在蔓延：从一个地方到另一个地方，从一段人生到另一段人生，我对火车有抹不去的深刻情感。如台湾诗人席慕蓉的诗句所言：

假如生命是一列

疾驰而过的火车

快乐和伤悲　就是

那两条铁轨

在我身后　紧紧追随

……

读小学时，每月有个周末，父亲会给我两三块钱，让我自己早上搭乘慢车去县城，到南街一个图书屋去读书、买书。从县城火车站去南街的那条路我走过了很多遍，可以说了然于胸。看一上午书，中午吃油条喝豆浆，回去继续看书，最后精挑细选，买了两本带回家。看到下午三点多钟，沿着熟悉的南街回火车站，搭乘返程的慢车，坐三站，回到坡脊。

我曾在自己的长篇小说《我的八叔传》里详细地写过坡脊镇，以及那些真实或虚构的传奇人物。我还在长篇小说《青春期》里描写了这个只有十几户人家的小镇，说它如同一粒草籽，飘落在南中国的黄泥中——微小得如同一声叹息，而在这些叹息中，蒸汽机车的轰鸣成为难以抹去的记忆。

我读过很多诗人写火车的诗，并为这些诗所打动。如美国诗人罗伯特·勃莱的《坐火车经过一处果园》（王佐良译）就令人印象深刻：

苹果树下草好深。

树皮粗糙而又性感。

草长得密而不匀。

我们受不住灾难，

不如岩石——

它赤裸在开阔的田野上，

摇摆着。

一点小伤，我们就死亡！

这车上我谁也不认识。

有个人从过道里走来。

我想告诉他

我宽恕他，要他

也宽恕我。

从眺望中看到苹果树、草丛、岩石、田野，诗人想到生命之脆弱。诗人的目光回到车厢内，看到过道中走来一个人，因此萌发了一种最大限度的宽恕与自我宽恕。在脆弱面前，这个世界需要宽恕，也需要同情、理解。

一列火车，载着所有的人，行进在银河系西旋臂的幽深太空深处一个小小的、如同芥子那么微小的蓝色星球上。我们所有乘客都必将去往一个更为幽深的地方。人生也是一列单向火车，我们在自己的轨道上不断地滑行，经过一个又一个车站，有些站我们下车了，简单徜徉之后继续上车，有些车站只是经过，只有几秒钟的停留，不引起内心一丝涟漪。但人生永远不能像真正的火车那样，又可以从结束驶回开始。正如《小王子》里写的那样：不，那是另外一列火车。

在写这篇略微有些忧伤的序言时，我上网找到了台湾流行歌手罗大佑演唱的《火车》，一边放来听，一边修改我的措辞。很抱歉，是闽南语版的。略懂非懂的闽南语，唱着这略懂非懂的歌词，用来作低调奢华有内涵的结尾，最合适不过了，但我不负责详细解释。其中"佗位"念"tó-uī"，意思是"哪里"，"厝"念"cuò"，是"屋子"。词如下：

火车火车　行对佗位去

爬去山顶　拖甲在喘气

火车火车　行对佗位去

赞落土脚　恬恬假细腻

台北台北　来到火车头

别人行李　不通放勿记

报纸报纸　昨昏的消息

便当便当　迷人的气味

火车火车　藏对佗位去

歇在山顶　伴人在过暝

火车火车　藏对佗位去

去公园中　教人讲过去

火车火车　你欲对佗去

翻山过岭　甘心行落去

火车火车　你欲对佗去

古早古早　风神的志气

想欲予阮出外的人飞向一个繁华世界

一站一站过过停停男儿的天外天

想欲予阮思念的人看着阮的苦恋心情

一步一步摇摇摆摆故乡的田边

想欲予阮出外的人飞向一个繁华世界

一站一站过过停停男儿的天外天

想欲予阮故乡的人看着阮的思念心情

一步一步摇摇摆摆阮的老厝边

……

（李坤城词，罗大佑曲）

最后，我还想摘录一段马塞尔·普鲁斯特的名作《追忆似水年华》（李恒基等译）第一册《在斯万家那边》第一卷《贡布雷》的开头，他写到了火车，写到了火车入梦：

在很长一段时期里，我都是早早地就躺下了。有时候，蜡烛才灭，我的眼皮儿随即合上，都来不及咕哝一句"我要睡着了"。半小时之后，我才想到应该睡觉；这样一想，我反倒清醒过来。我打算把自以为还捏在手里的书放好，吹灭灯火。……我不知道那时几点钟了；我听到火车鸣笛的声音，忽远忽近，就像林中鸟儿的啭鸣，标明距离的远近。汽笛声中，我仿佛看到一片空旷的田野，匆匆的旅人赶往附近的车站；他走过的小路将在他的心头留下难以磨灭的回忆，因为陌生的环境，不寻常的行止，不久前的交谈，以及在这静谧之夜仍萦绕在他耳畔的异乡灯下的话别，还有回家后即将享受到的温暖，这一切使他心绪激荡。

一 李金发·里昂车中

里昂车中

细弱的灯光凄清地照遍一切,
使其粉红的小臂,变成灰白。
软帽的影儿,遮住她们的脸孔,
如同月在云里消失!

朦胧的世界之影,
在不可勾留的片刻中,
远离了我们,
毫不思索。

山谷的疲乏惟有月的余光,
和长条之摇曳,
使其深睡。
草地的浅绿,照耀在杜鹃的羽上;
车轮的闹声,撕碎一切沉寂;
远市的灯光闪耀在小窗之口,
惟无力显露倦睡人的小颊,
和深沉在心之底的烦闷。

呵,无情之夜气,
卷伏了我的羽翼。
细流之鸣声,

与行云之漂泊，

长使我的金发褪色么？

在不认识的远处，

月儿似钩心斗角的遍照，

万人欢笑，

万人悲哭，

同躲在一具儿，——模糊的黑影

辨不出是鲜血，

是流萤！

简评

　　李金发是中国早期现代派诗歌的拓荒者之一。他在巴黎留学期间，受到过象征派大师波德莱尔的深刻影响。这首《里昂车中》的整体意象都有浓重的象征主义色彩。车中所见，如"细弱的灯光"所映照出来的那些朦胧世界充满了人与人、人与世界的疏离感，是象征主义的典型气息。在这首诗的一开始，我们就会发现，李金发诗中的世界不是融合的，而是间离的——诗人与他人间离，人与世界间离，世界上的不同事物之间彼此间离。这种诗歌态度是西方式的，反映出的是现代主义视野中的冷漠、无法沟通的世界。

　　在欧洲，第一次世界大战的残酷、血腥，彻底改变了现代艺术的进程，人的无价值死亡，庞大战争和废墟，对新一代文学家、艺术家产生了巨大的心灵震撼。旧世纪人们对整个世界充满自信的认识在第一次世界大战之后完全失去了。人们发现这个世界的冷酷和不可预知——"朦胧的世界之影，/在不可勾留的片刻中，/远离了我们，/毫不思索。"因此，西方现代主义文学、艺术、电影，几乎都是因为第一次世界大战而催生的。

　　诗中这个冷漠的荒诞世界在诗人的观察中显得极其特别，并通过精心构建的诗句使之有特殊意义。但诗人并非此特殊建构世界中的一员。那些事物的冷漠也好，美丽也好，都是外在的。那时，李金发还处在自己的年轻时代、迷惘时代，他来到巴黎时，跟美国"迷惘的一代"出现的时间几乎同步。而当时尚且年轻的海明威，后来就在西班牙、意大利直接参加过战争。李金发在这里昂的公交车里，注视到一个隔膜世界，他成为一个不被接纳的他者。诗中有令人震惊的好句——"山谷的疲乏惟有月的余光，/和长条之摇曳，/使其深睡"。

二　徐志摩·火车擒住轨

火车擒住轨

火车擒住轨，在黑夜里奔：
过山，过水，过陈死人的坟；

过桥，听钢骨牛喘似的叫，
过荒野，过门户破烂的庙；

过池塘，群蛙在黑水里打鼓，
过噤口的村庄，不见一粒火；

过冰清的小站，上下没有客，
月台袒露着肚子，像是罪恶。

这时车的呻吟惊醒了天上
三两个星，躲在云缝里张望；

那是干什么的，他们在疑问，
大凉夜不歇着，直闹又是哼，

长虫似的一条，呼吸是火焰，
一死儿往暗里闯，不顾危险，

就凭那精窄的两道，算是轨，
驮着这份重，梦一般的累坠。

累坠！那些奇异的善良的人。
放平了心安睡，把他们不论

俊的村的命全盘交给了它，
不论爬的是高山还是低洼，

不问深林里有怪鸟在诅咒，
天象的辉煌全对着毁灭走；

只图眼前过得，裂大嘴打呼，
明儿车一到，抢了皮包走路！

这态度也不错！愁没有个底；
你我在天空，那天也不休息。

睁大了眼，什么事都看分明，
但自己又何尝能支使运命？

说什么光明，智慧永恒的美，
彼此同是在一条线上受罪，

就差你我的寿数比他们强，
这玩艺反正是一片糊涂账。

▶ 简评

  这首诗作于1931年7月19日，初载于同年10月5日的《诗刊》第3期，署名志摩，原名《一片糊涂账》，是徐志摩最后一篇诗作。诗中有极其浓重的个人反思色彩，可以看到人生中不断变化的徐志摩，在爱情中、家庭中、工作中、诗歌中，有各种深刻的纠缠。徐志摩与林徽因、陆小曼的爱情故事，经过80多年的反复发酵，已经成了现代文学中的一个传奇，徐志摩飞机失事英年早逝，更是影响深远的事件。

在徐志摩写这首诗的20世纪30年代初，乘火车旅行尚且是一件新鲜事，而这个时候徐志摩为了从上海尽快赶赴北京，已经搭乘过很多次飞机了。他的洋派、他的时髦，在那个时候是极其先锋的。他不仅感情先锋，生活先锋，才华也先锋。作为"新月派"的创始人和核心盟主，徐志摩与闻一多一样，对诗歌的格律、诗歌的韵脚都有着非常认真的追求，这首诗更是别出心裁地做了一个两句分行，让整首诗产生了猛烈的节奏感，急促到让人阅读时喘不过气来。

这首诗采用的两句分行的方式，似乎是对两根并行铁轨的直接模仿。这两句一段，就是一道猛烈的铁轨，不断地出现，不断地消失。而且，两句一段一个韵节"奔/坟"，另起一段另换一个新韵脚"叫/庙"，读出声来会发现，真的是铿锵、猛烈、婉转、一唱三叹，仿佛火车行进在漫长的铁轨上不断地到站，不断地驶出，铿锵节奏永不停息。如同我们这位多情而天才的诗人，他丰富多彩的人生已经陷入了某种黑暗中。

《火车擒住轨》现在读来，还是极其怪异的意象。这是一列在黑夜中奔行的火车，它经过的也都是不太令人欢欣的世界："过山，过水，过陈死人的坟，/……过荒野，过门户破烂的庙，/过池塘，群蛙在黑水里打鼓，/……过冰清的小站，上下没有客"。这样的景象，不能说不是阴暗、令人不安的。而在这样的世界中，诗人的自我化身出现了："长虫似的一条，呼吸是火焰，/一死儿往暗里闯，不顾危险，/就凭那精窄的两道，算是轨，/驮着这份重，梦一般的累坠"。"累坠"现在更多用"累赘"，但我们读现代诗、现代散文、现代小说，断不可草率地改成我们现在习惯的用语。语言是有时代性的，那时候的语言如此呈现，更有滋有味。人生与铁轨多么相似，人的两条腿，以及两条腿所走出来的路，也与铁轨多么吻合。因此，用铁轨来比喻人生的轨迹是神来之灵感。

徐志摩自己何尝不是这列擒住铁轨的火车？只是，他还有更多的自我要求："俊的村的命全盘交给了它，/不论爬的是高山还是低洼，/不问深林里有怪鸟在诅咒，/天象的辉煌全对着毁灭走"。这些段落读来，有些知其不可为而为之的决绝。但到底，诗人还是有些悲观，甚至宿命的："睁大了眼，什么事都看分明，/但自己又何尝能支使运命？"

诗人如诗中这列行驶于黑暗中的火车，在这样不祥、不安的世界中，独自前行，并不是因为认定前路上有什么新鲜和希望，而是因为"擒住轨"同时也被轨擒住了的人生火车，无法脱离这注定的轨道形式。你的命，也在你的轨道上。

也许，那架因为大雾而撞在小山上坠毁的邮政飞机，也是诗人笔下的一列擒住自己的轨的火车，它和它的乘客，来到了自己的人生尽头。

三　曾卓·没有我不肯坐的火车

作者简介

曾卓（1922—2002），原名曾庆冠，笔名还有柳红、马莱、阿文、方宁、方萌、林薇等。原籍湖北黄陂，生于湖北武汉，著名诗人。1936年加入武汉市民族解放先锋队，武汉沦陷前夕流亡到重庆继续求学，并开始发表作品。1940年加入全国文协，组织"诗垦地社"，编辑出版《诗垦地》丛刊。1943年入重庆中央大学历史系学习。1944—1945年从事《诗文学》编辑工作。1947年毕业后回武汉为《大刚报》主编副刊。1950年任教湖北省教育学院和武汉大学中文系，1952年任《长江日报》副社长，当选武汉市文联、文协副主席。出版的诗集有《门》(1944)、《悬崖边的树》(1981)、《老水手的歌》(1983)。

没有我不肯坐的火车

在病中多少次梦想着
坐着火车去作长途旅行
一如少年时喜爱的那句诗：
"没有我不肯坐的火车
也不管它往哪儿开"

也不管它往哪儿开
到我去过的地方
去寻找温暖和记忆
到我没去过的地方
去寻找惊异、智慧和梦想

也不管它往哪儿开

当我少年的时候

就将汽笛长鸣当作亲切的呼唤

飞驰的列车

永远带给我激励和渴望

此刻在病床上

口中常念着

"没有我不肯坐的火车"

耳中飞轮在轰响

脸上满是热泪

起伏的心潮回应着列车的震荡

▶ 简评

  我偶然读到曾卓先生这首杰作《没有我不肯坐的火车》，于是决定编写一编"火车与旅行"。我反复地读这首诗，觉得是从自己身体里生长出来的，一直在我的身体里回荡、共鸣。我不愿意说读得"热泪盈眶"，但读了非常难忘。

  这首诗是诗人在去世之前，躺在病床上口授出来的，可以说是诗人一生的自我总结，也是诗人留给这个他恋恋不舍的世界的告别书。

  诗的开头直截了当，但其实一贯到底，极其不凡："在病中多少次梦想着／坐着火车去作长途旅行"。这种热望，在诗人无法实现梦想时，尤其显得令人感动。我自己在20多年前从家乡来到上海念书时，路途极其漫长，但我一直都抱有热烈的心，可以一整天地看着窗外不断变化的风景，充满了各种惊奇和欣喜。我也爱乘火车去长途旅行，火车是擒住铁轨的，它贴着地面飞奔，让你可以跟整个世界以同一个高度行进，你看到的是一个真实的、不变形的世界。这个世界以其新鲜扑面的气息，让你的人生充满了难以忘怀的、从燃烧煤炭的火车头烟囱随风飘进来的煤渣屑。那个时候，你就在路上，你才不管目的地是哪里呢！你才不管路途有多远，你想到的就是乘上火车，踏上路途！——"也不管它往哪儿开/到我去过的地方/去寻找温暖和记忆/到我没去过的地方/去寻找惊异、智慧和梦想"。这是诗人强烈的愿望。

在诗中，诗人也回顾了自己少年时代的心路历程——"当我少年的时候/就将汽笛长鸣当作亲切的呼唤/飞驰的列车/永远带给我激励和渴望"。他是一个乐观而顽强的人，是一名战士。因为"胡风事件"的牵连，他也曾入狱，出狱后被发配到农村劳动。但这一切都不能摧垮他，他就像自己写过的《悬崖边的树》，在那深渊的边上，挺直腰杆，不管风吹雨打，就是屹立不倒。

在这首一气呵成的短诗里，仅仅四段，诗人反复咏叹，回顾一生，也对自己的精神和态度有各种满意的交代。这是极其爽朗、明确而意义隽永的杰作，可以反复读，可以一直读，可以朗诵，也可以默默地读。

四 食指·这是四点零八分的北京

作者简介 食指：1948年生,本名郭路生,山东鱼台人,职业作家、诗人,被当代诗坛誉为"朦胧诗鼻祖"。1967年,在一代人的迷惘与失望中,诗人以深情的笔触写下了《再也掀不起波浪的海》和《给朋友》这两首诗,是一组催人泪下之作。1968年写下名篇《相信未来》,是一首著名的诗歌。1969年赴山西汾阳杏花村插队务农,1971年应征入伍,历任舟山警备区战士,北京光电研究所研究人员。1982年开始发表作品,1997年加入中国作家协会。代表作有《相信未来》《海洋三部曲》《这是四点零八分的北京》等。

这是四点零八分的北京

这是四点零八分的北京
一片手的海浪翻动
这是四点零八分的北京
一声尖厉的汽笛长鸣

北京车站高大的建筑
突然一阵剧烈地抖动
我吃惊地望着窗外
不知发生了什么事情

我的心骤然一阵疼痛,一定是
妈妈缀扣子的针线穿透了心胸
这时,我的心变成了一只风筝

风筝的线绳就在妈妈的手中

线绳绷得太紧了。就要扯断了
我不得不把头探出车厢的窗棂
直到这时，直到这个时候
我才明白发生了什么事情

——一阵阵告别的声浪
就要卷走车站
北京在我的脚下
已经缓缓地移动

我再次向北京挥动手臂
想一把抓住她的衣领
然后对她亲热地叫喊
永远记着我，妈妈啊北京

终于抓住了什么东西
管他是谁的手，不能松
因为这是我的北京
这是我的最后的北京

1968年12月20日

▶ 简评

这首诗创作于1968年，一个特殊的场景："上山下乡"运动时，诗人和其他知青挤在列车上与北京告别。这种依依不舍的情感，跟那时整个大时代的气氛不完全合拍。在那个时代铺天盖地的宣传下，知青离开城市赶赴山乡，是一种崇高的行为，是值得赞美的壮举。第一批"上山下乡"的知识青年还要政审，家庭出身不合格的知青，还没有资格参加。在这样的告别人群中，诗人自己从车中往外观看，以自己所处的视角，产生了特殊的地理"位移"现象。

通常来说，是火车离开了车站、离开了城市，但在诗人依依不舍的情感中，变成了北京站离开了自己，北京离开了自己。被离开，就产生了被抛弃的感觉。这种"异化"视角，如今的读者已经习以为常，但在当时却引起了人们新奇的阅读感受。为了强调自己心情的难舍，诗人"移动"了北京和北京车站，而让自己成为一个坐标。所有情感的指向都明确了，诗人的离开，是一种身体的暂别，而在精神上，他还留在这里。

"四点零八分的北京"，是一个大清早，告别的人挥动手臂，"一片手的海浪翻动……/北京车站高大的建筑/突然一阵剧烈地抖动"——火车启动，要开出去了。从诗人车中的角度，抖动的是北京车站——"这时，我的心变成了一只风筝/风筝的线绳就在妈妈的手中"。依依不舍的感情，跟当时主流媒体的宣传不同，儿女情长虽然是真情流露，但也是被鄙视的，被嘲笑的。然而，这首诗说出了真实的情感，打动了几乎所有知青貌似坚强的心——实际上，他们是不想离开北京的，他们只是假装高高兴兴地离开。毕竟大多数知青都只有十六七岁，还是个孩子。他们的人生如浩瀚的海洋铺展在面前，未知世界让人感到十分不安。还在几年前，他作为儿童，还拉着母亲的手走过北京的街道——"一阵阵告别的声浪/就要卷走车站/北京在我的脚下/已经缓缓地移动"。这首诗把依依不舍的心情彻底地显露出来，而不是像政治口号说的那样毅然决然地离开，毫无留恋，毫不柔情。这首诗传达出了人们内心真正的柔软情感，因此很抓人——"终于抓住了什么东西/管他是谁的手，不能松/因为这是我的北京/这是我的最后的北京"。是的，最后的北京，有一种本质的惊恐离开了，就可能再也回不来了。

细心的读者也一定注意到了，诗人受到了现代诗的影响，很注意诗的韵脚变化，而且一韵到底，显得非常流畅。在诗的结尾，用双重的反复"我的北京→我的最后的北京"，来吟诵自己依依不舍的心情，使本诗更加情绪饱满而柔肠百结。

五　北岛·旅行日记

旅行日记

火车进入森林前

灭火器中的暴风雪睡了

你向过去倾听——

灯光照亮的工地：

手术中剖开的内脏

有人叮当打铁

多么微弱的心跳

桥纵身一跃

把新闻最阴暗的向度

带给明天的城市

前进！深入明天

孩子的语病

和星空的盲文

他们高举青春的白旗

攻占那岁月高地

在终点你成为父亲

大步走过田野

山峰一夜白了头

道路转身

▶ 简评

　　乘火车旅行，你通常会在原野奔驰，会越过河流，进入森林，在白云底下，你沿着铁轨和自己的轨道，不断地向前——"前进！深入明天／孩子的语病"，但每一次旅行都是深入明天啊，人生总是向着明天的旅行，不可能返回到昨天。这是一个非常简单的自我反问，但明天到底是什么，铁轨不能回答这个问题——"进入森林前／灭火器中的暴风雪睡了"。这是一次旅行中的最简单的即景和最简单的自我反思。进入森林之前的停顿——"睡了"，是这种反思的必要条件。诗人进入了自我状态，他也对自我的世界有了新的发现——"灯光照亮的工地：／手术中剖开的内脏／有人叮当打铁／多么微弱的心跳"。

　　但这首诗没有给出明确的意义，人生并不总是有意义，也许旅行本身就是其中一种：例如，孩子终将长大，"攻占那岁月高地"，转身后道路旁的山峰"一夜白了头"。

六　顾城·我们去寻找一盏灯

作者简介

顾城：1956年生于诗人之家，父亲是著名诗人顾工。相比同龄人，顾城有比较深的阅读积累，写诗功力深厚，不但新诗了得，还精于写旧体诗及创作寓言故事诗。顾城是"朦胧诗"主要代表人物，被称为当代的唯灵浪漫主义诗人，早期诗歌有孩子般的纯稚风格、梦幻情绪，用直觉和印象式的语句来咏唱童话般的少年生活。曾应邀访问欧洲许多国家，住过很多城市，最后隐居新西兰激流岛。1993年10月8日在其新西兰寓所，因婚变杀死妻子谢烨后自杀。这是中国新诗坛一个令人震惊的悲剧事件。顾城留下大量诗、文、书法、绘画等作品。作品被译成英、法、德、西班牙、瑞典等十多种文字。

我们去寻找一盏灯

走了那么远
我们去寻找一盏灯

你说
它在窗帘后面
被纯白的墙壁围绕
从黄昏迁来的野花
将变成另一种颜色

走了那么远
我们去寻找一盏灯

你说

它在一个小站上

注视着周围的荒草

让列车静静驰过

带走温和的记忆

走了那么远

我们去寻找一盏灯

你说

它就在大海旁边

像金橘那么美丽

所有喜欢它的孩子

都将在早晨长大

走了那么远

我们去寻找一盏灯

▌ 简评

  顾城的诗有一种特殊的音乐感，很适合朗读。这首诗并不复杂，七段中的"走了那么远/我们去寻找一盏灯"重复了四次，反复咏唱，而让诗的节奏变得极其强烈，强调了"寻找一盏灯"这个鲜明的意象——"灯"通常是"光明"的象征，因此是"希望"和"美好"的代名词，如同"飞蛾扑火"被进一步阐述成为追求光明而不惜"粉身碎骨"，如"太阳"象征希望。顾城那句广泛流行的名句"黑夜给了我黑色的眼睛/我却用它寻找光明"，使用了性质截然相反的组合，强调了"黑夜"与"光明"的反差，而且寓意深远，令人印象深刻。

  顾城曾被称为"童话诗人"，但他的诗中隐有一种淡淡的忧郁与悲伤，而且带着不可及的无望感。他所描述的美好事物都在"远处","在窗帘后面/被纯白的墙壁围绕","在一个小站上/注视着周围的荒草","在大海旁边/像金橘那么美丽",这里的"窗帘/小站/大海"都在外面的远处,不在旁边,因此"寻找"本身带着一种虚无的感受在内——"走了那么远/我们去寻找一盏灯",但这盏灯在别处。

七 宋琳·长途车

长途车

长途车每次都不偏不倚地开向你

开向日照很长的Ａ城

你在那么多肤色洁白的人群里走动

不时停下来望望站牌

仿佛丢失了什么

遗忘并想起了什么

而我一直难以穿过这缓慢冬季的泥泞土坡

大岱沼泽的雾气烘烤着简陋棚户

风车架巨大的叶片上太阳长时间静止

它若有若无

似乎什么也不关怀不想照耀

我的长筒靴只有在篝火旁

才能踢踢踏踏踩出音乐

北部拓荒者的面庞都是被土地浸染过的

粗大的毛孔里总是有丘有壑

我也在冬天的某个夜里长出了许多坚硬的髭须

当你来信时它们便野火一样拼命燃烧

我感到我的快乐无比辽阔

但往返于Ａ城的长途车无法载动我

最后一次收到你的信是在春天

从此我每天倚着草垛看车轮后面的灰尘

牛群们的眼睛因为长久的等待

蓄满了忧伤

而土地最终不会载走它们的希望

妈妈她不愿打搅我

一个人在漆黑的门洞里被煤烟渐渐熏老就熏老了

她说你不管走多远总是要回来的

我也痴情地相信妈妈还会年轻

电线杆忠实地延伸着

季节的诺言

假如有一天你偶然回到那个站牌下

还会三分犹豫七分果断地想起新婚之夜吗

当哐当哐当的长途车再次启动去 A 城

车上一定会多出一个属于我的

     位置

▶ 简评

  对于一个敏感的诗人，任何一件事情、任何一个事物，都可能充满诗意，都会让贫乏的世界如水一般滋润。例如这首诗中的"长途车"，是一种多么普通的交通运输工具，而且还是20世纪80年代的那种旧式长途汽车：没有空调，车窗手摇，座椅坚硬，行驶颠簸。我不知道开头这句为何如此吸引我，我反复地读，似乎读不出什么味道来，但又似乎心里怦然一动——"长途车每次都不偏不倚地开向你/开向日照很长的A城"。那个"不偏不倚"特别地修饰了"长途车"和"你"，而让这两者都产生了特殊的"位移"，并且出现了叙事地点——在极北方，偏离了主流诗人喜爱描写的那些重要地点和景物，而只是一个在地图上找不到的、微不足道的地方：日照很长的A城。

研究这长途车的方向和叙事中两个人的位置，我们就会发现这是对思念的隐晦表达——"你在那么多肤色洁白的人群里走动/不时停下来望望站牌"，这是一种等待的姿势。而等待的人，在长途车来的方向的另一端，还远远没有上车——"而我一直难以穿过这缓慢冬季的泥泞土坡"。两个人远隔着很大的距离，依靠通信联系，并着迷于信，诗中还提及春天最后的一封信。但思念并不断于最后一封信——"从此我每天倚着草垛看车轮后面的灰尘/牛群们的眼睛因为长久的等待/蓄满了忧伤"。牛群的忧伤，暗喻着的是诗人的忧伤，并且这种忧伤越来越强烈，以至于对诗人产生了最根本的影响，而有了出发去A城的冲动——"当哐当哐当的长途车再次启动去A城/车上一定会多出一个属于我的/位置"。

所以，这是一首写爱人分居、思念、分手、再思念的诗。短短的35行诗句，写出了一个复杂、漫长的故事。诗歌本来就有非常强烈的叙事功能，如《孔雀东南飞》《长恨歌》《琵琶行》等，都是其中的经典。

贝尔格里阿诺

每月一次，乘火车去贝尔格里阿诺，
两条街之间是我寂寞的中国。
坐在小站月台的长椅上，
看着铁轨两边的行人在栏杆外面，
等待火车从虎泉方向开来。
南美洲的太阳火辣辣的，
神龛里的圣母像面色苍白，
眼睛低垂（不看好人也不看坏人）。
失修的挂钟照旧停在8点45分，
每月一次，提醒我

末日不过是某种事物的终结：

一个已经上路的坏消息；

一场堵住一切覆盖一切的雪；

一个带来终生悔恨的过错……

车门打开了，我感到说不出的满足，

因为每月一次，贝尔格里阿诺

都充当一回我的中国，

用它的仁慈、懒散、循环的魔术。

而我的购物袋沉甸甸的，装满大米、

豆瓣酱、小葱和萝卜。

2003年

简评

贝尔格里阿诺，南美洲阿根廷的一个小城市。诗人曾随在阿根廷大使馆工作的法国妻子去布宜诺斯艾利斯居住。在地球的另一端，浩瀚太平洋的南部，诗人在一个开往某小城的火车站月台上坐着，身临其境的话，这种感觉是非常怪异的。在国外生活过的人，都会有这种陌生而怪异的感受：你怎么就在这里了？这不是你的世界，不是你的国家，不是你的朋友……你对熟悉的家乡的思念突然就喷涌出来了——"坐在小站月台的长椅上，/看着铁轨两边的行人在栏杆外面，/等待火车从虎泉方向开来"。诗人每月一次乘火车去贝尔格里阿诺，每月一次看着同样的小火车站月台，看着行人与年久失修的挂钟"照旧停在8点45分，/每月一次，提醒我/末日不过是某种事物的终结"。这样的感受，在一个思乡者的内心，产生了强烈的震动。对于住在遥远南美洲的诗人，中国很具体，也很缥缈；很遥远——在太平洋北部彼岸；也很近——"每月一次，贝尔格里阿诺/都充当一回我的中国，/用它的仁慈、懒散、循环的魔术。/而我的购物袋沉甸甸的，装满大米、/豆瓣酱、小葱和萝卜"。

　　写思乡，不需要用很高大、很猛烈的词，只是具体场景的描述和内心的变化，就能体现出来。在你的心目中：大米、豆瓣酱、小葱和萝卜，这来自大洋彼岸的中国食品，岂不是就代表了中国的具体形象了吗？这些来自家乡的食物，进入了你的胃，被消化，融入你的身体，不就是你与故乡合二为一了吗？

　　不需要用庞大的词语：祖国、长城、黄河、长江、黄土高原，只需要几样吃的东西。是的，真情实感，最能打动人，就如同让你思念的油脂食物。

八　向以鲜·看火车

作者简介

向以鲜 ▶

1963年生于四川，1983年毕业于西南师范大学（今西南大学前身之一）中文系，同年考入南开大学中文系中国古典文学专业念硕士，师从闻一多先生高足王达津教授，主修唐宋文学，并开始诗歌创作。1986年硕士毕业后分配至四川大学古籍所工作至今。诗作《割玻璃的人》获《诗歌报》首届中国探索诗大赛特等奖，1991年与诗人柏桦、钟鸣创办《象罔》杂志，出版了十余期。2000年与钟鸣共同策划主持中国最大的鹿野苑石刻博物馆。2013年7月，参与创作的连续剧《花木兰传奇》在央视一套黄金档播出。

看火车

1. 火车之蛇

那年还不到十岁

为了见到火车

我跟着哥哥

从聂家岩出发

梦中的轰鸣犹在回响

响滩子河冲洗着清澈的旭日

料峭额头

穿过早春的桐子花和马耳草

滴血成珠滚落食指

一路急行　奔向罗文

只有在那儿

才能见到火车压过大地

我不断问　你没有骗我吧

哥哥让我把耳朵贴向青石板

诡谲地眨着眼睛　听见没有

听见没有

我用力把嫩叶般的耳朵压平

把耳朵嵌进石头里

好让耳膜更加接近火车的幻影

在心跳之外　冰凉的世界

死亡般安静

这时　山峦微微抖动了一下

哥哥突然叫了起来

一条斑斓的幼蛇

飞速划过我的耳际

简评

这首诗让我返回了自己的少年时代，我少年时就居住在火车站旁边，天天都可以听到火车的轰鸣，看到火车的风驰电掣，梦中都飘着蒸汽机车烟囱上喷出的凶猛白烟。少年与哥哥结伴去看火车，要行走到很远的地方，翻山越岭，穿过河流——"从聂家岩出发／梦中的轰鸣犹在回响／响滩子河冲洗着清澈的旭日／料峭额头／穿过早春的桐子花和马耳草／滴血成珠滚落食指／一路急行　奔向罗文"。这段诗句写得急促而简练，写到了很多名字："聂家岩""响滩子河""旭日""桐子花""马耳草""罗文"，一上午的急行，浓缩在此。这是诗的特别表现能力，如果改换成散文、小说，恐怕要增加到几千字了。

诗可以用精练的句子，描写一个人生的片段、一个日常的情景，从而唤醒读者的全部经验,并直达内心,产生共鸣。而这种日常经验必须生动准确地传达出来——"我用力把嫩叶般的耳朵压平/把耳朵嵌进石头里/……这时 山峦微微抖动了一下/……一条斑斓的幼蛇/飞速划过我的耳际"。

2. 火车之虎

大约到了晌午

朝拜火车的旅程变得清晰

我和哥哥坐在木制的古旧廊桥上

望着山峰交错的远方发呆

快了 那儿就是罗文

哥哥宽慰着一颗朝圣的心

现在想来 一列乌黑风掣的火车

有时的确具有某种神性

越过时间 光明或黑暗的隧道

驶向蒙昧之地

火车的本质就是未知 不可知

在迷途的铁轨上

轰轰隆隆 来来去去

仿佛一只……

在纷繁的世间出没

对了 就在那座快要倒塌的廊桥上

我第一次听见了火车的声音

那振聋发聩的声音

只有猛虎的嘶吼才能相比

一只乌黑的记忆之虎

刺破童年和亘古的孤寂

简评

"听火车"是这第二节诗的核心——兄弟俩翻山越岭走了一上午,仍然没有赶到能看见火车的罗文,他们只是在一个地方,一个陈旧的、快要倒塌的廊桥上休息时,听到火车的声音。第一节诗中,刚出发正在赶路的兄弟俩,距离火车还远,他只是在"谈火车",并在中途试图想象火车的过程中,把"耳朵嵌进石头里",但他无法想象到真实的火车。而在第二节,兄弟俩已经靠近火车了,他们虽然还没有靠近到可以看见,但他们已经可以清晰地听见——"一列乌黑风掣的火车/有时的确具有某种神性/越过时间　光明或黑暗的隧道/驶向蒙昧之地"。这是人生中的一列火车,在少年蒙昧的世界轰隆隆地驶来——"就在那座快要倒塌的廊桥上/我第一次听见了火车的声音/那振聋发聩的声音/只有猛虎的嘶吼才能相比/一只乌黑的记忆之虎/刺破童年和亘古的孤寂"。

把火车和猛虎相比,使这节诗突然变得鲜艳而充满弹性。这样的猛虎嘶吼,如同一束光射入蒙昧的少年孤寂的洞穴,被他们听见,在人生最混沌的时光,在最蒙昧的世界,投入了一种神性般的呼唤。这猛虎如同导师一般,如同一列从亘古驶来的列车一般,让你的童年,突然有了光亮,有了转折。在这份亘古的"孤寂"中,你忽然跟世界发生了深切的联系。

3. 火车的黄昏

直到黄昏

我和哥哥终于到达罗文

没有尽头的铁轨就踩在脚下

钢铁多么明丽啊

我俯身下去

甚至可以看见西天的晚霞

和寥落的星辰

哥哥快速拉起我闪开

来了　来了　来了

火车　真的来了

枕木下的碎石发出瑟瑟之响

整个黄昏都被火车照亮

火车仿佛不是从岩石中呼啸而出

而是来自另一个国度的威武使者

我贪婪地打量着它

红的轮　绿的身　银的烟

哥哥得意地指着巨大的

黄昏中的火车

转瞬即逝的火车

烈焰般夺目的火车

瞧　没有骗你吧

这就是火车

这——就——是——火——车

简评

走了整整一天，兄弟俩来到了罗文，这还不是一座车站，不像我小时候生活的坡脊站，而只是两根铁轨。从这里，我们可以看到，兄弟俩住的地方相对于有火车经过的地方到底有多么遥远。从想象到听见到目睹，与火车有关的世界，突然进入了少年的人生——"整个黄昏都被火车照亮/火车仿佛不是从岩石中呼啸而出/而是来自另一个国度的威武使者"，这列火车，在少年的人生中，命中注定般地出现，也改变了少年的循规蹈矩的人生。毕竟，兄弟俩在大山深处，因为一个与火车有关的想象、传说，就被吸引并付诸行动，不是一般的孩子能做到的。你必须有激情，有好奇心，有行动力，还有冒险精神，因为在这么遥远的路途中，你可能遇到各种想不到的事情：斑斓的幼蛇、快要坍塌的廊桥、无尽的河流、环绕你的大山、无穷无尽的铁轨……还有那种诱惑着你以至于不能自拔的未知事物——"黄昏中的火车/转瞬即逝的火车/烈焰般夺目的火车"。

▶ 阅读与理解

　　读了这三节与火车有关的诗，可能有读者会想，为何诗人要花这么长的篇幅来写火车呢？而且，一直写到第三节才看到火车，并且这火车只停留了几秒钟，转瞬即逝。但是——"这就是火车/这——就——是——火——车"。诗人少年时代的人生经验如此真切，让读者几乎没有什么障碍地进入到他的世界中。诗能创造这样一个真实的、栩栩如生的世界，而成为人类记忆中的一个组成部分，甚至是人类文明中的一种核心力量。

　　每一个人都有过少年时代的经验，每一个人都在经历不断的成长。正如这列火车，兄弟俩走了整整一天，从早上出发到黄昏才见到，却一闪而逝。但他们已经见到了，这就足够啦。还有多少事情，是你跋涉了一整天甚至一整年都看不到的？人的一生有很多的目的地，但只有行走过了，才能真切地感受到，并且，这种行走的经验，会在你的人生中，留下深深的烙印。

九　韩东·爱的旅行

作者简介

韩东▶ 1961年5月生于南京，1982年毕业于山东大学哲学系。曾任陕西财经学院教师、南京审计学院教师，1992年辞职成为自由写作者，后受聘于广东省作家协会为合同制作家，转聘于深圳尼克艺术公司，为职业作家。1980年开始发表作品，1990年加入中国作家协会。1985年组织"他们文学社"，主编《他们》杂志1~5期，被认为是"第三代诗歌"重要的代表，形成了很有影响的"他们诗群"。韩东著有小说集《西天上》《我的柏拉图》《我们的身体》，长篇小说《扎根》《我和你》《知青变形记》，诗集《吉祥的老虎》《爸爸在天上看我》等，作品被译成多国文字。

爱的旅行

男人背着干粮
女人背着衣裳
他们旅行
要走很远的路

在车厢里相识
在车站分手
分别从两边的车窗
完成了平原的图画

火车经过隧道——
象征的黑夜
隧道之间的白天也是象征的

他们经过日日夜夜

座位上简约的一生
车轮在加速
从五百万分之一的地图上寻找
爱的目的地

也有人永远孤独
梦的蝴蝶带着他离开
又从后面的车窗进来
经过了铁路以北开花的原野

> 简评

　　以火车、铁轨来比喻人生，在有铁路和火车以来，已经变成了一种日常的隐喻。火车运行在两条轨道上，位置固定，不能偏离轨道，一旦出轨就会倾覆。人以两腿直立行走，也留下一条肉眼看不见的轨道，较之火车更凌乱、无序。如有一架摄像机、一台精密记录仪器、足够大的硬盘和内存、足够快的中央处理器，对一个人的一生轨迹加以分析、还原，我们也会看到每个人都在一条肉眼看不见的轨道上运行——只是往前，而不能后退。有时一口气飞到了南美洲，线路漫长、清晰、令人绝望；有时在同一座城市反复打转，上班下班，过着冗长无趣的日常生活（包括喜怒哀乐），活动半径很少超过50公里；退休了，在小区周边活动，买买菜、聊聊天，一早起来打打太极拳、跳跳操、走走路，到傍晚看着黄昏若有所思，人生恢复平静，活动半径很少超过5公里。

　　但爱情呢？爱情就是两个人上了同一辆车，坐进了同一个车厢，并且在相邻的两个座位上，共同旅行经过一段距离——"他们旅行/要走很远的路"，但这段距离，一般是会结束的、有终点的——"在车厢里相识/在车站分手/分别从两边的车窗/完成了平原的图画"。接着诗歌以简约的四句快速地回忆两个人的经历，如同幻灯片——"火车经过隧道——/象征的黑夜/隧道之间的白天也是象征的/他们经过日日夜夜"。这就是一段爱情的开始和结束了——"座位上简约的一生"。

这是一首平静的叙事诗，其中包含着丰富的信息，爱与一生。诗的跳接、意象，以更简洁的方式，传递着更多的内容。

阅读与理解

韩东的这两首诗都与爱情有关。通过火车的核心意象，通过旅行，来表达特殊的感受。"旅行"是人一生中最重要的活动，人们不是正准备出发，就是在旅行中。火车，是人类大规模迁徙的最重要交通工具，在二百多年前发明并投入运行之后，火车就改变了人类的生存和历史。一百多年前，汽车发明之后，整个地球的面貌就彻底改观了，我们对空间的观念，与祖先们有了极大的差别；而近50年来日渐便利的航空交通，又改变了旅行的时间概念。面对着我们无法离开的铁路、汽车、飞机，对于旅行，对于成长，对于人生，我们都要重新思考。

十　余秀华·我身体里也有一列火车

我身体里也有一列火车

但是，我从不示人。与有没有秘密无关

月亮圆一百次也不能打动我。月亮引起的笛鸣

被我捂着

但是有人上车，有人下去，有人从窗户里丢果皮

和手帕。有人说这是与春天相关的事物

它的目的地不是停驻，是经过

是那个小小的平原，露水在清风里发呆

茅草屋很低，炊烟摇摇晃晃的

那个小男孩低头，逆光而坐，泪水未干

手里的一朵花瞪大眼睛

看着他

我身体里的火车，油漆已经斑驳

它不慌不忙，允许醉鬼，乞丐，卖艺的，或什么领袖

上上下下

我身体里的火车从来不会错轨

所以允许大雪，风暴，泥石流，和荒谬

▶ 简评

一个人丧失了一点什么，又总会得到一点什么。例如，丧失了爱情，可能得

到发财的机会——这是我听来的，很久以来就这么传说于江湖。一个人丧失行动能力，他的思维就特别敏感。法国大作家马塞尔·普鲁斯特小时候是一个内向、腼腆、不好动的小孩子，他爱观察，爱沉思，爱阅读，爱写作。他对于人与人，对于风景与世界，对于身体与黑夜，有着特殊的敏感，就如同这首诗里的余秀华，她对自己的身体也十分敏感。

  对语言的敏感和对身体的敏感，往往是相对应的。这种敏感化而为诗句，就变成了一种直接触动人心的力量。在时间中陈旧、斑驳的身体对于月亮无动于衷，对于那些甜言蜜语无动于衷，但是不等于没有敏感。这样的身体，是一种特殊的共鸣器："我身体里的火车，油漆已经斑驳/它不慌不忙，允许醉鬼，乞丐，卖艺的，或什么领袖/上上下下"。你可以说与欲望有关，与愿望有关，与未来有关，同时与沉思也密切相关。余秀华对自己的身体，有着无限的感受。

  这是一首令人怦然心动的诗，你读完，却不知道什么地方被触动了。

十一　聂广友·火车开过的时候

作者简介

聂广友：1971年生，浙江乐清人，网名江南一生。祖籍江西永丰，现居上海。1993年毕业于杭州商学院（今浙江工商大学前身），曾任校蓝星文学社社长，出版有诗集《火车开过的时候》等。

火车开过的时候

火车开过的时候　我们正靠在斑驳的墙上
我们是一群野性的孩子　认认真真
一丝不苟　我们看到火车开过
灰色的车厢　火车让我们高兴

我们的家乡　江西省　丰城镇　下雨之时
我们便待在家里
不会惊觉于任何声响
只是诚实地等待　阳光明媚和火车开过的日子
我们是地道的中国孩子
生长在靠水又靠山的地方

我们就要喝上咖啡　换上新装了
镇上是有火车开过　铁路局的脸色沧桑
我们和似曾相识的行人点点头
我们对善良与平俗无动于衷
因为我们心儿高尚

我们和铁路局的脸色沧桑

我们看到火车开过　灰色的车厢

火车让我们高兴

我们是悲剧的角色

大部分时间我们这么想

▶ 简评

小镇生活，是中国当代现实生活和文化生活的一个特殊的部分。文学中以小镇为中心的作品很多，如余华的《活着》《许三观卖血记》《兄弟》，苏童的《河岸》《黄雀记》等，都是写小镇生活的。20世纪80年代开始，交替混杂着生于乡村长于乡村，并书写乡村的一批作家；后来，则是介于乡村与城市之间的小镇，生活着一批活跃的小镇青年，当他们长大了，走出小镇了，又从回顾小镇生活而开始自己的叙事。

小镇生活有一种特殊的气息：它既不是乡村的，又不是城市的，而是介乎乡村与城市之间，充满了双重的拉力、双重的诱惑、双重的压迫。对于小镇生活的单调与无趣，对于小镇与乡村边界的探索，小孩子有更多的直观感受。纯粹乡村、大山深处的孩子要观看一列传说中的火车，需要翻山越岭，从早上走到傍晚，如向以鲜写到的罗文。而小镇的孩子，他们却可以轻松地看见火车——"火车开过的时候　我们正靠在斑驳的墙上/……灰色的车厢　火车让我们高兴"。对于没有出过远门的小镇孩子来说，每一列火车都是来自未来空间的特殊事物。然后，它们又在孩子们的注视下，轰隆远去。你并不知道它从哪里来，也不知道它会去哪里。你只是每天看到了它的存在，看到了这些火车装载了那么多神秘，隐藏在火车的铁皮车厢里，在你人生的边缘飞速驶过。你看到了秘密的表象，但你不知道秘密到底是什么。你在小镇里，比大山深处的孩子看到更多的火车车厢，但你跟大山深处的孩子一样，看不到车厢里的世界，更不可能进入这个世界。小镇的幸福生活和悲哀生活都源于此，在于被撩动了的人生的表面化。但小孩子并不悲哀，他们的世界还没有真正地展开——"下雨之时/我们便待在家里/不会惊觉于任何声响/只是诚实地等待　阳光明媚和火车开过的日子"。有些人在这里读到了悲哀，但我觉得诗人的内心还是平静的，为此不平静的是一些从外界往内看的读者。他们可能正是在飞驰的车厢里往外看着一个小镇淡泊甚至有些衰败的世界，内心产生了几秒钟的同情、悲悯，然后就忘记了。对于小镇的孩子来说，他们不会有这么复杂的感受。只有那些乘过火车去过外乡的青年，才能感知外界的骚动。但小镇孩子总会长成小镇青年，总会被来来往往的火车撩起热烈的愿望，想要去世界的外面走一走、看一看。这种热烈的情感与小镇平淡的生活，最终会产生一种强烈的推动力。在20世纪90年代初，一个小镇孩子眼中的世界，正在火车的往来飞驰中展开，他不知道那是一个什么世界，但他已经敏锐地感觉到，这个世界已经骚动起来了，跟以往认知的完全不同了。例如，出现了"咖啡"这种神秘事物——"我们就要喝上咖啡　换上新装了/镇上是有火车开过　铁路局的脸色沧桑"。整个世界正在变化，只有小镇的孩子还在这个世界的边缘等待某些事物的出现和消失。

　　这种小镇风貌、小镇生活、小镇情感，或许只有在小镇生活过的人，才会有同样极其深刻的感受。

十二　吴晨骏·车站

作者简介

吴晨骏：1966年生，1989年毕业于东南大学动力系。著有小说集《明朝书生》《我的妹妹》《柔软的心》，诗集《棉花小球》，长篇小说《筋疲力尽》等。现居南京。

车站

人们从车站下面的地道

钻到车站上面

奔向不同的车厢

查票上车

脸上都很湿润

把傍晚的气氛

打扮得更加悲切

此时天气同往常一样

好像有些重大的事件

发生在车站

演员和导演

卖力地干活

主角走了

配角演得相当出色

车站到处聚集着流窜的人

他们忙忙碌碌

同一个剧情上演无数次

　　车站就像他们的家

　　明天熟悉的面孔将重新见到

　　车站使少女变成情人

　　变成走红的歌星

　　火车开出了画面

　　一切到此为止

　　大家都叹了口气

　　1990年4月

简评

　　吴晨骏也是诗歌团体"他们诗群"的成员。"他们诗群"的诗人，对"英雄""高大""悲情"等原有的那些概念和主题，都努力消解，让这些诗回到了日常。《车站》这首诗是对一个日常车站的描述，冷静的语言，看着平平淡淡，你读完了，内心却有一种奇怪感受。诗人并没有在这个画面、这些情境中"提炼"出一些什么特别的"思想"，而是描述这个世界发生着的人与事。呈现真实，表述真相，是一种直接的感染力。

　　这个车站的构造，是从地下道穿过月台，再钻出地面后才能上车的，类似欧洲的车站，与先要上到三层楼再往下跑的大型新型高铁车站不一样——"此时天气同往常一样/好像有些重大的事件/发生在车站"。但显然车站并无重大事件，有的只是天天类似的剧情。车站是一个特殊的地方，人们相聚、分别，都在月台上直接上演——"同一个剧情上演无数次/车站就像他们的家"。然而，一切"演出"活动，都在火车开出时结束，这就是真相——"火车开出了画面/一切到此为止/大家都叹了口气"。"叹气"有各种暗藏的态度，可能是内心惆怅，也可能是如释重负。这也是一种结尾，意犹未尽，令你遐想。

十三　楼河·火车站即兴曲

作者简介

楼河： 1979年出生于江西抚州，杭州野外诗社成员。著有《楼河诗选》《华为哲学概论》等。曾在华为公关部门任职，现居深圳。

火车站即兴曲

站着睡觉，睁开眼睛我看见一千张人脸，
人把人包围，人像批发市场里的土豆。
人在排队，人张望着，向前，向前，
好不容易有人低头系鞋带，
好像是要刮干净土豆身上的泥。
微笑着，沮丧着，麻木着，
张着嘴的人挤着闭着嘴的人，
我只有仔细瞧才能看出人与人的不同，
仿佛他们的穿着也是一样——
室内灯光在每个人的身上涂了一层黄昏，
着急地回乡的意思：
行李箱很满，衣服很多，抱着孩子，拿着奶瓶，
她买票好像票买她；
昂起脸，探着头，头发睡眠式地中分，
他排队的煎熬好像就要到头；
粗眉、小眼睛，抬头纹和笑纹很多，
他微歪着脸已经熟悉了这等待；

穿着红色外套，头发干爽地扎在脑后，脸色丰满而平静，

她紧闭着嘴是习惯了沉默的一个女人。

售票员的声浪在头顶上飘，

有人已挤上电梯，有人

已挤进梦中。循环播放的注意事项如坦克碾过，

列车晚点的信息像铁轨一样长，

在刺眼的屏幕里，一列火车正在天上开，

用慢镜头在我们眼前掠过，收获着感人。

而我用潮湿的汗手摸了摸自己的眉毛，

证明自己的脸不是一张假面，

证明这里的真实

真得已经虚幻，就要取消掉我。

简评

前一首吴晨骏的《车站》是诗人观察的、正在"演出"着的车站，各种情景剧在舞台上进行着，火车的驶出如同大幕的拉起，观众起身离去，诗人跟剧情是隔离的。楼河这首《火车站即兴曲》，诗人却置身其中，在排队买票，在火车站售票大厅的人挤人中站立睡着，又被人挤人惊醒。诗人把旅客称为"人"，不叫"人类"，也不叫"人们"，更不叫"亲人"，而让这种两腿站立和行走的动物跟其他动物如"牛""马""驴"等并列于同等地位，甚至，因为过分的拥挤，"人"连最基本的属性都消失了，人失去了动物的权利，而变成了植物——"人像批发市场里的土豆。/人在排队，人张望着，向前，向前，/好不容易有人低头系鞋带，/好像是要刮干净土豆身上的泥。/……我只有仔细瞧才能看出人与人的不同"。曾经在火车站拥挤着排队买票，并随时担心有人插队的人，对火车站、对排队买票的售票大厅，对那种混乱、那种绝望、那种非人性，想必都深有体会。在这种地

方,你不能再把自己当作一个人,而只能成为一个行动的物,没有人性,只有物性,你会感到深深的绝望,甚至绝望到了出现幻觉的程度——"而我用潮湿的汗手摸了摸自己的眉毛,/证明自己的脸不是一张假面,/证明这里的真实/真得已经虚幻,就要取消掉我。"

诗人并没有试图超然于这个可怕的图景之外,他甚至还有空观察一下周围的人,包括提着行李、抱着孩子、拿着奶瓶的妇女——"她买票好像票买她;/……她紧闭着嘴是习惯了沉默的一个女人"。她已经失去了对这个世界表达、评判的兴趣,或者根本就没有了任何精力。这个世界,成为一个虚幻的世界。而某种驱动这个世界的力量,仍在有效地运行着,诗人的观察产生了某种悲伤的喜剧色彩——"有人已挤上电梯,有人/已挤进梦中。循环播放的注意事项如坦克碾过,/列车晚点的信息像铁轨一样长,/在刺眼的屏幕里,一列火车正在天上开,/用慢镜头在我们眼前掠过,收获着感人"。

诗人把自己设身处地的感受,通过诗中词句的不同组合表达出来,产生了具体逼真的现场感,如同身处一个立体电影厅里的感受。

十四　冯娜·远路

作者简介

冯娜：女，1985年生于云南丽江，白族。毕业并任职于中山大学。著有《彼有野鹿》《寻鹤》等诗文集。

远路

"从此地去往S城有多远？"
在时间的地图上丈量：
"快车大约两个半小时
慢车要四个小时
骑骡子的话，要一个礼拜
若是步行，得到春天"

中途会穿越落雪的平原、憔悴的马匹
要是有人请你喝酒
千万别从寺庙前经过
对了，风有时也会停下来数一数
一日之中吹过了多少里路

简评

　　这首诗的第一段对我很有吸引力。时间和距离的相对论，在不同速度的交通工具下，显示出不同的情形来。如今我们乘坐飞机可以一天内从中国上海飞到一万公里以外的英国伦敦，20世纪乘坐火车从哈尔滨出发越过西伯利亚、绕行贝加尔大湖泊，经由莫斯科、华沙、柏林、巴黎，再渡海去伦敦，需要一个多星期时间。而如果乘坐远洋轮船经马六甲海峡出斯里兰卡，横渡印度洋后从红海北上，最终穿越苏伊士运河进入地中海，需要一个半月时间。而在苏伊士运河通航之前，远洋轮船绕行南非好望角，再沿着西非海岸北上，则需要大半年时间。更早，在马可·波罗来中国的时代，骑马或骑骆驼，翻山越岭，穿过沙漠及河流，需要三年。现在，如果你有搭乘普通火车及高速火车的经验，会发现，整个世界已经被快速的交通收缩了，空间被时间缩小，不再是过去的悠长经验。然而，过去那种"慢行"的经验，仍有自己独特的价值，包括对我们的人生态度、对我们的内心——"从此地去往S城有多远？"/……"快车大约两个半小时/慢车要四个小时/骑骡子的话，要一个礼拜/若是步行，得到春天"。但是，在这首诗里，你是不是也感觉得到某种特殊的态度？是不是也只有步行，才能在春天到达？

且不管是不是只有步行才能到达或遇见春天，但是，只有步行，才能遇见——"落雪的平原、憔悴的马匹/……从寺庙前经过"。慢行才有风景，是对应着这个快速时代的。诗人，并不总是歌颂一个急速的世界，艺术家也一样。艺术家、诗人都在一个急忙忙的世界里。

一名敏锐的诗人，会寻访自己人生的源头，而不总是歌颂繁华的现代化世界。

十五 罗霄山·倒退的火车

作者简介：罗霄山

1982年生，贵州毕节市大方县人。有诗作刊发于《山花》《中国诗人》《中国诗歌》等刊，有诗作入选《漂泊的一代：中国80后诗歌》《21世纪贵州诗歌档案》等，贵州民刊《走火》成员。作品《钻骨取火》入选第44届荷兰鹿特丹国际诗歌节在线诗歌朗诵会。

倒退的火车

请倒退吧，亲爱的火车

请倒退到他童年的小木屋

在他的作业本上

画一只作势欲飞的鸟，倒退到煤油灯芯里

烧成一只火凤凰。

请倒退吧，亲爱的火车

和铁轨上的枕木，请枕木回到一棵树

继续与鸟雀的爱情。

请钉子回到矿层

煤渣回到最初的森林

爱，回到胸腔。

回到野兽们狂奔的时候

请野兽回到童年，人类回到鱼

我们回到洪荒的尘粒。

我坐在山坡上，口含草根

众鸟低回，群山逶迤

我大声叫唤：火车你请回吧

请退回到凤凰烧死之前

回到诞出你的隧道

请隧道缩回山体，请生活缩回

要扼住我们脖颈的铁钩。

简评

这列被请求"倒退"的火车，不是前面我们读过的那些具体的火车——如向以鲜诗中兄弟俩走了一天去罗文看的火车——而是一列抽象的火车，我们可以假设这就是"历史的火车"。历史的火车是一个经典的政治比喻，我们也常常听到"开历史倒车"这个隐喻。假设历史是一列火车，那么在一种强力的意识形态中，人们认为这种历史是不能倒车的，历史这列火车只能不停地向前、向前，甚至如政治宣传常说的那样，人类历史的发展是螺旋式上升的。这种"螺旋式上升"的历史观，在一定时期内给予人们强烈的希望，以为未来一定美好，一定有一个天堂般的世界等待着我们。但在自然主义或者持自然主义态度的诗人眼里，现代历史观是可疑的，世界并不是越来越美好，起码从人性的角度来看，现代化、现代的急促生活让一些人失去了内心的平静。而在年轻诗人罗霄山的世界里，他忽然觉得，"开历史倒车"也无不可——"请倒退吧，亲爱的火车/请倒退到他童年的小木屋/……倒退到煤油灯芯里/……请枕木回到一棵树/……煤渣回到最初的森林/……请野兽回到童年，人类回到鱼/我们回到洪荒的尘粒"。这种回退的姿态，从现代化的意义上看，是一种"反动"，但如果你把"反动"拆开，理解为"反向运动"，你就消解了这个词强烈的"意识形态"。

我们可以继续思考，现在很多人在反思无节制的工业化对自然环境的污染，反思土地和水源的污染，反思食品的安全问题，反思城市中雾霾的弥漫，因此，一些有识之士重新开始思考人与自然的问题。我们不再强调从自然中一味索取，而开始强调人与自然的融合，作为自然之子，人类迷失了很久之后，很愿意重新回到自然的怀抱、回到森林、回到草木繁茂的世界。甚至，如诗人所想的那样，"回到鱼"。我们可能会因此相信，我们能够回到一个更加自然、更加人性的世界，这是人类的一种新反思。由此，这首诗就成了对"开历史倒车"的一种新的解释。

诗歌是童年记忆的煤

从头到尾不断地重读这些诗，我最终得承认：选了这些跟火车有关、跟旅行有关的诗，实际是满足了我自己的隐秘愿望。我从小生活在一个小火车站旁的小镇上，记忆中的火车是个不能忘记的庞然大物。在本编的序里我已经写了很多了，我记忆中，我们这些孩子常常会眺望远方，若有所思，还常常把耳朵贴在铁轨上，听那些沿着铁轨传来的远方的声音。

这种世界跟现在更年轻一代的世界可能没有太多共鸣，但不要紧。每一个年代都有自己特殊的记忆，一旦这些记忆在你内心深处形成长久的回响，就会慢慢地变成诗歌，如同千万年前的森林沉积到土地下，变成煤炭。

诗歌是童年记忆的煤。

在这一编里，我们也可以发现，很多诗人都写到铁路、火车、小镇的记忆，如聂广友诗里那些靠在墙上观看火车经过的日子，我小时候几乎天天都在经历。我们不仅靠在墙上看火车，趴在草坡上看火车，还边奔跑着追逐边朝火车扔石子（熊孩子啊）。在冬日，没有火车经过时的小站是寂寞的，我们会晒着太阳靠着墙挤在墙上，从两边往中间挤。为了取暖和取乐，大家一起用劲，直到把中间的小伙伴挤出来。他乐颠颠或气哼哼地跑到队尾加入，继续挤。

这也是一种人生。

关于火车和旅行的诗还有很多，因为篇幅原因，有些我忍痛割舍了。有些诗表面上很好，还得过一些诗歌刊物的奖，我写了一大段唠唠叨叨的分析，回过头来重读时简直"无感"，于是也删掉。由此，重复、反复，如同一列火车开过，又有一列火车从反方向开来，如此，世界便慢慢地澄清了。

阅读好诗，如同乘上一列慢速火车，沿途看到了无数的风景，都是你在小镇里看不到的色彩斑斓，精彩纷呈。没有诗歌，我们的人生会非常单薄、无趣。走出禁锢着你内心的小镇，来到这个世界，你会发现词语都不一样，连人生都大不同了。

在微信上看到一个法国视频。影片中一位盲眼老者在乞讨，旁边牌子上写着："我是一个盲人，请帮助我。"偶尔有人走过扔下一个银币。后来，一名优雅的女子走过，看看他的牌子，拿过来改写了一下，走开了。老者发现施予者突然增加了。过了很久，听到那个女子返回时，他问："你在我的牌子上写了什么？"

镜头拉近，上面写着："天气多美好啊，可惜我看不到了。"

这就是一句很美的诗，略加转换诉求模式，而真实地激发了人们的同情心。

第六编

梦想与人生

诗歌是跟梦想最密切的语言艺术，也是幻想的艺术。

历史上的伟大诗人都通过对梦想的描摹来实现对人生的重新认识，提升思想的境界。在中国传统文化中，最独特、最杰出的大诗人屈原在长诗《离骚》里回顾了自己的宗脉、经历、人生悲喜和对周边世界的体验，对整个世界产生了特殊的感情与幻想，在"香草美人"的世界中徜徉，而精神得到了完整的满足——虽然现实世界险恶而无情。在《九歌》的各篇诗章里，屈原展现出极其绚烂的想象力，对"湘夫人""湘君""河伯""少司命""大司命"等都加以详细描摹，其中的瑰丽词句和灿烂想象，都成为中国传统文化的核心价值和想象力的源泉。我们可以稍微读一下他的名作《九歌·云中君》：

> 浴兰汤兮沐芳，华采衣兮若英。
> 灵连蜷兮既留，烂昭昭兮未央。
> 蹇（jiǎn）将憺（dàn）兮寿宫，与日月兮齐光。
> 龙驾兮帝服，聊翱游兮周章。
> 灵皇皇兮既降，猋（biāo）远举兮云中。
> 览冀州兮有余，横四海兮焉穷。
> 思夫君兮太息，极劳心兮忡忡。

在《云中君》里，屈原对天神的想象非常具体——"浴兰汤兮沐芳，华采衣兮若英。灵连蜷兮既留，烂昭昭兮未央"，沐浴、更衣、休息，都是人间所未有的"奢华"。"云中君"这位仙人巡行天下，也气势磅礴："灵皇皇兮既降，猋远举兮云中；览冀州兮有余，横四海兮焉穷"——女神凌驾于云端之上，极目远眺九州大地、五湖四海。这种想象，搭乘过飞机旅行的人都看到过——当飞机翱翔天际，在云之云上轻然划过时，人人都能感受到蓝色星球的神奇与博大——细节如此生动，气势如此磅礴的图景，两千多年前屈原就描摹出来了。

诗歌如果不能进入博大的想象空间，如果不能脱离苦闷的现世生活，这种诗情是不够宽阔的。继承了屈原的博大气势和宏阔想象,唐代大诗人李白也写下了很多辉煌的诗篇,如我们中学时读到的《梦游天姥吟留别》:"海客谈瀛洲,烟涛微茫信难求;越人语天姥,云霞明灭或可睹。天姥连天向天横,势拔五岳掩赤城;天台四万八千丈,对此欲倒东南倾。"其中的高下对比、庞大气势,令人印象深刻。

对宇宙浩瀚的仰望和思考,对月亮的观察和想象,是古代诗人的创作源泉之一。之前我们也引用过唐代大诗人张若虚《春江花月夜》里的诗句:"春江潮水连海平,海上明月共潮生,滟滟随波千万里,何处春江无月明。"这种感受对于现代旅行家而言,一定有更深的体会。当你在北欧某处看到月亮时,会想到万里之外的江南家乡或塞北故居的皓皓明月,会想起小时候与家人一起举头望明月的那一刻情形,这种异地、异域、异情的对比,会给诗歌带来一种特殊的扩展性。本编选入诗人李笠写作时间跨度达25年的一组五首写月亮的现代诗,细细阅读,可以更切身地体会到诗人流转生活于世界各地、北欧、南欧、非洲各地,以至再度重返中国之后看到中秋月亮时,不同时期、不同地点在内心深处所涌现出的复杂心情。

2014年9月15日星期一下午三点三刻,我与李笠约好在巨鹿路上的玛赫咖啡馆见。他在家里先往微博上发了一首写上海女人的诗,然后骑自行车来玛赫咖啡馆。我们在咖啡馆后门小过道边坐着,边喝咖啡边说一些事情。李笠谈到他25年来在诗中描写中秋的情景,说25年,变化不可谓不大。把这五首诗放在一起阅读又是另外一种感受,我们从中可以看到诗人内心的细微变化。这样的阅读,不仅有广阔的空间性,还有深邃的时间性。

很多诗人都把对现实世界的反思及不满足,寄托到某个历史时期,寄托到历史上的某些人物身上,从而展开特殊的想象,这样,诗歌就成为对现世生活的一种丰富的补充。你不仅可以生活在令你苦闷的世界,还可以生活在充满了各种可能的、生动活泼的理想世界。我说的是现世生活,而不是现实生活。

在这一编里,我也选入了著名女诗人翟永明写"古代"的诗章,如《菊花灯笼漂过来》,其中丰富的传统文化意象和现代情感微妙结合,令人读了回味深远。还选入了著名诗人柏桦的诗歌《在清朝》,阅读这首诗,可以感受到诗人在运用自己对现实的想象,来描摹一个特殊的历史世界。这个历史世界中的历史现实不见得真是如此,但诗人把自己对现实的思考融入其间,产生了崭新的意境。我还选入了诗人们对中国传统神话、传说的新感悟,如著名诗人陈先发写的《前世》，是对梁山伯与祝英台故事的再度演绎；而著名诗人张枣则直接写了题为《梁山伯与祝英台》的一首诗。不同诗人处理同一题材，对比着看，会有不同的感受。

梦想总会照进现实，或许说，对诗人来说，他们总希望梦想照进现实。我在阅读这一编的各首诗作时，总有一种特殊的感受，觉得是在与诗人一起游历，一起想象，一起说出眼睛里、内心中的那些独特的发现和感悟。

诗人张枣英年早逝，他的名作《镜中》我本来打算选入"风景与景物"编，但再三斟酌，还是决定调整到本编"梦想与人生"里来。7月份有一天，我给张枣的父亲张式德老先生打电话，说要选张枣的诗给中学生看，张式德老先生很高兴，说张枣的诗能介绍给更多的读者，是一件好事。他又疑惑说，张枣的诗，中学生读得懂吗？我知道"读不懂"是一种对当代诗的根深蒂固的误见。但是，古人说，诗无达诂，西方人说，一千个读者眼中有一千个哈姆雷特。这意思都是告诫我们，要允许不同读者对同一部作品有不同的感悟。我对张式德老先生说，其实中学生可以先读起来，只要在阅读的具体过程中能产生特殊的想象和感受，就算读懂了。例如，记住《镜中》这句话，以备日后引用："只要想起一生中后悔的事/梅花便落满了南山。"

对于人生，对于现实或现世，我们又了解多少？我们是浮皮潦草地生活，还是深入了生活粗糙的皮肤背后？在一个过于平凡的人生和世界中，诗人的眼中看到的和我们普通读者看到的有什么不同？还是一首一首地阅读，才是正确的姿势。

一　翟永明·菊花灯笼漂过来

作者简介

翟永明 ▶ 女，出生于四川成都。毕业于成都电讯工程学院，曾就职于某物理研究所。1981年开始发表诗作，1984年完成了第一首大型组诗《女人》，1986年参加《诗刊》举办的"青春诗会"，大型组诗《女人》引发了热烈的反响。1986年翟永明辞掉公职，1990年去美国，一年半后返回成都。1996年出版了散文集《纸上建筑》之后，成为自由撰稿人，现居成都写作兼经营白夜酒吧。翟永明的作品是20世纪80年代以来的女诗人的代表作品之一，她更加深入、更加坚定地从女性的角度出发，写那些特殊的女性感受，语言细腻、深挚、考究、典雅，有一种独特的美和感染力。翟永明的诗曾被翻译成英、德、日、荷兰等文字。出版有诗集《女人》《在一切玫瑰之上》《翟永明诗集》《黑夜里的素歌》《称之为一切》《终于使我周转不灵》等，另有随笔集《纽约，纽约以西》《纸上建筑》《坚韧的破碎之花》等出版，2011年获得意大利Ceppo Pistoia国际文学奖。

菊花灯笼漂过来

菊花一点点漂过来
在黑夜　在周围的静
在河岸沉沉的童声里
菊花淡　淡出鸟影

儿童提着灯笼漂过来
他们浅浅的合唱里
没有恐惧　没有嬉戏　没有悲苦
只有菊花灯笼　菊花的淡
灯笼的红

小姐也提着灯笼漂过来

小姐和她的仆从

她们都绾着松松的髻

她们的华服盛装　不过是

丝绸　飘带和扣子

不过是走动时窸窣乱响的

璎珞　耳环　钗凤

小姐和小姐的乳娘

她们都是过来人

她们都从容地寻找

在夜半时面对月亮

小姐温柔　灯笼也温柔

她们漂呵漂

她们把平凡的夜

变成非凡的梦游

每天晚上

菊花灯笼漂过来

菊花灯笼的主人　浪迹天涯

他忽快忽慢的脚步

使人追不上

儿童们都跟着他成长

这就是沧海和灯笼的故事

如果我坐在地板上

我会害怕那一股力量

我会害怕那些菊影　光影　人影

我也会忽快忽慢

在房间里叮当作响

如果我坐在沙发或床头

我就会欣赏

我也会感到自己慢慢透明

慢慢变色

我也会终夜含烟　然后

离地而起

1999年11月25日

简评

在夜里，我反复读这首诗，越读越觉得意境缥缈，如人在月中、月在水中、灯笼在空气中。那是一种何等诗意的人生境界，或者说，是一种何等诗意的梦想中的人生境界。

这首诗写到一个记忆中的夜晚，菊花在水面上，在空气中一点点漂过来，儿童们提着灯笼漂过来，小姐提着灯笼漂过来，乳母和传奇的沧海提着灯笼漂过来——你不知道这是在哪一个朝代的哪一个夜晚，或许是全世界所有的夜晚——它们有着同样神秘的气质，在夜色下，一切都笼罩着特殊的气息。在夜里活动的，更多的是与人的内在渴望、与人的生命息息相关的事物。甚至，在夜里，鬼魅都有某种特殊的魅力——"菊花一点点漂过来／在黑夜　在周围的静"写的是一个很慢的时间流逝过程，包括对菊花漂来的"一点点"的细微观察。

中秋过后，抬头可以望见已经消退的月色，以及喧嚣的城市夜空，感觉跟"菊花灯笼"这样的特殊意象离得好远，因此，我的分析文字，成了同样缥缈的灯笼。在诗里,意象并不显得混杂,菊花灯笼、儿童、少女、乳娘、传说中的沧海,甚至一条河的水面——"儿童们都跟着他成长"。这种故事在一个人的成长中,似乎如同隐秘的情感,埋藏在心底、在身体深处,成为一种默默成长的动力。

从个人角度来看,我会把这当作一个被讲述出来的故事,一个少女在夜晚,坐在地板上听到了沧海和菊花灯笼的故事,感受到了那些有灯笼的夜晚弥漫着的神秘气氛,看到了那些小姐们消失在灯笼和历史的尘烟中。但在少女的记忆中,沧海和菊花灯笼穿透了历史的迷障和黑夜的面纱透显出来。那些坐在地板上的夜晚,听着有些惊悸,甚至可能会把提着灯笼的儿童想象成某些神秘的人物,把随着灯笼漂过来的小姐,看成狐仙或者鬼魂。而她们的乳娘,你知道的,是伴随着这种神秘仙鬼狐而长大的最重要的风味调剂品。但长大的女孩,靠在床上,就不再害怕了,反而会有些淡淡的忧伤,有些依恋和回味。

翟永明的诗里显示出的这种"暧昧性",打破了我们阅读那些明朗诗歌的期待,但笼罩在诗里的气氛,如同笼罩在我们身边的空气一样,弥漫,散不去。诗歌的气氛,拥有了一种神秘的气息,因此,生活中的那些无趣的、具体的部分,被转化成了特殊的记忆,而成为故事中的一部分。

唐朝书生

唐朝书生　常常赶夜路

他们常常投宿于　陌生人家

赶考的日子很紧　书生们日夜兼程

他们常常磨光了脚底

也没能到达京城

沿路总有二三人家

沿路也总有一些小桥流水

祖母　母亲　和孙女

她们都有各自的不如意

书生们意兴消索　或志气遄飞

端看他们怎样对待同等的事物：

——直取京城里遥远的金榜

还是面前那些女人们眼中的悲伤

简评

我们对空间的感受跟运动的速度感受成反比。

在以车、马、船、步行旅行的年代，人类的移动速度和现在乘汽车、火车及飞机旅行的速度完全不同，我们对空间距离的感受也产生了很大不同——距离感跟速度感密切相关，在飞机或高铁的密封舱厢里，我们对两座城市之间的印象是从车站到车站、从机场到机场，是点对点的运行，距离的空间感不再使我们有具体感受，而抽象为时间感。从上海到北京一千多公里，我们不再提起这个数字，我们只说飞机要一个半小时，高铁五个多小时。这样，我们就从空间进入了时间，将具体的物抽象为概念。这两座城市之间漫长的距离，河岸边、杨柳树、青山绿水的具体感受，包括你能闻到的不同作物的气息，走动的人，耕作的农夫，都完全消失了。人如一个快递物件，被包装在胶囊里，从一个地方运送到另外一个地方。风土人情消失了，随着时间不断流逝而产生的各种意外、偶然、邂逅，也都消失了。你不会磨破脚底板，也不会邂逅那些美丽的事物了。当代生活的节奏受到现代旅行工具的控制——不是我们控制物，是物控制我们，而且是人类制造出来的物牢牢地抓住我们自己，这就是哲学上所谓的"物化"。北京、西安、拉萨、伊犁、柏林、巴黎、纽约、东京、上海……无论你去哪一座城市，都只是点对点的运输过程，距离变成了时间，而不再具有空间感受。可以作为延伸比较的是，现代天文学同样用时间感来转换空间感，比如星际距离以"光年"为测量的单位。

而在古代，旅行是一件非常缓慢的事情。汉代张骞出使西域，连拘押带逃跑前后花了18年时间；玄奘去印度游学，翻山越岭，历尽险阻，用了近20年；元代时意大利威尼斯商人马可·波罗经过三年多的长途旅行来到中国，在上都觐见了忽必烈汗。明代时意大利传教士利玛窦给罗马天主教庭写了一封信，三年多后才收到回复函，这时利玛窦已经在中国去世了。

古代，一切都是缓慢的，很多事物在一个相对缓慢的状态下，你才能看得见，感受得到。例如，在草丛间爬行的蚂蚁、在花树间翩飞的蝴蝶，都需要在你很慢的时候才能观察到、欣赏到——不仅速度慢，心情也要慢，要闲适，要包容天下事物。而一轮皓皓满月，也需要你悠闲地坐在乡间庭院里，或在山间小路上，在安静流淌的河边，才能感受到它那空里流霜的浩大清凉。人生的态度，如果在速度放慢之后再来观察，会发现内心的充盈和精神的丰润，都跟这样的慢生活有关。诗人写唐朝书生的慢生活，写他们的传奇与缱绻，甚至犹豫不决、难以痛下决心的情态。这些，都是人生中的一个部分。

如果你是一名考生，春天从海南岛出发到京城赶考，一路上翻山越岭，打尖投宿，遇见各种各样的阻碍与诱惑：小偷、强盗、山鬼、美女、狐狸精、龙女等，从春天走到夏天，又走到秋天，一个年纪轻轻的举子，就这样从少不更事到历尽沧桑，还没有到京城就已经成熟了。有些青年举子多愁善感，不小心就会陷入大家都知道的某种温柔乡中，如诗中写的那样："沿路也总有一些小桥流水/祖母　母亲　和孙女/她们都有各自的不如意"。古代传奇中，有多少爱情故事发生在徒步而行的旅途中啊。电影《倩女幽魂》改编自《聊斋志异》，故事中的宁采臣和聂小倩就是才子佳人的典型结构，只不过佳人的身份有些特殊，是一个美丽的幽魂而已。这就是中国版的《人鬼情未了》，男女主演张国荣和王祖贤的经典演绎，让这部电影成为一个时代的记忆——中国版《人鬼情未了》由此比美国版多了厚重的历史背景，多了绵绵不断的中国传统文化情感。如果不多读些中国古代作品，你可能不一定知道这些内在的文化传递，也不知道这些看似很现代的作品，实际上诞生于古代传奇。不说神仙鬼怪狐狸了，单是面对那些少女，就无法决断啊——"书生们意兴消索 或志气遄飞/端看他们怎样对待同等的事物：/——直取京城里遥远的金榜/还是面前那些女人们眼中的悲伤"。

唐代是回不去了，若是回去，可能会经历一场慢慢地时间流逝和藕断丝连的浪漫传奇。但现代的人，可以思考的是如何更缓慢、更充实地生活。

在古代

在古代，我只能这样
给你写信　并不知道
我们下一次
会在哪里见面

现在　我往你的邮箱
灌满了群星　它们都是五笔字型
它们站起来　为你奔跑
它们停泊在天上的某处
我并不关心

在古代　青山严格地存在
当绿水醉倒在他的脚下
我们只不过抱一抱拳　彼此
就知道后会有期

现在，你在天上飞来飞去
群星满天跑　碰到你就像碰到疼处
它们像无数的补丁　去堵截

一个蓝色屏幕　它们并不歇斯底里

在古代　人们要写多少首诗?

才能变成崂山道士　穿过墙

穿过空气　再穿过一杯竹叶青

抓住你　更多的时候

他们头破血流　倒地不起

现在　你正拨一个手机号码

它发送上万种味道

它灌入了某个人的体香

当某个部位颤抖　全世界都颤抖

在古代　我们并不这样

我们只是并肩策马　走几十里地

当耳环叮当作响　你微微一笑

低头间　我们又走了几十里地

2004年5月

简评

　　这首诗对比现代与古代的"通信",比较现代与古代的"旅行",接上一首《唐朝书生》继续读下来,会很有意思。古代的生活,如通信,是这样的:你写一封信给朋友,并不知道他什么时候才能收到,也不知道你们会在哪里相见。古人信守约定,大概也因为联系不方便,如不信守约定在某处等候,可能永远找不到对方——"在古代　青山严格地存在／当绿水醉倒在他的脚下／我们只不过抱一抱拳　彼此／就知道后会有期"。这大概也是一种对古代的美好想象吧。这样的严整、有序，这样的自然而然，是诗人对"在古代"的一种诗意人生的想象，这种想象，反过来，则是对现代社会中快速而空洞的人生的不满意和批评。很多丰富的文化积累和精神世界的沉淀，都需要一个相对有耐心的、缓慢的过程，例如钟乳石的水珠滴淌，例如钻石在地底下历经千万年的锤炼。精神生活，也一样需要慢慢沉淀。在一个快餐化的时代，我们需要再度反思自己的人生，哪些才能积淀下来，哪些才是诗意的、有价值的人生。

古代朋友间相见很难，因此会出现各种歌咏故友重逢的名作。杜甫的《江南逢李龟年》中"岐王宅里寻常见，崔九堂前几度闻"，是指公元755年"安史之乱"前在大唐首都长安名声如日中天时的李龟年。"正是江南好风景，落花时节又逢君"，则是指离乱之后流落到江南时的李龟年。"落花时节"指农历三月的暮春之时，也比喻人生的晚年。前两句和后两句隔着十几年战争离乱的惨痛经历，诗人目睹了生命在战乱中的可怕遭遇以及旧友的凋零去世，庆幸大家都还活着，对此感慨万千。短短的28个字，写尽人世间的沧桑。杜甫还有一首名作《赠卫八处士》，同样是写与少年时期一起游历京城繁华的卫八再见时的无限感慨："少壮能几时，鬓发各已苍。访旧半为鬼，惊呼热中肠。"又如李商隐在名作《无题》里所云："相见时难别亦难，东风无力百花残。"真是一种千言万语难以说尽的离愁别绪啊。

现代人旅行工具先进，相见时容易，离别也容易，因此感情上的缠绵就少了。而且也太过于忙碌，满天飞跑——"群星满天跑　碰到你就像碰到疼处/它们像无数的补丁　去堵截/一个蓝色屏幕　它们并不歇斯底里"——人们真正的、亲近的交流越来越稀少了。不像古代——"在古代　我们并不这样/我们只是并肩策马　走几十里地/当耳环叮当作响　你微微一笑/低头间　我们又走了几十里地"。这是一种简单而又缓慢的交流，但直入心田：并肩策马、耳环叮当，微微一笑，彼此心领神会。

二　欧阳江河·傍晚穿过广场

作者简介

▶ 欧阳江河

1956生于四川省泸州市，原名江河。"朦胧派"代表诗人。1979年开始发表诗歌作品，1983—1984年间创作了长诗《悬棺》。代表作有《玻璃工厂》《傍晚穿过广场》《咖啡馆》《雪》等。著有诗集《透过词语的玻璃》《谁去谁留》《事物的眼泪》，评论集《站在虚构这边》。其写作理念对20世纪90年代以来的中国诗坛有较大的影响，曾获2010年度华语文学传媒大奖。现居北京。

傍晚穿过广场

我不知道一个过去年代的广场
从何而始，从何而终。
有的人用一小时穿过广场，
有的人用一生——
早晨是孩子，傍晚已是垂暮之人。
我不知道还要在夕光中走出多远
才能停住脚步？

还要在夕光中眺望多久
才能闭上眼睛？当高速行驶的汽车
打开刺目的车灯。
那些曾在一个明媚早晨穿过广场的人
我从汽车的后视镜看见过他们一闪即逝
的面孔。
傍晚他们乘车离去。

一个无人离去的地方不是广场,

一个无人倒下的地方也不是。

离去的重新归来,倒下的却永远倒下了。

一种叫作石头的东西

迅速地堆积,屹立,

不像骨头的生长需要一百年的时间,

也不像骨头那么软弱。

简评

  人与广场的关系,时间与广场的关系,在这里一开头就得到确定。人类可能从走向城邦的时代开始,就有了广场,用来集会、讨论、晾晒。随着几千年历史的变迁,广场成了城市中核心的隐秘象征。人来人往,人出生,人死去,广场都在那里。诗人把"广场"作为切入历史和时间里的一块石头来描写。时间的流逝,在广场上看不到;温情与残酷同时上演的广场,在几十年之后,人们也看不到。如果你把人生和广场加以对比,会发现诗人的良苦用心,是通过不变的世界,来反衬变动不居的人生。

每个广场都有一个用石头垒起来的脑袋,

使两手空空的人们感到生存的

分量。以巨大的石头脑袋去思考和仰望,

对任何人都不是一件轻松的事。

石头的重量

减轻了人们肩上的责任、爱情和牺牲

或许人们会在一个明媚的早晨穿过广场,

张开手臂在四面来风中柔情地拥抱,

但当黑夜降临，双手就变得沉重。

唯一的发光体是脑袋里的石头，

唯一刺向脑袋的利剑悄然坠地。

黑暗和寒冷在上升。

广场周围的高层建筑穿上了瓷和玻璃的时装。

一切变得矮小了。石头的世界

在玻璃反射出来的世界中轻轻浮起。

像是涂在孩子们作业本上的

一个随时会被撕下来揉成一团的阴沉念头。

汽车疾驶而过，把流水的速度

倾泻到有着钢铁筋骨的庞大混凝土制度中，

赋予寂静以喇叭的形状。

过去年代的广场从汽车的后视镜消失了。

简评

"广场"的具体构成以及广场的势力范围在这里出现，并形成了一种顽固的面貌。广场被各种建筑所围绕，所包围，所压逼，但广场有自己的个性，甚至有生长期——"过去年代的广场从汽车的后视镜消失了"——诗人简单地写到了一个急速变动的时代。广场有人格，也有自我的塑造。

永远消失了——

一个青春期的、初恋的、布满粉刺的广场。

一个从未在账单和死亡通知书上出现的广场。

一个露出胸膛、挽起衣袖、扎紧腰带

一个双手使劲搓洗的带补丁的广场。

一个通过年轻的血液流到身体之外

用舌头去舔、用前额去下磕、用旗帜去覆盖的广场。

空想的、消失的、不复存在的广场，

像下了一夜的大雪在早晨停住。

一种纯洁而神秘的融化

在良心和眼睛里交替闪耀，

一部分成为叫作泪水的东西，

一部分在叫作石头的东西里变得坚硬起来。

简评

这里满含着关于"广场"的丰富意象和隐喻，生与死，青春与理想，革命与背叛，似乎一切都在广场上演，并且消失——"空想的、消失的、不复存在的广场，／像下了一夜的大雪在早晨停住"。诗人采用一种逆向反讽的方式来说明，那些没有价值的、没有生命的事物，反而被留下来了。

石头的世界崩溃了。

一个软组织的世界爬到高处。

整个过程就像泉水从吸管离开矿物，

进入蒸馏过的、密封的、有着精美包装的空间。

我乘坐高速电梯在雨天的伞柄里上升。

回到地面时，我抬头看见雨伞一样撑开的

一座圆形餐厅在城市上空旋转。

这是一顶从魔法变出来的帽子，

它的尺寸并不适合

用石头垒起来的巨人的脑袋。

那些曾经托起广场的手臂放了下来。

如今巨人仅靠一柄短剑来支撑。

它会不会刺破什么呢？比如，曾经有过的

一场在纸上掀起，在墙上张贴的脆弱革命？

从来没有一种力量

能把两个不同的世界长久地粘在一起。

一个反复张贴的脑袋最终将被撕去。

反复粉刷的墙壁，

被露出大腿的混血女郎占据了一半。

另一半是安装假肢、头发再生之类的诱人广告。

一辆婴儿车静静地停在傍晚的广场上，

静静地，和这个快要发疯的世界没有关系。

我猜婴儿车与落日之间的距离

有一百年之遥。

这是近乎无限的尺度，足以测量

穿过广场所经历的一个幽闭时代有多么漫长。

▌ 简评

  一个旧广场率领着旧时代的旧人物、旧事件，在庞然地消失之后，留下的是遍地垃圾和价值空洞化——这时，一个新的广场在各种现代的、市场的装饰下突然出现，新旧如同"混血女郎"和"假肢安装"一样混同在同一面墙上，犹如波普拼贴画，显示了突进时代的荒谬景观。但诗人突然引入了一个特殊的生命现象"婴儿"——"一辆婴儿车静静地停在傍晚的广场上，/静静地，和这个快要发疯的世界没有关系"。城市通过市场化的快速更替，试图掩盖旧广场以及旧广场的历史，让旧广场和它所代表的那些事情一起在推土机的拆迁下轰隆隆地消失。"婴儿"可能暗示着新一代、新生命，跟过去的事件毫无联系的、纯洁的新人。诞生在推土机的背后，他们的记忆中全都是崭新的知识，而关于旧时代的记忆，不会拷贝到他们的记忆硬盘里——"我猜婴儿车与落日之间的距离 / 有一百年之遥"，显然，婴儿的新记忆和广场也有百年之遥。

> 对幽闭的普遍恐惧，
> 使人们从各自的栖居云集广场，
> 把一生中的孤独时刻变成热烈的节日。
> 但在栖居深处，在爱与死的默默的注目礼中，
> 一个空无人迹的影子广场被珍藏着，
> 像紧闭的忏悔室只属于内心的秘密。
>
> 是否穿过广场之前必须穿过内心的黑暗？
> 现在黑暗中最黑的两个世界合成一体，
> 坚硬的石头脑袋被劈开，
> 利剑在黑暗中闪闪发光。
>
> 如果我能用劈成两半的神秘黑夜
> 去解释一个双脚踏在大地上的明媚早晨——
> 如果我能沿着洒满晨曦的台阶
> 登上虚无之巅的巨人的肩膀，
> 不是为了升起，而是为了陨落——
> 如果黄金镌刻的铭文不是为了被传颂，
> 而是为了被抹去，被遗忘，被践踏——
>
> 正如一个被践踏的广场必将落到践踏者头上，
> 那些曾在明媚的早晨穿过广场的人

他们的黑色皮鞋迟早会落到利剑之上，

像必将落下的棺盖落到棺材上那么沉重。

躺在里面的不是我，也不是

行走在剑刃上的人。

简评

  现代的、以现代化为装饰的广场，完全清除了旧时代的阴霾，过去时代成为被埋藏在内心深处的难言之秘密，践踏者用跳广场舞的方式来遗忘，而不是来纪念——"对幽闭的普遍恐惧，/使人们从各自的栖居云集广场，/把一生中的孤独时刻变成热烈的节日"。他们如同古代的祭祀者，用生者的血祭奠旧神的威严，广场在广场舞的召唤下，重新获得了血肉，像《哈利·波特》里的伏地魔那样，以"父亲的骨，仆人的肉，仇人的血"，再加上独角兽血和毒蛇毒液调制的药水，从幽冥中复活，重新获得肉身。这位崭新的黑魔王黑魔法的号令瞬间传遍了所有忠诚的食死徒。但诗人行走在广场，寻访的是另外一些东西，是那些被压制在遗忘的历史深处的亡灵。

  我没想到这么多的人会在一个明媚的早晨

  穿过广场，避开孤独和永生。

  他们是幽闭时代的幸存者。

  我没想到他们会在傍晚离去或倒下。

  一个无人倒下的地方不是广场，

  一个无人站立的地方也不是。

  我曾经是站着的吗？还要站立多久？

  毕竟我和那些倒下去的人一样，

  从来不是一个永生者。

▶ 简评

"广场"是一座城市的核心象征,在欧洲,市政厅、广场和教堂,几乎是完美地结合到一起,而成为某种三位一体的象征。隔着广场而修建的世俗建筑对应着宗教建筑,而在广场中心和广场周边走来走去的人,生生灭灭,此伏彼起,几乎有无数起跟人类文明有关的重大事件,发生在世界各地的著名广场上。

诗人抓住了"广场"的自由性、交际性和行动性特征,来写一个城市、一个国家的兴衰变化,写人的历程,具有非常独特的价值——"一个无人倒下的地方不是广场,/一个无人站立的地方也不是"。广场跟人、跟社会文化、跟人类文明的变化发展密切相关。在广场,事情发生了,然后又消失了。有些事情,成为一座城市的划时代事件,有些事情,则悄然无声。一对恋人在广场边上的手牵手,一对老年人在广场中央的肩并肩,都是广场世界的栩栩如生的体现。

诗人在这首长诗中,把整个历史和文化、政治的生态、情感都结合到一起,而让"广场"这个意象具有了血肉和历史感。如果你反复阅读,并抛开某种成见和定见,你会读到更多丰富的内容。

三　李笠·五个中秋（组诗）

作者简介 **李笠**：1961年生。诗人、翻译家。1988年移居瑞典，用瑞典文创作出版《水中的目光》(1989)、《栖居地是你》(1999年)、《源》(2007年)等6部诗集，翻译了许多北欧诗歌，其中包括2011年荣获诺贝尔文学奖的瑞典诗人特朗斯特罗姆《特朗斯特罗姆诗歌全集》(2015)、《索德格朗诗全集》(2015)。他的《白色城市》《两座水城》等5部电影诗先后在瑞典电视一台的文化节目播出。

五个中秋

（组诗）

一、1989年。斯德哥尔摩。午夜

我望着天空自语：你认识这月亮

它曾是妈妈挂在天上的镜子

那是神仙的故乡，外婆说

仰望，你会听到上面玉兔捣药的声音！

于是，每回分到月饼

你就觉得自己捧着那圆圆的月亮……

但一天，那仙女的脸庞

突然变成了黑洞。月食

让你，一个孩子，思考宇宙的奥秘

月亮，你童年的幻想

而今已变成一枚雪亮的硬币

敲击这异国午夜的窗口。让你失眠，忧伤

▶ 简评

  30多年前，诗人离开了中国，来到北欧，可谓离愁别绪上心头，恰逢着一轮明月当空照。长期的文化源流和中国特有的"天问"古风，使得"月亮"与"中秋"对中国人有着别样的意义。诗人站在远离中国的北欧土地上，以特殊的角度望月，仰观宇宙之大，俯察品类之盛。遥远的视角，不同的文化土壤上，诗人看到童年时代的月亮——"它曾是妈妈挂在天上的镜子/那是神仙的故乡，外婆说/仰望，你会听到上面玉兔捣药的声音！"——突然，诗人写到月亮在某个时刻的变形——"但一天，那仙女的脸庞/突然变成了黑洞。月食/让你，一个孩子，思考宇宙的奥秘"——在这里，诗人采取了双重的隐喻，月亮既指代天上的蟾宫，又指代祖国；月亮既是高挂天空的明亮镜子，又是一个黑洞；月亮既勾起思乡浓情，又以变脸为黑洞的恐怖阻止了回家的脚步。联系到诗人身处他乡的感受，可以感到月亮的丰富意象正扑面而来："月亮，你童年的幻想/而今已变成一枚雪亮的硬币/敲击这异国午夜的窗口。让你失眠，忧伤"。

二、2000年。罗马

我的棕发妻子已经入睡。我提着酒
走到阳台。一轮明月大步迎来：
"我是苏东坡。我把西湖端到了这里！"
银色水面。一只装木乃伊的棺材浮出
拖着我。我惊慌地跳起
踩踏。棺材跟着我一起扭动：
"我是口香糖，让牙齿感受甜柔的爱！"
我站稳。棺材恢复了原貌
"为何不学古人在月下读书？"

我捧起双手。我打起了太极拳

我来回打转。秒针在钟盘上疯狂地旋转

❘ 简评

与第一首中秋诗时隔11年后，诗人从北欧的斯德哥尔摩来到南欧的罗马，换了一个心情，也换了一个角度看世界、看月亮。在中国人心中挥之不去的离愁别绪，对月当空的渺渺思绪，在棕发外国人妻子的内心激发不起同样的情绪，这是东西方文化的巨大差别：诗人内心骚动时，妻子已经睡得很香了——"我提着酒/走到阳台。一轮明月大步迎来"——与月亮在这遥远的异国重逢，如同故友相聚于离乱之后。但这轮月为何不是李白"举杯邀明月，对影成三人"的情形呢？为何反而是苏东坡和他的西湖？或许，诗人对苏东坡的喜爱，让他站在万里之外的异国土地，首先想到了这位写了千古名篇《水调歌头·丙辰中秋》的大词人的感怀："明月几时有，把酒问青天。不知天上宫阙，今夕是何年。我欲乘风归去，又恐琼楼玉宇，高处不胜寒。"这种感怀，是苏东坡在中秋夜与人喝酒达旦后写下的："大醉，作此篇，兼怀子由。"可见苏东坡作词是来抒发自己对家人，尤其是弟弟苏辙（字子由）的怀念的。但在身处南欧的历史名城罗马的李笠这里，同样的月亮让他备感孤独：既无法跟妻子分享中国式的愁绪和思念，又不能如古人苏东坡那样"大醉"，甚至不能像更早的李白那样醉到"对影成三人"的地步。他看到的是一种奇异的象征，在月下打太极拳，一个人看着时间的"秒针在钟盘上疯狂地旋转"。这情形，其实跟李白那首《月下独酌》更加相近："花间一壶酒，独酌无相亲。举杯邀明月，对影成三人。"邀月共饮，是多么大的内心孤独啊。

三、2005。宁静的波罗的海海边

灵枢上母亲的脸慢慢上升

我伫立。忧伤随瓷器的光

洒落，露出我影子，一只无法捞起的锚
"我和你一样孤独
我来是为了展示你真正的家！"
吴刚伐桂的声音雷霆西西弗斯推到

山顶的石头在滚落，滚落……
宇宙抽缩成轰响的涛声
我摇晃。杜甫的夜泊船
在雪光里黑成一只巨大的棺柩

简评

时隔5年，诗人又回到了北欧的波罗的海海边。这其中，有多少的旅行感怀，我们不得而知。在这个特殊的中秋，诗人在海边望月，而曾经以月为镜的母亲已经去世了。母亲和祖国，都只留存在诗人的心中——"我和你一样孤独/我来是为了展示你真正的家！"那个无法解决的问题，在中国是"吴刚伐桂"，这种惩罚是每次当他伐倒桂树时，桂树瞬间就重新恢复原样。在西方，则是西西弗斯的神话，同样是受到神的惩罚，西西弗斯每次把巨石推到山顶时，石头就轰然滚落。一件永远无法完成的任务，意味着一次永远无法结束的惩罚。也许，活着就是吴刚伐桂或西西弗斯推石头。真正的家在哪里？波罗的海边上的月亮是什么时候开始照见哪里的人呢？又是什么时候有人开始站在波罗的海边上见到月亮？如张若虚名篇《春江花月夜》所问："江畔何人初见月？江月何年初照人？人生代代无穷已，江月年年望相似。"

四、2009。挪威北部

上海打来的电话点亮窗外的月亮：李白
诗里的玉盘，或嫦娥的炼狱

它挂在一个山村的白桦林上

比我在中国见过的要亮

比我在中国见过的要小

在非洲，我也见过此时的月亮

它挤在一排路灯里，显得有些多余

那时我正驱车去撒哈拉沙漠

并不知道那巨大屎黄的路灯就是中秋明月

▶ 简评

  又过了4年，诗人仍在满世界的旅行之中。这次中秋，他来到了挪威北部。我记得这年的中秋，我太太当时正好去德国北部的不来梅工作。我们通过MSN视频聊天，其中也有关于月亮的话题。现代通信条件，在慰藉离别亲人的同时，也稍稍破坏了等待的那种焦虑的神秘感。有点疑惑的是：我们谈到的是同一轮月亮吗？

  挪威北部，地理位置上已进入北极圈，是极昼和极夜的世界了。在中国农历中秋这天，挪威北部的世界正处在极昼和极夜交替的特殊气氛中。这里写到的月亮已无诗人之前那种浓浓的、化不开的离愁别绪和孤独情感，而只是一个怪异的天上物体——"它挂在一个山村的白桦林上／比我在中国见过的要亮／比我在中国见过的要小"。这个月亮不再勾起诗人的丰富联想，他切断了与历史文化（李白、苏东坡）的联系，也切断了与国家、民族的联系，更切断了情感的联系（母亲），而令月亮成为一个冰冷的存在物。这时的月亮，不再是情感的载体，而只是一个天体，他甚至因为漠然而把月亮，而且是用非敬语描述的"屎黄"的月亮忘记了——在中秋时忘记了月亮。他的内心已经切断了这个特殊的文化联系，或已切换到另外一个人生频道和波段，他在非洲连中秋都想不起来，更想不起来中秋和月亮的关系——"在非洲，我也见过此时的月亮／它挤在一排路灯里，显得有些多余／那时我正驱车去撒哈拉沙漠／并不知道那巨大屎黄的路灯就是中秋明月"。

诗人走在自己的路上，不再依靠月亮的映照。

五、此刻。2014年。黄浦江边

圆月上升。江水呻吟着膨胀。这是念恋的时刻

当我们把这并不发光的小天体

当成刻着诺贝尔头像奖牌的时候

西方，拉丁语把它看成了发疯的原因

而渴望阳光的北欧人则把它当作了死神——

"花朵们知道……月亮绕地球的路

是死亡的轨迹。"

我默立在母语的心脏。江中一株无念的木桩

▶ 简评

读到第五首"中秋诗"时，25年的跨度消失了：诗人从1989年远走他乡到再度回归，一个年轻人走到自己的人生中途。月亮还是那个月亮，但看月亮的地点变了，看月亮的人变了，看月亮的心情变了。人生如一个巨大的线团，围着地球绕了一大圈回到了母语和母语文化的世界，那些传统的文化符号膨胀着涌来，而成为某种执着的贪恋。在这个时候，月亮既非代表思念的"婵娟"，也不是被诗人忘记的天体，而是深切影响了人类的不发光的月球。只有月球这个精密的稳定器的存在，地球的轴才不会胡乱摇摆，地球上的潮汐才会有节奏地律动，地球上的生命才会欣欣向荣……月球，是地球生命的孵化器，所以，有些科学家或者科幻小说家认为，月球是由外星人建造的。有一本奇书《谁建造了月球？》论述了月球与地球生命密不可分的关系，认为度量衡从一粒大麦的长度和重量开始，最后量出月球与地球的距离、月球与太阳的距离，并可以精确量出月球、地球和太阳的质量。

回到了母语世界,"我默立在母语的心脏",诗人成为一个第三者,而不再是一个内部分子,类似"江中一株无念的木桩"。用"一株"这个通常形容有生命的菌类、鲜花的数量词来形容无生命的木桩,是很怪异的。这是意味着"木桩"介乎有生命和无生命之间吗?

▶ 阅读与理解

一位诗人写的"同题"诗,尤其是相隔25年的五首诗放在一起读,这样的尝试有如突然发现新大陆,给读者带来了非常丰富的阅读感受。

中秋和明月,是拨动中国人心弦的一个文化密码。诗人李笠走遍世界之后,眼中看到的却是别样的中秋和明月。一位长发飘飘、眼神深邃的游子离开了祖国、离开了明月——"明月几时有?把酒问青天!"诗人切断了自己文化脐带中的某个结,从而让自己成为一个更为自由的人,精神和思想都得到了释放。

读这组诗就如同随着诗人一起漫游了整个世界,并且还能随他一起回到"母语的心脏",这样,我们不费吹灰之力,就获得了很丰富的经验。

四　海子·思念前生

思念前生

庄子在水中洗手

洗完了手，手掌上一片寂静

庄子在水中洗身

身子是一匹布

那布上沾满了

水面上漂来漂去的声音

庄子想混入

凝望月亮的野兽

骨头一寸一寸

在肚脐上下

像树枝一样长着

也许庄子是我

摸一摸树皮

开始对自己的身子

亲切

亲切又苦恼

月亮触到我

仿佛我是光着身子

光着身子

进出

母亲如门，对我轻轻开着

▶ 简评

海子写庄子，这个角度、这个态度、这个温度，都很令人惊讶。这首诗跟海子大多数作品都不同——除了结尾的这句"母亲如门，对我轻轻开着"。不像海子那些描写日常生活世界的诗以宏大的气势取胜，这首诗写古哲人，却写得细致、精密、有趣。庄子洗手，手上一片寂静；庄子洗身，身上沾满水面上漂来漂去的声音。那是一个在水中的庄子形象，更多是诗人想象出来的，他对这个形象着了迷，并且让自己和诗中的庄子形象相互置换。因此，描写庄子就是描写海子自己。在水中洗手和洗身的庄子，内心和外在都是自由自在的，如同水中的鱼。他的自由自在，对于在现实生活中饱受各种牵制的诗人，是一种自我渴望的投射。也许海子想成为庄子那样的人，成为那样自由自在、坦坦荡荡的人。他甚至可以混入野兽中，对着水面上空的月亮嚎叫。但这个野兽的身体，很像海子的愿望——让骨头一寸寸生长，光着身子，在月光下进进出出。这是海子梦想中的世界，也是他对人生的一种别样的思考。

在这首诗里，海子塑造了一个特殊的庄子形象，然后让自己怀着强烈的愿望代入进去，这样就让自己和庄子合二为一，成为一种类型的人，但是美好的愿望遭到了现实的压力，苦恼不可避免。

思念前生的海子，是把自己的一切情感都托付给庄子了。他把自己想象成庄子，而不是其他什么人，这种情感的寄托，是对自由精神、朴素生活的向往吧。

感动

早晨是一只花鹿

踩到我额上

世界多么好

山洞里的野花

顺着我的身子

一直烧到天亮

一直烧到洞外

世界多么好

而夜晚，那只花鹿

的主人，早已走入

土地深处，背靠树根

在转移一些

你根本无法看见的幸福

野花从地下

一直烧到地面

野花烧到你脸上

把你烧伤

世界多么好

早晨是山洞中

一只踩人的花鹿

1986年

简评

海子是一个精神上极紧张的诗人，他会焦虑、失眠、亢奋、沮丧、抑郁，但在诗中他表现得热爱幸福，动辄感动。他写"面朝大海，春暖花开"，写"祖国，或以梦为马",写"秋天的花楸树",要"做一个幸福的人/劈柴,喂马,周游世界"。但什么是幸福呢?是"面朝大海,春暖花开",还是如本诗中被早晨这只花鹿轻轻地踩到额上?如同情人的抚摸?把早晨比喻成花鹿,是一个很清新的意象,并把野花的生长和野花的芳香,比喻成燃烧,如同某种看不见的激情——"山洞里的野花/顺着我的身子/一直烧到天亮/一直烧到洞外/……野花从地下/一直烧到地面"。

海子的世界,不是麦地、高原、天空、河流,就是花鹿、野花、山洞,都是非城市的、前现代的野性世界,他的个人情感全都寄托在这些生命蓬勃的事物上,一朵野花如一棵花楸树,单纯而幸福,生长的活力如同燃烧生命。海子总是渴望打破自己的禁锢,去远方、去劈柴喂马,做一个简单的、幸福的人。但这首诗里有"黑夜",这种无法阻挡的力量,是早晨这只花鹿的主人,也是海子内心中的统摄者——"而夜晚,那只花鹿/的主人,早已走入/土地深处,背靠树根/在转移一些/你根本无法看见的幸福"。

有一种说法,诗人写诗是在给自己疗伤。我不知道海子是不是这样,在他的内心里有一个广阔的草原,有天空、流云、野花宛然,但他在现实生活中,却饱经爱情和人生的挫折。所以,海子的理想十分丰满,而现实又很骨感,这让他的人生和世界产生了巨大的张力,让他的诗也产生了巨大的反差。

五　张枣·梁山伯与祝英台

梁山伯与祝英台

"青青子衿，悠悠我心"，他们每天
读书猜谜，形影不离亲同手足，
他没料到她的里面美如花烛，
也没想过抚摸那太细腻的脸。

那对蝴蝶早存在了，并看他们
衣裳清洁，过一座小桥去郊游。
她喏在后面逗他，挥了挥衣袖，
她感到他像图画，镶在来世中。

她想告诉他一个寂寞的比喻，
却感到自己被某种轻盈替换，
陌生的呢喃应和着千思万绪。

这是蝴蝶腾空了自己的存在，
以便容纳他俩最芬芳的夜晚：
他们深入彼此，震悚花的血脉。

▶ 简评

　　这是一首十四行诗，前2段4行，后2段3行，并且很考究地押韵。前两段1、4句押韵，2、3句押韵；后两段1、3句押韵。这种严整，类似英国古典诗人的做派，而不像很多中国当代诗人的随意。前辈大诗人冯至出版有《十四行集》，也非常讲究类似的押韵。

"梁山伯与祝英台"的故事流传深远，家喻户晓，当代很多诗人都写过这个故事。"梁祝"故事里迷人的情节很多，其中最不可思议的情节，是祝英台女扮男装混进一堆男生中，不仅学习成绩优秀，一举成为班上的学霸，而且引起了同桌梁山伯的深切关注和爱慕。祝英台如果也能上京赶考，以她的优异学习成绩，也许会成为一个称霸男权社会的女学霸吧？《再生缘》写的元代女状元孟丽君就是那样的学霸。在古代，女学霸注定是当不成的，朝廷科举、取士，都只是选男不选女。这也注定了祝英台的命运。无论她学习成绩多么好，甚至可能常常给梁山伯打小抄，她都改变不了科举制度只容许男生参加考试的传统。

张枣对中国古代的文化兴趣浓厚，他的诗具有丰富的传统雅化意象和词句。

张枣对"前生"或"后生"有特别的看法，他把蝴蝶和梁祝直接对应地放在一起，说那对蝴蝶其实早就存在了，他们和梁祝互为对方的化身，类似"庄生晓梦迷蝴蝶"的典故，不知道是庄子梦见了蝴蝶呢，还是蝴蝶梦见了庄子。这不就是一种特殊的镜像世界理论吗？

镜中

只要想起一生中后悔的事

梅花便落了下来

比如看她游泳到河的另一岸

比如登上一株松木梯子

危险的事固然美丽

不如看她骑马归来

面颊温暖

羞涩。低下头，回答着皇帝

一面镜子永远等候她

让她坐到镜中常坐的地方

望着窗外，只要想起一生中后悔的事

梅花便落满了南山

简评

"只要想起一生中后悔的事/梅花便落满了南山"，这两句已成为当代汉语诗中典型的"好词好句"。可能还没达到海子的"面朝大海，春暖花开"的流传程度，但在诗歌青年中仍然是婉约且坚硬的存在，如一道闪电缓慢地掠过心头而令人难以忘怀。这句诗的魅力在于很多人对它似解非解，问题也在于似懂非懂。很难说你懂得这句诗了，或者你真的很难读透这首诗。通常来说，你只能感受到这首诗的与众不同，你对这首诗中的一些句子印象深刻，例如为何一想起一生中后悔的事，梅花便落满了南山呢？你是不是想起了晋代大诗人陶渊明那句"采菊东篱下，悠然见南山"里的"南山"？梅花落满了南山，而你如果根本没有注意到，或者你根本没有心情去观赏、体会，这是不是也属于某种内心深处的后悔？在古代，诗人通常用各种花卉来比喻美人，桃花最普遍，那么，梅花是不是也可以比喻内心中思念的美人？进一步延伸，可以说是某种已经消失了的美好事物吗？

"梅花落满南山"和"只要想起一生中后悔的事"并不具备通常的那种逻辑和因果关系，而现代诗歌，尤其不太愿意遵循那种逻辑，因为这样肯定的、是非分明的、因果不断的逻辑，对诗歌来说是一种幽闭和囚禁。你简单地把这两句诗倒回来，就会求得逻辑，像在语文课本里老师教你做的那样，把唐诗、宋词的某一句话调整过来，你会发现，原来，这是倒装句！但倒回来的非倒装句，一下子意趣全无了，你干的简直就是焚琴煮鹤的糗事嘛！可是老师和你都很得意于清泉濯足、花下晒裤的"煞风景"之事，并为之"自鸣得意"，以为古诗"原来如此"——"梅花落遍南山，让我想起一生中后悔的事"。但是，倒过来的句子，逻辑很顺，却不是诗了，至少缺乏了"不通顺"时的那种悠然意境。这种"不通顺"让我们想到好几种可能，然后我们才会明白，对一件美好事物、一个爱过的女子的记忆，会跟梅花落下一样，在你心头飘扬，并且带给你一种无以名状的惆怅。那些场景不断涌现，如以秒速五厘米落下的花瓣——"游泳到河的另一岸""登上一株松木梯子""骑马归来""坐到镜中常坐的地方"。这是一个帝王与妃子"懒起画蛾眉，弄妆梳洗迟"的时代吗，或者诗人仅仅是想在诗里再现这个时代？

  在诗的末尾，窗外、梅花、南山、后悔、记忆，融成一片。这些，都柔软地撩拨着我们的心弦，让我们也产生了某种莫名的惆怅。这是美好事物消逝之后而生出的忧伤吗？恰如唐代崔护《题都城南庄》中的名句："去年今日此门中，人面桃花相映红。人面不知何处去，桃花依旧笑春风。"

六　陈先发·前世

作者简介

陈先发 1967年10月出生，安徽桐城人，1989年毕业于复旦大学。著有诗集《春天的死亡之书》《前世》《写碑之心》等。曾获"十月诗歌奖""十月文学奖""2008年中国年度诗人""首届中国海南诗歌双年奖""复旦诗歌特殊贡献奖""首届袁可嘉诗歌奖"等。作品被译成英、法、俄、西班牙、希腊等多种文字，并被选入国内外多所大学的文学教材。

前世

要逃，就干脆逃到蝴蝶的体内去
不必再咬着牙，打翻父母的阴谋和药汁
不必等到血都吐尽了。
要为敌，就干脆与整个人类为敌。
他哗地一下脱掉了蘸墨的青袍
脱掉了一层皮
脱掉了内心朝飞暮倦的长亭短亭。
脱掉了云和水
这情节确实令人震悚：他如此轻易地
又脱掉了自己的骨头！
我无限眷恋的最后一幕是：他们纵身一跃
在枝头等了亿年的蝴蝶浑身一颤
暗叫道：来了！
这一夜明月低于屋檐

碧溪潮生两岸

只有一句尚未忘记
她忍住百感交集的泪水
把左翅朝下压了压，往前一伸
说：梁兄，请了
请了——

2004年6月2日

▶ 简评

　　"梁祝"的故事有各种写法，"化蝶"这个经典的情节，被诗人反复描写，如张枣在《梁山伯与祝英台》里，也写到了蝴蝶——"那对蝴蝶早存在了，并看他们／衣裳清洁，过一座小桥去郊游"。"蝴蝶"这个意象受到庄子梦蝶的长久影响，也受到李商隐"庄生晓梦迷蝴蝶，望帝春心托杜鹃"的暗示。哲人化蝶，帝王转生杜鹃，都是很特殊的想象，而有情人一起化成蝴蝶，脱离沉重的人世，用更为轻灵的身体和精神，翩翩飞舞于这个世界之上，则是"梁祝"故事的核心所在。

　　诗人陈先发这首《前世》跟海子的《思念前生》不同。海子是把自己幻想为庄子，而陈先发则通过一个瞬间细节，来描写梁山伯与祝英台幻化成蝴蝶的情形。他是站在观察者、思考者的立场来描述的。一对有情人，他们在面对来自社会、家族的强大压力时，不能以同样的强大反抗，这时候诗中的情形就出现了，如意大利文学大师伊塔洛·卡尔维诺在《未来千年文学备忘录》里的"轻逸"篇谈到，意大利文艺复兴时期，大作家薄伽丘在《十日谈》里写到一名当时的意大利诗人在遭到对头围攻时，并不争辩或者死拼，他只是轻盈地翻过一堵矮墙，就抽身走了。从沉重现实世界中抽身脱离的方式之一是化身为蝴蝶，翩然而出离俗世，轻巧无比地脱尽了一切负累。"化蝶"是蝴蝶由沉重肉身的爬行而转向轻盈飞行的最为惊人的一幕，这也是令古代哲人深深着迷的一种仙化的比喻。

"梁祝"这对有情人，采用的"化蝶"方式也一样轻逸。当人们的思想从沉重转为轻逸，文学和艺术就出现了。那些以沉重写沉重的写作者，无法进入卡尔维诺的喜好中。那些以"厚重""黄钟大吕""接地气"等词语来作为好作品评判砝码的人，也无幸成为卡尔维诺的知音。卡尔维诺说过，在古埃及，人们用羽毛来称量灵魂。

陈先发的这首诗一开始就运用了"轻逸"的方式——"要逃，就干脆逃到蝴蝶的体内去/……他哗地一下脱掉了蘸墨的青袍/脱掉了一层皮/脱掉了内心朝飞暮倦的长亭短亭。/脱掉了云和水/这情节确实令人震悚：他如此轻易地/又脱掉了自己的骨头！"我们看到了，脱掉的都是沉重的东西，包括"长亭短亭"与"骨头"。蝴蝶是已经存在亿万年的事物，在梁祝化蝶之前早就存在了。诗人笔下的蝴蝶在枝头上等待，浑身一颤，如同演绎了这个世界的两面：人与蝶/重与轻。

而诗中由对"化蛹为蝶"场景最为细微的描述，突然转换为对周边世界的表达——"这一夜明月低于屋檐/碧溪潮生两岸"，显示出诗人举重若轻的高明手法。

七　柏桦·在清朝

作者简介

柏桦： 1956年1月生于重庆。1979年始从事诗歌、随笔创作、文学批评及英美文学翻译活动,陆续在国内刊物上发表大量作品,主要从事诗歌批评及诗歌理论、海外汉学研究。著有诗集《表达》《往事》,长篇随笔《去见梁宗岱》,回忆录《左边——毛泽东时代的抒情诗人》《今天的激情——柏桦十年文选》等。

在清朝

在清朝

安闲和理想越来越深

牛羊无事，百姓下棋

科举也大公无私

货币两地不同

有时还用谷物兑换

茶叶、丝、瓷器

在清朝

山水画臻于完美

纸张泛滥，风筝遍地

灯笼得了要领

一座座庙宇向南

财富似乎过分

在清朝

诗人不事营生、爱面子

饮酒落花，风和日丽

池塘的水很肥

二只鸭子迎风游泳

风马牛不相及

在清朝

一个人梦见一个人

夜读太史公，清晨扫地

而朝廷增设军机处

每年选拔长指甲的官吏

在清朝

多胡须和无胡须的人

严于身教，不苟言谈

农村人不愿认字

孩子们敬老

母亲屈从于儿子

在清朝

用款税激励人民

办水利、办学校、办祠堂

编印书籍、整理地方志

建筑弄得古香古色

在清朝

哲学如雨，科学不能适应

有一个人朝三暮四

>
> 无端端的着急
>
> 愤怒成为他毕生的事业
>
> 他于一八四○年死去

▌简评

清朝距离我们这个时代不远，仅仅是一百多年时间，但因我们当代生活的节奏过于急促，而提前陈化了前朝和前朝风物。对于当代生活，清朝的生活态度和生活哲学，都成了人生的累赘。如今急速的精神和态度，这种一年一小变、三年一大变的经济大变动时代，以强力方式做旧了传统，而让过去时代的生活和生活态度都突然变得缓慢和陈旧了。然而，缓慢和陈旧并不是没有价值，很多风景、很多事与物，需要你放慢脚步才能看见，才能深入体会。你在乡间小道散步，才能见到青山绿水、蓝天白云，你在林荫道中徜徉，思考才会丰富起来。

"在清朝"共七段，每段写一种那个时期的不同生活、不同制度与不同人生。这是一个诗人理想中的清朝和历史中清朝的结合——"在清朝/安闲和理想越来越深""在清朝/山水画臻于完美""在清朝/诗人不事营生、爱面子""在清朝/……夜读太史公，清晨扫地""在清朝/……严于身教，不苟言谈""在清朝/用款税激励人民""在清朝/哲学如雨，科学不能适应"，这样七个不同的侧面，描述了诗人对于一个过去的朝代，还寄托着自己浓重的理想和想象。

诗的结尾，停止于1840年——"有一个人朝三暮四/无端端的着急/愤怒成为他毕生的事业/他于一八四○年死去"，诗人写的这个时间点，我们都熟悉。1840年是清朝前期与后期的分界，也是中国传统与现代的分界——几艘英国炮舰沿着扬子江逆水而上，在一些江岸城市开了炮，轰醒了一个沉睡在东方的国家，揭开了中国近代史的序幕。

或许，从这个时间点开始，中国历史真的要划分为两个部分了：一个是传统的、前现代的社会，已经过去；一个是激进的、现代的社会，正在慢慢成形。

八　宋琳·雪夜访戴

雪夜访戴

什么东西才不是怪癖？
像夜里突降的雪和一个念头？

我被惊醒，喝了酒，
左思的诗让我想起了一位隐士。

解下缆绳已是四望皎然了，
剡县那边是否也是大雪压境？

而在山阴，夏天起我们就热烈地谈论玄学，
靠在几上，滔滔不绝，直至天亮。

剡溪啊，自从我第一次试你的水温，
你就流在自己清冽的节奏里，

但愿我的小船像梭子，在你的绸缎上
滑得轻快，和着你的节奏。

万籁中只有雪，簌簌落在千山，
很快，白眉毛就要把我打扮成一个渔父了。

我的朋友，愿你今夜睡得安稳，
像心爱的书卷摊放着自己。

你若是梦见山中的仙女,
我岂不是那个与你并肩而行的人?

垄上熹微照积雪,放下桨的我,
为何像前朝的传令官那样兴高采烈呢?

你的茅屋外还没有行人,
我多想叩开你的门,大喊一声:

"安道,是子猷来了。"哦,除了雪意
我并没有什么好消息带来给你。

算了吧,我这就掉棹返回了。
我来看你,又何必用召唤惊扰你呢?

2011 年

▌ 简评

研读这首诗之前,我们先重温"王子猷雪夜访戴"这个故事。故事原本出自南朝刘义庆编著的《世说新语》:

> 王子猷居山阴,夜大雪,眠觉,开室,命酌酒。四望皎然,因起彷徨,咏左思《招隐诗》。忽忆戴安道,时戴在剡,即便夜乘小船就之。经宿方至,造门不前而返。人问其故,王曰:"吾本乘兴而行,兴尽而返,何必见戴?"

故事里写了大书法家、"书圣"王羲之五子王子猷的名士风范,以及随性而为、顺其自然的人生态度。王子猷住在浙江绍兴(山阴),一天夜里下大雪，他起来喝酒，望见大雪皑皑，吟诵起西晋名士左思的《招隐诗》，突然想起自己的好友戴安道住在南面的剡县（今浙江嵊州），随即起身乘船去探访。船驶了一夜到剡县的戴安道家门前，他却让船家掉头返回了。有人问为何如此，王子猷说："我本来就是乘兴而来，兴尽而归，何必真要去见戴安道呢？"

一时兴起，便去了；一时兴尽，便回了。这么"简单"的事情要做到很不容易，首先你要足够有闲，有些钱，更得有闲情逸致，才能说到做到。此文被很多人过度解读，我觉得其中并无特别深意，只是写了一个"真人"随性自在的生活态度。对比普通人的瞻前顾后、左右牵绊、患得患失，王子猷的做法自是潇洒倜傥多了。人生本来短暂，何不尽兴？王子猷这种人生态度不是儒家式的，而是道家式的，顺其自然。左思《招隐诗》之二写道：

> 经始东山庐，果下自成榛。
> 前有寒泉井，聊可莹心神。
> 峭蒨青葱间，竹柏得其真。
> 弱叶栖霜雪，飞荣流余津。

这也是对隐士生活环境的一种倾心及羡慕，在一夜大雪之后，王子猷起来饮酒，吟诵的是左思这首诗，大概是有些自况和对友人的关心吧。

诗人宋琳把这段传奇加以演绎，写了王子猷和戴安道"同道中人"的友谊和情谊——"而在山阴，夏天起我们就热烈地谈论玄学，/靠在几上，滔滔不绝，直至天亮。"故事中的剡溪，因其特殊的地理位置、风土人情和文化流传，而成为历代诗人咏叹的对象，很多高人隐士都生活在这里。东晋时代，江南得到更深的开发和开化，渡江而至的中原文化人，很多成为浙中文化的播种者。这是一个青山绿水相互环绕的美丽世界，诗人把笔墨浓重地落在了王子猷去剡县的途中，并展开想象——"剡溪啊，自从我第一次试你的水温，/你就流在自己清冽的节奏里，/但愿我的小船像梭子，在你的绸缎上/滑得轻快，和着你的节奏。/万籁中只有雪，簌簌落在千山，/很快，白眉毛就要把我打扮成一个渔父了"。

这段把《世说新语》里缩减掉的船行过程补充出来了。也许诗人想到，只有这样如诗如画的行程给王子猷内心带来的极大满足感，才可能让他"兴尽而返"。他本来没有什么要紧事情，只是一时兴起，就来了个"说走就走的旅行"。如果真敲开戴安道的家门，能跟他说什么呢？说说路上的雪？——"除了雪意/我并没有什么好消息带给你"。说一分就多了，减一分又少了。不说，不聊，直接返回，正好。

人生如果能做到这样——正好，那是最美的境界吧？

长得像夸父的人

  他没有飞出窗去追赶那火轮
  像那位长着飞毛腿的祖先
  他坐在房间里
  在一根桃树枝上消磨下午的时光
  ——为周末的郊游做一根手杖
  他不知道桃树枝曾经是他祖先的一根手杖
  曾经被傲慢和野心施了魔咒
  他削得很慢
  面对那善变的木头小心翼翼
  由于他的慢，太阳也慢了下来
  像一只好奇的灯笼飘进窗子里
  外面，子弹列车疾驶而过
  他继续削着那根手杖

在二十一世纪的某个黄昏

2013年1月18日

> 简评

这首诗写出了一个现代人的孤独感受，融入"夸父逐日"的中国神话，简明有趣，充满了丰富的含义。

"夸父逐日"是一个著名的中国传统神话故事，原载于《山海经·海外北经》：

> 夸父与日逐走，入日，渴，欲得饮，饮于河、渭，河、渭不足，北饮大泽，未至，道渴而死。弃其杖，化为邓林。

"夸父"是神话中极善跑的巨人，传说为"地母"后土的孙子。天上地下没人能跑得过他，属于"独孤求败"类的高人，他甚至跑得比太阳还快！故事说他追上了太阳而口渴，一口气把黄河、渭河的水喝干了还不解渴，又打算跑到北边的大湖去喝个痛快，可是在半路上就渴死了。他手上拿着的手杖落在地上，长成了一片桃林。我们现在都知道，以地球自转的速度，人类和兽类，无论跑得多快都追不上太阳，只有现代的超音速喷气式飞机才能追上。

东西方神话里，大多有巨人的存在。但现代巨人如海格等，只能存在于《哈利·波特》中。有些神秘考古发现，上古确实有一个巨人族存在，这种巨人三倍于现代人的高度。但他们和恐龙等巨兽一样，都在地球的沧桑巨变中神秘地消失了。巨人族的神话也映衬着现代人的一种巨大的精神失落感——我们这些不肖子孙无论如何都达不到夸父、海格那样的速度和高度，我们是被矮化和自我矮化了的现代人。"逐日"是不可能了，只能手执一根桃树枝，用刀子慢慢地削，消磨一个下午的时光——"由于他的慢，太阳也慢了下来/像一只好奇的灯笼飘进窗子里"。人生的快与慢、沉静与喧嚣、孤独与热闹,都在这里得到对比。窗外,子弹列车呼啸而过;窗内,"他继续削着那根手杖/在二十一世纪的某个黄昏"。

这首短诗运用中国上古神话的豪迈和淋漓,反衬当代个人的孤独,反复比喻,加上动与静、快与慢的对比,而构成含义丰富的诗意群。

九　安琪·白蛇传

白蛇传

并非有意

也不存心

从我口中吐出的丸子，被她吞咽

那时我年少

全然不知一条白蛇从此换形

成为我的娘子

我们当街售药

夫唱妇随

我觉得很幸福可法海说不

法海是谁

为何前来搅扰我的生活

法海是他

一种既定秩序的守护者

如同规章

如同制度

它们明文标示：人妖殊异

不可通婚

我恐惧死亡的小心思被法海识破

我用卑鄙的雄黄让娘子现身为蛇

倘若我曾与她同床共枕

我怀中的蛇既然已经是人

我又为何要相信她实在是蛇

现在，我被眼前的事实惊呆

世间的人如果你也看到我之所见

你是安守白蛇

还是逃离？

我躲进金山寺

我听凭娘子水漫金山

我知道是我把娘子引导成杀人犯——

我听到被淹的无辜人群的哭喊看到田园

荒芜房舍倾倒

我知道我的娘子尚未读过诗书

不懂得怜惜众生

只懂得爱我

世间的人

如果你是我，你要对有白蛇之身的娘子如何处置

是随同她回家

还是听任法海把她镇在雷峰塔

如果你是我

请为我掬一把同情泪

如果你不是我

请把她领回家，从雷峰塔下。

2013年3月10日

简评

《白蛇传》是中国古代四大著名传说之一,其他三个是《梁山伯与祝英台》《孟姜女》和《牛郎织女》。自有雏形以来,一千多年不断变化的《白蛇传》是其中影响最大的传说,据此改编过的电视连续剧和电影也最多。其中1992年赵雅芝主演白娘子、叶童反串演许仙的《新白娘子传奇》最为流传深远。而电影中大幅度演绎了"白蛇传"中"青蛇"故事的影片《青蛇》,也令人印象深刻。

《白蛇传》及围绕着这个故事所产生的各种演绎,尤其是赵雅芝、叶童版本的《新白娘子传奇》和张曼玉、王祖贤主演的《青蛇》,都让这样一个脍炙人口的故事逐渐由最初的"反抗封建礼教"和"有情人终成眷属"的内容,扩展到现代人意识中自由人性的层面:为争取个人的幸福、自由、爱情,白娘子、许仙、青蛇都愿意付出最大的努力。

《白蛇传》这个故事从最早法海和尚施展法术镇压邪妖、为民除害的版本,几经演绎变成白娘子为正面角色,法海和尚假仁假义,以人妖不能跨界为由棒打鸳鸯、拆散有情人的悲剧故事,体现了民间知识分子的一种认识上的变化——从顺应秩序到反抗秩序。白娘子与许仙的"人蛇之恋",也升级为民间反抗强权的主题,镇压白娘子的杭州雷峰塔因此美名远扬。鲁迅有《论雷峰塔的倒掉》,写小时候听祖母讲"白蛇娘娘"的故事。这篇文章曾选入中学语文教材,网上可以找到各种详尽的课件,写得比鲁迅的文章更复杂,老师们都是这样解读的,这是鲁迅在"歌颂自由爱情,批判封建礼教"。

20世纪90年代中期,我和单位同事曾借探望在西子宾馆(俗称"汪庄")休养的巴金先生之机,去雷峰塔遗址探访。宾馆经理手执竹竿在前面领路,一路上他不断地拨打两旁杂草,引我们入了一个森林茂密、气氛诡异的地方,让我们看倒掉的雷峰塔上的碎砖和瓦砾。那时,神奇的雷峰塔确实只剩下废墟了。经理说,雷峰塔底下有地宫,真的压着东西,但不知道是什么。说着,他又朝草丛中搂了一竿子。一位女同事突然尖叫起来：一条黑色的蛇在面前闪电般掠过！我们都被吓着了。南方潮湿、燠热，多爬行类动物，包括蛇类，这本是很正常的事情。但因《白蛇传》故事流传深远，我们内心产生了特殊的紧张感。经理笑说："这里蛇很多，但不是白娘子，也不是小青……"我们紧张地看着他，盼他赶紧领我们离开白娘子的地盘。经理很淡定，边走还边说："经常有员工抓到大蛇，煮蛇羹吃。"

那次并不可怕的冒险，因在雷峰塔遗址碰见可能是小青的蛇闪电般掠过，令我一直记忆深刻。后来我再也没有去过雷峰塔了。再后来在遗址上建起了一座现代化的雷峰塔，有电梯上下，塔身灯火通明，照亮西湖一侧。饶是如此辉煌，我对新雷峰塔却一直提不起兴趣。白娘子早已乘风而去，连许仙都成了仙人，只有我们这些凡夫俗子还在不断地继续传颂这个神奇的人与妖的爱情故事。

"蛇"在人类文化的传说中是核心图腾，不仅神秘，而且是生命的象征。最早埃及神就有蛇形的，中国原始的人类始祖伏羲和女娲也有蛇尾相交状。一位原籍乌克兰的著名美国古文化学者西琴先生在《地球编年史》里断定，人类是由苏美尔文明中提到的第十二个天体，即尼比鲁星球上的高智慧外星人创造的，人类的23组DNA结构，看起来就像尾巴纠缠在一起的伏羲与女娲。因此，蛇象征着最早的生命，具有最原始的神秘性。而人与蛇的爱情，则在这些传说中，添加了丰富的跨界成分。

回到安琪这首诗《白蛇传》里，女诗人以男主人公许仙的口吻来叙述这个人们早已耳熟能详的故事，而令这个传说获得了新意。由许仙的第一人称来看，那个我们熟悉的故事产生了一些特殊的变异，但诗人的反思给读者带来了一种特殊的感受。许仙和白娘子恩恩爱爱，不招谁惹谁，也就是白天卖卖药丸，晚上谈天说地讲些趣事，可是法海和尚偏偏强横地出现，非要维护人妖殊途、不能通婚的传统，而以法术镇压白娘子，拆散有情人。一旦你试图以正义的理由来打击别人，就总能找到他们身上的罪名。你本是一个循规蹈矩的良民，可是一旦跟一个"异类"接触，你就被这个"异类"给传染了，"法海"们一看就知道你脸上有"妖气"，认为你被"异类"腐化了。如果不"悔过自新"，你也可能成为一个新的异类，而遭到强权者的打击。跨越人妖分界的爱情，虽然激动人心，但也会招致凡夫俗子的羡慕嫉妒恨和那些打着高尚旗号的伪善者的憎恨和迫害。

诗里有一个典型的矛盾对立："我觉得很幸福可法海说不。"

那么，幸福到底是什么？秩序又到底是什么？如果你是许仙，你对"有白蛇之身"的白娘子会怎么想？是听任法海和尚将她镇压在雷峰塔下永远不能翻身，还是"把她领回家，从雷峰塔下"？这是值得思考的大问题。

十　汤养宗·六和塔

作者简介

汤养宗 ❗ 出生于1959年。当过导弹护卫舰的声呐兵，退伍后在一个剧团里写了8年的剧本，后又在县文联上了8年的班，再后来做新闻，业余主要从事诗歌写作。著有诗歌集《水上吉普赛》《黑得无比的白》。

六和塔

那年我在杭州湾上了一回六和塔
在第一层我还是个肉身，有些不讲理
"妖精所关的地方现在还在我脚下"
它们计较不到我的脚步声，即使
我要喊起谁的名字，它们也无法
把这个名字弄脏，弄出病。第二层
我的口音开始变化，变得连我自己
也有点吃惊；就一阵风的时间
我的语言被许多人听到，并迎合
再返回原来的口型也成了多出来的模仿
在第三层遇见了一个闪电般的妇人
她在这里仿佛已关押了一百个年头
"这是必须要到来的会合，数次精变
就等着你这个人。"我知道我有了亏欠
登塔本来就是冒险。第四层第五层
我一直不敢睁开眼睛，而更多的图像

多过了我自己的房间；空气在身体中

对流着，一座塔更会提前弄瞎一个人的眼睛

在最高的那层，我说"回去的人

是否都有翅膀？"我决定纵身跳下去

我一跳，就跳回到故乡的地面

2003 年 8 月 21 日

❯ 简评

登高是传统文人墨客最爱干的事情之一，如王维《九月九日忆山东兄弟》："遥知兄弟登高处，遍插茱萸少一人。"佛塔是古代中国最高的建筑，比一般的望江楼等都要高——"欲穷千里目，更上一层楼"，登临高处，会提高一个人的眼界，甚至会提升一个人的境界。古诗中写登塔最回肠荡气的，大概是岑参的《与高适薛据同登慈恩寺浮图》，前八句如下：

> 塔势如涌出，孤高耸天宫。
> 登临出世界，磴道盘虚空。
> 突兀压神州，峥嵘如鬼工。
> 四角碍白日，七层摩苍穹。

这首古诗写得明白如话，很容易懂。诗人岑参和朋友高适、薛据一起登上了慈恩寺宝塔，极目远眺大唐的河山，看着郁郁葱葱的森林、连绵起伏的丘陵，以及历史留下的各种痕迹，一时感慨万千。每登一层，都能看到不同的景色，感受到特殊的情怀。但对于这样磅礴的气势，诗人不仅没有乐开怀，反而是忧心忡忡，打算"誓将挂冠去，觉道资无穷"，做个悠闲自在的人。岑参身处开元盛世末期，国家貌似强大，但内忧外患时有所闻，一个庞大帝国已摇摇欲坠——高仙芝出征大食失败，安禄山与史思明早已图谋不轨，而年老昏聩的唐玄宗与杨贵妃仍然夜夜笙歌。

登高而望，人的境界不一定能随之而提高，关键还是看登高之人的思想与感情。

在这里，诗人汤养宗采用了另一个视野，在登上六和塔的每一层时，他都会遇见不同的人或者妖，内心或者外形都会产生特殊的变化，甚至产生变形。你不断登高，并不一定是一个精神境界不断提升的过程，而可能相反。只有一个方法可以回到原来出发的地方、回到故乡，那就是"纵身跳下去"。从最高的塔顶到塔的底座，这是最快的方式，其他方式都不妥。例如，你回到三楼，可能还会碰到那个"闪电般的妇人"，回到底层，"妖精所关的地方现在还在我脚下"。这一切，都已经因为登上塔顶的过程，而产生了变化。你的人生一旦变化，就不可能回到原来的地方了。

十一　余弦·啊，美梦破碎的城市

作者简介

余弦：本名田健东，1970年生。1988年考入华东师范大学中文系，曾为夏雨诗社成员，文学博士。毕业后曾供职于《青年报》社，后为《外滩画报》副总编辑，并创办"外滩教育"机构。

啊，美梦破碎的城市

我骑着自行车沿着杨柳青路
往下，路上人来车往，一切
正常。每踩一下脚踏板，自行车
发出尖细的钢丝般的叫声。
这是今天早上出现的情况，等会儿
碰上修车铺，看看出了什么问题。
前面一个路口围了不少人，堵住
向里拐的小路，正是我要进去的
地方。我放慢了车速，心里嘀咕着
四处张望，终于发现人群那边，紧挨
人行道，停着一辆白色的警车。
警灯无声地闪烁，搅动着空气，
像历史上某个重要时刻。人群
突然一阵骚动，含混的低语像
老鼠在每个人之间乱窜。我伸长脖子，
看见一伙人从桂巷新村走了出来。

领头的是一个穿警服的，后面一个被

两个人扭着，右手被反抄在身后，

左手提着裤子，裤子上的皮带

握在另一个人的手里。他看上去

很平静，无视围观人群，仿佛

一切在意料中，或在做梦。被

推进警车的一瞬间，没有腰带的裤子

从他腰上滑落，我看到他的短裤

那么雪白，那么干净。警笛拉响了，

警车像刀子穿过人群。可以继续赶路了，

自行车照旧有节奏地发出钢丝般的叫声。

经过修车铺，我忘记停下来。我在想，

他的短裤怎么

那么白，那么干净。

1995 年 11 月

▶ 简评

  余弦是一位热心于观察城市生活、洞察社会秘密的诗人。这首诗选取了一个普通的城市生活角度，写一件突然的事情：捉贼。这是世俗生活中一个偶然的、突发的事件，它的出现，让事件本身成为一束光，搅动了诗人之前描述的骑着车去上班的平淡的生活。那样的生活，充斥着自行车出了毛病，打算寻找修车铺看看之类的小事情，无关紧要，但让你心烦、无聊。诗人骑车到了桂巷新村，在这个人生中往返了无数次、并不值得描述的地点，街道如同出了问题的血管——出事了！

  我们都有过这种经验，平时街道空空荡荡的，人们都百无聊赖，一旦发生偶然事件，围观的人群立即出现，他们似乎从楼顶上、树枝间、下水道里，几乎任何一个缝隙，突然冒出来，如同地下喷泉。这个事件，成了一个平庸乏味上班路途上的高潮时刻，让这本来平淡无奇的一天，突然产生了特殊的意义。这个意义，不是学生们在教材里学到的高大上的意义，而是对个体生命来说，沉寂世界被突然激活的瞬间。法国哲学家笛卡尔说过："我思，故我在。"诗人在这里看到，存在其实有一种不确定的荒谬特性。如果不是一个淡定地反过来看着围观群众的贼被警察抓住了，让人们感到很激动，包括"我"在内，都有些特殊的感受，那么，这些道路的无目的延伸、诗人以及普通市民每天上下班所形成的轨迹，大概都是无意义的，甚至可以说是不存在的。那些过去了的日子如同枝头上脱落的枯叶，随风远去，消失无踪，不被描述，不值得描述，就这么翻过去了，如同撕掉的一张日历。

一个贼被抓住了，但从纯粹存在的角度来看，也无足挂齿。这并不能证明什么，对诗人来说，他目睹到的一个特殊场景，才是最值得描述的，那就是，这个贼的短裤"那么雪白，那么干净"。这个观察才是诗人独有的，他不参与捉贼的狂欢，而是作为一个好事的"围观者"，敏感地注意到贼的短裤雪白而干净，这造成了奇特的后果，甚至让他思虑过度，在经过修车铺时忘记停下来检查自行车了。他只在脑子里思考："他的短裤怎么/那么白，那么干净"。这个思考打破了过去文学作品的一般规律，即坏人则一切皆坏。可这位坏人，不仅"很平静，无视围观人群，仿佛/一切在意料中，或在做梦"，而且还有一个坏人所不该有的好习惯：短裤很白很干净。人们通常觉得好人短裤很白很干净算是正常，但坏人怎么可以这样呢？如此推论，连"短裤"这种不太高大上的事物，也是不应该出现在诗里的。我们所理解的诗中咏叹之物，更多的是青山绿水，是麦田高原，是太阳江河，都是磅礴、宏大的意象，而不该是一个小街道，不该是一个小新村，最不该是一个贼的短裤。

诗人在这首诗里，挑战了我们对诗的某些固定的看法，我们认识中的高大上的内容，在这里完全没有。这是一个平凡乃至平庸的世界，只有诗才能照亮这个世界，让它具有这么一点点意义。

十二 师涛·人到中年

人到中年

不知不觉，我已越过一座山

我不知道在何时，已经越过

这神秘的边境，进入人生的中年

岁月是一块难啃的骨头

还没有尝到它的滋味

已然消耗大半生的光阴

人字形的高楼大厦

在病毒的恐怖袭击中

轰然倒塌。眼球的记忆

为一幅版画描绘丝绸之幕

黑白两色的皱纹，圈走半张

脸上的笑容。自由？多么难堪的

话题！"万事只是一杯酒"

我把这只空空如也的酒杯

当作了神奇的诺亚方舟

▶ 简评

　　写人生与岁月，写流逝的时间，这首诗亲切而怆痛，每次读来，我都被深深打动。"中年"被"一座山"的具体意象生动地阐述出来——越过一座山，到达最高峰，意味着今后的路途是从山巅往下走了。人们通常都只歌颂攀登的艰难困苦和无限风光，但没有人会歌颂下山时的疲惫与留恋。

诗人创作这首诗时仍身处逆境，如笼中之兽，目光有野性，但被笼中的铁栏杆分割，如同奥地利大诗人里尔克名诗《豹》中所写："千条的铁栏后便没有宇宙"。他的青春与激情在四壁的围困中消磨，产生另一番深刻的感怀："不知不觉，我已越过一座山/我不知道在何时，已经越过/这神秘的边境，进入人生的中年"。因为一直坚持写诗，诗人虽然身处特殊环境，仍然保持头脑的活性，保持了人生的热望，包括对人生的深刻反思。

这首诗比喻精妙而自然，如"岁月是一块难啃的骨头/还没有尝到它的滋味/已然消耗大半生的光阴"。你可以用各种方式来想象"岁月"这个词，时间的流逝，人生的短暂，爱情与友情的复杂滋味，都融合在"岁月"这个词里。诗人采取了一个表面简单的意象"酒杯"，赋予人生以及岁月更复杂的含义，从而传递出诗歌词语背后的绵绵无尽之义——"我把这只空空如也的酒杯/当作了神奇的诺亚方舟"。

《人到中年》这首诗，在类乎自我消愁的表面诗句背后，却蕴含着一种不知不觉的坚韧。

十三　郑洁·兜风无时节

作者简介

郑洁：女。1980年考入华东师范大学中文系，参与创办夏雨诗社，是当时著名的校园诗人。现为民航上海中专高级讲师，上海语文学科中心组成员，上海市艺术教育领导小组成员，市影视教育协会常务理事会秘书长。著有诗集《多变的女性》《随笔游泳》等。

兜风无时节

有一天　我终于
将自己像飞碟一样抛出去
并不在意留下的迷途

北方吉普的动作
正像你的麦克风
刚刚和我的心情相同
我暂时收集晒热的琴键
我暂时迷恋到达肺腑的放逐

这个世界上
有一个人向我递来
满满一杯红酒
我们都同意
一个世纪在身体上方突然消失

让遥远的预感和平实的醉意

一起剖开纯净的歌喉

让充满风俗的骚动

依然逃亡依然不会足够

呻吟的方向

没有根须的波浪

没有枝头的战栗

也没有种子的悬浮

▍简评

　　人生中一个特殊的时段，一个"兜风"的时节，在诗人郑洁的笔下，变得有如扑面而来的风。诗中的"放逐"是离开城市、离开熟悉的世界，甚至离开积累了很久的自己，成为另一个自我。因此，人生获得了一次深刻的放松，如同我曾经写到的那种自然回归、人性释放，并且诗人在用一个特殊的角度来反观自己，采用情感的暗示，在"满满一杯红酒"中得到了浮现——"一个世纪在身体上方突然消失"。由人生的重，转向精神的轻，这种重与轻的转换，在诗中极其重要。对一名敏感的诗人来说，如何在沉重的世界中，让沉重的肉身得到上浮？如何求得轻的力量和诗意？如果不能像"梁祝"那样"化蝶"，轻盈地飞翔、盘旋在世界的上空，那么把自己如同"飞碟一样抛出去/并不在意留下的迷途"，也是一种别样的"飞行"方式。如同战斗机在即将与敌机遭遇之前，开始抛下快要空了的副油箱，轻装上阵。在空中，沉重是累赘，而轻才是王道。诗人也在这样的一辆北方吉普里，抛弃了自己的"副油箱"，让那些人生的冗余，都清零，回归到一个简朴的精神世界。与此对应的是，这首诗采用了一种轻松的、轻快的节奏，并且在每一段的最后一句简单地用韵，令长长短短的节奏一气呵成。

　　这样的"兜风"是人生中的一次自我逃亡，也是一次轻松的自我放逐，并且，在自我放逐中，诗人获得了人性圆满的回归。

让诗的光束照亮世界

现实与梦幻、古代与世界、传奇与人生，都是现代诗中常见的主题。本编选入的诗，运用了各种各样的表现方式，但基本都在古代与当前的错位中展开叙事，并通过对古代人物、神话故事的重新阐发，而得到新的感悟。通过对这些历史与传奇的思考，诗人开掘出一片新垦地。

翟永明的《唐朝书生》和《在古代》是最典型的样本，而海子的《思念前生》、张枣的《梁山伯与祝英台》、陈先发的《前世》、宋琳的《雪夜访戴》、安琪的《白蛇传》等，大多有历史人物和神话故事的原型，诗人运用这些传统的素材，阐发了自己的理想与态度。为此，我在"简评"中特意找出故事原文与读者分享，一起阅读，一起思考，看同样的素材在不同诗人的诗句中会产生怎样的效果——海子让自己通过诗的方式跟庄子进行了相互置换，而翟永明的《菊花灯笼漂过来》却显示出一种神秘的文化与生命汩汩不断的气息。在宋琳的《长得像夸父的人》里，诗人则简单地引入了神话传说"夸父逐日"进入平庸乏味的日常生活中，让诗的光束照亮这个为周末下午郊游而削制桃木手杖的日常世界中。神话与现实的对比，让短小的诗充满了看不见的张力。

而面对现实人生，诗人从来不曾放弃重新探寻语言表达边界的努力。

"存在"从来都不是一块轻松的砖头，被诗人搬起来，悬在半空。

敏感的诗人，都试图越过"现实"的边疆，进入无边无际的幻想世界。在那个被自己幻想出来的世界里，诗人是人间之王，自由自在。但是，我们也深知，那个幻想的世界，并不能跟现实对等，而是一种平行宇宙，彼此之间是难以打通的。

我们看到的现实不再是所谓客观存在的现实，而是被某种强力叙述所表达出来的一种现实。这种所谓现实，是被说出来的，我们读到多少就有多少。同样，我们想到多少就有多少，如笛卡尔的说法："我思，故我在。"

难道是说，我不思，则不在？起码，你不懂得思考的话，你在这个人类文明的世界中就不存在了。

读这些诗人的诗，会发现我们所处的这个充满了表面叙事的世界，出现了丰富的叙事泡沫，而且让贫乏的世界有了诗意。

现代诗通过对历史及神话的重新阐述，通过对现实世界的特殊观察，让现实的平凡人生产生了最大的增值。

第七编 致敬与献诗

诗歌作为情感的直接表现形式，在古代中国是表达思念、送别、劝慰、悼念的常见方式。春秋战国时期，列国战争频繁，征伐不断，被征为战士的男人，一旦离家就可能永远无法返回。《诗经·采薇》中写到一名出征士兵回到家乡时，内心产生的复杂情感："昔我往矣，杨柳依依；今我来思，雨雪霏霏。"唐代著名诗人宋之问在《渡汉江》中写出了同样的心态："岭外音书断，经冬复历春。近乡情更怯，不敢问来人。"

而从留在家中的妻子角度来看离别，她要伺候公婆，抚养孩子，承担生活重任。因此，送别亲人后久盼不归，心中的悲苦更是难以言说，如《诗经·卷耳》：

采采卷耳，不盈顷筐。

嗟我怀人，寘（zhì）彼周行。

陟（zhì）彼崔嵬，我马虺隤（huī tuí）。

我姑酌彼金罍（léi），维以不永怀。

诗中写在家的女子去山上采卷耳菜，采摘很久都装不满一筐。她累了，把野菜放在路边，登高远眺，想起了远行的亲人。如果他也在家里，一起去采卷耳菜，一起劳动，该有多好。此时，不由得思绪万千，愁绪满腔，恨不得喝酒大醉一场而忘记这种离别的伤痛。

最早见于南朝萧统编纂的《文选》里的汉乐府诗《古诗十九首》，是中国传统诗歌中最重要的五言歌行，明代大学者王世贞说它是"千古五言之祖"。诗中写到的内容，主要是"思人""赠别"等主题，如《古诗十九首·行行重行行》："行行重行行，与君生别离。相去万余里，各在天一涯。道路阻且长，会面安可知？胡马依北风，越鸟巢南枝。相去日已远，衣带日已缓。浮云蔽白日，游子不顾返。思君令人老，岁月忽已晚。弃捐勿复道，努力加餐饭。"这首诗情感婉转，千年流传，成为思念和勉励的经典词句。

唐代大诗人李白在《送友人》一诗中也写了类似《行行重行行》的情形："青山横北

郭，白水绕东城。此地一为别，孤蓬万里征。浮云游子意，落日故人情。挥手自兹去，萧萧班马鸣。"

唐为古代诗歌的鼎盛时期，王维、李白、杜甫等大诗人都写了大量的赠别诗，如李白《闻王昌龄左迁龙标遥有此寄》："杨花落尽子规啼，闻道龙标过五溪。我寄愁心与明月，随风直到夜郎西。"王维的《渭城曲》是送别名篇："渭城朝雨浥轻尘，客舍青青柳色新。劝君更尽一杯酒，西出阳关无故人。"杜甫与李白友情深厚，他的《赠李白》："秋来相顾尚飘蓬，未就丹砂愧葛洪。痛饮狂歌空度日，飞扬跋扈为谁雄。"是对李白人生态度的一种惟妙惟肖的描摹。

以上所引"怀人"和"赠别"的诗居多，而到了现代和当代，诗人们同样喜欢写诗送给朋友，或者怀念亲人、故友。

林徽因写于1944年的《哭三弟恒——三十年空战阵亡》，情深意切，感人肺腑。1941年在成都空战中为国捐躯的林恒是林徽因的亲弟。在昆明避乱期间，林徽因和梁思成夫妇认识了英俊潇洒、多才多艺的八名空军飞行学员。这些青年学员远离家乡，父母皆已离散，他们在毕业时请梁思成和林徽因当他们的名誉家长。后来，这些飞行员相继牺牲在祖国上空。1944年，最后一位青年林耀也在衡阳保卫战中英勇牺牲。几年间不断接到亲人的噩耗，林徽因按捺不住内心的悲痛，写下了这首长诗。

穆旦的《森林之魅——祭胡康河谷上的白骨》同样令人震撼。穆旦参加过中国入缅远征军，经历了九死一生。这首长诗创作于1945年9月抗战刚刚胜利时，诗人当时满怀着悲痛和感念，并饱含着对大自然的敬畏。

当代很多诗人都爱写诗表达对前辈大诗人的景仰之情。海子的《给萨福》、张文质的《晨起读狄金森》等，都是诗人写诗致献的作品。

憧憬、激情、想象，诗歌带给我们的是深刻而丰富的精神源泉，正如朱熹《观书有感》写的那样："半亩方塘一鉴开，天光云影共徘徊。问渠那得清如许，为有源头活水来。"

诗歌，以及诗歌本身所承载的文化精髓，就是我们精神源头的活水。

一　林徽因·哭三弟恒

哭三弟恒
——三十年空战阵亡

弟弟，我没有适合时代的语言
来哀悼你的死；
它是时代向你的要求，
简单的，你给了。
这冷酷简单的壮烈是时代的诗
这沉默的光荣是你。

假使在这不可免的真实上
多给了悲哀，我想呼喊，
那是——你自己也明了——
因为你走得太早，
太早了，弟弟，难为你的勇敢，
机械的落伍，你的机会太惨！

三年了，你阵亡在成都上空，
这三年的时间所做成的不同，
如果我向你说来，你别悲伤，
因为多半不是我们老国，
而是他人在时代中碾动，
我们灵魂流血，炸成了窟窿。

我们已有了盟友、物资同军火，
正是你所曾经希望过。
我记得，记得当时我怎样同你
讨论又讨论，点算又点算，
每一天你是那样耐性的等着，
每天却空的过去，慢得像骆驼！

现在驱逐机已非当日你最理想
驾驶的"老鹰式七五"那样——
那样笨，那样慢，啊，弟弟不要伤心，
你已做到你们所能做的，
别说是谁误了你，是时代无法衡量，
中国还要上前，黑夜在等天亮。

弟弟，我已用这许多不美丽言语
算是诗来追悼你，
要相信我的心多苦，喉咙多哑，
你永不会回来了，我知道，
青年的热血做了科学的代替；
中国的悲怆永沉在我的心底。

啊，你别难过，难过了我给不出安慰。
我曾每日那样想过了几回：
你已给了你所有的，同你去的弟兄
也是一样，献出你们的生命；
已有的年轻一切；将来还有的机会，
可能的壮年工作，老年的智慧；

可能的情爱，家庭，儿女，及那所有
生的权利，喜悦；及生的纠纷！
你们给的真多，都为了谁？你相信
今后中国多少人的幸福要在
你的前头，比自己要紧；那不朽
中国的历史，还需要在世上永久。

你相信，你也做了，最后一切你交出。
我既完全明白，为何我还为着你哭？
只因你是个孩子却没有留什么给自己，
小时我盼着你的幸福，战时你的安全，
今天你没有儿女牵挂需要抚恤同安慰，
而万千国人像已忘掉，你死是为了谁！

1944年，李庄

简评

  这首诗的开头有万钧的哀婉，但不是哀伤——"弟弟，我没有适合时代的语言／来哀悼你的死；／它是时代向你的要求，／简单的，你给了。"

  "简单的，你给了"，这位献出生命的弟弟，是一位对未来充满信心的中国飞行员，他驾驶着老式、陈旧、笨重的"老鹰式七五"飞机，抱着必死的决绝之心与日寇的先进战斗机决战于成都上空。

  这首诗的叙事非常清晰，也饱含深情与悲痛。抗战几年来，林徽因与梁思成一起辗转流离，饱受颠簸与离苦。最令他们悲痛的是，不断收到亲人壮烈牺牲的噩耗。在最后一份也是第九份阵亡通知书寄到时，林徽因已经无法承载这满溢的悲痛。她用这首沉痛而婉约的诗来纪念、祭奠为国捐躯的亲弟弟和八位名誉子弟。这些当时中国最优秀的青年，本该有更美好的未来，他们在自己的青春年月，与入侵的强敌作战，在战机落后、在国力物力无法有效动员的情况下，无畏牺牲。他们带走了一切：一整个家庭，一群活泼可爱的孩子，以及还可能有的一些天才——"可能的情爱，家庭，儿女，及那所有／生的权利，喜悦；及生的纠纷！"这些都是人生的各个过程啊，但战争和牺牲打断了这个"生"的进程。日本入侵期间，几百万中国优秀青年英勇战死，这对中国造成了持续不断的伤害。

弟弟盼望着的新式战机有了，不再像旧的"老鹰式七五"那么破败、那么陈旧："那样笨，那样慢"，而弟弟却过早地牺牲了，无法看到盟友的加入和物资的大量运抵——"我们已有了盟友、物资同军火，／正是你所曾经希望过。／我记得，记得当时我怎样同你／讨论又讨论，点算又点算，／每一天你是那样耐性的等着，／每天却空的过去，慢得像骆驼！"抗日战争是一场全中国人民慷慨悲歌的民族生存之战，所有为国捐躯的勇士，都值得我们铭记。虽然林恒牺牲了，与他一样英勇的八位空军飞行员也牺牲了，并且不幸地遭到了遗忘，但好在还有林徽因不灭的诗句，让这个波澜壮阔又细致生动的战争之真实状况，得以保留下来。

在这首诗中，我们可以读到林徽因无比沉痛的心情，也可以读到外敌入侵、国家动荡时，青年才俊们前仆后继、为国献身的英勇。他们为这个国家而牺牲，甚至是默默地死去。战争之惨烈、之悲痛，在诗中表现得非常强烈。这是崇高的爱国主义，他们爱得这样深沉，这样真挚。

林徽因写诗一直保有浓烈的情感，对语言节奏的掌握也非常精到。长短句结合和韵节的运用，使这首长诗具有充分的可朗诵性。在抗日战争胜利纪念日，朗诵这首诗会是一种极其特别的纪念——生之纪念，爱之纪念，生生不息的民族血脉延续的纪念。

二　穆旦·森林之魅

森林之魅
——祭胡康河谷上的白骨

森林：

没有人知道我，我站在世界的一方。
我的容量大如海，随微风而起舞，
张开绿色肥大的叶子，我的牙齿。
没有人看见我笑，我笑而无声，
我又自己倒下来，长久的腐烂，
仍旧是滋养了自己的内心。
从山坡到河谷，从河谷到群山，
仙子早死去，人也不再来，
那幽深的小径埋在榛莽下，
我出自原始，重把秘密的原始展开。
那毒烈的太阳，那深厚的雨，
那飘来飘去的白云在我头顶，
全不过来遮盖，多种掩盖下的我
是一个生命，隐藏而不能移动。

人：

离开文明，是离开了众多的敌人，
在青苔藤蔓间，在百年的枯叶上，
死去了世间的声音。这青青杂草，

这红色小花，和花丛中的嗡营，
这不知名的虫类，爬行或飞走，
和跳跃的猿鸣，鸟叫，和水中的
游鱼，路上的蟒和象和更大的畏惧，
以自然之名，全得到自然的崇奉，
无始无终，窒息在难懂的梦里。
我不和谐的旅程把一切惊动。

森林：

欢迎你来，把血肉脱尽。

人：

是什么声音呼唤？有什么东西

忽然躲避我？在绿叶后面

它露出眼睛，向我注视，我移动

它轻轻跟随。黑夜带来它嫉妒的沉默

贴近我全身。而树和树织成的网

压住我的呼吸，隔去我享有的天空！

是饥饿的空间，低语又飞旋，

像多智的灵魂，使我渐渐明白

它的要求温柔而邪恶，它散布

疾病和绝望，和憩静，要我依从。

在横倒的大树旁，在腐烂的叶上，

绿色的毒，你瘫痪了我的血肉和深心！

森林：

这不过是我，设法朝你走近，

我要把你领过黑暗的门径；

美丽的一切，由我无形的掌握，

全在这一边，等你枯萎后来临。

美丽的将是你无目的眼，

一个梦去了，另一个梦来代替，

无言的牙齿，它有更好听的声音。

从此我们一起，在空幻的世界游走，

空幻的是所有你血液里的纷争，

一个长久的生命就要拥有你，

你的花你的叶你的幼虫。

祭歌：

在阴暗的树下，在急流的水边，

逝去的六月和七月，在无人的山间，

你们的身体还挣扎着想要回返，

而无名的野花已在头上开满。

那刻骨的饥饿，那山洪的冲击，

那毒虫的啮咬和痛楚的夜晚，

你们受不了要向人讲述，

如今却是欣欣的林木把一切遗忘。

过去的是你们对死的抗争，

你们死去为了要活的人们生存，

那白热的纷争还没有停止，

你们却在森林的周期内，不再听闻。

静静的，在那被遗忘的山坡上，

还下着密雨，还吹着细风，

没有人知道历史曾在此走过，

留下了英灵化入树干而滋生。

1945 年 9 月

▶ 简评

  这首想象瑰丽、悲凉壮阔的长诗写于 1945 年 9 月，是抗日战争胜利的第二个月。诗人穆旦曾参加中国入缅远征军，亲历生与死的考验。在抗战胜利时，回想起不久之前的惨烈战斗，他写下这首长诗来祭奠在荒无人烟的野人山中为国捐躯的那些英灵。

  胡康河谷，缅语为"魔鬼居住的地方"，位于缅甸北部，由达罗盆地和新平洋盆地组成，山高林密，河流纵横，雨水泛滥，当地人将这片方圆数百里的无人区统称为"野人山"。1943 年 10 月，为配合中国战场及太平洋地区的战争形势，中国驻印军队制订了一个反攻缅北的作战计划，代号为"安纳吉姆"，以保障中印公路（中国昆明—印度利多）的开辟和输油管敷设。军队从印缅边境小镇利多出发，跨过印缅边境，首先占领新平洋等塔奈河以东地区，建立进攻出发阵地和后勤供应基地，而后翻越野人山，以强大的火力和包抄迂回战术，突破胡康河谷和孟拱河谷，夺占缅北要地密支那，最终连通云南境内的滇缅公路。这场战役中，孙立人师长指挥的新三十八师和廖耀湘师长指挥的新二十二师经过浴血奋战，牺牲重大，终于击溃了日军第十八师团，取得了重大的胜利，确保了东南亚与中国大西南之间的物资通道完好无损。

  穆旦和中国驻印军对胡康河谷非常熟悉，1942 年中国远征军第五军败退时闯入这块禁区，损失惨重，遗尸无数。数年后，在印度休整和重新装备的新三十八师重返野人山时，见到的是第五军将士遍地的白骨，常常是一堆白骨围着枪架而坐。那种骇人的惨状，令人无法直视。穆旦的长诗，就以此为叙事的开始。

在第一段森林的自在自灭的自我叙述之后，是人在人间的争斗之后进入森林的叙述。森林是那样的浩瀚、博大，自生自灭、自我滋养——"没有人看见我笑，我笑而无声，/我又自己倒下来，长久的腐烂，/仍旧是滋养了自己的内心"。而人本来应该回归森林的，和平地回归，不应该是这么狼狈不堪，这么充满尖锐的对立。但人来了，进入了森林的心脏，来得不是时候，不是为了在森林中更好地生存，而是无望地死去——"离开文明，是离开了众多的敌人，/在青苔藤蔓间，在百年的枯叶上，/死去了世间的声音。"

等待他们的现实是这样的冷酷："欢迎你来，把血肉脱尽。"这是诗中让我感到震撼、震惊的诗句，刻骨铭心的感觉被彻底激活。

人，生于森林，如此自然；回归森林，却如此惨烈。

这首诗章节叙事完整明朗，森林和人的对比鲜明而沉痛，"祭歌"一章的沉痛回顾，亦写得非常惊心动魄、深挚感人——"静静的，在那被遗忘的山坡上，/还下着密雨，还吹着细风，/没有人知道历史曾在此走过，/留下了英灵化入树干而滋生。"

这首诗达到了中国新诗艺术的一个高度，无论是内容、结构，还是叙事节奏和韵节推敲，都极为杰出，也非常适合朗诵，可以说是写第二次世界大战时期中国军队浴血抗战的一首伟大的诗篇。

三　韩东·西蒙娜·薇依

西蒙娜·薇依

要长成一棵没有叶子的树

为了向上，不浪费精力

为了最后的果实而不开花

为了开花不要结被动物吃掉的果子

不要强壮，要向上长

弯曲和节疤都是毫无必要的

这是一棵多么可怕的树啊

没有鸟儿筑巢，也没有虫蚁

它否定了树

却成了唯一不朽的树

▶ 简评

　　西蒙娜·薇依，20世纪法国哲学家、社会活动家、神秘主义思想大师。西蒙娜·薇依出生于法国巴黎一个富裕的犹太人家庭，成长期经历了第一次世界大战和第二次世界大战，人生经历丰富，思想尖锐广博。西蒙娜·薇依曾赴西班牙参加反对法西斯战争，"二战"时参加法国抵抗运动，后途经北非卡萨布兰卡辗转至纽约，并受法国临时政府委派，赴英国伦敦研究条令。在伦敦期间，西蒙娜·薇依执意分担仍在沦陷期的法国同胞的苦难，按照敌占区同胞的食品分配额领取食物，因营养不良而致身体健康状况日渐恶化，1943年8月23日因饥饿和结核病逝世，年仅34岁。西蒙娜·薇依逝世后遗留下的笔记等资料经朋友整理后发表，著作共约20卷。

在她所处的时代，西蒙娜·薇依因持有亲近工人运动和底层民众的左派思想而为主流所排斥。她曾去汝拉山区务农，去雷诺工厂车间劳动，深悉普通劳动阶层生存状况和思想。西蒙娜·薇依在世时其思想少为人知，后来随着其著作的整理出版，声誉日益上升，重要著作有《重负与神恩》《哲学讲稿》《西蒙娜·薇依读本》等。但西蒙娜·薇依的尖锐思想和道德自律，展现了特别丰富的人性，而对于她的争议从未停止过。美国著名艺术评论家、作家苏珊·桑塔格曾说过："在薇依赢得的成千上万读者中，能真正分享她思想的人，我想只是少数。"谁又是能真正分享西蒙娜·薇依思想的少数人呢？在她的著作被翻译进入中国后，很多诗人都迷上了这个谜一样的女思想家。

这首诗用减法把附着在女哲学家身上那些灰尘和思想的冗余全都扫除，令之"长成一棵没有叶子的树"。用"无叶树"意象来表现特立独行的女哲人，是这首诗的核心。这棵树"为了向上，不浪费精力/为了最后的果实而不开花/为了开花不要结被动物吃掉的果子"，她不按树木一贯的方式来生长，这是一棵特异的树。她不以美或婆娑来呈现自我，那是俗人的美学、庸众的哲学，她要集中所有的人生能力，让自己尽快向上，向高处长成一棵独立的树。这位34岁就英年早逝的女思想家"不要强壮，要向上长"，连"弯曲和节疤都是毫无必要的"。这是诗人的敏锐之处。

在西蒙娜·薇依思想密度很大的头颅里，无穷尽的回路大量地消耗着她的能量，如同高速运转的电脑芯片消耗能量而发热。这位思想家的思想没有问题，生存方式没有问题，有问题的是食物摄入不足——在人生正当年，她却在饥饿中殉道。她孤独，少有可以深入交流者，如同"没有鸟儿筑巢，也没有虫蚁"的树，她什么也没有，只剩下自己这棵光秃秃的树。如诗人所说，她只为尽快向上长，长成一棵独特的植物。或者不能简单地说是一棵树，因为人类理解的树不是这样的。西蒙娜·薇依长成了自己，一棵不是树的树，一棵特立独行的树，因此她"成了唯一不朽的树"。

四 宋琳·致埃舍尔

致埃舍尔

我想加入世界的角逐

————题记

我从你的背面异乎寻常地看见你的脸

反光球里你眼球的反光

抽着你的雪茄正抽在你嘴里

书房的和平与头发的愤怒

我轻轻地喊了你一声埃舍尔

我曾在哪条街道上看见你

并在你营造的城中城与你面对着喝着咖啡

一群蜥蜴在阳光下做游戏

另一群僧侣在默祷中上上下下爬楼梯

又都回到原处

坦率地说我同情他们埃舍尔

你不该让他们为难

我想把你称作年迈的怪兽同时又是生活之父

埃舍尔

听见了吗我在你的画廊下想入非非

我梦寐突破人间格局

到你的城廓里退化为一只螃蟹

用一只长螯张牙舞爪

少女们因为我愈发美丽如自由神

如蓝眼珠的飞鸟

扇落白天与黑夜编造的永恒之谜

我渴望充满温情地与你对话埃舍尔

你不是孤独的你有我

但我必重复那句话埃舍尔

你将不幸,你正不幸

你强有力地打向世界的黑色拳击手套

不偏不倚打中了自己

你脸上的青肿色块其实很像凡·高的《星夜》

你只是不便明说而已

最终人们把水车下的瀑布回流鉴定为什么

有谁能知道

我经历了千辛万苦踩着你后跟的影子

在上回那条街道又与你奇遇

我十分亲昵地喊了你一声埃舍尔老爹

你却不理我

原来你已在一只空盒里死去良久

百年之后又是谁从背后喊我先生你早

吓了我一跳

▶ 简评

莫里茨·科内利斯·埃舍尔(1898—1972),出生于荷兰吕伐登市,科学思维版画大师，20世纪画坛中独树一帜的艺术家。20世纪80年代，埃舍尔这种卓然独立、无可复制的"错觉画"被介绍进中国时，在知识界尤其在诗人中，产生了强烈共鸣。埃舍尔用特殊构图打破二维空间限制、制造三维空间误读的方式，尤其是空间和时间回环的构图，让人过目不忘，让深受"现实主义"影响和控制的观众和读者，为之感到震惊。那时，思想封闭刚被打破不久，埃舍尔的画对中国艺术家有打破束缚魔咒的力量，我们这才明白，空间可以这么理解，时间可以这么处理。

埃舍尔的画不是现实主义的，但他有高超的现实主义绘画技巧，这种技巧让他更精确地把观众引向他那梦幻般的超现实空间中去。

这首诗开头别出心裁地运用词语回环相扣的方式，来向埃舍尔这位"回环"大师致敬——"我从你的背面异乎寻常地看见你的脸／反光球里你眼球的反光／抽着你的雪茄正抽在你嘴里／书房的和平与头发的愤怒"。埃舍尔有一幅名作《昼与夜》，画面上相反方向飞行的黑白两队大雁正向着昼与夜两个空间飞去。利用二维空间造成的错觉，黑白两类大雁在精确的线条变形中在画面下方渐进地融合，并持续变形。观众会看到飞鸟不知不觉中变成了大地上的田野，而飞鸟凌空翱翔于大地之上的错觉到此受到了点醒。或许这就是诗人说的——"如蓝眼珠的飞鸟／扇落白天与黑夜编造的永恒之谜"。埃舍尔另有一幅名作《瀑布》，利用画布上二维空间从下至上地展开，巧妙地画出了一幅不可能的瀑布。

通过对现实物像的描绘，埃舍尔把现实提升到超现实的梦幻境域，打破僵化现实主义视野中的世界图景，埃舍尔让确定的一切，都突然变得不确定起来。诗人在埃舍尔的世界中看到了自己，在埃舍尔的回环中看到了自己的回环。世界的真相正一层层地剥落，充满了暧昧性、双重性，乃至多重性。埃舍尔画中的楼梯没有开始也没有结束，没有上也没有下，他所给出的空间都是我们现实生活中不可能存在的，这种结构是他那奇妙大脑里的独特创造。在这种不可能的结构中，埃舍尔的画充满了空间之魅和诗情画意。诗人看到了这种空间魔法中隐含着的时间秘密——"有谁能知道／我经历了千辛万苦踩着你后跟的影子／在上回那条街道又与你奇遇/我十分亲昵地喊了你一声埃舍尔老爹/你却不理我/原来你已在一只空盒里死去良久/百年之后又是谁从背后喊我先生你早/吓了我一跳"。

埃舍尔的魔法空间，释放了我们的想象力和创造力。而诗人在深入的观读和沉思中，跟魔法画家产生了空间与时间的交错和对话。

广陵散

我曾像神仙一样生活，在幽静的竹林。
我采药，钻研音乐与长生不老术，
我和朋友之间关于玄学的辩难，
影响了一个时代的风尚。

僭越者既不读书又不激赏手艺，
整日价只在对手的噩梦里厮杀，
随时准备踩着人肉的台阶登基，
究竟是什么蛇蝎盘踞在他的心底？

没有人对行将就木的事物说不，
昔日英才与弄臣共舞，
就如同在石崇的华宴上云集，
看美人被斩，以酒的名义。

我知道谣言将激怒一顶王冠，
我的辩护不为自己而是给了无辜者。
当着钟会的面，我自打铁，又能怎样？
让告密的领赏去，祝他逃得比灾星还快。

是的，我给吕巽写了绝交书，

死后仍将继续绝交，

如果他终生没有一次悔悟的话；

至于山涛，我与他对道的理解有所不同。

太学生，请告诉阮籍，来生我还要与他一道

饮酒，长啸，醉了像一座玉山倾颓，

醒来将养生进行到底，谈玄时

叫二流人物中的一流也插不上嘴。

孙登，似乎为了验证你预言的精确，

我被带到东市。三千人的请愿

也改变不了他们杀戮的决心。

我，嵇康，唯欠一死，又能怎样？

洛水湛湛，日影中的乌鸦嚷嚷，

像为我卜疑的贞父，已落满城楼。

死亡那最美的、莫须有的音乐，

把我的骨头像花烛一样越烧越旺了。

仰头饮尽——从刽子手手中接过的酒，

现在，就是现在，拿我的琴来！

我要弹奏一曲《广陵散》，

我要为千古之后制造一个绝响。

目送归鸿，手挥五弦，

今天我果真要远游南溟了吗？

袁孝尼啊，昭氏也不能让五音同时，

我没有教给你的，命运终将启示予你。

简评

嵇康,字叔夜,三国时期魏国末年的思想家、音乐家、文学家、书法家,是当时一个著名的思想雅集"竹林七贤"的精神领袖。他态度洒脱、倜傥风流,长于谈玄论道,如本诗所写——"我和朋友之间关于玄学的辩难,/影响了一个时代的风尚。/……太学生,请告诉阮籍,来生我还要与他一道/饮酒,长啸,醉了像一座玉山倾颓,/醒来将养生进行到底,谈玄时/叫二流人物中的一流也插不上嘴。"

嵇康在他所处的魏晋当世就享有盛名,追随者众多,因而招致大权在握的权臣司马昭的疑虑和妒忌,捏造了一个罪名把他杀了。据《世说新语》记载,嵇康不仅风度优雅,才智高慧,而且身材高大,健康自然。有一次,他在炉旁挥锤打铁,而冷落了当时投靠司马家族的有才无德的钟会,以此得罪了钟会。又有一次,钟会写了一篇很重要的文章《四本论》,想请嵇康指点,但因为羞怯而不敢亲自面交,而是悄悄扔进嵇康的别墅栅栏里,然后跑走了。因此,嵇康也遭到了钟会的谗杀,三千太学生联名呼吁,也无法救下嵇康。嵇康在被杀之前,索琴行云流水般弹了一曲《广陵散》,喟然叹曰:"广陵散于今绝矣!"嵇康的高雅以及悠游风范,一直影响和启发后世。嵇康"越名教而任自然"的思想和他那些率性真情、才华横溢的文学作品,对后世都产生着巨大的影响。现代文学大师鲁迅很喜爱嵇康,1924年亲自校辑出版《嵇康集》。他的名篇《与山巨源绝交书》是传颂近两千年的散文名篇,他所作的《广陵散》也传为千古绝响。嵇康的人生以悲剧而结束——他为吕安辩护遭到吕巽的诬陷,小人钟会借机恶馋,权臣司马昭下令杀害了嵇康。

诗中,宋琳对恶人、小人的愤恨也是形于色的——"是的,我给吕巽写了绝交书/死后仍将继续绝交"。 吕巽是历史上有名的恶人,他侵犯了弟弟的妻子,并且反咬一口诬陷嵇康和吕安结党营私,以此造成了一起千古奇冤。

"嵇康之死"是历史上文人世界的一个巨大的悲剧,从两千年前至今,都是中国文化中一个绕不过去的恶性事件,也是中国特有集权制度对自由思想摧残的典型例子。对这起历史事件的反思一直都有思想解放的意义:一个无法容忍个性独特的天才的文化,定然是狭隘的文化。而自由思想的文化巨人无法避开权力的摧残,则意味着中国文化传统中活性反思的缺失。

诗人洞悉嵇康之死的文化秘密,用精妙笔墨把嵇康之死写得如同一场华美欢歌,嵇康赴死如同赴宴——"死亡那最美的、莫须有的音乐,/把我的骨头像花烛一样越烧越旺了。仰头饮尽——从刽子手手中接过的酒,/现在,就是现在,拿我的琴来!/我要弹奏一曲《广陵散》,/我要为千古之后制造一个绝响。"嵇康从容演奏,满场听者如梦。奏毕,从容赴死,时年39岁。他的故事,也成为中国传统文化的核心意象之一。

五　海子·给萨福

给萨福

美丽如同花园的女诗人们
相互热爱，坐在谷仓中
用一只嘴唇摘取另一只嘴唇

我听见青年中时时传言道：萨福

一只失群的。
钥匙下的绿鹅
一样的名字。盖住
我的杯子

托斯卡尔的美丽的女儿
草药和黎明的女儿
执杯者的女儿

你野花
的名字
就像蓝色冰块上
淡蓝色水清的溢出

萨福萨福
红色的云缠在头上
嘴唇染红了每一片飞过的鸟儿

你散着身体香味的

鞋带被风吹断

在泥土里

谷色中的嘤嘤之声

萨福萨福

亲我一下

你装饰额角的诗歌何其甘美

你凋零的棺木像一盘美丽的

棋局

1987年

简评

海子写过很多歌咏前代伟大诗人、艺术家的诗——中国古代哲学家庄子、法国象征主义奠基人波德莱尔，以及本节提到的古希腊女诗人萨福、荷兰大画家凡·高等。在写这些哲学家、诗人、艺术家时，海子通常把自己置换进去，而在精神上求得同一性。

但萨福不一样，海子诗中对这位古希腊女诗神深情歌颂，充满亲近感——"谷色中的嘤嘤之声/萨福萨福/亲我一下"。与同时代诗人相比，海子更追求宗教性、神秘性的体验，对智慧感悟充满欢欣。这首诗显示出他对诗性、神秘灵感传递的渴望。海子衷心歌颂萨福——"托斯卡尔的美丽的女儿/草药和黎明的女儿/执杯者的女儿/你野花/的名字/就像蓝色冰块上/淡蓝色水清的溢出"。海子用歌咏的方式，把自己对萨福的想望表达出来——"萨福萨福/红色的云缠在头上/嘴唇染红了每一片飞过的鸟儿/你散着身体香味的/鞋带被风吹断/在泥土里"。在这段美丽的诗句中，萨福成为一个天使般美好的形象，她与云彩、鸟儿融为一体，是一个自然而灵性的诗人。这样自然、自在而富于灵性的古代诗人，在海子心中诞生，如同意大利文艺复兴时代的大画家波提切利的名作《维纳斯的诞生》。

萨福（约前7—前6世纪）是古希腊著名的女抒情诗人，生于爱琴海莱斯沃斯岛上一个贵族家庭。丰厚的家族财富使她免于生计之苦，可以自主决定生活方式。萨福早慧早熟，成年后她选择当时希腊的文化中心莱斯沃斯岛作为定居之地，专研文学和艺术。她父亲也喜好诗歌，在父亲的熏陶下，萨福迷上了吟诗和写作。文艺复兴时期，她的作品得到了高度的评价，变成自然之子以及爱的象征。19世纪后，她又被作为女同性之爱的象征，海子在诗中的开头直接地就写出来了——"美丽如同花园的女诗人们／相互热爱。"

死亡之诗（之二：采摘葵花）
——给凡·高的小叙事：自杀过程

雨夜偷牛的人
爬进了我的窗户
在我做梦的身子上
采摘葵花

我仍在沉睡
在我睡梦的身子上
开放了彩色的葵花
那双采摘的手
仍像葵花田中
美丽笨拙的鸽子

雨夜偷牛的人

把我从人类

身体中偷走

我仍在沉睡

我被带到身体之外

葵花之外,我是世界上

第一头母牛(死的皇后)

我觉得自己很美

我仍在沉睡

雨夜偷牛的人

于是非常高兴

自己变成了另外的彩色母牛

在我的身体中

兴高采烈地奔跑

1987年

▌简评

  这首《采摘葵花》是海子写的《死亡之诗》组诗的第二篇,其中写到两个特殊的对象:大画家凡·高和他的名画《向日葵》。

  凡·高(1853—1890),荷兰后期印象派画家,表现主义先驱,他的创作深深地影响了20世纪的绘画艺术,尤其是后起的野兽派与表现主义。凡·高的作品如《星夜》《向日葵》(共11幅)与《有乌鸦的麦田》等,都已经跻身全球最著名的艺术珍品行列。他的名作《向日葵》是绘画史上最经典的画作之一。这幅画的原名为 Vase with Fifteen Sunflowers,即《花瓶里的十五朵向日葵》。瓶中的向日葵形态各异、色彩浓烈,凡·高运笔狂热,画作有一种极其热烈、灿烂的气息，并充满了动感，在静默中，似乎活力四射，画面像闪烁着熊熊燃烧的火焰，色彩对比单纯而强烈，超越了向日葵的植物本性，而成为带有原始冲动和热情的生命。

这样的智慧生命，充满了神秘性。有一种智慧在诗人笔下流淌，并在他的身体中激活了生命的激情。这样的灵性生命遭到了"偷牛的人"的伤害。这"偷牛的人"不仅潜入了"我"的身体，偷走了我的葵花，而且偷走了"我"的生命。运用第一人称的叙事方式，海子让自己和凡·高融为一体了。偷走凡·高最高智慧表现物"葵花"的那个人，也偷走了凡·高的智慧与生命。同样，这样的"偷牛的人"也把手伸向了"我"——"雨夜偷牛的人/把我从人类/身体中偷走"，这时，诗人把喻体转向了凡·高——"我仍在沉睡/在我睡梦的身子上/开放了彩色的葵花"。

"葵花"作为一个独特的物体，既在凡·高的画中出现，又在诗人的诗句中出现，而成为智慧与生命的统一象征。诗人在大画家的身上，找到了同样的情感。因此，就像凡·高画笔下绚烂而激情的"向日葵"一样，海子的诗中，充满了一种献祭的心情，一种崇高的自我感受。

六　麦城·倾向上的一种练习

作者简介　**麦城**　1962年出生于沈阳。1982年从事诗歌创作，曾于2000年出版《麦城诗集》，作品多次在《人民文学》等刊物上发表，并参加了2001年日本世界诗人大会。现生活在大连。

倾向上的一种练习

我还是喜欢
一边品尝咖啡
一边吸着烟
静听肖邦的钢琴曲

这是著名的《黑键练习曲》[①]
它强调右手解决黑暗的倾向
手指在黑白键盘上敲来敲去
像是用乐曲来修理一个国家
到另一个国家最后的楼梯

随着一段黑键快板的出现
我看见肖邦在一个
被黑键敲黑的小夜曲里
往法国搬着自己的波兰国籍

---

① 钢琴练习曲。肖邦作于1830年，因右手全用黑键而得名。

他的左心室却跳动着另一个祖国之谜

练习曲弹完的时候
乔治·桑坐在琴旁低声道
像肖邦那么美丽的手指
居然也漏掉了这么多好时光

2002年5月27日

▶ 简评

  弗里德里克·弗朗索瓦·肖邦（1810—1849），19世纪波兰伟大的作曲家、著名的钢琴演奏家。父亲是法国人，后加入波兰国籍，母亲则是波兰人。肖邦从小就表现出非凡的艺术天赋，6岁随姐姐和母亲学习钢琴，7岁创作《波兰舞曲》，8岁登台演出，20岁已是著名钢琴演奏家和作曲家。肖邦是音乐史上最有影响力的钢琴作曲家之一，是波兰音乐史上最重要的音乐家。作为欧洲19世纪浪漫主义音乐的代表人物，他的一生创作主要是钢琴曲，被称为"浪漫主义钢琴诗人"。在19世纪前期，因为波兰遭受列强的瓜分，肖邦失去了祖国，他听从父亲的建议，于1830年移居巴黎，并在巴黎成名。在巴黎生活期间，肖邦结交了当时一大批重要人物，包括诗人缪塞、海涅，画家德拉克洛瓦，音乐家李斯特、斐迪南·希勒，作家巴尔扎克、乔治·桑等。后来，乔治·桑成为肖邦的红颜知己。

  诗人麦城在诗中写到了乔治·桑与肖邦的关系——"练习曲弹完的时候/乔治·桑坐在琴边低声道/像肖邦那么美丽的手指/居然也漏掉了这么多好时光"——简单地写出了肖邦短暂而辉煌的生命世界。移居外国18年后，肖邦因肺结核而去世，时年39岁。按照遗嘱，肖邦被葬在法国巴黎著名的拉雪兹神父公墓，但他要求姐姐将他的心脏运回祖国波兰，封在圣十字教堂的柱子里，柱子上刻着《圣经·马太福音》的文字："因为你的财宝在哪里，你的心也在哪里"——"我看见肖邦在一个/被黑键敲黑的小夜曲里/往法国搬着自己的波兰国籍/他的左心室却跳动着另一个祖国之谜"。

通过对《黑键练习曲》的解读,诗人似乎悟到了肖邦的特殊生命经验——"它强调右手解决黑暗的倾向/手指在黑白键盘上敲来敲去/像是用乐曲来修理一个国家/到另一个国家最后的楼梯"。"右手解决黑暗的倾向"这句生动概括了这首练习曲的特殊技法(即诗人自注"右手全用黑键"),并顺延至对国家、对民族的思考。失去祖国的肖邦,在音乐中修建了自己的秘密通道。

七　张文质·晨起读狄金森

晨起读狄金森

无言是在

说出一个又一个词之后

或者只是暗者游戏

狄金森让诗人

从后来的路适应

他自身沉淀的某物

不断转化

一层层的寂静

某物

可能就是死

最终每个人都要呼出

他身体或头脑中的气体

最后的白蜡烛

即将失去的是什么

它是来临，是封存

永远重复的如此

▶ 简评

艾米莉·狄金森（1830—1886），是美国19世纪文学"教母"级的大诗人，美国现代诗歌的先驱者，她与爱伦·坡、纳撒尼尔·霍桑、赫尔曼·麦尔维尔、沃尔特·惠特曼、斯托夫人及欧·亨利、马克·吐温等一起，缔造了美国文学中第一个黄金时代。艾米莉·狄金森20岁开始写诗，早期的诗大都已散失。1858年后闭门不出，连燃烧了大半个国家的美国内战她都不关心。狄金森在孤独中写诗，留下诗篇1775首（后来又发现25首），史称"阿默斯特的女尼"。狄金森生前默默无闻，仅有7首诗在生前发表，后来她却不断地得到追捧，从而成为美国诗歌的宗师。狄金森的诗富于睿智，诗中新奇比喻琳琅满目，自由运用各种不同的雅俗词汇，不断铸造新词。她描写大自然的诗篇清新、自然、神秘，在美国家喻户晓。

狄金森的一生很简单，她沉默、孤独，从未离开过家乡，但她的诗篇想象轻飏、意象高洁，自然与神性并驱，并深度关涉生与死的问题。狄金森的想象力已成为美国诗歌中的核心价值——"狄金森让诗人/从后来的路适应/他自身沉淀的某物/……某物/可能就是死"。这种感受，通过一个具体的意象传递出来："最终每个人都要呼出/他身体或头脑中的气体/最后的白蜡烛"。

在这首"献诗"中，诗人通过狄金森和她的诗歌，再度触及生与死的疑问，从而进入了诗歌自身的深度追问。诗人不是直接描写狄金森，而是通过狄金森的生命和诗歌，揭示了生与死的秘密。

八　李南·为什么相逢

作者简介　李南： 女，20世纪60年代出生于青海。1983年开始写诗，1994年出版诗集《李南诗选》，2007年出版诗集《小》。作品被收入国内外多种选本。现居河北石家庄市。

为什么相逢
——读阿赫玛托娃

高山吐出的是——鸟鸣
露水滋养的是——昆虫
异域的姐姐
你的诗篇
那一粒粒熠熠闪烁的珍珠
让我在胸前
捧了多年。

我情愿借着这珍珠的光亮
奔返你奢侈、禁忌的岁月
从女贵族到女战士、女公民
姐姐。我情愿劈开
时间的锁链
来到涅瓦河畔
与你相逢。

俄罗斯广阔无垠的大地上

你跌跌绊绊

倒下又爬起

我也一样，像牲口那样

在晨光里

倔强地仰起头来。

简评

  李南写阿赫玛托娃的诗中有一种令人悲伤的沉郁，她热爱阿赫玛托娃的诗歌——"异域的姐姐/你的诗篇/那一粒粒熠熠闪烁的珍珠/让我在胸前/捧了多年。"这种情感，在描写到阿赫玛托娃的复杂身世之后，有了更深入的寄托和盼望——"姐姐。我情愿劈开/时间的锁链/来到涅瓦河畔/与你相逢"。

  "相逢"让李南在诗中写出了对阿赫玛托娃的尊敬和向往，又表达了对自己的人生和诗歌的坚定评价——"俄罗斯广阔无垠的大地上/你跌跌绊绊/倒下又爬起/我也一样，像牲口那样/在晨光里/倔强地仰起头来"。这种相逢，不是人与人之间的见面，而是心灵深处灵犀相通的具体感受。从前辈诗人的身世和诗歌中获得力量，是李南这首诗核心词汇"相逢"的意义所在。当你与一个高尚的、倔强的、不屈的、顽强的灵魂相逢，便会从中获得一种脉脉流动的精神力量。

  安娜·安德烈耶芙娜·阿赫玛托娃（1889—1966），是俄罗斯文学史上最著名的女诗人之一。在俄罗斯，普希金被誉为"俄罗斯诗歌的太阳"，阿赫玛托娃被誉为"俄罗斯诗歌的月亮"。她和第一任丈夫古米廖夫同是现代主义"阿克梅派"的杰出代表。她命运多舛，而创作不止，一生出版的诗集有《黄昏》《念珠》《白色的云朵》《车前草》《耶稣纪元》及长诗《没有主人公的长诗》《安魂曲》（组诗）等。阿赫玛托娃出生于奥德萨一个海军工程师家庭，1910年与诗人古米廖夫结婚，1917年两位个性特异的诗人离婚。20世纪初，在欧洲流行的象征主义出现了危机，年轻一代诗人分头加入"未来主义"等新流派，而阿赫玛托娃与古米廖夫、曼德尔施塔姆等人则组建了俄罗斯"白银时代"的著名诗歌流派"阿克梅派"。1912年，她的第一部诗集《黄昏》问世。此后陆续有诗集《念珠》《车前草》等出版。"十月革命"后，古米廖夫以"反革命罪"被处决，阿赫玛托娃受牵连，很少发表诗作。20世纪30年代，她的儿子两次被捕，她依据自己的亲身遭遇，写下了她一生中最重要的《安魂曲》（组诗）（1934—1940）。这部抒情组诗抒发一个母亲在儿子无辜被捕后无比痛苦的心情，以及对造成这一切的错误政策的愤懑与不平。全诗230余行，分为献诗、前奏、判决、致死亡等6部分。组诗当时未能发表，据阿赫玛托娃回忆，为了避开检查，这首诗她写完后，就请朋友背诵，然后烧毁了手稿。这首诗一直在俄罗斯民间流传，直到1987年才完整地出版。1946年，她与著名作家左琴科遭主持苏联作家协会的官僚日丹诺夫的严厉批判，被诬蔑为"修女与荡妇的结合体"。此后，女诗人被再度"打入冷宫"，20世纪50年代后期才得以恢复名誉。她的长诗《没有主人公的歌》（1940—1962）是一生诗歌创作的总结。

安娜·阿赫玛托娃是现代俄罗斯文学史上最富魅力而又复杂的文学现象之一。在安娜·阿赫玛托娃一百周年诞辰时，联合国教科文组织把1989年定为"阿赫玛托娃年"。这是一个巨大的荣誉，杰出的女诗人穿透了历史的雾霾，进入了诗歌的殿堂。而那些肆意诬蔑她的、灵魂扭曲的文艺官员如日丹诺夫等，早已经成为尘埃，被历史遗忘。

九　余弦·大师

大师

我是唯一穿着你的衣衫，在黎明
醒来的人，大师
那时太阳正红，地底的黄金开始歌唱
万物像草一样生长，欣欣向荣。

大师，我们生活的朝代
风和日丽，三月花开，四月雨落
我们以唇摘花，用手饮水
持琫①而舞的诗人以玉为子，为女
大师，在每扇窗口
我们乐善好施
摆出精心培育的花卉

大师，在我们生活的城市
我是唯一穿着你的衣衫
在街头散步、到后院锄草的人
大师，鸟在头顶盘旋，影留在路上
你把我裹在空气中，在两棵大树之间
口袋里装满沉甸甸的鸟食

---

① 琫：读 běng，同"琫"。

大师，我攥紧空气时
显得单薄，无力

大师，我掌灯眺望
仗剑而行的英雄已攀上另一座山头
大师，你在哪一块石头上
抚琴长啸，大师，你在哪一天的夜晚
面对星空，抽出长剑

抽出长剑，面对星空，大师
我在骑马的途中，落日西沉

1990年11月16日

简评

　　创作这首诗时余弦还是一位大学生。在寥落的大学校园中行走，他对"大师"的倾诉成为一种表达情感的独特方式。《大师》在当时风行一时，是一代人的青春记忆，尤其在经历过人生和时代的大动荡后，在当时年轻的内心中，整个世界都被抛弃了，青春过早地离开了我们的身体。走在校园里，年轻的面容上写满愁绪和迷惘，而社会中，另一种冲动也在萌动：下海大潮。这个时候搁浅在大学校园里的我们备感孤独，孤独到无法一个人承受生命中的轻。我们无法融入这个喧嚣的世界，对那些横冲直撞的物质动物又无能为力。一种深深的失落感，在一代青年的身体深处蔓延——"大师，鸟在头顶盘旋，影留在路上/你把我裹在空气中，在两棵大树之间/口袋里装满沉甸甸的鸟食/大师，我攥紧空气时/显得单薄，无力"。只有"大师"——那高高在上或虚无缥缈的"大师"，才能让我们拥有确定的信念。我们要追随"大师"，但是"大师"到底在哪里呢？

　　这首诗并不切入实际生活，但是它传递了诗人内心深处的焦灼感和失落感——"仗剑而行的英雄已攀上另一座山头/大师,你在哪一块石头上/抚琴长啸,大师,你在哪一天的夜晚/面对星空,抽出长剑"。一种类似英雄主义的情怀,在这样的诗歌中慢慢消退,同时激情也在消退。

这是精神上的神明,他将一种特殊的精神能量,传递给了年轻的诗人——"我是唯一穿着你的衣衫,在黎明/醒来的人,大师"。这种唯一性,让诗人产生了某种错位感,即他将自己当成了大师唯一的传人,如同武林世界里的某神秘大门派的弟子,在独门秘籍中获得了力量——"大师,在我们生活的城市/我是唯一穿着你的衣衫/在街头散步、到后院锄草的人"。这似乎源于某种忧虑,又源于对世界的间离感。

诗人,在这个失落时代,成了一个隐秘的见证者。

在致献中寻找自我

本编所选的"致敬与献诗"是诗歌特有的题材，如作曲家创作的致献类音乐作品一样，多有特定的致献对象。诗歌特有的意象丰富和词语跳跃，更接近于音乐。这两者在精神上是相通的。现代白话"诗歌"只剩下了诗句，而无歌的乐曲，已经没有了"歌"的意义了，但古诗都是可以唱出来的。

致敬与献诗，是与前辈诗人、哲学家的一种精神沟通的方式。诗的篇幅虽然短小，但诗人要把自己对致献对象的整体理解融入精练的句子中，这就需要诗人具有多方面的才能。第一是广泛的阅读视野，第二是对前辈诗人作品的深入阅读，第三是找到一种特别的表达角度。

海子笔下的萨福、宋琳笔下的嵇康、李南笔下的阿赫玛托娃、张文质笔下的狄金森等，都是文学艺术的大师，这些大师汇集在一起出现在余弦诗中，而变成了面容模糊的"大师"，显示出畸形时代的某种虚幻特质。

本编诗中所提到的哲学家、诗人、小说家、音乐家、画家，构成了人类历史文明的重要部分。不管古希腊的萨福、中国古代的嵇康，还是西方的狄金森、阿赫玛托娃、凡·高、薇依，这些人的思想和作品，已经成为人类精神的重要资源。

本编选诗时，还兼顾向平凡人致敬的作品，林徽因的《哭三弟恒》穆旦的《森林之魅》，在现当代诗歌史中很少被提到，却都是震撼人心的杰作。这两首诗可以将读者带入悲歌壮阔的抗日战争时代，让读者感受到那种悲壮的气氛。那些在祖国上空或者在异国他乡战死的无名英雄，是构成我们国家、我们民族的核心精神元素。抗战中英勇作战、无畏牺牲的几百万青年才俊，是中国历史中永不断绝的热烈生命的灿烂体现，他们的牺牲，是日本侵略者在20世纪前半叶对中国犯下的最大恶行。这三百万一流青年才俊如果没有牺牲在残酷的战场上，而有机会把他们的聪明才智用在学习先进文化、建设现代化国家上，那么，中国历史可能不会如此曲折，也不会如此悲壮。每念至此，我都感到难以抑止的悲愤。日本侵略者对中国犯下的罪行，还不仅止于轰毁房舍、破坏城市，更大的罪恶是破坏了中国文化中最值得珍惜的一脉：智慧、沉着、英勇、无畏。这些可敬的精神品质和文化精髓，很多都随着那些勇士们的牺牲而丧失了。

我也一直很想找到一首献给自己的妻子、自己的爱人的好诗，但最终都没有实现这个愿望。海子的名作《日记》，勉强可以算入，但你读完后会发现这是一首写失恋的、自我"闷骚"的诗："姐姐，今夜我在德令哈，夜色笼罩／姐姐，今夜我只有戈壁／草原尽头我两手空空／悲痛时握不住一颗泪滴／姐姐，今夜我在德令哈／这是雨水中一座荒凉的城……"

我想合适的诗肯定有，但在某处，我还没有看见。

歌颂爱情的诗，在西方非常多。我们的诗人总是怯于歌颂爱情，很少献诗给自己的爱人。我们的诗歌，更多地被历史、灾难、天空、大地、河流、麦田、高原、太阳所裹挟，而无法简单直接地进入挚爱的深处。我曾读过一位师妹的诗集，这位外表优雅的、容貌精致、声音甜美的女生，诗集里充满了政治、社会、运动这些词汇，却没有一首写给爱情。刚去世的张贤亮先生[①]以写爱情著称，但他的中篇名作《绿化树》里的爱情是畸形的，长篇小说《男人的一半是女人》里的爱是变态的。2012年获得诺贝尔文学奖的莫言中篇名作《红高粱》里的爱情是一种飞扬的传奇，而无法在现实中推演。而著名作家余华的《活着》里，爱退化为"苟活"——爱也好，恨也好，活着就好。

诗歌如此，其他文学体裁如小说、散文，也如此。我多么希望能读到如帕斯捷尔纳克的巨著《日瓦戈医生》里的那种刻骨铭心，又或如智利大诗人聂鲁达献给玛蒂尔德的100首爱情十四行诗那样的深情厚谊。也许，随着国家社会的正常化，随着文化的温厚化，新的一代诗人会显示出不同的特质。

---

① 张贤亮先生于2014年9月27日去世。本文初稿写于2014年10月11日。

新编后记

这部书的书稿,在2014年编辑出版时,因为容量太大,分成了两册出版,跟其他分册不够和谐,也不方便携带。所以,我一直考虑在重版时再做精心的修订,除谨慎增加一些新入选的诗人如余秀华的诗作之外,还选择把一些不是那么经典的诗加以删减,压缩篇幅。另外,我还在考虑再三之下,忍痛把孙毓棠先生的长诗压缩,节选三章,整个长诗长达八百行,占用篇幅实在太大。不过,读者可以自行查找这首长诗的完整版,以弥补本书精选的遗憾。

我之所以花大力气从头到尾一个人编选这本《诗歌分册》,是因为痛感语文教材从小学、初中到高中的漠视和无效。缺乏现代诗教的语文教材,是不完整的,而同时也给语文教师和学生带来了深深的误解:以为诗一定要规整,一定要严格押韵,因此现代诗是不足道的。至于"朦胧诗"等,更是因为读不懂、读不透,而被一些语文教师贬抑为"垃圾"。

实际上,任何一种文学样式,都是需要基本的"诗教"的。我们自以为懂得唐诗,似乎是不由自主地就懂得了,其实是因为从小就被教了、被强迫背诵了,因此具有一种学习的传统。至于现代诗,因其崭新的样式、不规范的隐喻和更为驳杂的思想,而很难被传统语文课堂的教学方式所把握,无法更清晰、更明确地"教"给学生。在母语教学中,运用的却是数学和物理的方法,漠视语言的独特性和语言文学的独特美学要求,因此总要总结"一二三",要求读懂读透。至于读不懂的,读不透的,就本能地进行排斥。这是非常糟糕的学习心态。

真正的学习，就是要读那些读不懂的书，学不怎么明白的知识。如果都懂了，都明白了，还学它做什么呢？学习不是消遣，不是打发时间，而是激发自己的思考，以更好地认识这个世界。因此，真正的学习，都应该是要挑战自己的，面临那些未知知识的压迫，从而惊讶地发现，对于学习者自己来说，世界上竟然还有如此之博大的未知之境，竟然还有如此丰富而幽暗的知识。这些知识，存在于艰难和硬朗的未知处，等待每一个人去学习、领悟、挖掘、拓展、延伸。现代诗更加丰富，更加驳杂，更难以把握，而对于初学者来说，构成了一堵学习墙。但是，人们不应该看到前面有一堵墙后掉头就走，而是要观察周边的形势，研究环境特性，看怎么样才能登上这堵墙，越过这堵墙。被一堵高墙堵住的目光，只有身体和智慧都越过去了，才会发现更加美妙、更加丰富的世界。现代诗也是这样，当你读到一段精妙的句子，记下来了，在日常生活或者写作中恰当地运用，你就拥有了对于这首诗的认知。你不需要强迫自己一定要什么都懂，什么都知道。诗人的内心世界，并不总是明朗如数学公式的，有些内心世界，连他们自己都在探索，都不太清楚。"面朝大海，春暖花开"和"只要想起一生中后悔的事/梅花便落满了南山"，都是我们表达自己内心世界的一种独特方式。这些字并不难，这些句子并不复杂，然而传达出来的独特气息，却令人着迷。

从语文学习的角度来看，语文教师和学生对于现代诗的阅读量都近乎空白，几近于零，只有零星的几首好诗，被整理在了高中语文课本上。而要培养基本的现代诗感，就要阅读一定量的现代诗作品，积累一定量的阅读基础。

一本现代诗选读，要花费最大量时间做的事情，是分门别类地做一个个专题，然后根据这个专题的要求来选择诗。虽然分类不是什么先进模式，但却是成熟模式，更适合现在的学生和教师读者，同时也可以供学生作课外延伸阅读的读本。

这本诗选的前一个版本，已经得到了语文教师和家长的肯定，有很多语文教师都给我发来消息，称读了这本诗选，才真的明白什么是现代诗。还有一些教师根据自己的教学进度和教学经验，选择一些诗作来跟教学内容交叉学习，从教学效果上和学习效果上，都有不错的提升。

　　这本诗选耗费了我的大量时间和心血，我自己撰写的分析文字，实际上远远超过了诗本身的字数。有很多资料和材料的引入，是为了丰富阅读，并进行思维拓展。

　　如果语文教师和学生在阅读这本诗选之后，还能顺藤摸瓜进行拓展阅读，寻找自己喜欢的诗人，深入地读一位或者几位好诗人的好诗，那么，这将成为他们人生中一笔独特的财富。

2019年12月15日于多伦多

图书在版编目（CIP）数据

这才是我想要的语文书. 诗歌分册 / 叶开主编. —成都：天地出版社，2020.6
ISBN 978-7-5455-5452-6

Ⅰ.①这… Ⅱ.①叶… Ⅲ.①诗集—中国—现代 ②诗集—中国—当代 Ⅳ.①I211

中国版本图书馆CIP数据核字（2020）第000647号

ZHE CAI SHI WO XIANGYAO DE YUWENSHU : SHIGE FENCE

这才是我想要的语文书：诗歌分册

出 品 人	陈小雨　杨　政
主　　编	叶　开
责任编辑	张诗尧
封面设计	今亮后声 HOPESOUND　pankouyugu@163.com
责任印制	董建臣

出版发行	天地出版社 （成都市槐树街2号　邮政编码：610014） （北京市方庄芳群园3区3号　邮政编码：100078）
网　　址	http://www.tiandiph.com
电子邮箱	tianditg@163.com
经　　销	新华文轩出版传媒股份有限公司

印　　刷	北京文昌阁彩色印刷有限责任公司
版　　次	2020年6月第1版
印　　次	2020年6月第1次印刷
开　　本	710mm×1000mm　1/16
印　　张	28.25
字　　数	411千字
定　　价	68.00元
书　　号	ISBN 978-7-5455-5452-6

版权所有◆违者必究

咨询电话：（028）87734639（总编室）
购书热线：（010）67693207（营销中心）

本版图书凡印刷、装订错误，可及时向我社营销中心调换